U0624231

二月河
长篇历史小说
典藏版

康熙大帝

① 夺宫初政

二月河 / 著

长江出版传媒
长江文艺出版社

图书在版编目（CIP）数据

康熙大帝. 1，夺宫初政 / 二月河著. -- 武汉 ：长

江文艺出版社，2024. 12. --（二月河长篇历史小说 ：

典藏版）. -- ISBN 978-7-5702-3686-2

Ⅰ．I247.5

中国国家版本馆 CIP 数据核字第 2024V4D718 号

康熙大帝. 1，夺宫初政

KANGXI DADI. 1，DUOGONGCHUZHENG

责任编辑：黄雪菁　王乃竹　杨　阳　　　责任校对：程华清

封面设计：璞茜设计　　　　　　　　　　责任印制：邱　莉　胡丽平

出版：长江出版传媒 ｜ 长江文艺出版社

地址：武汉市雄楚大街 268 号　　　　邮编：430070

发行：长江文艺出版社

http://www.cjlap.com

印刷：湖北新华印务有限公司

开本：710 毫米×1000 毫米　　1/16　　　印张：102.75

版次：2024 年 12 月第 1 版　　　　2024 年 12 月第 1 次印刷

字数：1577 千字

定价：198.00 元（全四册）

版权所有，盗版必究（举报电话：027—87679308　　87679310）

（图书出现印装问题，本社负责调换）

目　　录

楔　子

　　顺治十八年正月，是一个寒冷的冬天。刚过完年，一群一群的叫花子像从地下冒出来似的又开始沿街乞讨。北京城哈德门以西的店铺屋檐下、破庙里挤满了这些人。一家家、一窝窝在城墙根搭起了破庵子、茅草棚，竟有长住下来的意思。好在自李闯王兵败以后，北京城内屡遭兵乱，人口十去五六。东直门内外瓦砾遍地，有的是空闲地方，不然真要人满为患了。这些人大都操关东口音，也有不少像是直隶、山东、河南一带的人，披着褴褛的袄子，腰间勒根草绳，端着破碗向人们讨饭。

　　"大爷大娘，积德行善，赏一口剩饭吧。俺是从热河逃难来的，上有老下有小，没法子呀！"

　　"阿弥陀佛！罪过哟！大冬天的哪来的灾？跑这么远的路？"

　　一个肩头挑着补锅家伙的壮年汉子听了这话，将脸一扭停住了脚，冷笑道："你是天子脚下的人，怎么知道乡下的事！他妈的，镶黄旗圈了老子的地，不要饭，吃屎毛？"说着把辫子往脖子上一盘，气哼哼地走了。

　　读者至此，或者会问：什么叫"圈地"？便这等厉害？

　　原来，满洲人未入关前，八旗兵出征打仗，马匹、器械都是自备。各旗为办军需给养，都占有大量旗地，各旗的主儿、王公宗室自家日常挥霍也要消耗大量金银，便在关外各地设置大小不等的庄园。入关之后，前明的皇亲、国戚、文武百官在闯王入京后，死的死逃的逃，撇下了无数的无主荒田。多尔衮便下令"尽行分给东来诸王、贝勒、贝子、勋臣人等"，丘八爷们当然尽挑好的抢。他们用一根绳子，拴着两匹马，上头插一杆旗，后头的兵丁狂抽猛撵，兜多大圈子算多大圈子，圈子里的地便成了旗人的产业了。这就叫圈地。"这是我镶黄旗的。""那是我正白旗的。"甚或有更霸道的，还要把圈子里边的百姓一律赶出，或者换一点沙窝碱地给他们。

这还算客气的。更横的还趁机抢掠。圈地所到，室中所有器物一律留下，妻女长得丑的，"开恩"着原主带走；长得有点姿色的便将其留下。弄得京畿、直隶、山东、河南、山西七十七州县，纵横二千里，田园荒芜，哀鸿遍野，饿殍满道，哭声不绝于耳。其中被迫铤而走险为"盗"的，也就不计其数了。

单说京西永兴寺街，有一家小客栈，名叫"悦朋店"。这大概取自"有朋自远方来，不亦说（悦）乎"之意。这家小店的后院有十几间客屋，专供举子进京应试时候住的。目下离开科尚早，生意甚是清淡。当街三间门面摆着四张八仙桌；向北折是一间雅座，供客吃饭；门面以东一道长柜台兼卖酒肉和零星杂货。伙计们都是乡里人，回去过年了，店里只有一位何老板和几个远乡的小徒工支撑。正月初八清晨，店里刚摘门板，只听"扑通"一声，倒进一个人来。

店老板何桂柱听到伙计们喊叫，赶紧蹬上裤子，把夜壶往床底下踢了踢，趿拉着鞋就往外跑。一看，这个人约莫有二十岁出头，头上戴了顶一丢儿锡的青麻帽，拖出二尺多长的辫子，头发总有两个多月没剃了，灰不溜秋长了足有寸半长。棉袍子像给鸟铳打过，一朵朵烂羊油似的破棉絮绽露出来。看他脸色，像生姜一样黄中带紫，双目紧闭，人已是冻僵了。何桂柱由不得叹了口气说："罪过！这也是常事，送到城外左家庄化人场吧。啐，今天真晦气！"

伙计们张罗着找了一领破席将死人卷起，正要弄块破门板把人抬走，店后门帘一响，走出一个人来说道："慢！"

众人回头看时，出来的人约有三十岁，戴着青缎瓜皮帽，穿着黑狗皮酱色绸马褂，里头罩着灰团呢长袍，千层底冲呢靴子上起着一道明棱，稳稳站在门当间。店主人忙赔笑道："二爷早，这是冻死在门外的一个穷秀才。"

"死没死要看看再说。"他一边说，一边走上前去蹲下身子，用手在青年鼻子下试了试，拉起手来搭上脉摸了摸，"人还没死绝！快熬一碗姜汤，不，先弄点热酒来！"伙计们面面相觑，站着不动，何桂柱连忙说："爷已经吩咐，还不快点？"

出来的这个人是个举人，扬州人，叫伍次友，是个闻名于大江南北的才子。家世豪富，祖上曾做过几任大官。开店的何桂柱先前就是他家的用人。崇祯年间，兵荒马乱，伍老太爷怕树大招风，让家人各投亲戚。何桂柱的爹是个家生子儿，没有亲人在外头，老太爷一发善心，帮他在本地开了一个小店。清兵入关，史可法在扬州抗清，城破后，城内血流成河。何家在扬州待不下去，索性迁往北京来。这伍次友原是侯方域的学生，清室定鼎之后便从了天意，考了秀才，中了举人。只是伍老太爷心向大明，立誓不食清粟，闭门在家专注《道德经》。这伍次友进京应试，恰又遇上了何桂柱，干脆就住进了悦朋店。如今虽没有主仆的名分，那何桂柱还是对这位少主人礼敬甚恭的。

人们七手八脚把那快冻死的书生抬进店，一碗热黄酒灌下去，约莫一刻时分，那青年眼睛微微地睁了一下又闭上了。伍次友吁了一口气道："把我下头那间房收拾一下，让他躺下，养几日就好了。"

何桂柱不禁踌躇："这公子也是多事，救了人，还要养活人……管他呢！横竖又不花我的钱，一总儿等扬州那边来人算账。"伍次友见何老板犹豫，便说："救人一命，胜造七级浮屠。再说，救人不救活也不像话。"何桂柱忙道："照爷吩咐的办就是。"

掌灯时分，那青年终于醒过来了。大约是两大碗热腾腾的鸡丝姜汤挂面的作用，他的脸泛上了红色，只是还有点头晕，看见伍次友举着灯笼推门进来，便挣扎着要起来。伍次友忙按住他，说道："朋友，别动，你就好好儿躺着。"那青年就屈起上身，在枕头上连连叩头："恩公，是您救了我！青山不改，绿水长流，大恩不言谢，我总要粉身碎骨报答您老的！"说着，一串泪珠从他清秀的面孔上流了下来。

伍次友拉了张椅子在他身旁坐下，关切地问道："你叫什么名字？为什么来北京？怎么会落到这般地步？"那青年半靠在枕上，喟然长叹一声说道："恩公，我是正黄旗人，叫明珠，说来先祖也是龙子凤孙。父亲尼雅哈是睿亲王多尔衮帐下一员佐领，从龙入关。多尔衮坏了事，父亲被株连罢官，气得一病不起，家道也就败落了。无奈随叔父流落在蒙古。纳尔泰大爷可怜我们，给了一小块耕地。不料去年秋天，镶黄旗旗主儿鳌拜又要换正黄旗的地，说多尔衮圈地的年头，镶黄旗吃了亏，如今要找回来，这就活活坑了我们爷们！原想这老贼总要瞧着先祖的面子，留下这块活命地，谁知这老杂种绝情得很，竟派他的兄弟穆里玛在大雪天把我们一个屯的人全赶了出来，一把火烧掉了村子……惨哪！"他擦了一把泪，哽咽着又说："我们叔侄从热河一路讨饭进关，在太平镇又遇上了强盗，硬逼着入伙。您想，父亲死活不知，我怎好去干那种事？没办法只好逃跑，叔父被强盗一箭射死。我孤身一人进京，是想找父亲的同寅打个抽丰，哪里想到，人情比纸还薄！一听说我家得罪了鳌拜，谁也不敢收留我，只好流落在街上卖字为生。可怜我一个簪缨之族，落得这样下场……这几天，雪下得大，肚里又饿，想在这店门口躲一躲雪，谁知就……"

明珠越说越伤心，索性放声大哭："恩公！您就是我再生父母，骨肉爹娘！明珠今世难报，来生结草衔环必酬大恩！"

伍次友听到这里，不觉凄然心酸，忙安慰道："明珠，什么都不要说了。这年头，老百姓谁能有什么好日子过！这几天北京城里要饭的这么多，都是关外被圈了地无家可归的人——你在京可还有什么亲人？"

明珠摇了摇头说道："没有什么亲人了，就是有，也难得见上一面。"

伍次友听说，忙问："那怎么会呢？"明珠定了定神，说道："听说我的一个表姨孙氏，是当今皇子三阿哥的乳母。七年前见过她一面，她就进宫去了。那宫禁森严，我这么个样子怎么能进得去呢？"伍次友沉吟了一会儿，说道："你就先在这儿住下吧。你既通文墨，又有功名在身，将来不愁没有个进身的机会。万一不行，我给你带一封信去投奔家父，请他老人家给你找碗饭吃。我叫伍次友，扬州人，在这儿等着应试。下一场考毕，我们就回南边去。"

明珠是个绝顶聪明的人，听伍次友如此说，挣扎着从床上下来，在地上咕咚咕咚磕了三个响头，说："上头有青天，我明珠若负心忘了伍大哥救命之恩，犹如此笔！"说着便从袖中抽出一支大号雪狼毫湖笔，就着灯影"咔"的一声折成两截。

二人正说得亲热，棉帘一掀，何桂柱走了进来，低声说道："二爷，方才十三衙门巡头王太监来喝酒，说是有风声，顺治爷驾崩了！"

"皇上驾崩了！"这消息不胫而走，通过酒肆、茶馆、戏园子这些聚人的热闹去处，一时间传遍了北京城。但在明发诏旨之前，人们还只能躲在一旁悄悄地看，找知心朋友如此这般煞有介事地比划一番：

"皇上才二十四岁，年纪轻轻儿的，好好儿的怎么会驾崩了？"

"嘻，人有旦夕祸福，谁能说得准呢？譬如你吧，今晚上脱了鞋，就能保明早儿准穿上？"

"别瞎扯！我倒听说，是为董娘娘薨了，皇上害了相思病！你忘了，江苏那个画画儿的叫陈什么来着？对，陈罗云，给董娘娘画小像，一家伙就得赏银一万两——嘿！你一辈子见过那么多元宝？——人只要运气好，发财也真容易！"

"你这人一说话就爱走板！我听说皇上五六天前还召见苏克萨哈大人呢！别是有什么蹊跷吧？"

"嘘——你他妈才走板呢！这是该你说的话么？你老实点吧，驾崩不驾崩，关你屁事！"

不管小民们怎样议论，有一件事是明摆着的：内务府的人从正月初八起，都一律换了素色衣服。午门外驻马亭旁乌压压的轿子排了老长一溜。而那些爱提着鹌鹑笼子串茶馆的小太监，打从过了年就不见来了。这些反常的事引起北京市民们纷纷猜疑。有些老北京，是见过大明万历皇上驾崩出殡的排场的，看到皇家如今办事这么鬼鬼祟祟的，不免惊疑，却只是缄口不言。

伍次友是个书呆子，因天气冷，也不出门，只坐在炉旁读书。明珠年轻人性子，身子稍好一点，便挣扎着要到外边走走。他踅到正阳门东瞧热闹，只见一长排大轿前头的六乘绿呢大轿格外显眼，上头的雪足有半尺厚。悄悄打听，才知道从年初三，杰书亲王、索尼老中堂、遏必隆、苏克萨哈、鳌拜和洪经略入宫叩安，就没再出来，每日三餐饭都由家里人用食盒子传送进去。正瞧得发愣，明珠忽觉背后有人轻轻拍了一下，回头看时，只见雪光下一英俊少年手按腰刀，正含笑看着他。

"您是……啊呀！老弟！"犹豫片刻，明珠惊喜地张开双臂扑了上去。他一下子认了出来，站在他面前的正是当今三阿哥的乳母孙氏的独生子，他阔别了五年的表弟魏东亭。

五年不见，魏东亭已出落得一表人才，上身着一件团领补服，上边绣着江牙海水，一柄宽大的腰刀上垂着一尺来长的赤红流苏，簇新的湖绸黑裤下套着马靴。看了他这身打扮，相形之下，明珠不禁有落魄之感。

明珠拉着魏东亭的手，只是上下打量，好一会儿才问："表弟，一别五年，你比以前大不一样了，还在承德皇庄上当差么？"魏东亭笑道："我也是才进京。去年母亲托了多少人情才把我调了出来，现在巡防衙门上当个闲差。母亲说我年轻，要着实磨炼几年才能给皇上出力呢！"

明珠听了，由不得低垂了头，叹息一声："哥哥我可惨了！现在家破人亡，前途多舛，命运不济，有什么法子！咳，这人生真是没意思极了。"魏东亭不等他发完牢骚，一把扯着他的衣袖说道："走，我们到合仙楼聚一聚，否极泰来，你也用不着伤心，不久就有大事，说不定还要再加恩科呢！"明珠道："哪来这话？"魏东亭笑道："没来由拿着这些事找你开心？"他看了看四周，放低了声音说，"哥哥，顺治爷已经归天了！"

第一回　敝屣江山撒手去
孽海情天路无涯

顺治皇帝并没有"驾崩"，他还活着。此刻，太后和皇后已经哭着离去，他那烦乱的心绪渐渐平息下来，独坐养心殿，一种莫名的惆怅忽然袭上心头。鎏金珐琅鼎里百合香的气味太浓，顺治不耐烦地叫人将鼎中的香全撤了出去，然而还是坐不住，一甩手走出养心殿，站在丹墀下深深吸了一口气，好像要用这清冽的寒气驱散一下胸中的郁闷。

铅灰色的天空，云层沉重而缓慢地向南移动，他仰首望着神秘而变化无常的苍穹默默不语。一阵寒风袭来，他下意识地抚摸了一下双肩，老内侍常昊立刻走过来，将一袭绿锦团绣龙狐皮裘轻轻披在他的身上。他皱了一下眉头："怎么又是这一件？"常昊听了这话，从容跪下启奏："回万岁爷的话，皇太后吩咐，主子心里不痛快，不许奴才拿那件素白狐裘……"听说是太后的懿旨，顺治没有再说什么，只是冷冷地扬起脸来，心里想："要下雪了，这世界，这皇宫都会是素色的。这黄琉璃瓦、青砖地、铜鹤、日晷……都要染上白的颜色，这些，皇太后管得了么？"

顺治十七年，是他不吉利的一年。从正月开始，莒城、宁阳便报灾荒，一直到六月，直隶、山东、陕西、肃州许多地方旱得寸草不生。身为黎民之首，而老天却这般不肯照应，莫非自己有什么失德之处！五月间，他下了罪己诏，宰辅觉罗巴哈纳也上折子自陈引罪，求皇上革职以顺天和。六月，他又步行到南郊斋宿，他的虔诚果然感动了老天爷，接连下了几天大雨。他也松了一口气，觉得今年似乎要过得顺当一点了，虽说是晦月灾年，总不至于一灾到底吧？

不料到了八月，皇贵妃董鄂氏一病呜呼！

仿佛五雷轰顶，顺治惊得两眼一片昏黑，只是干哭，却流不出泪来。他七岁践祚，十五岁剪除多尔衮党羽，扫平南明，击溃郑成功。在这之后，又开科取士，刻意搜求汉族人才。四海粗定时，他也才不到二十岁，诸事如意，惟有婚姻很不称心。睿亲王多尔衮当年仗势作恶，硬指科尔沁卓礼克图亲王吴克善的女儿博尔济吉特氏为后，太后下嫁了多尔衮，也帮着压他。这真正是牛不喝水强按头！但也只好虚与委蛇，没过两年便将她黜为"静妃"，改居侧宫。这六宫粉黛、佳丽三千，他偏偏只爱这个比他大着五岁的董鄂氏。

也许因为思念旧夫的缘故吧，这董鄂氏自入宫以来，愁眉就不曾展过。天晓得这是一种什么样奇怪的感情。董鄂氏越是这样，顺治越是放她不下，变尽方法讨她的欢心。

而现在，一切都过去了。董鄂氏香魂一缕已升三界之外，还有什么想头？他觉得一切都变得那么丑陋、肮脏，惟有那颦眉蹙颊的女人是美的，可她却又被无情的风雨摧走了。真不知此生此世如何解释这化不开的苦痛。

顺治在殿前站了一会儿，一阵风吹过，几粒散雪飘洒下来打在脸上，生疼生疼的，不由打了一个寒噤，又回到殿内。一堆堆的奏章和牒报在龙案上叠得老高，他一眼也不瞧，径自向西暖阁走去。守候在阁门口的宫女领班儿的叫苏麻喇姑，是太后跟前最得用的。见他进来，便使了个眼色，外头殿中侍候的侍卫倭赫、西住、折克图、觉罗赛尔弼便默默地躬身一礼，知趣地退了出来。

苏麻喇姑站在廊下，也是心事重重。她是顺治八年入宫的。苏麻喇姑原是正蓝旗佐领格楞泰的女儿。她六岁丧了母亲。父亲要续娶，求聘于本旗旗主塞洛的侄女儿。这位旗下姑娘倒也干脆，径自对媒人说："你讲给那个格楞泰，人倒也罢了，只是他身边有个累赘，姑娘却不耐烦做人家后妈，叫他趁早儿打消了妄想！"塞洛是格楞泰的顶头上司。这句话从塞洛那里传来，倒叫他犯了难。正无奈间，适逢这年在旗下遴选秀女入宫，父亲便送了她进来。也是天缘巧合，孝庄皇太后偶然至储秀宫，见大院中跪了一大片秀女待选，便踱过来瞧，见这一小小女童忽灵灵地闪着大眼在盯自己，便弯了腰拉起苏麻喇姑细瞧。苏麻喇姑自丧母之后从未得人如此怜爱，见这妇人眉目慈祥，便张口喊了声"婆婆"，眼泪也随着叫声夺眶而出。

这一声清亮的童音叫得太后浑身发热，竟亲自俯下身去将苏麻喇姑抱在怀中，转脸对管事太监道："这个孩子我要了。再挑个老成点的秀女来侍候她。——孩子，婆婆那里有好多果子，跟婆婆来！"

从此苏麻喇姑便跟了孝庄太后，太后长天大日头的没事，便逗着她玩，教她识字、读书，讲"三国"故事给她听。渐长之后，还给她讲了不少前朝和本朝典章制度。这苏麻喇姑天分极高，十岁上头，诗词歌赋、诸子百家的文章就读了不少，到十四岁时，就装了满腹的学问。太后自是喜欢，便指派她去侍候顺治皇帝。

在廊下出了一会儿神，一阵寒风过来，她打了个寒战，便趑向月洞门去了。

顺治进了西暖阁，环顾四周愈觉惆怅。这里是顺治四个月来，来得最多的地方。一切都照董妃生前一样，墙角紫檀木架上的玉盘里摆着的几个金黄的文冠果，依旧散发着淡淡的清香；案上的古筝弹断了一根弦，卷曲着，上面已蒙上薄薄的一层灰尘；梳妆台架上的脂粉、头面首饰和她用过的青盐、香胰子都原样不动地摆着。惟有嵌玉的牙床上，新悬了一帧簇新的董鄂氏宫装小像。

这是江宁巡抚朱国治举荐的一个画工绘制的水墨画儿。董鄂氏死后，顺治皇帝接连五天不思饮食，奄奄一息卧床不起，御医百方调治总不见效。孝庄太后博尔济吉特氏急得没有办法。亏得是洪承畴老头儿见多识广，说是"心病还须用心治"。太后立传懿旨，追封董鄂氏为皇后，从京畿、直隶、山东、江苏等地，调集了几十名丹青能手进京为董娘娘写真，以慰圣躬。无奈不论怎样口授心拟，谁也画不像。不料陈罗云的一幅写真呈上，却引起合宫惊动，无论娘娘跟前侍候的人还是只见过娘娘一面的，都认为像极了，不仅貌似而且神似！当常昊将画进呈御览时，病眼昏花的顺治竟从龙床上一跃而起，将画抱在怀中，说："卿卿！朕以为你去了，原来你还活着！"太后高兴之余，发内帑白银一万两赏了陈罗云，京师传为佳话。朱国治越道、枭、藩三级，一跃而为江宁巡抚。

此后，顺治虽渐进饮食，精神却一直恢复不了。虽说每日还到勤政殿走走，但对大臣们的奏议不置可否，也不批阅奏章，精神恍惚，如在梦中，每天给太后请过安，便一头钻进这间暖阁，看着画像发呆。太后跟前的一个老内侍有一天不经禀报闯了进来，顺治勃然大怒，竟不顾太后情面，令他跪在阶前自己掌嘴四十。从此，宫里人谁也不敢在这时打扰他了。

此刻，顺治站在这张小像前，董鄂氏微蹙的双眉，似乎含着脉脉深情，又似乎带着幽幽怨气；袂带飘飘，好像要从秋风黄叶的山水里活脱脱走出来。顺治不禁失声叫道："天，朕既是您的儿子，为什么对朕这般无情？"

就在这个时候，离养心殿不远，乾清宫东边的待漏朝房里，也有六个人在愁对灯火。他们是方才太后驾临养心殿前就被顺治赶了出来的，此时又不能赌气真的回府，便又约聚在这里。

领头的康亲王杰书，是当今顺治皇帝的堂兄，他坐在炕上，看着索尼、遏必隆、苏克萨哈、鳌拜，他们一个个如庙中菩萨，或端坐不语，或闷头抽烟，连洪承畴这等足智多谋的头等策士也在沉思不语。杰书由不得心中焦躁："你们倒是说呀！终不成就让皇上真个剃头去当和尚？"座中议政大臣索尼资格最老，地位也最高，年纪已近七十，接连几日的苦熬，精神委实支持不下，此时歪在炕上，显得困顿不堪。看大家都不吭声，他叹了口气说道："看来不成了。什么法子没用过，咱们几个自绳请罪不说，连太后都下了跪，全不管用，还要怎么样呢？"坐在角落的鳌拜一脸怒容，啐了一口道："这像什么样子！一个婆娘死了，就这么死不像死、活不像活的……"

话犹未完，索尼便截住了他："这是什么话？光发牢骚有什么用？圣心既不能回，现时还是想一想下一步的事吧！"

和鳌拜挨身坐着的遏必隆见鳌拜脸上有些挂不住，欠了欠身子说道："据兄弟看，皇上这一去，就算是'大行'了，必有遗诏，嗣子定是三阿哥无疑。"

这真是出语惊人！但他素来消息灵通，事不三思不开口，当然不会打妄语。苏克萨哈身子向前一倾，问道："怎么见得呢？"

遏必隆压低了嗓音答道："这是汤若望的话，三阿哥出过天花，可保终生无虞。"一说到汤若望，大家便都不言声。这个人是个日耳曼人，来中国传教已经四十余年，前明徐光启荐他入翰林院供职。此人精于西历，推算日月之蚀十分准确，所以入清以来，便做了专门掌管天文历法的钦天监正。顺治简直拿他当神仙敬，皇后竟弃佛皈依了天主教，端的说一是一，说二是二！坐实了汤若望的话，嗣君必是三阿哥玄烨无疑了。

杰书默谋了一会儿又道："咱们何妨再递牌子求见皇上，问个端底！"一语未终，鳌拜便一句顶了回来："那四个铁门闩在那守着，你进得去？"四个门闩是指倭赫等四个人，这四人除了顺治，谁的账都不买。这一说大家立即又无话可答了。

好一会儿，鳌拜鼻子里又哼了一声，说道："这倒好，谁当皇帝由夷人说了算！"苏克萨哈道："夷人不夷人，只要说得对，也是无奈他何！"鳌拜最瞧不起苏克萨哈，当即顶了一句："你这叫不经之谈！"

索尼见他二人又要抬杠，厌恶地说："不要这个样子，都是国家重臣，也要成些体统。"二人听了别着头不说话。屋子里呼噜呼噜的抽烟声，显得空气愈加压抑和郁闷。半响不语的洪承畴抬起一张清瘦的脸，活动了一下身子道："既然圣意难违，我们再等着瞧瞧吧，我料圣上会有安排的。"

在西暖阁小像前玩味良久，顺治又走出院外，细碎的雪花已落了寸许厚，四周沉寂得像一座荒庙，他觉得心情平静了许多。正如洪承畴猜想的，他有许多重要的事必须在出走之前安排。

"万岁爷，范承谟奉旨前来见驾。"侍卫倭赫已跪在身后轻声启奏，"天这么冷，万岁爷也该……"顺治不等他说完，摆了摆手便进了殿，这才注意到范承谟早已跪伏在那里了。

顺治在近炕的一把椅上坐下，屋子里暖烘烘的，一会儿便觉得浑身燥热，不由得用手去解皮裘上的纽扣。苏麻喇姑疾步上前替他解了下来后，便退出殿外。顺治打量了一眼范承谟：他虽然不过四十岁，却已是鬓发苍苍了，花白辫子从双眼花翎下直拖到地上，头伏得几乎要碰到地面。他轻咳了一声，范承谟知道圣驾已到，头重重地在方砖上磕了三下，朗声启奏："奴才范承谟恭请圣安！"

顺治淡淡说道："范先生，起来吧，坐在那边墩上。"

范承谟慢慢跪起左腿，右手打了个千儿，躬身退至右首一条矮几旁，欠着屁股半坐在青瓷雕花鼓墩上："皇上贪夜召臣，不知有何圣谕？"

顺治长吁了一口气，瞥了一眼范承谟，缓缓说道："朕今日召你来，是要你代朕草诏。"范承谟松了一口气，心想："这又何必在夜里宣召，莫非东南军情有变？"苏麻喇姑捧来一方端砚，磨就一池现成的墨汁。范承谟运足了气，濡墨提笔在手，静待顺治开口。

顺治呷了一口茶，脸色变得愈发苍白，口里说道："朕以德薄能鲜之身入继大统，至今已十八年了，自亲政以来，无论用人行政、纪纲法度，比起太祖太宗，实在都差得很远。一统天下之后，一天天被汉人牵着鼻子走，以致国运不臻，民生多艰，这是朕的第一罪。"

听到这里，范承谟惶恐地站了起来，忘形之间，笔上的墨汁淋得满袖皆是。他忽然觉得失礼，又急忙跪下启奏："皇上冲龄践祚，外息狼烟，内靖奸权，入关定鼎，掩有华夏，建万世不拔之基业。偶有不治，皆因海内粗定，不及休养之故。圣上此言，臣不敢书！"

"起来吧！"顺治淡淡地说，"你写！"他的镇静使范承谟感到一阵恐惧，便惊惶地起身归座，定了定神，写道："朕以凉德，承嗣丕基，十八年于兹矣。自亲政以来，纪纲法度、用人行政，不能仰法太祖太宗谟烈，因循悠忽，苟且目前，且渐习汉俗，于淳朴旧制，日有更张，以致国治未臻，民生未遂，是朕之罪一也。"

顺治接着说："先帝大行时，朕不过六龄顽童，没有为他老人家尽过一天孝道。我原想好好儿侍奉皇太后，补一补这点遗憾——"他哽咽住了，从榻上拽下一方白丝绢帕，拭了一下眼睛，"现在，朕要长违膝下，反使皇太后为朕悲伤……"说到这里，两行眼泪无声地流了下来。

范承谟愈听愈惊，神色大变，离席伏地，砰砰砰连连叩头，奏道："皇上春秋鼎盛，何出此言？如不宣明缘由，臣宁死不敢奉诏。"说完又是结结实实地磕了三个响头。

顺治皇帝很理解范承谟的心情，他今年才二十四岁，说出这样的话，莫说范承谟不敢写，放在几个月前，他自己是连想也不曾想过的。但现在既要出世离尘，那就要斩断一切情缘，说话不能留一点余地，否则后果不堪设想。他定了定心说："范先生，如果今夜这般拘君臣常礼，这篇诏书到天明也写不出来。起来！朕实话告诉你，这是朕的'遗诏'，朕已决意弃世出家了！"

那范承谟心头一震："从三皇到五帝，哪有这样的事！这满人真的个个都是情种！乃叔多尔衮以摄政王总揽朝纲，只因与太后有青梅竹马之好，便不肯篡位夺基。这才几年，又冒出一位要去当和尚的！"心里这样想，口里却说："弃九尊，如弃敝屣，原是古之贤皇不得已之举、解嘲之言。今四海归心，万民和谐，圣上有何不了之事，欲轻弃万乘之尊，蹈不测之地？"

顺治见他一味劝谏，说的又是听烂了的老一套，心里烦躁，断喝一声："朕意已决，尔不必多言！"

范承谟想了想，又道："圣上对董皇后，已恩重如山，生封贵妃，死赠皇后，很对得起娘娘的了，又何必——"

"住口！"顺治冷笑一声，"人各有志，这是你管的事么？"

"非臣多事，臣草此诏，必为皇太后知晓，臣虽万死岂能辞其咎？故敢犯颜直陈——"

话犹未完，只听"啪"的一声，顺治拍案大怒："你怕皇太后杀你，这自有朕来做主！你不奉诏，难道朕就不能杀你么？写！"

范承谟要的就是这句话，他战战兢兢爬起来，坐回几旁，心一横，接着写道："皇考宾天，朕止六岁，不能服衰经行三年丧，终天抱憾。惟侍奉皇太后顺志承颜，且冀万年之后，庶尽子职，少抒前憾。今永违膝下，反上厪圣母哀痛，是朕之罪之一也。"

接下去就比较顺利了，顺治皇帝成竹在胸，侃侃而谈，他谈到自己对满族亲贵不能重加信任，对一些汉官则动辄恩赏；谈到自己素性好高而不能虚己纳谏，对贤臣知其善而不能亲近，对小人则明知其非而不能黜退；谈到设立十三衙门，委任宦官，说那简直与晚明皇帝的昏庸不相上下。他历数了自己亲政以来的失政十三条，谈得那样平静，像是数说别人的过失一样。范承谟耳听手写，还要随手润色，一点也不敢分心，只觉得头涨得老大老大。

说到这里，顺治如释重负地叹息一声："朕知道朕的过错是很多的，办完之后也常常觉得后悔，但只是因循懒惰，过后并不能很好地改，以至于过错愈积愈多。这算朕的第十四罪吧。"他颓然半卧在御榻上，宫灯里的烛泪一滴滴落在水磨青砖地上。忽然，自鸣钟当当地敲了十一下——已是子时初刻了。

范承谟知道，顺治皇帝最重要的决定就要下达，忙凝神屏息，秉笔端坐待命。顺治稍息片刻，轻声叫道："苏麻喇姑！"

守在殿门口的苏麻喇姑正在侧耳静听，猛然听得呼叫，吓得身上一颤，忙躬身应道:"奴才在!"

"叫倭赫他们几个都来听听。"苏麻喇姑应一声"是",便去传呼。片时倭赫等四名贴身侍卫鱼贯而入,挨次跪着静听。苏麻喇姑方欲退出,顺治却叫住了她:"你也在这里吧,你侍奉皇太后几年了,朕一向视你如妹子一般,听听,心中有数也好。"苏麻喇姑只是叩头,一声不敢言语。说完,顺治轻咳一声,一字一顿、极清晰地说:"新皇帝——朕意立三皇子玄烨,"他顿了一下,"诸皇子年岁都差不多,这个孩子虽小,但聪颖过人,且已出过天花,朕也请藏僧额尔得吉喇嘛为其推过造命,也是极贵的格——这些你不必写——他的母亲佟佳氏人品端庄凝重、敦厚温和,堪为国母。就这样定下来吧。"顺治一边思索一边说,"皇帝太小,当然要立几位辅政大臣,朕看——索尼——苏克萨哈——遏必隆——鳌拜这四个就好。"

范承谟一字一句都像刻到了心里,顿时像吃了一剂清凉药,浑身上下都轻松下来:"即使太后怪罪下来,总有这四个人挡在前头了。"心里一宽,下笔也就利落得多了。"特命内大臣索尼、苏克萨哈、遏必隆、鳌拜为辅臣。伊等皆勋旧重臣,朕以腹心寄托,其勉矢忠荩,保翊冲主,佐理政务。布告中外,咸使闻知。"

顺治本来羸弱,今夜心情又特别激动,口授完这篇诏书,脸涨得通红,伏在榻上,不住地咳嗽。苏麻喇姑见状急忙前去端嗽盂,倭赫忙起身上前替他轻轻捶背。他却一把拉住倭赫的手道:"爱卿,你跟朕有年了,皇帝太小,你要当心些儿!"倭赫此时哪里还撑得住,"哇"的一声哭了出来,伏地叩头泣声道:"奴才敢不以赤诚翊卫幼主!"

"不要哭了。"顺治劝道,又转脸问道,"范先生,这四个人,你觉得如何?"

范承谟忙将笔放在笔架上,立起来躬身答道:"回万岁的话,此四臣皆社稷之臣,万岁爷圣鉴极明。"哪知顺治却摇摇头说:"也未见得如此。然祖制汉臣不能为辅臣,范先生及汉臣皆当体察朕之深心。按此四臣,索尼资望德才俱佳,惜乎是老了;苏克萨哈颇有才具,忠心耿直,敢于任事,却又资望太浅;遏必隆凡事不肯出头,柔过于刚,但决不至于生事;鳌拜明决果断,兼有文武之才,惜乎失于刚躁。四人若能同心同德辅佐幼主,朕也可放心去了。"

　　夜深了，范承谟已经退出，紫禁城中大雪在纷纷扬扬地下着，万物都在寒冷的夜中冻僵了，凝固了。壶漏将涸，灯焰已昏，烛台上血红的烛泪堆得老高，只有远处"滴笃滴笃——当"的击柝声凄凉地响着。

　　顺治皇帝抬起了泪光闪闪的脸吩咐常昊："传旨敬事房，启钥开宫，朕已钦定之从驾人等即刻出宫！"

第二回　皇子登极内监喝驾
　　　　鳌拜圈地辅臣瞒君

顺治皇帝的"大丧"办得煞有介事。"灵堂"就设在养心殿。一床陀罗经被，黄缎面上用金线织满了梵字经文，一袭一袭铺盖在皇帝的梓宫——金匮之中，安息香插在灵柩前的一尊鎏金宣德炉内，细如游丝的青烟缭绕在大殿，宣告它主人的灵魂已升到三界之外。一道懿旨传下，文武百官都摘掉了披拂在大帽子上的红缨子。礼部堂官早拟了新皇御极的各项礼仪程序——先成服，再颁遗诏，举行登极大礼。

已时初刻，大行皇帝开始小殓，乾清宫外黑鸦鸦肃立着亲王、郡王、贝勒、贝子和各部院的堂官。内务府首席太监吴良辅阴沉着脸站在丹墀下，脖子拧着，上嘴唇压着下嘴唇，光溜溜的下巴上窝出了一道深纹，不知道的人还以为他在生气。

其实他此时心中正十二分得意。这个吴良辅原是科尔沁卓礼克图亲王府中的长班，自从博尔济吉特被选入宫后，因身边没有个得力的人，亲王便将他净了身送进宫去。论身份，他原是皇后陪嫁的太监，所以没几年，便做了六宫副都太监。博尔济吉特被黜为妃，皇上瞧着他是鳌拜的干儿子，并没有难为他。今日小殓，举哀之前，辅政大臣们举行会议时，遏必隆提出由吴良辅任司仪，奏请太后准允。他便因此觉得风头又要转了，走路都扬着脸不睬人。

此刻，他心里有点急躁，又有点甜丝丝的。博尔济吉特被打入冷宫这八年来，他从没有像今天这样得脸过——议政王杰书、一等伯索尼，还有苏克萨哈，这些平日从不把内侍放在眼里的亲王大臣，还有排班肃立在滴水檐下的一群贝勒、贝子，统要听他提调。那是怎样的威风，那是多么的荣耀！

已初二刻，六十多岁的索尼——首席顾命辅政大臣至慈宁宫请训，并迎皇太子爱新觉罗·玄烨到乾清宫成小殓礼。新太后佟佳氏为人寡言罕语，拙于辞令，有些应付不来，便瞧着孝庄太后道："请母亲慈训。"孝庄太后搭眼瞧时，看到老态龙钟的索尼泣血伏地请训，便想到自己一生的遭际：少小入宫，盛壮时丧夫，费了多少周折，经了多少惊险，周旋于多尔衮、济尔哈朗之间，甚至搭上了自己的贞操，好容易才保住了儿子的皇位，才过得几天安生日子，便又遭此变故！心里边一阵酸辛，眼泪早流了下来："你是先朝老臣，要节哀顺变，皇帝坚意长行，这也是没法子的事。三阿哥聪明是尽有的，你们好好保扶他，他长大自然不会亏负你们！你把我这个话转告顾命的列位，也告诉他们，我的这个小孙孙我也是保定了的，你们素日知我的本性，惹翻了我也会够你们受的！就这些话，苏麻喇姑，你送皇太子去养心殿。"

苏麻喇姑从阁后拉着八岁的玄烨走来。他好像有点不太自然，给太后和佟佳氏各请了个安说道："皇额娘，我要阿姆一同去！"

"阿姆"便是奶妈。孙氏听到皇太子叫她，赶紧走出来，拉着玄烨的手说："好阿哥，听说，从今儿个起，您就是皇上了，不能再任性。阿姆不过是一个包衣奴才，这种地方是去不得的。"

"苏麻喇姑告诉我，无论谁都得听皇上的，是不是？皇上的话就是圣旨，是不是？现在我就下圣旨：'阿姆陪我去！'"玄烨执拗地说。苏麻喇姑在旁抿着嘴发笑，拿眼望着太后。

佟佳氏深感欣慰，也有几分得意，瞧母亲时，孝庄也在点头微笑。跪在一旁的索尼也是一愣，惊异地望着这个即将君临天下的小主子。此时看太后点了头，索尼忙对孙氏说道："你还不谢恩！"

孙氏见说，随即跪下向玄烨叩了一个头道："奴才孙氏，谢主子恩典！"说完站起身来。玄烨扑上前去，一手拉着孙氏，一手拽着苏麻喇姑就要出去。慌得索尼连忙起身，以老年人少有的敏捷抢出一步，高喊一声："皇太子起驾，乘舆侍候了！"

乾清宫外的皇亲重臣正等得不耐烦。排在第三位的顾命大臣遏必隆悄悄移步到第四位辅政大臣鳌拜身旁，先挤了挤眼。他有这个毛病，一说话先挤眼，不挤眼便说不出话——舌头在口里绕两圈这才开口："鳌公，上书房转来倭赫从承德办差回来后写的一份折子，说中堂圈占了八大皇庄的地。

你看——"

鳌拜脸上的肌肉绷得紧紧的，正眼也不瞧遏必隆一眼，硬邦邦地顶了回去："那就请遏公秉公处置吧！"遏必隆挤挤眼又说："鳌公，我不是这个意思，折子我处置过了，此等小人造言寻衅原不必与他认真，索尼老中堂年岁已高，我看这事就不一定再烦劳他了。"

对这样的人情，鳌拜不能不买账了。他回过头来看了一眼一本正经的遏必隆，微微笑道："多承关照，遏公高情，改日容谢。"遏必隆会心地点点头。"这种事可一而不可再。"口里说着，眼睛却望着肃立在阶前的顾命大臣苏克萨哈。鳌拜看了一眼苏克萨哈，冷笑一声点了点头。

"皇太子驾到！"吴良辅亮着嗓门高喊一句，众官员立时低头垂手站好。遏必隆也赶紧回到自己的位置上。

在乾清宫西永巷，苏麻喇姑和孙氏将玄烨扶下肩舆。玄烨童心好奇，见院内殿前站满了人，便急着要进去。苏麻喇姑对着他耳朵低声说："就要做皇上了，不要孩子气，要慢慢地走，越尊严越体面！"说完便同孙氏一同跪送玄烨进内。

索尼做前导，带着玄烨慢慢穿过笔直的甬道。御前侍卫倭赫、西住、折克图、觉罗赛尔弼，腰悬宝刀，亦步亦趋。当走过吴良辅身旁时，倭赫盯了他一眼，看得吴良辅顿时矮了三分。

倭赫是内侍大臣飞扬古的儿子，顺治八年做了御前侍卫。顺治一日也不能少了他在跟前。皇后被黜，吴良辅擅自把御赐的一柄如意偷了出来，被倭赫拿住，打了一顿漏风巴掌。吴良辅到顺治那里哭诉，哪知顺治却说："他是有良心的，不乘人晦气作践人。"正因这一段因缘，他对倭赫恨之入骨。

君臣六人上了殿阶，索尼上前撩袍跪下，三大臣也都长跪在地。索尼高声道："请皇太子入殿成礼！"说完一回头，见鳌拜趋跪之间，竟与自己并列在前，等候玄烨入殿，遂回头低声而严肃地说："请鳌公自爱！"

鳌拜一向对他畏忌。索尼现在虽老得龙钟不堪，但谁都知道，当年他金戈铁马，雄风盖世，连睿亲王多尔衮的账都不买。凭这点老威风，三朝元勋的牌子，从没有人敢碰摸过，所以在索尼面前也只好收敛一点儿。他憋着气跪退了半步。这时廊上廊下，丹墀内外的群臣，见他们跪了，也都忙着跪了下去。

玄烨踏进殿内，西暖阁中素幔白帏，香烟缭绕，十分庄重肃穆，中间的牌位上金字闪亮，上书"世祖体天隆运定统建极英睿钦文显武大德弘功至仁纯孝章皇帝之位"——这便是顺治了。按照索尼预先吩咐的，玄烨朝上行了三跪九叩首的大礼，早有内侍捧过一樽御酒，玄烨双手擎起朝天一捧，轻酹灵前，礼成起身。看着这个场面，索尼想起先帝在时的知遇之恩，如今人去殿空，杳如黄鹤，人生意趣索然罄尽，由不得老泪纵横，哭出声来。在场的太监、王公、贝勒一见举哀，忙呼天抢地齐声嚎啕——这就算"奉安"了。

从此刻起，皇太子便算送别了"大行皇帝"，在枢前即位了。吴良辅拂尘一挥，早有鸿胪寺赞礼官出班唱仪，百官鹭行鹤步，趋前跪拜，玄烨端坐在黄袱龙椅上接受朝拜。一十八行省，一百兆众生，便归了这八岁的"康熙爷"来掌管。

康熙耐着性子接受了贺礼，慢慢站起身来，走到四位顾命大臣前面，将他们一一扶起。一边扶一边问："你叫索尼？""你叫苏克萨哈？""你叫遏必隆？""你叫鳌拜？"四人一一顿首称臣。康熙道："先帝大行之前曾说，你们都是满洲豪杰，是忠臣，要朕听你们的话，你们就好办事了！"

四人一听，先帝有此遗命，不胜感激涕零，只因是在新皇枢前即位的喜日子里，不敢哭出声来，只是抽咽唏嘘。索尼以头碰地，回头来对他们三人说："先帝待我们如此恩重，何以为报？今日嗣君登极，我们四人应当共同立一誓言：我等奉先帝遗诏，保扶幼主，当竭忠尽智辅佐政务，不私亲戚、不计仇怨、不结党羽、不受贿赂、不求无义之富贵，惟以赤诚仰报先帝大恩。若各为自身谋私，违此誓言，天诛地灭，短命惨死。尔等愿立此誓否？"鳌拜虽嫌索尼多事，也只好随着二人答道："愿！"

康熙不甚明白这些半文半白的话，就连方才自己说的，也是苏麻喇姑路上教的。但那一连五六个"不"却是明白的，是极好的话，于是沉稳地点了点头说道："好！你们可以跪安了。"

四大臣和议政王带着众官退下，康熙皇帝如释重负，一下子又变成了天真活泼的童子，也不吩咐随驾扈从，便一蹦一跳地跑了出去，倭赫几个忙不迭地追上了他。康熙边跑边摆手道："你们不要来！"说着一溜烟绕过琉璃影壁，直向跪在甬道上的阿姆孙氏和苏麻喇姑身边扑去。

见康熙跑得太快，孙氏急得喊叫："我的好老爷子，当心磕了牙！"康熙却像没听到这话似的，一边跑一边格格地笑着："起来起来！我回来了！"说着一头扎进孙氏的怀抱。旁边的苏麻喇姑为他一边整理后襟一边说道："现在是皇上了，不能再那么'你'呀'我'呀的，应该说'朕'回来了。"

康熙笑道："坐了半天，真把人局促坏了，带我去见太皇太后和皇太后吧。"孙氏亲昵地在他脸上轻拧了一把道："老爷子今儿个露脸，我抱着你去！"说着一把将康熙抱起，三人说笑着向慈宁宫走去。四个小太监见圣驾去了，飞跑过来跟在后边。刚转过一条巷口，只听有人厉声喊道："放下！"

三个人都吓了一跳，抬头一看，原来是副都太监吴良辅站在面前。吴良辅先向康熙赔了个笑脸，板起面孔冲着孙氏斥道："这样子抱着皇上满宫里跑，成个什么体统？"孙氏素来温顺老实，见吴良辅脸色铁青，有点害怕，讪讪地放下康熙，说："皇上还小……"

"小？小也是皇上！你道是你自家的孩子么？"看到孙氏竟敢回口，吴良辅越发恼怒，大声吩咐小太监："去，叫慈宁宫首领太监李明村来。"

康熙一时还没有弄清是怎么一回事，见小太监"喳——"的一声要走，忙喊："回来！"却又不知说什么好，只拿眼望着神色严肃的苏麻喇姑。

苏麻喇姑先跪下请旨说："皇上，这件事交给奴才来办可好？"康熙重重地点了点头说："朕叫你办！"

苏麻喇姑这才转身说道："吴良辅，谁许你在主子跟前大呼小喝的，摆什么臭威风！"

"你一个下五旗宫女，知道什么规矩？"吴良辅当即顶了回来。

"宫女？"苏麻喇姑冷笑一声，"现在我是钦差，你跪下！"

"嗬？"吴良辅脖子一拧，刚说了一句"你不——"，"配"字尚未出口，苏麻喇姑扬手一掌，吴良辅脸上早着了一记清脆的耳光。"老主子刚刚大行，你就敢蔑视皇上！奉旨，要你跪下！——主子，要不要这样？"

康熙回过神来，才想到是要他"降旨"，忙说："跪下，掌嘴五十！"

吴良辅见康熙发话了，这才无可奈何地跪下。一个小太监忙上前挽袖，扬手要打，苏麻喇姑喝道："你献什么殷勤！主子是要他自个儿掌嘴！你就在这儿数数儿——老爷子，太皇太后和皇太后还等着您呢，咱们去吧！"说着三人径自扬长去了。

吴良辅被苏麻喇姑这么蛮不讲理地一闹，气得眼里冒火。看着他们去远了，旁边的小太监还在等着数他自掌嘴巴，由不得羞怒交加，霍地站起身来，一掌打了小太监一个满脸花："该死的畜生，你也敢作践我！"

"干哥，算了吧，和这种东西计较什么呢？"吴良辅回头一看，原来是鳌拜的从子侍卫讷谟站在身后。讷谟格格一笑："鳌中堂今晚请客叫你回府一趟，辅国公班布尔善、泰必图侍郎、洛世大人都在。怎么样，来不来？——想出气，容易得很！"吴良辅狠狠地点了点头，对小太监喝道："滚！"

一天欢喜被吴良辅搅了，康熙很觉扫兴。孙氏和苏麻喇姑随在后边，也是心事重重。孙氏本想乘今儿个万岁爷登极，心里高兴，就便儿把儿子魏东亭的事说一说，把他从巡防衙门调过来当差，一来将来有个出身，二来母子也得常常见面。她的这个想头，也曾和苏麻喇姑嘀咕过。她知道，这姑娘虽说才十五岁，却是太皇太后、皇太后跟前第一个得力的红人，模样不必说，心思更聪明得很，一句话顶自己十句！不想遇了个倒霉的吴良辅，倒不好再开什么口了。苏麻喇姑深知就里，却不言语，一路默默地想："这吴良辅今儿个吃了什么药？这么胆大！"想着，却抢前一步，笑着对康熙说："万岁爷甭生这些小人的气。今儿要讨个吉利，回头见了太皇太后和太后要欢欢喜喜的，啊！"康熙听了点点头，快步走进了慈宁宫。

太皇太后和皇太后一个歪在榻上，一个斜坐在下首案前，桌上摆了许多细巧茶食，早就在等着康熙进来。一见康熙稳稳重重地走来，后边苏麻喇姑和孙氏脚踏"花盆底"，手持黄绢丝帕亦步亦趋，二人相视一笑，不约而同地想："蛮像个天子嘛！"康熙朝上请了安，太皇太后一把将他拉过搂在怀里，问长问短："我的儿，天这么冷，没着凉吧？你皇额娘预备了这么多好东西，拣能克化的多吃一点儿！"听母亲这么说，皇太后忙吩咐："苏麻喇姑，把那件紫貂裘找出来给皇帝穿——听张万强说，今儿个你这小人儿当了一天大人，也真难为你了！"孙氏忙凑趣儿说："哎呀！那么多人，那么大的排场！我跪在旁边心里都直打战战。全亏了老爷子是真命天子，才镇得住，体体面面的，就把事儿办了！"

苏麻喇姑取出紫貂裘来，慢慢给康熙披上。康熙走至镶金大玻璃穿衣镜前照了照，很合体，大大方方走到两位老人跟前说："这裘穿上很好，谢谢皇额娘！"

佟佳氏忙说："坐着吧。"转身对太皇太后说道，"这些天为顺治爷的事，大家都忙得心绪不宁。我看皇帝还该找个合适的师傅才是。已经八岁了，该读书了。"太皇太后点头笑道："是呢，我也在想这件事，前几年读的那几本书都是苏麻喇姑教的，现在得找个大学问师傅才成。不过这事也不能太急，留心瞧着那品行端正、学问渊博的人再说。眼下皇帝跟前要添个得用的人，我看就把苏麻喇姑指给他，早晚侍候也放心些——曼姐儿，你可听着了？"

苏麻喇姑忙蹲身施礼答道："遵太皇太后、皇太后懿旨！只是奴才还有下情，不知当说不当说？"太后忙问："什么话？"苏麻喇姑道："奴才跟万岁爷，只能管个知疼着热的，万岁爷当下最要紧的是调几个能干的心腹侍卫。不是奴才斗胆，万岁爷到底年纪还小。古语说，'人心难测'，难保这么多的朝臣、侍卫里头就没有个使坏心眼的……"

一席话说得两宫悚然变色。太后忙问："这话从何说起？外头有些什么风声？"苏麻喇姑便根根苗苗地将方才吴良辅喝驾的事禀报了二位中宫。

太皇太后听了忙问："这吴良辅是怎么回事？还在六宫都太监之上？"太后见问，忙起身赔笑回话："论理这事曼姐儿和孙婆也孟浪了些。不过这吴良辅原是鳌拜辅臣的干儿子，瞧这点情面，一向没有难为过他。上次召见四辅臣时，商定外头的事全托了索尼，宫内领侍卫大臣是鳌拜做主。佛爷不用担心，他有什么能为？作了乱子横竖有倭赫他们几个呢。"太皇太后听了默然不语，良久才说道："曼姐儿心地细，所虑极是。不过皇帝也累了，这事先就说到这里。曼妮子，去侍候他歇着吧。"

康熙向两位老人跪了安，起身随着孙氏和苏麻喇姑走了几步，忽又回身说："太皇太后，皇太后，大赦诏旨不知明发了没有？"太后听说不禁失笑，忙道："去吧去吧！又想到这个！那他们都做什么去了？索尼他们上次奉诏时都已安排好了。"康熙听了方才无话，随着苏麻喇姑和孙氏去了。

第三回　魏东亭风尘会侠女
　　　　伍次友煮酒论功名

老皇晏驾，新皇登极，大赦天下，开科选士，是几朝传下来的惯例。实际上，不等圣诏颁发，各省的举子们早已公车不绝，络绎于道了。开春之后，北京接连几个艳阳天，北海的浮冰融融，像是要开冻的模样，小孩子玩的木头冰划子都不敢往上放了。丝丝春风吹过来，虽说还有些寒意，已经不是那么浸骨沁髓了。悦朋店的十几间客房里渐渐住满了人。只是上房三间仍旧由伍次友住着。后来租房子的人多了，伍次友觉得过意不去，便叫明珠也搬过来住了西屋。兄弟两人每日价讲诗、论文，专待恩诏颁发。

这天是"二月二"，龙抬头的日子。虽不算什么大节气，但只要兴致好，人们总能寻出玩的理由来。伍次友约了明珠，便一道去游西山了。

其时正是"早阳春"，乍暖还寒，柳丝带黄。二人信步而行，不觉转到西河沿一带。这里前明是个大码头，市廛栉比，店铺鳞次，百艺杂耍俱全，地摊上摆着宋砚、明瓷、先朝的金箸玉碗、镂金八宝屏和圆碧玉瓶，还有海外舶来品紫檀玻璃水晶灯、报时钟、铜弥勒佛、鼻烟壶、名人字画……真是琳琅满目、应有尽有。二人原为找清静，不想撞到这里，竟比西直门内更嘈杂了许多。明珠见伍次友兴致不高，便说："那边河上的风光好，咱们不如到那边去。"伍次友点点头道："也好。"

正说间，忽然听得左边一大群人轰然喝彩，明珠挤进去一看，原来是一男一女两个江湖卖艺的在演武。那男的有四十五六岁，打了赤膊，在走场子。他划开了人圈子，将辫子往头顶挽一个髻儿，就地捡起两块半截砖，五指发力一捏，"嘭"的一声，两手的砖头立时粉碎。众人大声叫"好！"

那汉子发科道："老儿初登贵地，人生地疏，全仗各位老小照应，在下虽有几手三脚猫功夫，并不敢在真人面前夸海口，有个前失后闪，还望看官海涵！"说罢指着站在一边的女孩说，"这是小女史鉴梅，今年一十七岁，尚未聘有人家。不是小老儿海口欺人，现让她坐在这几墩麻饼上，有哪位能将她拉起来，便奉送君子以作箕帚，决无反悔！"

明珠不觉看呆了。他似乎在什么地方见过这位女子，却再想不起来，回头招呼伍次友说："大哥，这倒有趣，我们不妨看看。"

伍次友看那女子，娇艳中带着几分泼辣刚强，虽无十分容颜，却也楚楚动人。只见她手握发辫站在一边抿嘴含笑，并不羞涩。听得老父说完，便在场中走了一个招式，细步纤腰如风摆杨柳，进退裕如似舟行水上，内行人一看便知，端的轻功非凡。她扎了一个门户，便分腿蹲坐在一叠有七八个的麻饼墩上。

这时看热闹的人越来越多了。人们你推我搡，就是没人敢出头一试。半晌，忽地一个精壮汉子跳进圈子，红着脸说道："俺来试试！"一边说，一边抢上前去挽起姑娘臂膀，运力就拉。不料女的将臂一甩，那汉子立脚不住，竟一跟头栽出五六尺外。他爬了起来，拍拍身上的土说："这不能算，她用的是巧劲！"老者笑道："不妨再试。"

那汉子便又走上前拉这姑娘，谁知凭怎样使劲，那女的虽是来回转动，身子却像粘在麻饼上。汉子挣得满脸通红，女子却在顽皮地笑。他正待松手认输，老者却说："足下如有朋友，不妨几个人合力来拉。"汉子见如此说，将手向人群一招呼道："五哥，四哥，大侄子，你们都来帮我一把！"

话音刚落，人群中几个人应声而出。有两个人约有三十岁，那年轻的也有二十五六岁，个个膀宽腰圆、虎气生生，一齐走上前去。伍次友和明珠不禁暗替那姑娘捏了一把汗。

那姑娘从怀中扯出两根彩绳，一手拿一根，露出四根头来交给四个人，这等于是两个人合拉她一只手。正待要拉，那年轻人说："这不成，她手一松我们都得跌个鼻青眼肿。"老者哈哈一笑说道："松手为输！"

一场角力又开始了，四个壮汉各拽一个绳头，使足了劲朝一个方向拉，那势头真有千斤之力。但那女子坐在麻饼上纹丝不动，任凭四个人左拽右拽，全不在意。时间久了，几块麻饼吃力不住，只听得咯嘣嘣一阵响，被压得裂成几块。围观的人足有上千，看到如此精彩表演，发出雷鸣般的叫"好"声。

伍次友也忘了书生的矜持，跟随众人大声喝彩："快哉！"五个人僵持了一会儿，那姑娘将丝绦慢慢向怀里一收，又猛地一抖，四个人把持不住，一齐松手，跌得人仰马翻。

众人又是一阵轰然叫好，老者便翻过铜锣收钱。正在这时，圈外忽然大乱，几个彪形大汉一边推人，一边用鞭杆捅着看热闹的人，"闪开闪开！穆里玛大人来了！"听得"穆里玛"三个字，明珠不觉心头突突乱跳，悄悄用手捅捅伍次友说道："兄长，这里不好看，咱们走吧。"伍次友正看在兴头上，哪里肯走，摇头道："不妨再看一阵子再走。"明珠只好又站下。说话间，人们已闪出一条通道，那穆里玛滚鞍下马，将马鞭子随手扔给从人，捋了捋袖子走上前去问："老头子，这是你的女儿？"

老者一见是位贵官，忙作揖道："回老爷话，这是小人义女史鉴梅。"

"好啊！"穆里玛嘿嘿一声冷笑，说道，"听说四个壮汉子都拉她不起，功夫也算了得！"老者忙说："承爷夸奖，她不过练了几天内功，其实叫行家见笑。"穆里玛横着眼把鉴梅上下端详了一阵，回头对从人说："这小娘子长得蛮俏嘛！我倒想领教一下她的内功！"说着上前便扯。

二人刚一搭手，只见鉴梅忽地将手一缩，甩出一条丝绦。穆里玛邪笑一声仍用手去拉，鉴梅让无可让，一翻身滚到一旁，一个鲤鱼打挺立起身来道："别耍歪门邪道，拿出真功夫来！"众人听了立时大哗。老者向前跨了一步，给穆里玛请了个安，说道："爷的手段高强，我们服了，求老爷贵手高抬！"

"高抬贵手？"穆里玛哈哈大笑，将手一摆，说道，"方才你说的话不算数啦？是我将她拉起来的，她就是我的！怎么，我就配不上她？"老者一手轻扶鉴梅，另一手拽住穆里玛的衣袖说道："老爷，您如用硬功拉起她，小人自没说的，您用毒指环暗器，这……"一语未终，穆里玛不耐烦地将手一摆说道："没工夫听你老杂毛啰嗦，走！"两名亲兵狂扑过去，架住了史鉴梅。

"且慢！"伍次友在旁实在看不过去，一步跨出人群，双手一拱，朗声说道，"穆里玛大人！在下并不懂武功，但这女子是自行起身的，你并未将她拉起！这且不说，便是迎亲嫁女，也要择个良辰吉日，你这般行径，与抢亲何异？"穆里玛将伍次友上下一打量，呵呵笑道："你一个臭举子，抵不了我一个三等奴才，这儿有你说的话？"

伍次友见他如此无礼，火气上来，他什么也不怕了。明珠在身后拉他，他倒挣开进前一步说："堂堂皇城，天子脚下，正是讲理的地方。樵父贩夫，皆可声言，凭什么我就说不得？我偏要管！"

话未说完，只觉得肩头猛地一疼，早着了穆里玛一鞭："你他妈的活腻了！这臭卖艺的是你姐姐，还是你妹子，你这么护着她？"伍次友忍着痛怒声回答："路见不平，人人皆可相助，未必非要是你姐妹不可！"明珠这时已愣怔过来，急忙上前拉他过来："兄长，你少说一句吧！"

正在这时，忽然见一个少年从人丛中闪了出来，走到鉴梅跟前拉起手来看了看，回身向穆里玛一揖说道："穆里玛大人，你用暗器伤人，算得上光明正大么？"

穆里玛见来人腰悬宝刀，头顶簪缨，心知来者不善，却又不能服软，将脸一扬问道："你是做什么的？你管得着爷们的事吗？"明珠却一眼看出，来人正是表兄魏东亭。此时人多，又逢着这事，不便上前厮见，便推了推伍次友说："这是我的表兄，叫魏东亭。"伍次友赞赏地点了点头。

魏东亭双手一叉，也扬起脸来答道："巧得很了！在下姓管名得宽，对这等事便是要管呐！"穆里玛将胸口一拍，说道："我乃堂堂靖西将军，你是什么功名？"魏东亭微微一笑，说道："莫说靖西将军，便是西楚霸王，到这里也得讲理！"

那穆里玛原是当朝太师鳌拜的嫡亲兄弟，平日骄横不法，欺侮人欺侮惯了。这次进京述职，原是鳌拜书信召来，说要委他一个好差事。但他素来怕哥哥，见鉴梅灵秀俊雅，有意顺手抢来献给哥哥讨个好儿，不想又遇上伍次友、魏东亭两根刺头儿，心头怒火不由得呼呼直冒。但转念一想："京师重地，不宜风高举火。在这人事繁杂之处，说不定会碰到哪个网上，不如一走了之。"思量了一阵，他冷笑一声说："老爷身有要事，不和你小子穷蘑菇，走！"

"走当然可以，不过须把人留下！"魏东亭扬眉喝道。那穆里玛只笑笑，翻身上马，说声"走"，两名亲兵架起鉴梅就跑。魏东亭冷笑一声，便"嚓"地拔出刀来，上前一跃，用一只手将一个架鉴梅的亲兵肩头只一扳，顺势一脚又踢倒了另一个亲兵，只听一声"妈呀"，两个人眨眼工夫都被撂倒在地。史鉴梅甩开身来，笑嘻嘻地飞足一踢，前面一个亲兵跌了个嘴啃泥。看热闹的人早就退到远处。

穆里玛勃然大怒，扬起鞭子"啪"地朝魏东亭兜头打来。魏东亭一个急闪，用手顺势拽住鞭梢一扯，穆里玛竟在马上一个倒栽葱跌了下来！几名亲兵一时慌了，一边抢上去扶穆里玛，一边拔刀向魏东亭逼来。旁边看热闹的人一看事情闹大了，乱哄哄地东奔西窜。伍次友急向卖艺老者大声叫道："还不快走！"

那老人原本不愿动手，此时见已没有转圜的余地，大喝一声："吃棍！"只见他从地上扯起一根三截棍，舞得呼呼风响。卖艺老人的三截棍噼里啪啦一阵响，顿时打倒穆里玛三四个亲随，躺在地上直哼哼。魏东亭原以为老者胆怯，此时看他出手如此之狠，不禁暗自敬佩。穆里玛见状不妙，一边抽刀护身，一边大叫："还不快去催马队来！"早有一个贴身小厮退了出来，一跃上马，飞也似的去了。

明珠一手拉着伍次友向人堆里钻，一边回头冲魏东亭呼道："十三郎，不可恋战，快走！"老者听了这话，知道是自己人在提醒，忙用三截棍护住全身，且战且退。魏东亭一柄腰刀舞得银光闪闪，紧紧随后。明珠拉了伍次友说道："兄长，这家伙救兵马上就到，咱们快走！"伍次友却将手一挣，反又向前走了几步，站在一株老树下远远地观看。明珠一愣，也忙赶了过来。

眼见魏东亭护着老者父女过了一座小桥，魏东亭站在桥头，那十几名亲兵持刀慢慢逼近了他。魏东亭忽地站定，从容地将刀还入鞘中，从怀中缓缓取出一把物件，顺风一扬，前头四名亲兵一声"啊呀"，捂着脸躺在地上，疼得直打滚。后头的不知怎么回事，忙上前扶起看时，每个人脸上都有十几枚极细的银针，有两个人被扎瞎了眼，一边嚎叫，一边乱拔那些银针。剩下的几个人面面相觑，眼睁睁地看着三个人过了河，进到对岸的树林子里。伍次友远远地见他们不追了，才拉起明珠说："咱们回吧。"

魏东亭战退众亲兵，拔腿便奔向树林，在树林深处一株老柳树下寻着了鉴梅父女。老者见魏东亭走来，忙站起身来躬身作揖说道："壮士，今日若非你出手相救，只怕我父女难逃毒手。感谢你的大恩，我这里先施一礼！"说完伏地便是一拜。又说："鉴梅，还不谢过恩人！"那女子立即弯腰要拜，慌得魏东亭赶紧上前，用双手虚扶。此时他定睛一看，忽然失声惊呼："啊！你是梅妹！"

听到这个名字，鉴梅也是一惊，待细看时，认出了这是早年在热河皇庄幼小相处、耳鬓厮磨的亭哥，不禁失声叫道："亭哥，我可见着你了。"说完两颗泪珠顺着脸颊滚落下来。魏东亭见她哭了，有点手足无措，慌忙扯出一方手巾递过去，说道："方才只顾厮杀，竟没有认出是你！"

鉴梅见老者诧异，忙笑道："义父，这就是我常向您提起的魏东亭哥哥，他在热河皇庄上当差，我们是邻居……"又回身对魏东亭说道："这是我前年认的义父史龙彪，我们这次进京是……"鉴梅正说着，瞥见史龙彪在向她使眼色，便转了话头，"正是为了投奔你来的。"

"史龙彪？"魏东亭皱眉一想，忽然失声惊叫道："莫不是江湖上叫铁罗汉的史大侠？"老者微微笑道："正是不才，其实盛名难副。"魏东亭忙道："那你二人怎么会有缘认了父女？"老者长叹一声说道："说来话长，既来投奔你，咱们先回去，慢慢讲吧，你在哪儿住？"

一语提醒了魏东亭，他一边答"我在虎坊桥东第三家"，一边站起身，望望四周，遂说道："史老伯，你且守在这儿别动，我去雇顶轿子，咱们再走。"说完独自蹚开乱树丛向林外走去。

不料西河沿庙会上因遭了这事早散了场，附近竟没有轿子。魏东亭找了约莫半个时辰，好容易才觅到一辆轿车，便吩咐车老板在路上等候，自己又折转来找鉴梅和史龙彪。

他还没有走近老柳树，便见林中草木狼藉，心叫"不好"，紧走几步到了老柳树下，但见林静人空，哪里还有鉴梅父女二人踪影！

魏东亭仔细搜寻，只见一只玉佩丢在乱草之中，捡起一看，认得是鉴梅随身之物，霎时，急出一身汗来，跺脚恨道："是我失算了，早知如此，便一起走何妨！"他一刻也不敢耽误，奔出树林，跑到路边登上车，吩咐道："快，到禁城去！"

魏东亭进京在内务府当差，满打满算不过两个月光景，认识的熟人并不多。这会儿急着要会宫里的母亲，想托人捎个信儿，问了几个人，都说"没法儿"，也只好打消了妄想，快快而回。

他才出内务府大门，迎头碰见了小毛子悠悠荡荡地走来，猛地想起，他在内宫御茶房当差。因为小毛子的表哥文寸生也在内务府，曾和他见过两面。这小毛子一准是赌输了钱，又来找表哥打饥荒，忙一把扯住他，笑道："小毛子，找你表哥？"

小毛子"嗯"了一声，抬头见是魏东亭，忙问："我表哥在里头吧？"魏东亭道："你表哥现正和堂官回话，哪有工夫见你？"小毛子甚觉扫兴，一跺脚扭脸便走。魏东亭忙道："你表哥我们素日相处极好，你有什么难处就冲我讲。能办呢，我就给你办了；不能办呢，我也把话给你捎到。"小毛子蹙眉道："说起来寒碜死人！昨个回去，我妈病得厉害，抓药的钱没着落，找表哥拆兑几个。"

魏东亭以为他说假话，心里暗笑，将胸脯一拍说道："兄弟，你这叫尽孝！这点子事，哥哥能帮忙——得多少钱？"小毛子不好意思地说："这怎么好打您的抽丰？其实也要不多，一吊半就够用了。"魏东亭哈哈一笑："一吊半够做什么！这是五两，你拿去给老伯母治病，再买点补药养养，就会好的。"小毛子很觉意外，拿眼盯着魏东亭道："您一个月月例才不过五两，我怎么过意得去呢？"魏东亭道："自己兄弟，说这样话叫人笑。"

"那我就谢赏了。"小毛子双手接过银子，就势扎了一条腿，极其熟练地请了个安："魏大爷真是好样的！"魏东亭见他要走，装作不介意地问："你这会儿到哪儿去啊？"小毛子道："回里头去，今儿个我当差，到明早才得下来呢！"

"里头"就是大内。这可是正瞌睡，天上掉下来枕头，但又不能卖得太贱。魏东亭漫不经心地"啊"了一声问道："皇上跟前的孙氏，你认得不认得？"小毛子一听便笑了："别说孙嬷嬷，就是苏麻喇姑大姐，谁不到御茶房来？那都是皇上跟前第一等红人！你有什么事儿？"魏东亭笑道："那是我妈。"

"哎哟！"小毛子一听忙又请安，"我道您出手这么爽利，不知魏大爷您是贵人哪！"魏东亭笑着扶起他，说道："别扯淡了，你这会儿回去顺便捎个话儿，见着孙嬷嬷，就说我在西后角门外头等着她老人家，有点儿事磨不开手。"小毛子笑道："这算什么，往后仰仗您老的地方多着哩。"说完一溜烟地去了。

魏东亭在西角门等了足有半个时辰，天快晌午，孙氏才得出来。皇帝乳母照规矩是不能出外会家人的，为的是怕她见了家人，说起家中烦难，心里难过，影响了奶水质量。从世祖顺治时起，这规矩才有了点松动。

孙氏从角门一出来，就板着脸问："这么急要见我，是什么事呀？正侍候着主子哩。要是为一些鸡毛蒜皮的事，你可仔细着！"魏东亭听母亲骂过，照例赔笑回话："儿子没事，哪敢惊动老太太的驾——梅妹给人抢走了！"

孙氏一听便急了，一迭连声问："你在哪儿见着她啦？她怎么到这儿的？又是什么人抢走的？"魏东亭"嗐"的一声，一拍腿说道："背时透了！"这才一五一十把事情经过告诉了孙氏。孙氏呆了半晌才说："这丫头命苦啊！她妈临死拉着我的手交代，要我照顾她长大，没承想我一进宫，两家都碰上了这些糟心事。如今可怎么好？"魏东亭也叹息道："什么也没来得及问，她怎么离开家的，又怎么遇上史大侠学了这一身功夫，真真使人不解！"孙氏擤了擤鼻涕，用一方雪绢拭泪道："事到如今急也没用，你先打听着人在哪儿，咱们再想办法。那丫头聪明过你十倍，想不至于出什么大事的。得便我再求主子想想办法，事情就有头绪了。"

魏东亭原想找母亲讨个主意。她在京年头多，又是当今圣上的乳母，许能有个办法，不想孙氏也很不得要领，只好答应说："是。"转身刚走几步，孙氏又叫住了他："主子已经说了，叫你到内廷当差，说不定能攀上个御前行走！虽说还是内务府的差，那身份可不一样。好生仔细着，若要叫人说出半句不字，我可不依！你要找到梅儿，不妨先接到你那儿去，再告诉我一声儿！"说完径自进内去了。

原为出城踏青赏春，却装了一脑袋的不痛快。一连四五天伍次友都没出门，每想起这等事来，便气愤难平。明珠看他躺在床上烦躁不安，便知道他又在为穆里玛的横行霸道行为生气。半晌，他讪讪地问："大哥，春闱就要开了吧？"

伍次友正待说话，只听竹帘一响，何桂柱跨进屋里，左手挎着四喜盒子，右手怀里抱了斗大一个坛子。他将盒子朝桌子上一放，把坛子慢慢放到桌下，就着势给伍次友请了个安说："二爷，春闱今年是没有的了，不过新皇登极，准定要加科选士，二爷今科那是必定得意的了！"说着，他笑嘻嘻地打开盒子，屉上热气腾腾地放着一盘糕、一盘粽子、一海盘蒸得烂熟的甲鱼，还有一支笔、一块墨锭和一柄如意，齐齐整整地摆放着煞是好看。何桂柱把东西一样一样摆放在桌上，又揭开下屉，却是一色六盘蒸菜。刹那间，屋子里香气四溢。何桂柱一边整治一边说："这是小的一点孝敬意思，请二爷赏光。我知道二爷家世代大儒，并不信这些个，不过图个吉利罢咧！"

本来沉闷的空气，经何桂柱这么一折腾，顿时有了活气。伍次友歪起身来跐上鞋，笑道："倒难为你，不管吉利不吉利，先得享享口福。明珠弟，柱儿，这儿也没外人，咱们三个索性坐坐。"何桂柱见公子欢喜，也觉高兴，又听邀自己一处喝酒，这么露脸的事，祖上怕还没有过，口里说"不敢"，心里却是十二个情愿。忙叫伙计："把过年用的炭炉子扇好了搬过来烫酒。小三，你不要门门面上了，到嘉兴楼去把翠姑悄悄请来……"

伍次友以为他要叫歌伎，忙道："别，我最怕这个，且眼下正是国丧呐！"何桂柱忙赔笑道："不相干，翠姑并非青楼人，不过给秋香院那些人编个曲儿词儿的，也算有身份的了。二爷小心自然是好的，不过虽是国丧，却也是新皇登极喜庆日子，大家子都不忌讳，何况咱们！秋香院七妹妹昨儿个还到鳌拜中堂家唱堂会来着。咱们家居小的，二爷要取功名，她来唱个曲儿助兴也不过分。"小三见伍公子不再阻拦，便自行去了。

三杯滚热的老酒下肚，伍次友阴沉的脸舒展开来，将酒杯向桌上一蹾，笑道："说起功名二字，想来真是五味俱全，有意思到了顶点，没意思到了极处。"明珠呷了一口酒，夹起一筷子清蒸海参嚼着，笑问："敢问哥哥，怎么个有意思法？"伍次友笑道："贤弟你自不知，柱儿清楚——你告诉他！"桂柱喝了几杯，也有点放形，见公子点到自家，遂举起杯子笑道："'为社稷秉君子之器'，这是老太爷常挂在嘴上的话。我是家生子儿，听得多了。公子家七代中出了四个状元、三十个进士，拔尽扬州的地气！人们看伍家，像从地下往天上看。用老太爷的话说，'耀祖荣身荫子孙'。这么好的事，当然有意思！"说完端起门盅"咽"地咽了下去。伍次友鼓掌大笑："说得好，解得切，'出则舆马，入则高堂，堂上一呼，阶下百诺……'这是蒲留仙先生的话，柱儿可下了个好注！"明珠还是第一次听到伍家前世的事，心中甚觉高兴，忙饮一杯酒问道："那怎么又说'没意思'呢？"

桂柱不敢答，望着酒杯愣了一会子说："这个小的就不甚明白了。想来做官虽好，总要操心；读书虽好，总是苦事，可是这个么？"伍次友正待答话，窗外忽然传来小三的声音："翠姐，就在这里了，主家都在等着你呢！"何桂柱听得翠姑来了，忙起身挑帘，一边笑道："翠姐好！快来见过二爷！"

翠姑莞尔一笑，款步跨进正屋，稳稳当当朝伍次友和明珠道了两个万福。伍次友、明珠打量这位翠姑时，差点笑出声来。原来不过是个十八九岁的女孩子，头上也不插戴什么，上身着月白色坎肩，下身笼着石青褶裙，额头似乎高了一点，脸上脂粉淡抹，娥眉轻扫，微颦似蹙，体态凝重。她抬眼扫了一眼席面，笑道："这是给公子入闱壮色的了。"

伍次友本来有点拘束，见她大大方方的，自觉好笑，忙道："我本不在乎这些个，不过既摆下了，大家随便一乐——不必拘束，大家同坐吧。"说着起身端起门杯递了过去。

翠姑忙站起来双手接过，用手绢捧着喝了，谢了坐，斜欠着坐在伍次友侧面，低头抿嘴而笑。半晌才道："多承公子厚意，不过既叫了我来，还是公子多饮，红妆佐酒便是。"说着，从怀中丝囊里取出一柄箫来，"你们尽自吃酒，我吹箫助兴！"

明珠本擅长吹箫，见那箫嵌金镶玉，光泽耀眼，不由技痒，说道："姐姐不弃，不如我来吹箫，姐姐清唱岂不更好？"桂柱拍手笑道："好！"伍次友也笑道："只是我们叨光得紧了。"

明珠端箫到口，笑问："姐姐，唱一段什么？"翠姑想了想说："唱一段汤学士的《妆台巧絮》罢。"明珠道："好。吹《五供养》调。"伍次友不通此道，只呆呆地听。那明珠五指轻舒，呜呜咽咽的箫声飘然而出。翠姑流波一盼，赞道："好箫！"便按着拍节而唱道：

> 相逢有之，这一段春光分付他谁？他是个伤春客，向月夜酒阑时。人乍远，脉脉此情谁识？人散花灯夕，人盼花朝日。着意东君，也自怪人冷淡踪迹！

唱罢举座欢笑，明珠打诨道："似姐姐这般人品，谁肯对你'冷淡踪迹'？"何桂柱道："这词儿太雅。我倒觉得前日你唱的什么'讲鬼话'不错。"明珠噗嗤一声笑道："必是'占鬼卦'了！"说着便又吹了起来，翠姑唱道：

黄昏卸得残妆罢，窗外西风冷透纱。听蕉声，一阵一阵细雨下，何处与人闲嗑牙？望穿秋水，不见还家，潸潸泪似麻。又是想他，又是恨他，手拿着红绣鞋儿占鬼卦！

听翠姑唱完，明珠先就叫了声"好"，伍次友也笑道："不错，雅俗可以共赏——什么叫'红绣鞋儿占鬼卦'，倒要请教。"翠姑嗫嚅了一下，未曾开口。桂柱却道："这个小的知道——丈夫出了远门，娘儿们盼着回来，又不好意思去问卦，拿着红绣鞋撂在地下占卜，正过来的就是男人要回来了，翻着的就是一时回不来——可是不是？"这番粗俗不堪的解说倒也十分透彻，众人无不失笑。明珠忽然想起，问道："大哥方才说功名有意思没意思的话，不知这没意思怎么讲？"伍次友道："兄弟，我来告诉你。"话音刚落，忽听门外有人说："兄弟们一味快乐，怎的就忘了我？"

第四回　康熙帝夜造悦朋店
　　　　　吴良辅擅擒侍卫臣

　　话音未落，魏东亭早掀帘进来。"哈，明珠弟，早就想找你，不想今日才得空儿。"众人连忙起身拱手相迎。伍次友见是几天前在西河沿打抱不平的那个少年，更是高兴，连说："快坐快坐，今儿真是好日子，西河沿一游得识魏贤弟，十分仰慕，不想这么快便又见了面，真乃好风送君来，与我共把酌！"说着便拉魏东亭入座。翠姑却留神到魏东亭身后还站着一个少年，约莫十岁上下，文文静静地站在门旁，忙问："这位少爷是跟魏大爷一起来的吧？"魏东亭见问，忙笑道："这是我家龙公子，一同出来闲逛，不想就闯到这儿来了——咱们看看就走罢！"

　　那少年拱手对众人一揖，笑道："既来之，则安之，咱就坐坐再去不妨。"众人见他虽然年少，却举止稳重、落落大方，又见魏东亭对他尊礼甚笃，也都不敢轻慢。伍次友忙说："请一同入座。"魏东亭欲将少年让至上首，说道："以位而论，爷最尊，自应坐在上头。"少年将手一摆，说道："这又不是在家里，忒煞多礼了！"说着便挨着翠姑坐下，"我们已进来了多时，方才听伍先生高论功名，有趣得很，请接着往下讲。"

　　大家归座，把酒更盏。伍次友说道："说到没意思，倒不是柱儿这等说法。柳河东说'凡吏之食于士者，盖民之役'。既然做官是当百姓的奴才，就不该怕操心怕苦。"龙公子听了笑问："我倒听说，百官都是皇上的奴才，怎么先生倒说是百姓的奴才呢？"

　　伍次友笑道："天子之命系于民命，相较起来，还是民命重的。谁得了民心，江山便稳了；谁失了民心，凭你天子皇上，也是兔尾难长！"魏东亭听了脸上不禁变色。他转过脸朝龙儿看看，见龙儿专心致志地听讲，并无厌色，便放下心来。

　　伍次友笑道："咱们还是说功名。自古以来，选士之法，变了几变。由乡选制改为九品官人之法，由九品官人法又改为今之科举制。在先古之时，士子尚可傲公卿，游列国，说诸侯，择主而从。自唐开科举，风气大变，尚空谈，轻实务，文风浮泛，士品也日下，既无安民之志，又无治国之才，图虚名、求俸禄者日多。朝廷以此取士，欲求国富民强安能得哉！"

伍次友端起何桂柱刚斟上的一杯热酒，越发红光满面，笑道："便以士子入闱这事来说，就有七似。"

龙儿听得有趣，也吃了一口酒问道："哪'七似'呢？"

伍次友扳着指头道："宣城梅耦长先生曾对我讲，秀才入闱，初入时，赤足提篮，似丐；唱名入闱，帘官喝骂，皂隶斥责，似囚；进了号房，孔孔伸头，房房露脚，似秋末之冷蜂；考完出场，神情恍惚，天地变色，似出笼之病鸟。"

听到这里，明珠已笑出声来，他是过来人，自然深得其中况味。伍次友又扳下小指道："归了下处等候消息，如坐针毡，梦不得安，似猴子被系于绳；一旦榜上无名，神色猝变，似丧考妣；事隔不久，气平技痒复又衔木营巢，似抱破卵之鸠。这便是七似了！"

众人听得入神，先是觉得好笑，后来却又不知怎的笑不出来。半晌，魏东亭才笑道："先生为此等人画像，真可谓惟妙惟肖，入木三分！"龙儿也笑道："听先生此语，倒令人大失所望，从这'七似'里要寻出周公、伊尹来，岂不是天大笑话？"众人听了，不禁大笑起来。明珠一边笑一边对伍次友说道："这位小哥儿，不过十岁吧，竟这等敏捷！真是妙语解颐，算是为大哥的话下了注解。"伍次友却没有笑，只瞧着龙儿，若有所思地点点头。

桂柱见魏东亭饮酒甚少，酒到口边，只略略沾唇便又放下，遂笑道："明珠大爷早夸过，魏爷一向是海量，今儿个不肯开怀，莫非酒不好？"魏东亭忙道："兄弟有病，早已戒酒，今儿瞧着大伙高兴，不得已才吃了几盅。"龙儿却笑着揭短道："何必呢，今天你就和他们比个输赢！"明珠笑着倒了一杯热酒递上来，说道："着啊！哪有什么病！龙少爷说你能饮，还能混过去？"魏东亭不好意思地看了一眼龙儿，笑道："那我就舍命陪君子了。"

何桂柱离席出去，一会儿笑嘻嘻地捧着一个掣签筒过来，说道："这是专为孝廉们解闷儿用的酒签筒。咱们也掣签饮酒取乐如何？"伍次友起身笑道："这倒罢了。不论功名论酒运。数我年长，我先来！"说着便从签筒里拔出一支来，攥在手里不言语。翠姑忙问："什么签？"伍次友自夹菜不语。魏东亭起身欲拿签来看，伍次友却将手摇了摇。魏东亭笑问："难道不许人看？"伍次友咽了菜，只微笑点头，仍不答腔，何桂柱耐不住，说道："二爷打哑谜呀？你说出来，该谁喝，谁就喝呗！"伍次友仍不言语，只顾夹菜往口里送。明珠道："我猜这签必定不雅，所以大哥不肯说。"伍次友笑着摇头。只有龙儿不懂这些，饶有兴味地看着不吭声。

半晌，伍次友把签递给明珠，明珠念时，却是一句："桃李不言，下自成蹊——不语不饮，言者三杯。"算来席上只有伍次友和龙儿不曾说话，翠姑笑道："这签也批得太毒了，我是吃不得了！咱们喝了，重新换个玩法吧！"

大家喝了三杯，伍次友、明珠和何桂柱已有些醉醺醺的了。翠姑脸上也泛起了红晕，说道："我是已经醉了，图不得了！"伍次友却叫道："没醉！喝这么一点酒怎么会醉得倒人？当年在扬州我与大哥兄弟二人长饮雄谈，评论时事，喝过半坛，那才叫喝酒！"说罢不胜感慨。明珠猛地将案一击说道："休言时事！老贼不死，国无宁日，民无宁日！"

"老贼是谁呀？"龙儿见他拍案而起，吃了一惊。后头的话，他没听清楚，忙问道："老贼和时事有甚关系，老贼偷了时事么？"

魏东亭见明珠发狂，知是醉了，忙道："表台，你说的什么话，今儿个怎么啦？"伍次友乜着眼接口说道："实话！鳌拜便是当今国贼，鳌拜不死，清室永难太平！"

龙儿见魏东亭上前搀伍次友要去歇息，忙摆手制止，一边问道："鳌拜从龙入关，功劳卓著，怎么先生倒以为他是国贼？"伍次友已是醉眼迷离，见这孩子盘根问底，像个小大人，倒觉有趣，便应口笑道："自古权臣，哪个没有功劳？乱国之臣，非国贼而何？残民利己，非民贼而何！"说着便用手指着明珠对魏东亭道："就说你这表台吧，好端端的一个殷实人家，如今被弄得家破人亡、妻离子散。这个圈地之法，实在害人不浅。北京城里是乞丐成群，城外那千里沃野却成了狐兔之乡！瞧着吧，此次朝廷策试，我必痛陈圈地之弊。"说完自将觥中酒一仰而尽。此时明珠早忍不住，只闭目不语，热泪横流。

这场面眼见难以维持下去了，再喝下去，谁晓得还会说出什么话来。魏东亭趁势，起身说道："天时不早了，龙儿明日还有功课，怕太夫人着急，我们就此告辞了。"言毕，携了龙儿的手，辞了众人出来。

出了悦朋店，天色已经黑了下来。魏东亭将刀鞘向前移了移，看四下无人，回头向身后的康熙笑道："爷，今儿个幸亏没喝醉，不然奴才少不了要挨母亲一顿责骂。索额图大人荐奴才来给爷当差，办砸了，连索尼老中堂脸上都不好看！"康熙笑道："你的这几个朋友很有意思，你要多亲近亲近他们。那个伍次友，看来是个有学问的。"魏东亭躬身回道："是，这伍先生学问不坏，不过，好像有点儿狂。"康熙点头道："狂而不媚，朕倒是欢喜的。他为人耿直，心有不平之事不让他说，这如何能行呢！"

半晌，康熙又问："你过去见过伍次友？"魏东亭便将西河沿救鉴梅的事讲给康熙听。康熙正听得有趣，听魏东亭说不见了鉴梅父女，很感意外，便停住脚步问道："那女子后来下落如何？"魏东亭叹了一口气说道："只怕是落到鳌中堂手里了。主子既想知道下落，容奴才慢慢查访。"康熙点了点头，想说什么，又摇摇头，只垂首不语。

君臣二人一边说一边走，早到了正阳门。微服出访前带的扈从们就守在这儿，正等得着急，见他们回来，一个个笑逐颜开，拥着康熙上了大轿。孙氏趁没起驾，忙把一件明黄挂面的狐裘给康熙披上，并责骂魏东亭："下作黄子，胆子比斗还大！出去就不想回来，凉着了万岁爷，看我揭你的皮！"魏东亭躬着身，只是笑，却不言语。康熙却有点过意不去，忙说："是朕不想回来。"孙氏方才无话。

行至五凤楼左掖门，康熙道："已到大内了，朕想下来走走。"孙氏在旁劝说："老爷子，罢了吧！天已经黑定了，风冷飕飕的，若着了凉，两位老佛爷怪罪下来，都是奴才的干系。"康熙笑着点头，乘舆进了大内，苏麻喇姑早就等在永巷口了。

苏麻喇姑将康熙搀下轿，带进坤宁宫，一路上一句话也不说。康熙见苏麻喇姑脸色阴沉，还以为自己回来迟了她不高兴，忙说："你不是常说做皇帝的要亲民，怎么我出去这么一遭你就恼了？"苏麻喇姑斟上茶来，说道："不为这个。"

康熙坐下便问："这倒奇了，什么事？"苏麻喇姑摇头道："我也不甚清楚，今日后晌，吴良辅从外头带一群人来，把倭赫、西住、折克图、觉罗赛尔弼一齐拿了，送到敬事房，还不知办个什么罪呢，连个消息也打听不出来！"

半天不在宫里，竟出了这等事！康熙惊得手中的热茶都溅了出来，忙问："抓人总要有个罪名，这倭赫朕是最知道的，又是先帝手里使过的人，凭什么抓起他来？"苏麻喇姑说道："是个什么由头，奴才并不知道，听四喜子说是几位辅臣的主意。"

康熙听了，只觉得心中的火直往上冒，忽地站起身来，绕室转了两个圈子，拍着龙案问道："杰书呢？他是议政王，难道他哑巴了？还有苏克萨哈，干什么吃的？"

苏麻喇姑冷冷说道："苏克萨哈大人自然争不过人家，索尼说是病了，杰书吓得两腿发软，遏必隆大人比油还滑！您还没见讷谟那个神气劲儿，跟在鳌拜后头，到乾清门手一摆，十七八个人一拥而上，把人绑起就走！进大内抓人，像在他自家院子里一样！"

康熙见苏麻喇姑语调激扬，好像有点克制不住，知道事态的严重远远超出自己的想象。不管倭赫有罪无罪，辅臣如此藐视他，胆敢擅自在大内拿人，这一点是绝不能容忍的。当下说道："你去！传敬事房管事的来，我要问话！"

苏麻喇姑见康熙焦躁，反而定下心来，强自劝慰道："今儿个晚了，再说敬事房也未必知道原委。明个朝议，你问问他们，看是怎么个对答。"

第五回　倭赫父子双受戮
　　　　阁官内侍单遭诛

　　第二天五更时分，康熙就醒了。苏麻喇姑和孙氏给他料理好衣裳，早有敬事房的人来请圣驾，肩舆也已备好。康熙匆匆忙忙地用青盐水漱了漱口，胡乱吃了两口点心，便命起驾乾清门。打从顺治爷御极，便立下规矩，皇帝必须每日召见大臣，顺治自己也是身体力行的。诸皇子每日四更便要起身，亲送父皇御朝，然后各归书房，所以早起已是康熙自幼养成的习惯了。

　　一夜没有睡好，康熙的精神有点委顿。但起床后照例在庭院中打了几圈"布库"，出了一身汗，睡意早跑得干干净净。此刻，他坐在肩舆里，迎着扑面吹来的晨风，清凉凉的，觉着心情安静了许多。

　　待到乾清门，正是寅时二刻。只见以杰书为班首，下面一溜儿跪着鳌拜、遏必隆和苏克萨哈。资政大臣索额图怀中抱着一叠文书，躬身立在三位辅政大臣身后。两排御前侍卫，穿着鲜明的补服，腰悬宝刀，鹄立丹墀之下。康熙用眼扫了一下，见魏东亭垂首站在末尾，只不见了倭赫等四人，心头不禁又是一阵火起，竟不等人搀扶，霍地跃了下来，甩手进殿便居中坐下。接着苏克萨哈挑起帘子，杰书、鳌拜、遏必隆和索额图鱼贯而入，一字儿跪下。

　　奏章的节略照例由索额图禀报。一件是各乡会试停试八股时艺，只用策论；一件是请豁免顺治十五年前未缴的田赋；再有一件是奏报耿继茂攻克铜山；最后一件是穆里玛的六百里加急，说已将李闯王残部李来亨、郝摇旗团团围困在茅麓山，请朝廷增兵进剿。因为对这些事康熙都不大熟悉，索额图一边读，一边讲给康熙听，足足用了一个时辰。

　　康熙一边听着，一边玩着案上一柄青玉如意，盘算着如何开口问倭赫的事。他瞟了一眼下边，见苏克萨哈闷声不响地伏在地上，遏必隆不住用眼偷看鳌拜。鳌拜早就听得不耐烦，仰起脸来截断索额图的话："你只管读，谁让你讲了？皇上难道不及你？"

索额图忙赔笑道："回中堂话，这是太皇太后原定的懿旨，怕皇上听不明白，特意让我讲一讲。"鳌拜不等他说完便说："这些奏章，廷寄早已发出，何必啰唆那么多！"

康熙见索额图脸上有些下不来，岔开话头问道："索额图，你父亲的病怎样了？"见皇帝问到父亲的病情，索额图忙跪下碰头回道："托主子洪福，今早看来痰喘好了些。"

"嗯，回去替朕问候他。"

"谢主子恩。"索额图忙叩头回奏。

鳌拜见康熙没有话说，便说："皇上如无圣谕，容奴才等告退。"说罢便欲起身。

康熙将如意轻轻放下，说道："忙什么，朕还有话要问——这倭赫、西住他们一向在朕跟前当差，朕看还不错，为了什么事昨日辅政派人将他们拿了？要怎样处置他们，朕倒想听听。"

按照祖制，未亲政的皇帝处置政务，是全权委托辅政大臣的，每日会奏其实都是官样文章，听一听就罢。现在康熙却要查询这件事，遏必隆觉得有些意外，先是一怔，叩头答道："启奏皇上，倭赫、西住、折克图、觉罗赛尔弼擅骑御马，在御苑里使用御用弓箭射鹿，大不敬！昨日臣等会议，已将其四人革职拿问，现在内务府拘押待勘。至于作何处分——"他思量了一下接着说，"辅政尚未议定，待臣等会商后再奏万岁。"

鳌拜对遏必隆的这个回答很不满意，但遏必隆一向与自己委蛇相屈，也不好怎样。想了一阵，他终觉憋气，于是抬起头来冷冷说道："皇上尚在幼冲，此等政事当照先帝遗制，由臣等裁定施行！"

话音未落，康熙突然问了一句："难道朕连问都问不得？"

一句话问得几位大臣个个倒噎气，只好俯首不语。鳌拜心想："这次若不堵回去，以后他事事都要问，那还辅什么政？"良久，鳌拜缓缓说道："照祖训，皇上尚未亲政，是不能问的。不过此次事关宫掖，不妨破例。"

这是说"下不为例"，康熙当然听出来了，他按捺了一下心里的火，冷笑道："那好，接着方才的话讲，这倭赫该是个什么罪名？"

"紫禁城中擅骑御马,"鳌拜咬了咬牙,抬头说道,"乃是欺君之罪,应该弃市;乃父飞扬古纵子不法,口出怨语,咆哮公堂,应一并弃市!"

"弃市"就是杀头。康熙不禁吓了一跳!"倭赫四人是先帝随行侍卫,飞扬古乃内廷大臣,素来谨慎,并无过错,仅仅因为骑了御马就办死罪,太过了吧!朕以为廷杖也就够了。"

"晚了!"鳌拜冷笑一声回奏道:"皇上,国典不可因私而废,古有明训!飞扬古和倭赫四人已于昨日下午行刑了!"

一语出口,惊动了遏必隆和苏克萨哈,他们相互看了一眼,脸色变得十分苍白。苏克萨哈叩头奏道:"杀倭赫之事,臣等并未议定。此乃鳌中堂擅自决定。擅诛天子近臣,求皇上问罪!"鳌拜格格笑了一声说道:"苏中堂,倭赫擅骑御马,你不是也骂他是'该死的奴才'吗?怎么真死了,你反倒心疼他呢?"苏克萨哈顿时语塞,正思如何对答,却见太皇太后面色阴沉,扶着苏麻喇姑跨进殿来。遏必隆知道这老太婆精明强干,顿时气馁,伏在地上大气儿也不敢出。鳌拜心里"咯噔"一下,旋即镇定下来暗道:"她已不是当年,现在没得多尔衮撑腰了!"尽管如此想,口里却一声也不敢言语。

半晌,才听到太皇太后平静地说道:"我也老不中用了,这几年只想着享福,能瞧着有个太平日子,大家平安,就能合着眼去见太祖太宗了。你们几个辅政,我原瞧着也好,心里挺踏实的。"大家正诧异她怎么说这些,忽听她音调一变,提高了嗓子说道:"谁知满不是那么回事!你们以为我杀不了你们么?"接着一掌"啪"的一声击在龙案上。声调如此激愤,连康熙也吓得一颤。素日看她只是一个慈祥的祖母,杰书屡次说诸亲王、贝勒、贝子都怕她,自己还不信,今日见着这颜色,才算开了眼界。

三位辅政连连碰头,苏克萨哈颤声奏道:"奴才……""没你的事!"太皇太后不等他说便冷冷截住:"我倒想知道,遏必隆和鳌拜,谁撑你们的腰,如此大胆作耗!擅到大内拿人,不奏而斩,这倒也是我朝开基以来第一件奇闻!"见太皇太后如此咄咄逼人,三大臣仍来个伏地不答。

遏必隆觉得自己再不说话气氛便缓和不了,便轻咳一声说道:"太皇太后千岁!臣等并未径到大内拿人,是都太监吴良辅传他出来,在午门外拿下的。"索额图乘机也劝解说:"皇上、太皇太后息怒!千万别气坏了金尊玉贵之体！"说着暗递眼色示意康熙收场。只苏克萨哈在旁不作一声。

康熙没有留神索额图的眼神，太皇太后却一眼瞧见，遂站起身来拉起康熙的手冷笑一声道："生米已经做成熟饭，还说这些个有什么用！皇帝在你们眼里，不过是一个无知顽童罢了，今日倒是我老婆子多事了！我们算什么'金尊玉贵'！列位辅政气着了，才值得了多了呢！"说罢拉着康熙拂袖而去，青玉如意被带掉在地下跌得粉碎！

康熙等人一走，殿堂里一片死寂，人人脸色灰白，惟鳌拜满不在乎地站起来，笑着说："别跪了，退朝了，咱们回去罢！明儿个我再到苏克萨哈大人家领罪！"

祖孙二人离了乾清门，太皇太后吩咐随从道："皇帝先回养心殿，曼姐儿好生侍候着。"又对康熙说，"今日后晌派人叫索额图到慈宁宫来。"说罢自乘銮舆去了。魏东亭等一干校尉紧紧随在康熙后边。孙氏和苏麻喇姑早在永巷口等候了，见到康熙，便赶紧迎了上去。抬乘舆的几个小黄门这时才赶了上来，苏麻喇姑呼一声："不用了！"他们才停住脚步。

康熙也不理众人，只大踏步朝前走。方到月华门，早见吴良辅带着几个小太监兴冲冲地抬着一架八宝玻璃屏风迎面过来。见了康熙，忙一溜儿齐整地站好。

吴良辅进前一步，单腿着地打了个千儿说道："奴才给万岁爷请安了！"说罢满面笑容地抬起头来。

看吴良辅一脸得意之色，康熙心里更气，背着手一声不吭，只盯着吴良辅。吴良辅本来是笑着的，见康熙脸色阴沉，也不叫他起来，扎下的千儿再也不敢抬起，只惶惑不安地躲避着康熙的目光。

康熙且不发落吴良辅，回身对苏麻喇姑说道："才打春，身子就这般燥，这儿的风倒凉快，叫人搬张椅子来，朕在这里坐坐。"不等苏麻喇姑说话，几个小黄门早飞跑到后头去，掇了张雕花黄杨木椅来。康熙坐了，慢慢地问吴良辅道："这八宝玻璃屏风要送到哪儿去？"

康熙开了口，吴良辅松了一口气，回道："鳌中堂上次入觐，太皇太后将它赐给了他。"

康熙却想不起这档子事，想了想又问："那么上次他怎么没有拿去呢？"

"回万岁的话，当时鳌中堂辞了。"

"这就奇了，既然辞了，怎么又要送去？"康熙双眼盯住他问道。

吴良辅本来就不够聪明，是个"二五眼"，也没听出康熙的意思，碰了个头回道："鳌中堂今儿个曾托人捎信来问过。奴才也想向鳌中堂尽点孝意。奴才想，索尼老大人病了，外头大事全仗着鳌中堂——"

"混账！"康熙顿时大怒，厉声道，"所以你就大胆偷盗屏风出宫去巴结他？我问你，倭赫是谁抓起来的？"

听到康熙问到这个，吴良辅才知事态严重，心想今儿个若不抬出鳌拜这尊老弥勒佛压一压这个小菩萨，怕要吃大苦头的了。于是硬着头皮乍着胆子答道："这不干奴才的事。奴才是奉上命差遣带人拿倭赫的，鳌中堂总揽紫禁城防务，自当有权惩处六宫不法之徒，这事怎么能牵连到奴才呢？"说完也不碰头，竟目不转睛地盯着康熙。

吴良辅如此傲慢无礼，康熙完全气愣了，他回头问苏麻喇姑："你说这事牵连不牵连到这奴才？"苏麻喇姑道："别的不讲，冲着这奴才这份傲气，就罪不容诛！不过，他现在是鳌拜中堂的干儿子，皇上不妨给他存些体面，让他几分算了！"

"对，罪不容诛！"康熙被这几句不凉不热的"求情话"激得越发按捺不住，一拍椅子站起来说道："你们父子弄权，拿了朕的心腹侍卫，还敢说'没有牵连'！传旨，叫敬事房赵秉正来！"

吴良辅平日狐假虎威，得罪的人多了，人人恨之入骨，今见万岁爷发怒要办他，都巴不得这一声，一个小黄门飞也似的跑下去传旨。

吴良辅见人去叫赵秉正，打心底起了一阵寒战，心想："莫不是今儿要开发我？"马上，他头上出了一阵冷汗，向前膝行几步，哭丧着脸说："奴才已知过了，万岁爷，念奴才服侍先帝有年，恕过初次吧！"

"初次？"苏麻喇姑从旁冷冷回了一句，"上回万岁爷叫你掌嘴，你掌了没有？"

吴良辅在地上碰着头，忙说："掌了掌了，不信你问小吴子！"

"天下就你一个聪明？"苏麻喇姑冷冷说道，"我要不知底细，就敢问你？小吴子虽说没身份，上次可是奉旨办差，你竟敢掌他的嘴！"

听了这话，康熙气得浑身乱颤，大骂道："好好！这奴才真是胆大妄为。赵秉正来了没有？"

赵秉正早来了，在旁冷眼瞧了一阵，觉得此事实在棘手，正没个主张，忽听康熙问他，忙双膝跪下回道："奴才赵秉正在！"

康熙道："你都看见了，这吴良辅该当何罪？"赵秉正这会儿真犯了难，说轻了这主子不依，说重了那魔头也不好惹，心里一急，倒憋出了一个主意，叩头答道："应该廷杖！"

这是个可轻可重的处置，倒正中康熙下怀，当时便说："就按你说的办，廷杖！你替朕重重地打！"

赵秉正站起身来向外将手一摆，几个掌刑太监恶狠狠地走过来，拖了吴良辅便走。看赵秉正愣在一旁不动，康熙厉声道："你还不去监刑，站在这里做什么？"赵秉正忙又跪下说道："请旨，廷杖多少？"康熙不耐烦地将头一摆说道："只管打就是了，别再多嘴！"

打到三十来下，那吴良辅已是皮开肉绽，实在受不了，扯着嗓子嚎叫："鳌中堂，我的爷呀！快来救我吧！要打死人了！"

康熙听到吴良辅痛中叫饶，竟喊的是"鳌中堂"，更是火冒三丈，对着外头永巷口大声叫道："打，打！别说是你干老子，便是干爷也不济事。"

话音刚落，板声已停，人也不再叫了。赵秉正过来复旨说："万岁爷，那吴良辅已晕死过去了。"

康熙回头看了看苏麻喇姑，苏麻喇姑以几乎觉察不到的微笑，点了点头说道："万岁爷只管开发了他，像方才那些多余的话倒不必多说。"孙氏却有点沉不住气，上前说道："阿弥陀佛！打得不行了，老爷子罢手吧。"康熙笑着说道："阿姆，你别管，有朕呢！"回头吩咐，"打，接着打，打死这个臭玩意儿！"

赵秉正回到外头，看吴良辅时，已悠悠地醒了过来。他看了一下左右的打手，走上前对吴良辅拱拱手，大声说道："吴公公，非是小人手下不留情，万岁爷今儿个是要您的命，现下又没人能来救您。念你我多年交情，兄弟叫他们下得利索一点儿，包您少吃苦头。您有什么话倒不妨对小人说说。"

吴良辅知道大限已到，横竖是死，闭着眼卧在地上点了点头，断断续续说道："转告鳌……干爹……说我死……得冤……我是为他……"赵秉正不等他说完，一挥手，一个太监举起板子照脑后狠劈一板。吴良辅一声惨叫，吐出一口鲜血，腿蹬了几蹬，便呜呼哀哉了。

康熙这才觉得心中郁气稍平，起身欲归，忽然一个太监走来启奏："鳌中堂递牌子要见圣上。"

"不见！"康熙冷冷地回了一声，转身吩咐魏东亭，"你还不去索府传太皇太后懿旨！"

第六回　兴冲冲康熙读策论
　　　　　昏沉沉索尼献遗折

　　顺治驾崩的秘密没人再提了。康熙即位之初宫廷里发生的那些大大小小的事情，也很快就被人们淡忘了。负责内廷起居注的官员仍照事情的现象，一本正经地做着表面文章："顺治十八年春正月壬子……上崩于养心殿""倭赫等擅骑御马，被诛于市""上诛太监吴良辅于月华门"……当时只有极少数细心人才把它记在心里，思考其中的奥秘。其实，索尼的病就是当时朝政的晴雨表。他的病稍重一点，内廷就会出点事情。眼下，索尼的病越来越重，宫廷的形势也就越来越紧张。

　　那鳌拜眼瞧着自己的权势越来越大，近来又收服了遏必隆，他对苏克萨哈根本不放在眼里。他以二十年前的圈地中，多尔衮偏向正白旗为借口，便欲趁康熙年幼、索尼病重之机，将被正白旗强换去的好地重新换回，就势再扩大自己的庄园。于是更是人心惶惶，不得安宁。转眼已到康熙六年，康熙亲政已一年有余，因开科取士，又闹出一些意想不到的波澜来。

　　这一天会试已毕，伍次友离了考场号房走上大街，真有大病初愈之感。强烈的阳光照着一个个面色苍白的举子，好像整个街道都在摇摇晃晃，晃得人头昏眼花。街上的人以猜测的目光，看着这群从考场上走出来的"天子门生"，打量着他们其中哪一位会成为清朝的擎天柱。他们盼望着国泰民安。

　　伍次友跌跌撞撞回到悦朋店，已是未牌时分。何桂柱带着伙计们在店门口迎接，见了他，忙上前打拱说道："恭喜二爷，这一回可是要独占鳌头了——怎么也不坐轿，就这么走着回来了？"一边说一边叫伙计们打热水来，让他洗脸洗脚。伍次友勉强笑着，便依傍着柜台坐下，说道："多谢吉言，闷了几天，我想透透风，遛遛腿，就走着回来了。"正说着，明珠笑吟吟地从后头出来，忙上前也见了礼。

伍次友笑道:"你好快的腿脚——文章做得可得意?"明珠皱了一下眉头,说道:"我的文笔本就平常,胡乱写了篇策论,交上去塞责罢了。"伍次友笑道:"连着两次,咱们兄弟都没得彩头。我这次倒是破罐儿破摔,真给他来了一篇《论圈地乱国》。"

众人听他如此说,不禁呆了。何桂柱忙道:"好我的二爷,您怎么尽捅马蜂窝。那济世主考就是鳌拜的亲信!您取功名,管他什么圈地不圈地!"明珠跌脚道:"大哥过于耿介,这要吃亏的!"

伍次友却是漫不经心一边用温毛巾擦脸,一边说道:"国家取贤才,便应允许立言不讳。怕什么,我又没诋毁朝廷!"何桂柱听了心中暗暗叫苦,摇头道:"朝廷?现在鳌中堂就是朝廷!不过苏克萨哈中堂是正主考。这样的策卷帘官也未必敢拿给鳌中堂看呢!"伍次友将两脚泡在盆子里,冷笑道:"我倒想要他读读,这样的乱圈乱换民田,逼得百姓上山为盗,入城做贼,算不算祸国殃民!"

话愈说愈拧,伍次友脸色又阴沉下来。说实在的,出场后他自己也颇有点忐忑不安。他原来打腹稿是写"井田",想含沙射影地议一下圈地,谁知一破题引了一句《吕氏春秋》中的"上胡不法先王之法",写着写着就转到圈地这一极重要的国策上来,一发而不可收。"井田不可复",这个拟定的题目,在最后往上写时,怎么看都是个文不对题。心一横,便索性写成《论圈地乱国》。当下心里挺得意,至于后果倒也没多想。现在听众人一说,也有点乱了方寸。

发了一阵呆,回过神来,伍次友笑笑说:"此乃时也运也命也数也,该怎么就怎么,随它吧!"

五六天没有消息,明珠心里很不踏实,一夜没睡,第二天起了个早,盥洗干净,敲开东市一家香火店的门,买了一包信香回来。燃着了,取下室内悬着的一面铜镜,跪在地下祷告一番,口中念念有词。祷祝后悄悄带了镜子又开门出来。

这叫"镜卜"。再接下来的程序是,揣着镜子出门,将见到的人的第一段话,取回来分析。这就是"镜神"对你的启示了。

天刚刚放明,街上的人稀稀落落,并没人闲谈。他拐了一个弯,却见一个人正与卖韭菜的争价:

"讲好三文一斤，怎的又不行了？你这韭菜隔了夜，不很新鲜！"

"啧啧！您瞧这茬口，您瞧这露水！有一根儿是昨儿割的，您踢了我这摊子！"

"没吃过猪肉，还没见过猪走哇？五文！你凉快凉快吧！"买者说罢扬长而去。那卖韭菜的把担子挑起来，一边说："您放心，这菜呀，喂不了兔子！卖不了自个吃，我就不信！奶奶的。"

听了这几句话，明珠如坠五里雾中，一路思量着往回走："韭菜是割了的……但茬口又是昨儿的……你凉快凉快……卖不了自个吃——乱死了，这都是些什么玩意呢？句句都像是不吉祥，但似乎又都没什么。我就不信，似乎有点什么想头，但也未必……"明珠想得头都大了，也还是不得要领。

回到店中，却见魏东亭、何桂柱也在伍次友处。三人正说得高兴，见明珠进来，忙起身让座。魏东亭笑道："大清早儿就出去了，什么事这么急？"

明珠笑着将"镜听"来的话告诉了众人。何桂柱先"噗嗤"一声笑了："镜听是老娘儿们的玩意儿，哪有大男子汉揣着个镜子贼似的去偷听别人话的？我知道您的心事，一是想问一问功名，二是想卜一下吉凶，我看不如扶乩。"

店里现存的香表烧纸，伙计们抬了沙盘，请了乩架，一个大丁字尺似的架棍下悬着一支木笔。明珠煞有介事地焚香祷告了，说道："我先替大哥求！"

魏东亭和何桂柱一头一个扶了架，只见那支木笔飞也似的动起来，连着在沙盘上划了几个圆圈，又横着拉了一道。这一图画却正触了伍次友的心事，由不得留起神来看，只见那笔停了停，批出字来，却是一首《忆秦娥》：

> 关山月，直道难行阙如铁，阙如铁，步步行来，步步蹉跌。玉楼诏饮梦何杰，拱手古道难相别。难相别，儿女情长，皎性自洁！

伍次友看了呵呵笑道："这雅仙倒也真是知音，不管它是吉是凶，真合了我的兴味！"接着又看明珠的，却只是一个"捉"字，再也请不出字来。

明珠急得跪下说道："还请大仙多赐几字，这一个字实难解析。"说完便用手抹平了沙盘，眼巴巴望着那乩。那架子只略动了动，看时，依旧是一个"捉"字，竟不动了。明珠还欲再求，何桂柱劝道："不必再问，必是这一个字，你便终生受用不尽。"

于是众人围了伍次友，请他来解破。伍次友笑道："我素来不信这些骗人之术。生死有命，富贵在天，岂能委之于鬼神？"他沉吟了一下又说，"不过也不妨当做儿戏，我的这首《忆秦娥》，下半阕的不讲，前半阕'步步行来，步步蹉跌'便定了基调，既然'阙如铁'，当然是推不开的了。后半阕漫撒五湖，倒似乎并无大害，不过没有功名而已。——至于'捉'字，可拆为'手足并用'或'手舞足蹈'之意，预兆有吉庆之事。"明珠笑道："手足并用是玩武的，难道我靠打架吃饭？"

魏东亭从旁插言道："也难讲——伍先生，兄弟倒觉得'玉楼诏饮''皎性自洁'这些个词儿很有意思呢。"

伍次友笑道："'玉楼诏饮'套李长吉临终'玉楼赴召'之典，最不吉利的了，有什么好？'皎性自洁'不过说'怀中似月'或'袖里清风'，倒正合了儒生身份。"一席话说得大家解颐而笑。

魏东亭笑了笑，又说："伍先生，看来你是无意于功名的了？"伍次友笑道："超脱而已，若说无意功名，我来这繁华京师连败连考做什么？功名之于君子只可直中取，不可曲中求耳！"

魏东亭拱拱手又道："先生雅量高致，令人敬佩。不过先生秉笔直陈时政，难道不怕得罪当朝权贵么？"伍次友冷笑道："功名，草芥耳！再大不了像明珠兄弟'镜听'来的，叫他们割了'韭菜'去！"

众人听这话头说得很重，虽然诙谐，却不敢插科打诨随便嬉笑，不禁有些凛然。魏东亭却不动声色，问道："先生下一步作何打算？"

伍次友正待回答，忽听大门外报喜锣一片声响，几个街混子手里拿着喜帖闯了进来嚷道："哪一位是明珠老爷？恭喜高中了！"

明珠听得这一声报，急忙起身，忽然觉得心慌腿软，眼一花又跌坐在椅子上。伍次友高兴得立起身来招呼："拿酒来，给明珠兄弟贺喜！"

魏东亭走上前，用手扳着明珠的肩头说道："表台，可喜可贺呀！"这何桂柱心里暗叫一声："惭愧！还是二爷有眼力，差点在这店门口糟蹋了贵人！"三步并两步上前来叩头，口里说道："明珠老爷，小的给你叩喜了！"

明珠这下子才从如醉如痴中清醒过来，忙挽起何桂柱说道："喜，大家都喜！你于我有恩，不可行此大礼。"报子们早在一旁嚷着："请老爷赏酒钱！"魏东亭从身上摸出一锭五六两的银子说："换成钱大家乐去吧！"那打头的摘下毡帽接了赏银，带着混儿们欢天喜地地去了。

伙计们早已将菜蔬摆布停当，大家安席就座，仍是伍次友坐了上面，魏东亭、明珠打横儿坐下，何桂柱在下头把盏。酒过三巡，伍次友脸上容光焕发，说道："次友原就打算今日备一桌酒席约请朋友的，想这几日就和大家辞行，与明珠兄弟一同南归。现在明珠弟既已中了，倒要盘桓几日，大家高兴高兴再去。"明珠笑道："小弟能有今日侥幸，全托着大哥的福分！大哥道德文章，名满天下，何妨再等一科，那是必中无疑的！"伍次友笑而不答，却见旁座的魏东亭低着头抿嘴而笑，遂问道："魏贤弟，你笑什么？"

魏东亭见问，忙说："我以为表弟说的甚是。伍先生就再等一科又有何妨？"伍次友道："明珠弟乃是否极泰来，我原料他今科是必中的，等了这几日不见消息，以为也罢了，不想还是料准了，倒去了我一件心事。说到文章道德，愚兄十分惭愧，岂不知因文丧命的也是有的，我也不去想它了。"

魏东亭笑道："先生说的，无非仍是'步步行来，步步蹉跌'？这些个鬼话是没准的。"众人见魏东亭说到方才的《忆秦娥》，不禁有些神色肃然。何桂柱一边执壶斟酒，一边瞧明珠，见他是满面春色；见伍次友虽神色泰然，眉宇之中不免黯然，心想："这神佛的事是再也不会错的，果然一个'手舞足蹈'，一个'步步蹉跌'！"却听魏东亭又道："先生在此等候，愚以为必会有些机遇的。"明珠也忙说："大哥，你就再等一科罢！"

伍次友缓缓举酒，一饮而尽，笑道："好，大哥听你们的！"

第二日当值，魏东亭来见康熙，一进殿便笑嘻嘻道："万岁爷，伍先生的卷子我弄来了！"说着从袖中取出一份卷筒儿双手呈上。康熙急拆封，展开看了。卷首浓墨重濡、黑大光圆五个字"论圈地乱国"赫然入目，不由双眉一挑，说道："好字！"

"说来也险，"魏东亭忙道，"苏中堂瞒了副主考，一房一房下去私查，连房官都屏退了才从里头抽了出来……"

康熙一边听他絮叨，一边展卷细读。他看得入了神，在取杯饮茶时，竟将手插进了茶盅里头，烫得手一缩，遂笑道："这也不枉了名士手笔。——来，来，你念念这段给朕听！"魏东亭忙小心翼翼接了，躬着身子轻声读道：

> 夫田地乃养生之本，布帛菽粟、膏腴纨绢皆从土出。黔首小民赖以为食，宗庙社稷赖以富强。而圈地换田之令所到之处，沃野化为麋鹿之乡，阡陌顿生荒榛寒荆。人民流离，百业凋敝，悍而不化者为匪为盗，循法良善者冻饿沟渠。朝廷难征库府之粮，纲纪不张；三军不堪饥馑之苦，何以用命？内忧外患何以平息？民心浮动，国本难固，人怨而神怒，国将不国矣！

念至此处，魏东亭缓了一口气，见康熙脸涨得通红，背着手来回踱步，以为他生了气，便住了口。却听康熙厉声道："这么好的文章，他敢写，你倒不敢读？念！"

魏东亭只得提高嗓音，又朗声诵道：

> ……方今天子圣明在上，自康熙元年至兹，数颁停禁圈换民田之旨。而卒不能止者，盖以朝有乱国贼臣，野有悍顽痞奴，表里为奸，狼狈相结……城狐社鼠霸民产业，吮民膏血。自王莽天凤年以来，千又五百余载，未尝有此乖戾之政焉！

魏东亭读完，不由悄悄拭了一把头上渗出的汗珠。

康熙听他读完，取回策卷，自己又细阅一遍，喃喃说道："句句金石之言！有人说要给朕物色师傅，这不就是最好的师傅？何劳他来费神！"魏东亭不知他说这些是什么意思，只好答应着："是。就是熊老夫子也不敢如此直言。"

"你说得对，"康熙一边将策卷递回，一边说道，"朕就要这样的师傅，你要设法留住他。"

魏东亭忙答道："喳！圣上放心，奴才刚从悦朋店来，他走不了。"

"那好，"康熙笑道，"先将这策卷拿去让苏克萨哈看看，就收在他处。如若泄露出去，他还能有性命？"

君臣二人正说得投机，忽见小太监张万强捧着一卷奏章跪下奏道："索尼老大人病重了。"

康熙脸上霎时改了颜色，立起身来问道："怎么样？"

"只怕不好呢！"

"你去看看，果真不好，赶紧来告诉我。"

魏东亭从旁插了一句道："万岁爷既这么着急，何妨御驾亲临呢？"

康熙一听也对，便叫人备轿。跪在地下的张万强忽地抬起头来说道："主子去不得！"

"怎么呢？"

"主子一去，索尼老大人就只好出缺了！"

一语提醒了康熙。臣子病重，主子御驾探病，那是殊荣，不死也得死！这在"祖宗家法"里讲得明明白白，康熙从小听这类事多了，当然懂得。想了想无可奈何，他只好复又坐下。他想："这索尼年纪虽老，只要有他在，鳌拜便张狂不起来。自己一向拿这位元勋重臣依为靠山，要真的还能痊愈，自己去了，岂不反而害了他？"想到此，康熙丧气地摆摆手。张万强起身去了。

时钟敲到十一点，正交午初，辅政大臣苏克萨哈递牌子求见。康熙正一腔心事，无处发泄，遂起身对魏东亭说道："你随朕来，到养心殿见他。"魏东亭忙道："奴才现在只是六品侍卫，不能单独随驾接见大臣。"康熙一笑道："这也算事！叫他到上书房来，朕就在这儿见他，你就不必回避了——这不早不晚的来，有什么事儿呢？"

苏克萨哈面色苍白，步履踉跄地进了上书房，伏地叩头奏道："万岁！臣请诛鳌拜以谢天下！"一句话说得在场人容颜大变。康熙心中也惊异万分，尽量控制着激动的心情问道："鳌拜为朝廷重臣，他犯了什么罪？你们辅政大臣们就此会议过吗？"

苏克萨哈并不害怕，从袖子里摸出一张纸来看了看，抬头从容说道："圈地令原是先朝陋规，太祖去世时即欲蠲除。今入关定鼎，抚有华夏，更应休养生息，扶植桑农，富国强民。"康熙不待他说完，紧逼一句问道："去年，朕未亲政时，你们辅政大臣不是已经议定禁止圈地了吗？"苏克萨哈叩头道："万岁圣明，正是如此，康熙元年曾下诏停止圈地，三年复又重申。但鳌拜的正黄旗至今仍在圈地，继续霸占着呼伦贝尔以西与科尔沁以南的土地，连热河的皇庄也有一部分土地都被他圈了去。熊赐履上本参的条陈，奴才敢保句句是实！这样的'辅政大臣'应该严惩不贷！"

言犹未毕，只听"砰"的一声，康熙怒不可遏地以手击案，霍地站起身来，正欲发作，忽然想起苏麻喇姑说的"万事毋急"，又缓缓坐下来问道："你说这话有没有证据？"

苏克萨哈急忙叩头说道："万岁不妨委派一心腹亲臣在京内巡视，看有多少失地失业逃难来京的饥民！臣府中曾收留一卖艺老人，即因失地来京，其女儿又被穆里玛抢去送与鳌拜为奴。他自己也被打成重伤，若不是他身怀绝技，怕也遭了毒手！"

侍立在旁的魏东亭听到这里，心中怦然而动。史鉴梅父女，他已寻了数年，音信全无，现在终于了解到一点信息了。但在此时，无论怎样着急，是一句话也不能插的。他挺了挺身子，留神听下去。

康熙"哼"了一声，偌大的上书房静得掉一根针都能听得到。康熙站起身来背着手踱了几步，对着苏克萨哈问道："大概你的地也被圈了去吧？"

苏克萨哈一怔，随即答道："比起天下黎民百姓所遭受的苦难，奴才那一点地算得了什么！"

这是一句很得体的话，康熙听了不禁点了点头。可又想了想，这苏克萨哈的本章却是万万不能批准的，遂冷冷说道："你所奏的事情，朕自当细细体察。你与鳌拜同为辅政重臣，共受先帝托孤的恩宠，该同心同德才对。你先退下吧。"

苏克萨哈一去，康熙屏退了左右，单单留下魏东亭问道："你看苏克萨哈奏得如何？"魏东亭忙躬身回道："奴才不敢妄言，但京城内外皆是饥民，确是实情。"康熙听了点头道："朕何尝不知，朕罚熊赐履半年俸禄也是出自不得已，只是，唉——"他长叹一声，不言语了。

半晌，康熙又说："苏克萨哈的忠心，朕是知道的。但他现在还没有这么大的权力，有许多事他还办不成！"

魏东亭见康熙吐了实言，笑道："万岁多赐给他权力，他不就可以办了吗？"康熙苦笑道："朕这个'万岁'也是徒有虚名，旨令难行。"魏东亭毅然说道："莫不是朝中也出了个活曹操？"

听了这话，康熙眼睛里闪出了兴奋的目光，瞟了一眼窗外，又打量了一下魏东亭，斥责道："胡说！哪里有什么曹操！你一个包衣奴才，怎么敢说这样的话！"言词虽然十分严厉，却并不动怒，魏东亭连声答道："奴才不敢！奴才不敢！"

魏东亭这话却正合康熙的心意。从六岁起，他就读《帝王心鉴》，晓得帝王的尊严，不仅要靠天意神意，靠仁义礼智信，还要靠让臣子永远摸不透他的庙谟之深、躬虑之远。越是猜不透的东西便越神秘，越神秘的东西便越是尊贵，这可以说是千古不移的章法。他很满意今天自己处置苏克萨哈和魏东亭的办法。他心想：回宫去说给苏麻喇姑听，准能得到她的褒扬。她准会说："万岁爷圣裁！"

正在胡思乱想，康熙忽然见张万强垂手站在那里，忙问道："你去瞧得怎么样？"

张万强见皇帝发问，忙回道："主子，索尼老中堂病得不轻呢！太医说最多挨不过一个对时了。精神看去还不错，他自个说这叫回光返照，说是临死前要觐见主子一面……"说着他的眼圈也红了。

康熙看了魏东亭一眼说道："备轿，朕要亲去索府探病。换微服。"

索尼府邸坐落在丰宜园玉皇庙街，原为前明唐王朱桱在京的藩署，是一个极清静的去处。世祖定鼎，分赏有功之臣，就把这座院落赐给了索尼。康熙乘一顶四人抬，魏东亭骑马随行，足用了小半个时辰才来到索尼府前。魏东亭先下马扶着康熙下轿。

一个戈什哈跑出来说道："索中堂身子欠安，概不见客！"康熙一怔，正要答话，却见魏东亭从怀中取出一柄如意送上，笑道："劳烦执事带了这个去见索额图大人，他一看便知。"

那戈什哈进去没有多久，中门忽然大开，索额图三步两步趋出，伏地叩头道："不知主子亲临，未能远迎，奴才罪该万死！"

康熙一把挽起了索额图："朕今日微服前来探视，传谕家人不要走漏风声！"说着便挽着索额图的手直趋后堂。

索尼昏昏沉沉半卧在榻上，听到索额图说："主子瞧您来了！"便睁开双眼四下搜寻。康熙忙走上前说道："你躺好，朕是微服出游，顺便来瞧瞧你。"

索尼摇摇头，又无力地闭上双目，两滴混浊的老泪无声地流了下来。康熙见状，也不觉心酸，眼睛里也汪满了泪水，只是强忍着才没让它淌出来。

停了许久，索尼才又睁开了双眼，嗫嚅着想说些什么却又说不出来，抖抖索索伸出一个指头，指着柜上一只黑漆匣子。索额图会意，忙取了下来，却见贴着封条，双手捧给了索尼。索尼很费力地启了封条，却不打开，只目视魏东亭不语。

魏东亭见状，"扑通"一声跪倒在地，说道："今日之事，惟圣上、老大人、索额图大人在，我魏东亭如有半点欺心泄露，定死于乱箭之下，永堕地狱！"听了魏东亭的恶誓，索尼点了点头，把匣子递了过去。

魏东亭小心地打开来看时，却是一份素黄折子和一份白折子。他抬眼看了一下康熙，说道："主子，这里有一份遗折、一份遗嘱。"康熙移动了一下座椅，正襟危坐，果断地说："你全念给朕听。"

因为是代奏，魏东亭赶忙跪下，索额图也俯伏在地恭听。魏东亭先取出黄折子，展开来，压着嗓音读道：

> 臣以老悖之年，忝在辅政之列，不能匡圣君臻于隆治，死且有愧！今大限将至，无常迫命，衔恨无涯，有不得不言于上者，请密陈之：辅臣鳌拜，臣久察其心，颇有狼顾之意，惟罪未昭彰，难以剪除。臣恐于犬年之后，彼有异志，岂非臣养痈于前而贻害于后哉？大学士熊赐履、范承谟皆忠良之臣，上宜命其速筹善策，剪此凶顽；臣子索额图，虽愚鲁无文，但其忠心可鉴。知其子莫如其父，吾已至嘱再三，务其竭尽身命报效于圣上，庶可乎赎臣罪于一二。呜呼！人之将死，其言也善，祈黄羊之心，臣知之矣！

声音虽低，却是极为清晰。读到这里，索额图早已泪光满面，只是在君前不能失声，只得伏地泣血。魏东亭读完遗折，又打开白折子，只见上面蝇头小楷数行，写着：

> 吾儿索额图：吾平素之训诲，谅已铭记。今将长行，再留数语示之：吾死之后，汝当代吾尽忠，善保冲主；不得惜身营私，坏吾素志。至嘱至嘱！若背吾此训，阴府之下，不得与吾相见！

索额图听到这里，再也忍不住，"哇"的一声放声大哭。康熙满怀凄楚，强作笑容，转身对索尼说道："老爱卿一片赤诚，朕已知晓。万望宽心养病，多多保重。"

办完这件事，索尼如释重负地长叹一声，便又闭上双眼晕了过去。康熙心中五内俱焚，上前挽起索额图道："不必过哀，好好儿侍候你父亲，需用什么药，只管到太医院去取。"说完便走了出来，起驾回宫。

第七回　三臣联折遭杀戮
　　　　鳌拜逞蛮闹金殿

　　第二日早朝，康熙一到乾清门便觉得气氛不对，议政王杰书一脸惶惶之色，领着遏必隆、苏克萨哈一溜儿跪候在丹墀之下，却不见鳌拜。门前警戒的卫士足足增加了一倍，一个个面带肃杀之气。其时日升初竿，微风拂袂，显得十分静寂。

　　大臣们请过圣安，遏必隆便结结巴巴开了口：“圣上，苏纳海、朱昌祚、王登联三大臣的奏折不知可经圣览？”康熙道：“昨夜已披阅过，朕留中了。”

　　“留中”就是扣下不发，不直接表示态度的意思。夜间苏麻喇姑为康熙读这奏章时，他对所奏的禁止圈占民田一事，是很赞赏的。不过白天出了苏克萨哈那件事，他多了一个心眼：这王登联是苏克萨哈的门生，会不会串通一气来弄玄虚？所以他虽然用朱笔划了许多圈圈，但当苏麻喇姑主张“明发”时，他倒说：“留下看看再说，不必着急。”

　　现在见诸辅政大臣十分看重这个问题，康熙感到有点诧异，遂问道：“朕即位以来曾迭次下令停禁圈地，虽然并未完全禁住，可也不会如此严重吧？”

　　遏必隆显然完全没想到康熙会这样回答，微微一怔，口齿流利地说：“万岁圣鉴极明，奴才也以为苏纳海等三人危言耸听，蓄意乱政，罪无可逭！”

　　这顺竿子爬得未免太离奇了，这怎么算得上是“蓄意乱政”呢？康熙心中疑窦顿起，见苏克萨哈默默不语，便问道：“苏克萨哈，你以为呢？”苏克萨哈昨日碰了康熙的钉子，知道他的“真正态度”，本不欲说话，现在问到头上，只好叩头道：“王登联乃臣之门生——”刚说了半句，忽然听殿外一阵嘈杂声，中间还夹着浊重的脚步声，一听就知道是鳌拜来了。

来的正是鳌拜，他今天的装束显得特别精神，九蟒五爪的簇新袍褂，外套仙鹤补服，一双马蹄袖高翻着，露出雪白的里子，珊瑚顶上拖着翠森森的双眼孔雀花翎，一摇一摆旁若无人地走来。正欲进殿，他却见兵部侍郎泰必图恭肃鹄立在门外，手中持着一卷红泥火漆封顶的文卷，不用问，这是刚到的六百里紧急军报，便站住了脚问道："你在这里有何事要奏？"

泰必图满脸堆笑，轻手轻脚上前扎了一个千，低声道："卑职请中堂大人金安！"

"起！"鳌拜右手平伸，声音大得满殿人都能听到，"你手里拿的什么？"泰必图将怀中文书稍向上抬抬答道："吴三桂王爷的奏章。"

鳌拜正欲再说，却听殿内康熙大声问："是何人在殿外喧哗？"

鳌拜双手一甩马蹄袖，一边踏进殿来一边说："臣鳌拜奏请圣安！"一个千儿打下去，不等康熙发话，径自起身，"臣已年迈，容臣平身侍候！"

康熙笑了笑说道："自然可以——苏克萨哈、遏必隆、杰书，你们也起来吧。"说着便转面问鳌拜，"苏纳海、朱昌祚、王登联三人的奏议，想必你已读过的了？"

鳌拜将头微微一抬，不卑不亢地举手一揖答道："臣已读过。苏纳海、朱昌祚、王登联身为国家封疆大吏，不遵圣训，欺君罔上，已无人臣之礼，按律宜处斩刑！不知圣上为何将此大逆不道之奏折留中不发？"

话说得又响亮又利落，中气极足，满殿人无不面面相觑。康熙不禁脸上变色，倒抽一口冷气，忖道："这鳌拜素日虽然无礼，尚不至像今日这等放肆，定是想着索尼病危，越发有恃无恐了。"心里便有几分不悦。看看左右侍卫，除了讷谟和穆里玛有点面熟外，别的都不认识，小魏子也不在跟前，想想殿外阎罗殿一般的摆布，不禁打了一个寒噤。

康熙强按捺下心头的惊慌，定了定神又说："满汉各旗人等，已和睦相处二十余年，并无隔阂。今无端让他们背井离乡，只怕算不得什么善政吧？苏纳海三人所言虽有不实之词，朕观其本意，倒是一片赤诚。"

鳌拜见康熙侃侃而言颇成章理，心中惊疑，低头想想又说："满汉杂处，皆被汉人同化，失我列祖列宗古朴之制！"

康熙还未答言，沉默在一旁的苏克萨哈忍不住冷笑一声开了口："请问鳌拜公，难道汉人不是我朝子民？你眼中既有祖宗法制，为何纵容家人抢

59

劫汉女为婢，还挑起热河旗民械斗？"他话音一落，康熙随即厉声问道："这像话吗？"

君臣相对奏议，到了这个份儿上，鳌拜本应立即叩头请罪。但他在上朝之前，已事先探知索尼处于弥留状态，危在旦夕，所以他毫无惧色，骄傲地将头一扬应口对答："是不像话。苏纳海三大臣妄言欺君，罪在不赦！倘若早早各旗分治，分守疆界，何能容得像苏克萨哈这等小人制造谣言加害于臣！"

议来议去，一件事变成了两件事。康熙深恐再争下去生出更多枝节，便说道："今日且议苏纳海三人奏议，余事朕自能查明处置。"鳌拜此时却因苏克萨哈告状之事，被激得怒火千丈，他也顾不得君臣之礼，竟在殿堂上搌臂扬眉高声疾呼："欺君之罪，本应凌迟处死。今按斩首弃市，已是从轻发落。皇上如此犹疑不决，何以儆戒后人？"

康熙铁青了脸，端坐在椅上沉默不语。苏克萨哈和鳌拜互相扫视一眼，目光如刀似剑，立刻进出火花！僵持片刻，康熙见议政王杰书始终未发一言，遂问道："杰书，你说这事该怎么处置？还有遏必隆，你呢？"

杰书胆怯地看了看一脸凶相的鳌拜，装作低头思忖，仍是垂首不语。康熙把目光又扫向遏必隆。遏必隆挤了挤眼，跪下奏道："奴才以为也只好照鳌中堂所议办。"说完微微叹了口气。杰书接着话就说："臣意也是如此。"

鳌拜格格笑了两声，踱至苏克萨哈跟前，拍了拍他的肩头，说道："苏克萨哈老弟，莫非心疼你的门生王登联？"听到这话，苏克萨哈打了个冷战，抬头看了一眼正襟危坐的康熙，良久他才长叹一声："唉……"

这也算表示了态度。鳌拜心中十分满意，转身对康熙一揖，说道："皇上，既然臣等所见相同，就请皇上下旨吧！"

康熙绷紧嘴唇，倔强地昂着头，仍旧沉默着，两只紧握椅子的手微微颤动。鳌拜见康熙不答言，微微一笑说道："哦，我倒糊涂了，想必是皇上年幼学浅，不能亲自草诏。既如此，臣只好斗胆代劳了。"说毕，竟然阔步走近御几，提起御笔，蘸了朱砂，沙沙一阵疾书，一篇诏书即算草成。他朗声宣道："圣旨：苏纳海、朱昌祚、王登联不遵上命，着即处斩，钦此！"双手"啪"地将纸一合，朝殿外叫道："泰必图，泰必图侍郎！"泰必图应声进入大殿。鳌拜将诏书塞给泰必图说："拿去付与刑部，照旨办理就是。"说完转过身对康熙笑道，"恕老臣无礼！此亦不得已而为之。不过皇上也不必总是贪玩，还该读点书，臣已为皇上物色好了一位师傅，他叫济世。明日就叫他去上书房。"

"又是济世！要真能济世才好！"康熙不等他说完，霍地站了起来，向站班的大臣们气狠狠地扫了一眼，冷笑一声说道，"朕已成了汉献帝，还要什么师傅！"说完便拂袖而去。张万强等几个太监也都匆匆离开了乾清宫。

杰书、遏必隆、苏克萨哈几个人像做了一场噩梦，被鳌拜狂妄的举动惊得瞠目结舌。那鳌拜却似没事人一般，将两手的骨节捏得一声接一声价响。

因为圣旨上并未写明"革职"，三名犯官——苏纳海、朱昌祚、王登联都还戴着二品顶戴，穿着九蟒五爪的袍子，罩着锦鸡补服，来到刑场。自从宋末杀文天祥以来，像这样子诛杀大臣的，还是头一遭。老百姓们哪里知道这是鳌拜激动之余的疏忽。可是他们都知道这个样子遭斩的都是忠臣，心里有一种说不出的难受。

官厅上的酒宴已快结束了。苏纳海笑着对朱昌祚说："云门兄，写折子的时候没想到这一份儿上吧？这会子用不着这么垂头丧气。"旁座的王登联忽地起身，"啪"的一声将酒杯摔得粉碎，仰天哈哈大笑道："吾亦不化血，吾亦不为齿，愿有阎罗殿，册我为厉鬼，为社稷驱邪恶，吾为主前锋……哈哈……"他转身对苏纳海道，"纳海、云门二兄，咱们上路吧！"

三人站起身来，却见苏克萨哈带着从人挤了进来，径直走上官厅。苏纳海一见是他，趋前一步拱手说道："中堂，亏你这个时候还来瞧我们！"王登联因是苏克萨哈门生，见他到此，豪情顿减，洒泪道："门生死不足惜……七旬老母，拜托恩师了……"说着倒身下拜，被苏克萨哈一把挽住。他满肚子是话，却嗫嚅着说不出来，只含泪点头。朱昌祚走上前来含泪问道："中堂大人，你难道不知我们是冤……"才说到这里，苏纳海喝道："生死，命耳！云门兄何作此态！"

苏克萨哈面色苍白，长吁一声，强自笑道："兄弟无能，回天乏力，致使三位仁兄遭此沉冤，惶愧之极！"他颤抖着手斟了三杯酒，一一双手奉与他们，"清酒一杯，聊作饯行，夜长路远，可挡风寒……"说到此，苏克萨哈两行眼泪止不住扑簌簌地滚了下来。

一个校尉走了进来，分别给三位犯官和苏克萨哈请了安，说道："列位爷，监斩官大人有下情上禀：时辰将到，三位爷长话短说，也好升天了。下官办这个差也是身不由己，耽搁久了，吃罪不起。"

诀别的时刻终于到来，苏克萨哈向三人跪下送行。苏纳海三人也跪下还了礼。

日色已是午牌正刻，监斩官刑部侍郎吴正治忐忑不安地坐在监斩席上，迟迟不肯下令。这趟差事难办他是知道的，难就难在杀的确是忠臣，将来翻案的可能性极大，所以他硬着头皮磨时间。一是等等看是否有刀下留人的后命；二是即使没有后命也教老百姓知道，这实非他姓吴的本心情愿。直到苏克萨哈前来生祭，他才知道朝廷后命是指望不着了。

此时，他仰起脸看了看天，不知什么时候刮起了风，黄沙和灰土扬起来，雾蒙蒙的，只能看见太阳像一只毫无生气的圆球挂在天上，由不得叹息一声："唉，人怨天怒啊！"却将袖子轻轻一拂，吩咐道："行刑！"

第八回　鳌公府初议劫宫闱
苏中堂请守先帝陵

鳌拜回到府邸，大轿一落，家人前来禀报："班布尔善大人、济世大人、泰必图大人，还有二爷、四少爷都在东花厅暖阁候着您老呢！"鳌拜轻咳一声，瓮声瓮气地问道："遏必隆呢？遏必隆中堂没有请到么？"

家人忙赔笑回道："遏必隆公爷说他身子欠安，容改日再来叨扰。"

"这老滑头！"鳌拜心里骂了一句，嘴里却没说什么，一甩手径向后头东花厅走去。他顺着超手游廊，踱着方步，一路走着，一路沉思。转过家庙，远远听到后头水榭房暖阁里吆五喝六，好不热闹，不由皱了皱眉，加快脚步走了过来，见班布尔善、穆里玛、塞本得、泰必图、阿思哈、葛褚哈、讷谟、济世几个人，还有十几个家人或坐或立都散在旁边。两个歌伎怀抱琵琶妖妖娆娆坐在宴桌旁，一个弹，一个唱道：

> 这份情意说与你你不信，
> 总疑奴的心不真。
> 手拿着红汗巾儿拨灯芯，
> 谁说奴家等的是旁人？

音犹未落，紧接着就是一阵阵铮铮嘣嘣的急弦弹奏，另一个接口唱道：

> 涎皮赖脸的小郎君，
> 不许你再来敲奴门！
> 冤家呀，你若不是我的心头肉，
> 我早就抬手扎你一银针！

一边唱，一边用手做捏针的样子朝席上一扎。众人不禁笑得前仰后合。穆里玛怪笑着把脸凑上去说："好！好！我的奴家呀，你就来扎我一银针吧！"众人又是一阵哄笑。济世和班布尔善都是进士出身，儒生身份，只是捂着嘴忍住笑。

见到这群人聚到一起享快乐，鳌拜心里一阵烦躁，气哼哼地走进来，一挥手赶走了两个伎女："这是什么时候？不商议大事，倒有心情玩婊子！"

穆里玛见他从兄满脸不高兴，便上前凑趣儿："阿兄，听说你今儿个正法了苏纳海这三个兔孙子，我们……着实高兴呐！"

鳌拜哼了一声说道："你别高兴得太早了，说不定哪一天连我带你，咱们一家连窝儿全叫提到西市口，那才叫现世现报呢！你也不想想，要不是你在外头干的那些露脸的事儿，我肯这么铤而走险么？"

听这没头没脑的训斥，穆里玛如坠五里雾中。忙道："我？没干什么啊！"

鳌拜本来恨他不争气，事情办一件坏一件，见他犟嘴越发来气，遂冷冷道："没干什么？热河圈地，你调唆正红旗和镶黄旗打架，还圈了皇庄一块地！又抢劫民女，抢的是皇上乳母的亲戚。你瞧你多有能耐！"说着便从手上甩下一道折子来，"去看吧！皇上今儿个都问起来，叫我好难回话！"

穆里玛一听是这两档子事，心里嘀咕："跑马圈地，马能认识他娘的哪里是皇上的地？当初抢那娘儿们来，你不也挺高兴？事不成那是你怕老婆，这会儿拿我做出气筒！"口里却说："谁这么贱，胆子倒不小，告到咱爷们头上！"

鳌拜一声不吭，扶着椅子颓然坐下，无论身体和精神，他今天都太累了。济世忙上前劝道："事情总算已经过去，世兄已经知过了，中堂何必为此过于烦恼呢？"鳌拜看了一眼济世，不冷不热地说："事情并未过去。这事我已弄清楚了，穆弟抢人的那天，出来打抱不平的，叫魏东亭，他母亲是皇帝的乳母。你道这事儿就那么容易拉倒？今日驾前已无君臣之礼，只怕将来难说有无葬身之地呢！"

"什么没有葬身之地啊？"忽然厅后有人问。大家吃了一惊，抬头看时，是鳌拜夫人荣氏太君慢条斯理地踱了进来。她不过四十岁上下年纪，一手端着水烟袋，呼噜呼噜地抽着，身后站着丫环替她拿着火纸煤儿侍候。这丫环正是史鉴梅。鳌拜一向惧内，见她发问不好不答，当着客人和子侄的面，低声下气地赔笑又觉得面子上下不来，只哼了一声，气咻咻地坐着一言不发。

穆里玛见嫂子来了，忙赔笑道："嫂子，是这么回事，阿兄正为鉴梅的事跟我发脾气。"荣氏从头上拔下银耳挖子，将水烟筒中一块烟泥剔了出来，"噗"地吹了一口，说道："别再鉴梅鉴梅的了，她现叫素秋！这样雅一点——老爷，你也有一把子年纪了，不是胡打海闹的岁数了，乌七八糟的事儿少想！"班布尔善见鳌拜仍旧不吭声，就走上前去说道："鳌公，事已至此，怒亦无用，不如思量一个万全之策。"塞本得忙道："要不然就把鉴梅——哦，素秋——打发回去，不就了结了？"

班布尔善格格笑了一声。他是宗室，辅国公塔拜的儿子，论辈分还是康熙未出四服的本家哥哥，因塔拜死时，奉旨辅国公世职传给了老二，他反而只封了个三等奉国将军。一大家子人就靠每岁祭祖到光禄寺领那几百两世俸银子过日子，心中有些不痛快。鳌拜见他过得寒酸，倒常周济他。他因此对鳌拜十分感激。他是鳌拜的智囊，素来有"小伯温"之称，当下听塞本得如此说，便接口道："使不得！我料太师已把此事料理清楚了，送回人去，徒示其弱，授人以柄，等于是自倒旗帜。再说，素秋在此也未闹着回去。太夫人待她很厚，她也未必舍得离开太夫人去——"

"我是死也不去的！"站在一旁的鉴梅突然发话道。众人听了不觉一怔。"夫人待我恩重如山，他们待我有什么好，拿鞭子抽着让我抛头露面去卖艺，给他们挣钱，什么好德性！"

众人听得这话都感到意外，鳌拜忙问道："孙婆子不是你的亲戚？"

鉴梅冷笑道："亲戚？您找她来，我敢当面问她，我们算是哪门子亲戚？我十岁那年，他们老魏家上门逼债，逼得我父亲投河，母亲上吊，一家子妻离子散，魏太公说是父债子还，又把我卖给走江湖的……这会子安的什么心，来认亲戚！老爷太太打发我走，我也不敢违命，我自己能了断此事！"说着，抽抽咽咽地竟哭起来。荣氏忙安慰她道："素秋，跟我回去，我看哪个敢来找你的事儿！"说着一手拉起鉴梅出去了。

目送她们出去，鳌拜解嘲地笑了笑道："那——如果遏公和苏公再问起此事，我该怎么对答？"班布尔善掏出鼻烟壶嗅了一口说道："鳌公，在四位辅政中，索尼只在一日半日之内必死，那遏必隆四面玲珑，见风使舵，苏克萨哈徒秉愚忠，手无实权，心无成算，皆不足虑。皇上么——呃，愚以为可虑之处正在于此，皇上虽说是个孩子，却颇有心机，不可等闲视之。外头杀了倭赫，他便笞死吴良辅，去掉了鳌公最可靠的耳目，但这是内廷家法，鳌公只好忍了这口气——接着又调姓魏的到御前行走。听说君臣二人已经几次微服私访，这些天又突然冒出三大臣奏折这事……这就像弈棋，国手布局，步步紧逼上来了！"他顿了一下，见众人都聚精会神地静听，便慢条斯理地说："不过，优势还握在鳌公手中。苏纳海三人被诛，疆臣们算是立了仗马，不敢嘶鸣。他们都清楚，当今是谁主沉浮……"下面的话班布尔善觉得有碍，难以出口，想了想，变出这么一句："天若有情天亦老，鳌公当熟虑之。"

这番话听得在座众人如同醍醐灌顶，无不悚然动容。塞本得由不得心中暗暗佩服遏必隆："老家伙不来，就怕的是听到这些话。"想着，身子向后边靠了靠。穆里玛听得忘神，双手一合，说道："大人明鉴，这盘棋输了，什么都完了！依大人之见，下一步该怎么个走法呀？"班布尔善笑而不答，拿眼瞟着鳌拜。鳌拜用心精细，见班布尔善不肯再谈，忙改口道："皇恩浩荡，永世不忘。好，酒冷了，快饮下这一杯！"

正说间，家人捧了一个黄匣子来。当日康熙批下朝中的奏折都装在里边。按照顺治留下来的惯例，大臣的奏折任何人不得带入私邸。索尼病后，经太皇太后恩准破了先例。现在索尼病危，命在旦夕，这第二个"破例"，又转到鳌拜手上。鳌拜漫不经心地接过匣子，将它打开，随手拈出一件，一看便皱起眉头，犯了踌躇："这……这……"

众人见鳌拜如此关注，也都凑上来看。鳌拜将折子递给泰必图道："苏克萨哈请守先帝寝陵，皇上有朱批，你念给大家听，看是什么意思。"

泰必图从怀中取出一副西洋水晶眼镜戴上，清了清嗓子朗声念道："御朱批：'尔苏克萨哈世受国恩，乃先帝顾命重臣，理应竭尽心智辅佐朕躬，共成大业，为何出此不伦不类之语？着议政王杰书问他，朕躬究竟有何失德之处，致使该大臣不屑辅佐，辞去政务？朝政有何阙失，该大臣何不进谏补遗而欲前守寝陵？该大臣身受何种逼迫，而置君国于不顾？'"泰必图读一句，掀一掀眼镜瞧瞧大家。班布尔善愈听愈疑，眉头皱得愈紧。鳌拜折扇一挥问道："子翁，你看呢？"

班布尔善却不答言，只将头摇摇。鳌拜会意，屏退了左右，只留下泰必图、塞本得、葛褚哈、阿思哈、讷谟、济世、穆里玛七个。穆里玛素来不服班布尔善，瞧他一脸正色，心里哼了一声："假诸葛！"

班布尔善见没有外人，立起身来说道："借中堂前箸，我为中堂筹之！"说着拿起一根筷子，蘸了酒，在桌子上划了一道说："苏中堂是气闷不过，才上了这道请守寝陵的折子，说的倒是真心话。先前他在皇帝处告状，被留中不发，后来又见杀了苏纳海三人，心中又难受又害怕，所以才不得已请守寝陵的。"几句话说得人人点头。他却口气一转，"皇帝呢，却别有图谋。就这么几句话，为什么要杰书去问，而不是鳌公？这是可疑之一。"他在桌上划了一道，"第一问不过是虚晃一枪，他亲政不久，哪来的'失德'之处？要有，也只能归咎于鳌公。"他又划下第二道，"要害在第二第三问。这就是逼着苏克萨哈告鳌公的状，再由杰书出面弹劾鳌公——这步棋出得又稳又凶，进可以形成围攻之势，退则不过抛掉苏克萨哈一个弃子，——十三岁的人能如此……"他沉吟着摇头，徐徐说道，"只怕太皇太后，也参与其事了呢！"

"小伯温"这番剔骨剥肉的分析，说得座中人毛骨悚然，济世点头叹道："《烂柯经》有云，击左则视右，攻后则瞻前，弃小而不就者，有图大之心呐！"这句话是点睛之笔，良久没有人再开口说话，大家都在品评其中意味。倒是鳌拜显得格外镇静，苦思一阵之后，冷笑一声道："哼哼！他虽妙算高明，我先吃掉弃子，宽一口气再说！"

众人来吃这席酒，大多数是知道这壶中三味的，却都料不到话题在此扯得这么露骨，说得这么深。泰必图本不是圈子里头的人，是班布尔善拉了他来吃酒的，听了这些近似谋反的话，想想这些权高势大的人物竟怀着这等心思，不禁感到芒刺在背，但是事情到了这一步也就顾不得了，遂试探着问道："中堂，这棋也未必非吃弃子不可，让一步，负荆请罪，能否化开呢？"

鳌拜深知他的心思，格格笑了一声说道："怎么，你怕了？告诉你，扳倒我没那么容易！就凭宫里有个形同老朽的太皇太后，一个苏麻喇姑小娘们，外边有个乳臭未干的魏东亭，成吗？我看，苏克萨哈死期已快到了！"

他立起身来，背手踱了几步，倏然间，抬头果断地吩咐："子翁，这会儿和我立刻去谒见杰书，我倒要看看这个议政王骨头有多重！讷儿今夜把乾清宫不当差的侍卫都找来，说是我请客——明天，我一定叫你们看一出好戏！"他扬头朝外喊了一声："备轿！"

第九回　议政王杯酒倒旗帜
伍先生无心成帝师

议政王杰书满腹心事，在书房中翻看《三国志演义》，想在其中找出对付目下难题的妙计。想起上午康熙秘密召见他的情景，心像绞干了的热毛巾，又紧又烫。

上午巳时，太监张万强来到府邸，说是传旨，却又不许声张，不开中门迎接，也不让排香案，只站着说了句："奉旨，着议政王杰书至毓庆宫议事，钦此！"说完，茶也不吃打马而去。

他怀中揣了个兔子，急急赶到毓庆宫，却见仍是张万强满面笑容地迎接他。刚踏进殿门不觉愣住了，只见康熙腰悬宝剑，西向而坐，身后侍立着一男一女。男的是新进六等御前侍卫魏东亭；女的手执如意，面容肃穆，她就是苏麻喇姑。抬头仰视，更是吃惊，上面御榻上盘膝高坐的，竟是太皇太后博尔济吉特氏！

杰书诚惶诚恐地行了三跪九叩大礼，口称："奴才杰书奉诏觐见！"太皇太后手一摆说道："他七叔，请起来说话！"早有张万强搬过一张矮脚踏子来，杰书斜欠着身子坐了。偌大的殿中只有这五个人对坐，说话的声音嗡嗡发响，像在瓮中一样。

康熙打破沉寂，一语便是石破天惊："七叔，鳌拜擅权乱国，已到无可容忍的地步，你知道么？"

杰书抬起头来，见康熙正盯着这边，旁边的侍女目光灼灼，魏东亭也在斜视着自己，忙低头答道："奴才知道。"

太皇太后开口说道："太宗皇帝在时，常夸你是宗室之宝，素来忠心耿耿，先皇帝设这个议政王，就是怕有人起了坏心，没人能弹压得住，孤儿寡母的受人欺侮。方才听说，索尼已经归天。他一死，鳌拜便越发没了王法。康熙已亲政一年多了，他仍不还政。眼下这样子，先前谁能料得到啊！"说到这里，太皇太后语调低沉，"现在南方战事未靖，台湾还在郑成功爷们手里，北边有个罗刹国，也欺负我们。咱们朝廷里，鳌拜这样子，臣不臣，君不君的，成个什么样子！"说着目光一闪，盯了杰书一眼。

康熙突然插话道："所以，朕请你来议一件大事。朕要罢了鳌拜，革掉他的兵权！"说到这里戛然而止，停下不说了。

杰书沉思片刻，忽然跪下启奏道："鳌拜桀骜不驯，举朝皆知，的确应该严惩，但他现掌兵部，领侍卫内大臣，辖巡防衙门，况且大内侍卫多是他的人，万一事有不虞，反而贻害皇上，这是不可不虑的。"

"所以才找你来！"太皇太后接口打住，"我并不是没有杀鳌拜的办法，顾念老臣，不愿轻易下手罢了！"

"王爷，"站在康熙身后的苏麻喇姑忽然说了话，"您说的是一面之词！这个脓包儿现在不挤，将来怕就更难收拾！鳌中堂过去是有功之臣，但他现在恃功骄君，已无法逭罪。您说他有实权这谁都知道，但他四面树敌，朝野人心丧尽，都恨不能食其肉而寝其皮！只要筹划得当，除掉他也非难事。何况主子并不想难为他，只是给他换个位置而已。"

杰书知道，一个宫女敢在这种场合如此大胆发此议论，肯定事前已得到太皇太后和康熙的允准。听她说得头头是道，心下十分赞佩："果真名不虚传！"又听太皇太后在上头说道："你很为难是真的，我们祖孙都知道。但这事势在必行，不然我们总有一天会被人家强迫演唱逼宫戏的，谁来做定国王呢？"

这是相当明显的暗示：事成之后，杰书的王位可以"世袭罔替"，这正是他梦寐以求的东西。想到此，心里忽然一热，叩头说道："拿掉鳌拜以何事为由，还祈太皇太后和皇上明示，奴才当竭尽驽钝之力。"

这等于是答应了，殿中气氛立时缓和了许多。康熙示意魏东亭，将苏克萨哈的折子递到杰书手中，杰书一字一句地默读了一遍朱批，顿时明白过来，忙将折子叠起，叩头道："圣明如鉴，奴才已经懂了，二三日内即拜折弹奏！"

杰书正沉思间，一个家人走来，送上一副拜帖，恭敬地说："王爷，鳌中堂和班布尔善大人来访。"他端详了一下帖子，又递给家人说道："原帖奉还，告诉鳌中堂，我身上不舒服，改日再会罢。"

一语未了，只听有人哈哈大笑："王爷害的好病！是除奸除霸、忧国忧民的症候吧！哈哈哈……"说着，鳌拜一掀帘子走了进来，紧跟着班布尔善也笑嘻嘻地来到面前。他们给杰书请了个安，说道："给七王爷请安！小人略通医道，愿以金匮秘方，为亲王驱此病魔！"二人说着走至案前一揖便自坐了。

杰书如同受到雷惊的孩子，目瞪口呆地望着他们，好半晌才回过神来，解嘲地笑道："昨日早朝，冒了风寒，确实身上不好。二位既然来了，班儿又通医道，就请为我一诊吧。"

班布尔善是真的通医道的。他挨过身来，煞有介事地闭目沉思着为杰书诊了脉象，起身笑道："献丑了。七叔左尺滑而浮，主思虑恍惚，如坐舟中；左关滞而沉，主体乏无力，饮食不振；寸郁而结，主惊恐忧疑，夜梦凶险。据脉象看，当有这些症候。皆因七叔国事操劳，忧心太重之故。此症非药可医，总以静养为宜，淡泊食之，宁静修之，自然就痊愈了。"鳌拜在旁笑道："这脉看得很透，非淡泊无以明志，非宁静无以致远，古圣先贤皆莫能外。王爷何等明达，对此寥寥数语，岂不通晓？"

班布尔善断脉确实对，这些症候他全有。自鳌拜大闹朝堂，诛杀苏纳海等人后，他常觉心悸不安，昨日受命本出无奈，更是五内翻腾，一夜也不曾合眼。现在班布尔善闪着狡黠的眼光报出这病来，加上鳌拜不阴不阳的双关语，不禁心头猛地一震："糟，走风了！"口里却勉强笑道："依鳌公之见，当如何宁静淡泊呢？"

鳌拜没有马上答话，走至桌前拿起一只高脚银杯，指着一只玉瓶问道："老夫酒渴，这里是什么酒？"杰书笑道，"这是御赐的四川名酒玉楼倾。"

"玉楼倾？好名字！"鳌拜说着便自斟一杯，品评着呷了一口笑道，"班大人，好酒，何妨也饮一杯。"说着饮完了，又斟上递给班布尔善。班布尔善仰头饮下，笑道："好酒，可惜太烈了些。"又将酒杯双手奉还鳌拜。

"不烈，玉楼怎为此而倾呢？"鳌拜一边漫不经心地把玩着银杯，一边又对杰书说道，"你问如何淡泊宁静？比如说苏克萨哈的案子，何妨你我同审，会衔而奏，王爷便可借此又得数日清闲，你看如何？"

见鳌拜单刀直入，杰书心知一切计划均成泡影，苦笑一声说道："鳌公看来已是胸有成竹了，不知打算怎么个审法呢？"鳌拜将银杯轻轻放在案头，脸色一沉说道："这自然等问过之后才好定下来——班布尔善大人，咱们来的有时候了，也该回去了，让王爷自个儿再好生想想。"说完带了班布尔善辞了出去。

杰书送他们出了正门，回来一看，案几上高脚银杯小指一般粗的柄已被捻断，杯口歪了下来，残酒洒得满案皆是。杰书先是诧异，猛然醒悟，只觉得头"嗡"的一声，颓然倒在安乐椅上。

会试完几个月间，明珠很高兴了一阵子，拜房师，会同寅，整天不落屋，谁料引见下来，仅授了个博望同知。他很扫兴，伍次友劝他不必赴任，在京等一等机会再看。岂料一再运动也运动不出一个京官来。伍次友原想自己出外游历，谁知时气不好，害了几个月的伤寒，待病痊愈后，身子仍十分虚弱。几个月中全亏了何桂柱和明珠两个人轮番待候，汤水药饵十分方便。那何桂柱原来有点瞧不得明珠拿大，今见他对伍次友十分体贴，倒去了心中芥蒂。

这天吃过早点，看天色阴沉沉的，没个地方好去，伍次友甚觉无聊，便叫了何桂柱来，笑道："明珠弟大约又去寻内务府那个姓黄的去了。前头门面没事吧？叫伙计们张罗着，你我摆上一局如何？"

何桂柱笑道："二爷好兴致，不过我的棋艺不高，怕扫了您的兴。"口里说着，却趑趄去捧了棋盘进来，先抢了黑子儿，齐齐整整在天元和四角星位布了五个子儿，说道："饶五个子儿吧，二爷手下留情。"二人一笑落座。

弈至中盘，伍次友已略占上风。何桂柱右边数子已被伍次友镇封，如不逃必被吃掉，苦思了很久，也想不出对策，只好"尖"顶出头。伍次友道："岂不闻'随手而着者，无谋之人也'，难道角上大块棋子都不要了么？"何桂柱看了看笑道："这个角二爷夺不去，须得先逃这几个子。"忽听背后有人说："桂儿这个角须补一着，不然伍先生就要在里边做'牛头六'了！"

二人专注下棋，根本不知道什么时候进来人了，倒吓了一跳，抬头一看，却是魏东亭披着油衣站在柱儿身后。柱儿忙起身道："魏爷，什么时候来的？你们二位才是将遇良才，来来，您请。"伍次友也笑道："外头下雨了，快脱掉油衣，坐这边暖和暖和。"

魏东亭笑着摆摆手，也不脱雨具，就坐在旁边说道："今儿个可没工夫玩，兄弟是奉了家主之命，和伍先生商议一件事。"伍次友却还在恋棋，笑道："什么事这么要紧的？"

何桂柱见他们有正经事，推枰而起，拱手说道："二位爷说话，我去弄点茶来。"魏东亭忙道："不必了，你也不妨听听。"

魏东亭小心翼翼从怀中掏出一份桑皮纸帖子，说道："您瞧瞧这个！"

伍次友接过一瞧，上头一行钟王小楷端正写着"敬请伍先生次友过府一叙，以慰渴慕"。下头一行细笔工楷写的是"私淑弟子索额图丧次"，还有一行附言是"余事由来人说明"。

伍次友颇有点丈二和尚摸不着头脑，忙问："这既非名刺，也不像拜帖，且索额图大人乃当朝要人，这帖子断不敢当！还请贤弟明说缘由。"

魏东亭看着棋盘，句斟字酌地说："是这么回事，索额图大人有一幼弟，太夫人十分钟爱，今年已将十四，一直想聘一饱学之士西席教授。"他抬头看看伍次友，又继续说："先生书香世家，名满遐迩，大人早就渴想一见。但恐先生雅量高致，未必肯从屈就。索尼老中堂临终谆嘱再三，一定要请高手教授龙儿，索大人不违父命，墨绖居丧，故而派兄弟前来敦请。"言毕又施一礼，"东亭敬请先生赏我一点面子。"态度十分恳切。

伍次友听了点头笑道："既如此，也算有缘，倒难为你了。"魏东亭忙赔笑道："确是有缘，这学生，先生是见过的。"

伍次友仰起脸来想了半晌，茫然地摇了摇头："见过？我来京后很少结交外人呐！哦——我想起来了，是不是上次你带来的那位龙儿？"魏东亭抚掌而笑，说道："对！就是龙儿，龙儿见了您，回去便吵着要太夫人派人接您去。因当时大考在即，未便擅请——我上次向先生说的'机会'就是这事儿了。"

伍次友笑道："龙儿我倒很喜欢，资质俱佳！得英才而育之，亦一大快事，不过——"他犹豫了一下接着说道，"日前收到家书，老父年高，十分思念于我，且在京郁闷得很，想回乡看看——"

不等伍次友说完，魏东亭接口便道："老太爷那里一切均放心。兄弟有几位朋友要到贵乡采办些东西，可以托他们先见一见老人家，老人家如高兴，来京逛逛也好嘛！"

何桂柱听到这儿，凑趣地说道："二爷到辅政爷府做了西宾，老太爷听了也是欢喜的。可别要像明老爷那样，忙得顾不上落屋，更甭说和我们一起玩棋打双陆了！"魏东亭笑道："他倒不是瞧不起你们，前日在乌学士家见着他，还一个劲儿抱怨应酬太多，没工夫回店去，只怕先生和何老板要怪他疏远呢！"说到这儿，他站起身来问："先生，外头车是现成的，如不见弃，咱们就去罢，可好？"

伍次友也站起来笑道："既蒙索额图大人如此错爱，我就恭敬不如从命了，请！"魏东亭一摆手道："您先请，自今儿个起，兄弟只是龙儿的伴读，您是我的师长，不能和您平起平坐的了。"伍次友见如此说，又站住脚说道："哪里的话，与其如此，毋宁我与龙儿以世兄弟相称，免了这个师生名分也罢。我很不爱这些个繁文缛节，拘死了人，还说是圣人之教！"

魏东亭正为康熙行拜师礼之事犯愁，担心办不好这个差。不想伍次友如此倜傥爽朗，真有点喜出望外，于是又顶了一句："索额图大人未必肯依呐！"伍次友却满不在乎地道："半师半友最好。索额图大人那里我自去说。"

索额图在一桌丰盛的筵席旁心神不宁地等待着，又怕魏东亭办不好差，请不来先生，又怕先生来了礼仪无法安排，心里七上八下。

对太皇太后交给他的这件差事，他始终疑虑重重。自古帝君深居九重，垂拱而治，哪里听说过皇帝悄悄儿请一个白衣秀士做老师的事儿？但太皇太后似乎非常坚决。她说："皇帝不大不小的了，不能就这么耽搁下去，鳌拜请的那个什么济世万万使不得。苏麻喇姑虽好，读的书究竟有限，她又是个女孩子，上不得台盘。这也是不得已而为之啊！"——这事若是走了风，被鳌拜知道了，会怎么样呢？白龙鱼服，常年屈于臣下之家，万一有个三差两错，那该是个什么罪名，又怎样向天下后世解释这件事呢？眼前就有一件棘手的事儿，既是师生，就要行拜师之礼，皇帝又怎么软得下膝盖来呢？——这事办好了，也未必就能名垂后世，不过落个名分儿，办砸了就可能身败名裂！索额图想东想西，脸上一红一白，坐在旁边的康熙早猜出他的心事，笑道："既然咱们合演这出戏，那就要唱得真一点，唱砸了朕是不依的。你是哥子，我便是兄弟。我虽是君，他可是师！师道尊严，你道朕连这个都不知么？"索额图忙躬身答道："是。"

康熙又问："书房设在哪里？"

"就设在后边花园里，僻静得很，原是顺治爷赐给奴才父亲的。"索额图忙又躬身答道。

康熙见他总改不掉奏对格局，不禁失笑道："世上哪有哥子对兄弟称'奴才'的？我现在就是'龙儿'了，别那么局促，拜佛似的，瞧着像什么呢？"索额图也笑道："主角儿还没到，奴才不敢斗胆先唱。"

君臣二人正在说话，门上的人进来禀道："主子，大人，魏大人带着伍先生来了。"康熙忙起身笑道："我去迎接！"索额图捏着一把汗紧跟在后。

魏东亭和伍次友联袂而入，刚进二门，早见索额图和龙儿两人笑容满面迎了出来。魏东亭便悄悄放慢了脚步，侧立伍次友身后。伍次友忙抢前一步长揖到地，口里说道："晚生何幸，得遇索大人青睐！久闻大人之名，如清风洗耳，今日得见，实慰中怀！"

索额图见伍次友神气清朗，体态潇洒，没半点俗气，忙上前挽着伍次友手道："学生从龙入关之前，即久仰先生一门高贤宏才，幸有魏军门引荐，今日得见，实三生之幸也！"说着又一手拉过康熙的一只手笑道："这便是舍弟龙儿。龙儿，快见老师来！"此时事到临头，索额图倒觉轻松，忽作匪夷之思，他倒要瞧瞧康熙怎样屈尊降贵，应付这个场面。

康熙此时如同换了一个人，显得稚气而童真，顽皮地眨眼向索额图笑道："阿兄，这位伍先生我们是老相识了。"索额图假嗔道："哪能这么没规矩！先生现是你老师，要放尊重些才是，还不行过礼来！"康熙答应一声"是"便要倒身下拜，伍次友却一把扶住了他，说道："我与魏贤弟有约在前，世兄与我只以兄弟相称，大礼不敢当，岂不闻孙后主《尔汝歌》乎？'昔与汝为邻，今与汝为臣。上汝一杯酒，令汝寿万春！'"

此言一出，索额图、康熙和魏东亭同时一怔，回过神来，方觉贴切之至，不由会心地呵呵大笑。魏东亭心中惊诧："真真是真命天子，鬼使神差伍先生想起这首诗来！"一边笑，一边将伍次友让进后房。

大家人席叙座，康熙自坐了末座。登极以来，除了在太皇太后和皇太后那里，他从不曾和别人叙过什么座，今日如此，反得人生真趣。伍次友见魏东亭毕恭毕敬侍立在龙儿身后，忙让道："魏贤弟，何妨一坐呢？"索额图微笑着正欲答话，龙儿却说："伍先生既叫你坐，坐下就是了。我们都是朋友，如果天天如此拘礼，岂不生分了？"魏东亭无奈，只好说道："今日权坐，下不为例罢了。"

其实，魏东亭作为皇帝贴身侍卫，虽然品级悬殊，平日与索额图相处，只是上下座之分，并没有"立规矩"。只碍着康熙，实在无法长期平起平坐，因此只伪称"伴读"。那伍次友乃布衣书生，哪里懂得这些奥秘，还以为本该如此。

寒暄数语，伍次友归了本题，说道："令弟豁达超俗，神清气秀，毫无寒峯之色，本是杰人之才，必能自致青云之上，何劳小弟拙力训导。"索额图道："舍弟自有祖荫功名，并无为官之意。太夫人的意思，只是让他随先生读经阅史，再学一些诗词曲赋陶冶性情。八股文什么的，竟可一概免去。"

伍次友听到竟有聘师而明言不习学八股时艺的，不禁大感惊奇。忙道："祖荫是一件事，自立功名又是一件事，大人不可不慎。"康熙接口道："我就不爱八股，一篇文章，颠来倒去就那么几条筋，一讲就是几百年，没一毫用处，还说是什么'代圣贤立言'！"伍次友迟疑了一下答道："世兄所言何尝不是，不过——天子不与世人心同，这八股虽于世无用，于天子却大有用处呐。所以虽然无用，还是废不掉的。"康熙听了这番话，忙问："为什么呢？"伍次友呷了一口酒，笑道："哪一代英明天子不要笼络天下之士呢？"

真是闻所未闻！随便一句话，在康熙心中却引起了极大的震动，霎时脸上微微变色，心里暗想："苏麻喇姑说得是，这个师傅只能这样请法，上书房里的师傅是断然不敢这样讲书的。"索额图虽然暗暗吃惊，但脸上却半点不露，遂笑道："咱们且吃酒，笼络不笼络，那是天子的事——"康熙也笑道："对，咱们便偏不学这劳什子八股！"

说话间，一个丫头奉上茶来，一一献毕方欲回身退下，索额图却叫住了她："婉娘，太夫人有话，你从今日起也陪龙儿读书，快来见过伍先生。"

改名婉娘的苏麻喇姑低头应了一声"是"，大大方方走过来深深福了一福，直起身来打量着伍次友。伍次友受不了她那目光的逼视，旁过脸去招呼魏东亭吃酒。那婉娘嫣然一笑，并不退下，反而进前一步道："早就听我们太老爷和老爷说过，伍先生才高八斗，名满大江南北——奴婢听人家说了几个对子，想请教先生该怎么对。"

伍次友万不料她竟讲出这样一番话，不禁愕然，将箸放在桌上，笑道："不敢谬承夸奖，请讲。"

"孟浪了，"婉娘笑道，"先是五位古女子，请对以男子姓名。"见伍次友微笑着点头，婉娘脱口而出："小青！"

"太白。"伍次友不假思索，应口而答。

"莫愁！"

"无咎。"

"漂母！"

"灌夫。"

"文君！"

"武子。"

"西施！"

"好！——东野！"

众人不及思量，伍次友已信口对出，无不叹服他的才思敏捷。众人正发愣间，婉娘口风一转，又道："王瓜！"

伍次友不禁一怔，忙问："这是哪位女子？"婉娘笑道："五位女子已完，现说王瓜，对什么好？"

"这个却难。"伍次友低头寻思片刻，迟疑道，"对是有的，只怕不恭了——用'后稷'可好？"众人拍手喝彩。笑声刚落，婉娘忽朗声吟道："清水青，水青清，江河行地，清清青水，水青清清。"

满座的人全被这副对子难住，都蹙着眉头苦思下联。伍次友暗吃一惊，心里道："好厉害！"立起身来，在席外踱了两步，几次张口欲言又止。此时日影西斜，堂前绿荫斑驳，静得一丝声音也没得。

良久，他眉头一展，仰首朗声对道："明日月，日月明，日月经天，明明日月，日月明明。——如何？"

众人哄然叫妙，难得的"清"字乃国号，下联为"明"国号相对，不仅切了文题，且"清明"又暗寓颂圣的意旨。

"先生高才！"婉娘笑道，"敢问以孟子之贤，何故为列国不容？"大家见她又发问，又都敛容屏息静听。

伍次友笑道："孟子处战国离乱之世，列国之君咸取利而不知义，故夫子至公之志屈不能伸。此则时也、命也、运也、数也！"

话音刚落，婉娘又笑道："我听人家说，'同进士'是鳏对？"

伍次友哈哈大笑，道："这算什么鳏对！千古鳏对，我只听说是'烟锁池塘柳'① 一句——'同进士'可以对'如夫人'！"猛然想起明珠也是同进士，甚觉刻薄，便掩住了不往下说。

苏麻喇姑兀自不肯罢休，又道："先生学富五车，名不虚传！敢问您最喜爱古圣先贤的哪一句话？"

伍次友心想，如不开一个小小玩笑，怕她仍要纠缠，于是笑道："惟女子与小人难养也。"

一句话惹得哄堂大笑。索额图控制不住一口烟呛了肺，大声咳嗽着笑。康熙俯身捂着肚子几乎笑岔了气。魏东亭手扶椅背弓着腰蹲在地上笑。苏麻喇姑涨红了脸，说声"佩服"，转身退了下去。伍次友被她考出一身汗来。

索额图原本有些拘谨，被这突如其来的喜剧一冲，觉得心思开阔了许多，忙向伍次友笑道："此婢略通文墨，太夫人十分钟爱，宠得她没一点规矩，倒叫先生见笑了。"

伍次友望着苏麻喇姑的背影笑着摇头道："家学渊深，佩服得紧，哪里敢有见笑之意。"见桌上设有文房四宝，禁不住意兴大发，上前援笔在手，饱蘸浓墨大书一联：

　　　霞乃云魄魂　　　蜂是花精神

看他一笔草书龙蛇相斗毫无拘滞，众人无不啧啧称羡。康熙近前来，端详了端详，笑道："我拿了去请太夫人看！"说完，小心揭起宣纸，便带着魏东亭进内去了。

―――――――――

① "烟锁池塘柳"一句，因偏旁含"金木水火土"五行，故极难对。

第十回　苏中堂喋血西菜市　伍次友危言动天听

夏至将近，刚交五鼓，紫禁城里已经蒙蒙发亮。掌灯的小太监挨次吹熄了悬在宫前和永巷里的灯，守夜的太监也伸着懒腰打着哈欠回房睡觉去了。昨日在索额图府上宴请了伍次友，康熙心中很是畅快，一大早便起身至御花园练功。他穿着紧身衣袄，带了张万强，刚转出养心殿东门，早见苏麻喇姑迎面走来，便笑道："你竟也有全军覆没之时！可敢再小觑天下之士否？"苏麻喇姑一边施礼请安，一边笑道："奴才不奉懿旨岂敢放肆，败了也欢喜！我是女流，当然修不成佛爷，做个菩萨也罢了。"康熙笑着回身对张万强道："你去将昨日伍先生写的那张条幅拿来。"

张万强方答应一声"是"，早有小太监飞跑进去取了出来。苏麻喇姑不解其意，接过纸卷展开看时，却是一副对联，心中不由一动，只是默默审视。康熙早带着人往后边去了。

苏麻喇姑穿过永巷，方出大门，瞧见两个小太监依在鎏金大铜缸旁窃窃私语。细听时，一个道："你托老赵求求七王爷网开一面，保出你弟弟来，不就是了。"

"啐！"另一个脖子一拧说道，"七王爷算什么，没用！"

"那谁管事？"

这个用手轻轻捶了一下缸："老赵说了，叫我找讷谟侍卫说说——"正说着抬头一看，见是苏麻喇姑站在眼前，吓了一跳，"哟！没瞧见是苏大姐姐您哪，侍候皇上出去么？"

苏麻喇姑冷笑道："别和我打模糊儿，打量我没听见？老实说出来，多好呢！"小太监知她听见了，忙赔笑道："其实苏大姐姐想必是知道的，苏中堂坏了事，黄四村他哥跟着叫人拿了，想托讷谟侍卫去说个情儿。"

苏麻喇姑心里猛地一惊，脸上却不肯露出，笑道："我当什么事呢！苏克萨哈大人还没革职，定的是哪门子罪呀？"

小太监忙道："怎么！您还不知道，刑部、顺天府的人都出空了，把苏克萨哈大人的家都给抄了，说他是谋反——"正说间，见黄四村在旁努嘴儿，便咽住了不肯讲。

苏麻喇姑脸色苍白，强自镇定了一下，勉强笑道："这也算一件大事！七王爷待会儿就来奏事，求个情儿不就行了。"黄四村笑道："拿苏中堂的正是七王爷下的令，他肯去说情？"苏麻喇姑越发惊疑，也顾不得再问，说声："大厨上的阿三不是讷谟侍卫的干儿子？找他去求，没个不成的，你们去吧！"便折转身匆匆向御花园急奔。

但是，康熙已不在御花园了。太监张万强正张罗小太监们收拾地下的刀枪剑戟和练功用的石锁石球。苏麻喇姑气喘吁吁地问："皇上呢？"张万强道："您不知道？刚才传事的来说，七王爷请议事，皇上命他毓庆宫候着，便起驾去了。"

听说到毓庆宫，苏麻喇姑略觉宽慰。那儿原是倭赫当差，如今倭赫虽没了，却还是原班子人马由侍卫狼瞫领着；临时将敬事房的孙殿臣调来总管。这人只是胆小一点，其实还是挺忠心的。想了想又问："侍卫上谁跟去了？"

张万强摇摇头："那自然有当值的，怎么——"

不等他说完，苏麻喇姑早慌了："别说了，快打发人去寻小魏子到毓庆宫，你也别在这儿泡，快——就说是奉懿旨前来侍驾的，我这就去慈宁宫，没个不准的！"

张万强从不曾见苏麻喇姑急得这样，也吓慌了，一边吩咐人去寻魏东亭，一边说："你们快收拾完也来。"回身便奔向毓庆宫。

康熙舞了一阵刀，松和了一下身子，随身披了一件驼色葛纱袍，便起驾往毓庆宫而来。索额图、熊赐履、泰必图等几个部院大臣鹄立殿外恭候见驾，见他到来，便一溜儿跪下。

康熙惬意地登上台阶，朝索额图笑笑，却见索额图异样地朝自己一望，不觉一怔，疾步跨进殿内，却见鳌拜和杰书并排长跪在地，心中疑窦顿起，迟疑着停了步，稳定一下情绪，若无其事地坐了中间的御椅，淡淡一笑："二卿请平身说话，七叔请见，有什么事要奏啊？"

杰书抬头看见康熙犀利的目光,畏缩地避了开去,跪下低头奏道:"苏克萨哈请守寝陵一案,奴才等已拟过,奏请圣上降旨。"康熙瞥一眼鳌拜,见鳌拜一本正经地站着,嘴角挂着一丝笑意,心知有异,缓了缓才说:"怎么'奴才等'呢?朕不是只委了你吗?不过既然你等会议过,且读奏章给朕听。"

杰书颤抖着展开折子,期期艾艾地读道:"兹奉旨事……"方读半句,康熙手一摆打断了他:"朕的批语不劳你再念。你们打算怎么发落苏克萨哈?"

"是……"杰书叩头道,"奴才等思之再三,苏克萨哈身为辅政大臣,身受先帝重托,不知……仰报天恩,却大肆狂吠,欺蔑主上……"

"慢!"康熙颤声喝道,"朕没有听清楚,大声读!"他又惊又怒,咬牙道:"这么大的罪,该怎么处置呢?"

杰书见康熙变色,越发惊恐,回头看看鳌拜,鳌拜也笑嘻嘻地盯着他,眼睛里露着凶光,不由想起那只捻断了腰的高脚银杯,遂硬着头皮奏道:"欺……欺蔑主上,理合以谋反论罪,凌……凌迟处死,全家抄斩……"

一时间,偌大毓庆宫像古墓一般死寂,只有殿角一尊镀金西洋自鸣钟机械地"咔咔"响着。殿外跪着的部院大臣们面面相觑,索额图强压着极度紧张的心情,小心窥听殿内的动静。

康熙两手抓着椅背,捏出了汗水,迫使自己没有拍案大骂,只稍微口吃地问:"苏……苏克萨哈请守先帝寝陵,不过言语激烈一点,怎么扯到谋反上头?再说,朕只是降旨叫你问一问,怎么连罪都定下来了?"

杰书在底下连连叩头,只称"这——"却无法回答。

鳌拜看着这王爷的窝囊相,心里暗自好笑,觉得是自己说话的时候到了,于是将马蹄袖轻快地一甩,撩袍跪下,昂首奏道:"苏克萨哈辜负先帝托付之恩,不尊当今皇上,与谋反无异,此处分并无不当之处。奴才以为,议政王所奏甚合中允!"

昨日开课,伍次友首篇讲的便是《中庸》。此时康熙冷笑道:"把人处以极刑,尚言'中允'。你读的是哪家圣贤的书?朕倒想知道,苏克萨哈与你有何仇隙,定要除掉他!"

鳌拜稍一思忖即朗声而对:"臣与苏克萨哈并无仇隙,只是秉公处置!"

"好一份忠心!"康熙冷笑道。鳌拜也不叩头,长跪着将手一拱道:"似苏克萨哈这等贼臣若不重重处置,将来臣下都要欺君罔上了!"

话音未落,只听"啪"的一声,康熙一掌击在龙案上,眼睛像要冒出火来:"欺君罔上的,眼前何尝没有!朕看苏克萨哈倒是还有点规矩!"

鳌拜也火了,心想,今日就是说黑了日头,也得杀掉苏克萨哈,不然这一跟头要栽到底了。他从地上一跃而起,翻起马蹄袖,挥舞着拳头道:"皇上莫非说我欺君?"一边说,一边气势汹汹地逼近御座。

康熙不禁倒抽一口冷气。值差的侍卫孙殿臣也惊出了一身冷汗,抢前一步挡在鳌拜与康熙之间。几乎与此同时,狼瞫也跃了出来。

侍立殿外的侍卫穆里玛、讷谟早听得明明白白,二人递了个眼色,各按腰刀跨进殿门。跪在地下的杰书不认识他们,忙喝道:"干什么?退下!"穆里玛一笑答道:"乾清宫侍卫穆里玛、讷谟前来侍驾!"一边说,一边足不停步地向康熙走去。

康熙见两名侍卫进来,心头先是一松;一听是穆里玛,顿时感到势态严重,冷汗立刻渗出额头,断喝一声:"要你们侍什么驾,退下!"杰书也起身,铁青着脸呵斥:"你们是乾清宫的差,这里有你们什么事,出去!"

皇帝和议政王都发了话,穆里玛、讷谟只好迟疑着站住,看鳌拜的示意行事。正在这时,听得殿外熊赐履高声奏道:"启奏皇上,侍卫魏东亭请见!"

康熙精神忽然一振,厉声吩咐:"进来!"话音未落,魏东亭满头是汗,跨入殿内。穆里玛一见魏东亭便眼中冒火,横身一挡,却不知怎的魏东亭已极迅速地绕了过去。鳌拜回身来打量了一下这小伙子,格格一笑问道:"见皇上有什么事啊?"

魏东亭好似没有听见,一个扎跪,对康熙道:"这么晚不退朝,太皇太后、皇太后差奴才来看看。"康熙一摆手说道:"既来了,就先在这侍候着,待会儿一起回宫。"

"喳——"魏东亭答应一声,然后站起身来,这才对鳌拜道:"回中堂话,奉两宫懿旨,前来侍候万岁爷。"说罢大咧咧地从他身旁走过,径直站在康熙左侧,双眼炯炯有神地扫视着殿内。

康熙安心了一点,他本想借此机会诛斩鳌拜,但见穆里玛、讷谟竟退至两侧赖着不去，而且都带着腰刀，心里筹思良久终觉势力太单，若真动起手来，成败难料。看鳌拜时，仍是一脸凶相，心里叹息一声："只好先退一步了！"心里一冷静，说话也流畅了些："不必如此浮躁嘛，朕意苏克萨哈即使有罪，也不至于就凌迟处死呀！"

这一刻，鳌拜也迅速对形势作了估量，眼前就在这里大动干戈，杀掉康熙的把握是很小的。漫说有个魏东亭，就孙殿臣手下几十名侍卫亲兵都在外头廊下，如何能应付得了？况殿外还站着索额图一干武臣，他们岂肯袖手旁观？掂量了半晌，他左右瞧瞧回答道："按律苏克萨哈是凌迟之罪，不过既然皇上悯恤，那就免了，改为斩刑！"

康熙听鳌拜的话意有了缓和，暗暗舒了一口气：自己的安全问题不大了。但想到要杀苏克萨哈，却又断断不忍，只板着脸沉吟不语。跪在一旁的杰书是最知底细的，知道如果不杀苏克萨哈，纠缠下去说不定还要出大乱子，于是叩头道："依臣愚见，就……处以绞决吧！"

康熙身子晃了一下，咬紧牙根仍不说话。鳌拜狞笑道："瞧着皇上和殿下的脸面，便宜他一个全尸！"说完也不跪拜，一个长揖说道，"臣这就去监刑！"回头对穆里玛、讷谟咆哮道，"混账小子！站在这里做什么，还不跟我走？"一跺脚带着穆里玛叔侄扬长而去。

瞧着鳌拜傲慢的身影去远，康熙气得浑身发软。方起身欲走，见杰书还俯伏着没敢动，便缓步踱了过去，冷冷说道："杰书亲王，你抬起头来！"

杰书惊恐地抬起头，躲闪着康熙的逼视，嗫嚅几下想说话，却什么也没说出来。康熙此时恨不得一脚踢死他，想了想，长叹一声摆摆手道："你……跪安吧！"

康熙六年的夏至，是一个闷沉沉的阴天。云层压得低低的。海子边的柳树枝儿一动不动直垂水面，街衢上叫卖果子的摊贩也一改平日宽亮而富有弹性的嗓门，有气无力地喊着"香丝儿——麻糖哩——""谁要贴饼油条麻花儿啰——"。

睡了中觉起来，给太后请过安，康熙便照老规矩，带了苏麻喇姑和魏东亭两个，乘小轿自神武门出来，悄悄往西直门内的索府上课。

索府后宅便门有专门迎候康熙的仆人，是索额图家的二代家奴。他们虽早已老退了，却为办这件差使被重新起用。几个便衣侍卫就住在这里帮助照应，所以不需惊动府中其他的人，便可直入后宅内院。

这是个很大的后花园，足有十几亩地。几座高低不等的凉亭散布在池水四周，极是错落有致，当中有一座压水拱桥直通池心。从玲珑剔透的假山绕过去，再经一曲折的石桥便到书房——伍次友就住在这里为康熙授课。

三人行至桥上，就听到从书房内传来叮叮咚咚的琴声。一缕缕幽香在这山亭水石中飘荡，真使人有如走入仙境之感。康熙止了步，三人站在桥上手扶石栏静聆琴音。

那琴声时紧时慢，挑拨勾画，也说不清其中是个什么滋味。时而使人觉得飘飘欲仙，有凌空乘云之感；时而又觉得似有压在心头、排挤不出的郁闷；时而又使人感到如乍开闷笼般的轻松；反复咏叹余味无穷，但觉胸中浊气一扫而空。

魏东亭听了一阵，忽轻轻碰了一下康熙衣袖。康熙回头看时，他正朝苏麻喇姑努嘴儿笑。康熙见苏麻喇姑呆呆地若有所思，低声问道："婉娘，你在想什么？"

苏麻喇姑一时不知说什么好，迟疑间红了脸笑道："听琴呗，有什么想头？"

因从未见过苏麻喇姑这副模样，康熙倒觉诧异。旁边的魏东亭却笑道："龙儿不必问，这是《诗经》上有的。注脚也有，道是'曾经沧海难为水，除却巫山不是云'。姐姐你说是么？"苏麻喇姑红了脸啐道："你不是好人！教唆主子打趣人，看我回去不告诉孙嬷嬷！"

伍次友听得窗外喊喊喳喳的人声，便住琴息香，站起身推开窗户笑道："怪不得琴声有异，弦乖音谬，原来有人偷听，快请进屋来吧！"

康熙一脚进门便问："先生方才奏的什么曲子，我竟没听过这么好的琴！"伍次友笑道："什么好听，音无哀乐，听者有心，弹者无意呢！"一句话说得三人都笑了起来，各自心里想的却不一样。看龙儿、魏东亭怔怔地坐着不言语，伍次友倒觉好笑，收拾一下桌上东西便道："今儿接着讲《后汉书》，先从帝纪讲起。"

这便算正式开课了。康熙坐好了，苏麻喇姑从架上取了《后汉书》来，摊在他面前，又各给伍次友和康熙斟了一杯凉茶，便与魏东亭一边一个斜坐在康熙两侧。

伍次友简要地剖析了西汉致亡的原因，笑道："班氏之《汉书》固可以下酒，然据愚意看来，范晔之《后汉书》中也有不少篇章是绝妙好词，可以永垂不朽的。只可惜了一件事，大损了他自己的声名。"康熙忙问："文章岂有随人事而转的？"

"有啊！"伍次友答道，"这便是一个明证。范氏吃亏在一个'傲'字上。他在狱中致诸侄的书信中曾夸耀自己的《后汉书》比《汉书》还要高明，是'天下之奇作'，说《后汉书》中中等的篇章，也不次于贾谊的《过秦论》，连自己也选不出合适的词儿来形容这部奇书，自古史书中没有一部可与《后汉书》媲美的。"

"你们听听，他吹了多大的牛？"伍次友顿了一下接着又道，"文人清高自重原是美德，但若自视过高，反变为狂妄无知，就难免引后人之讥笑，《后汉书》中不少篇章是很可读的，之所以受人轻视本源就在这里了。这也实在是范晔自毁所致。"

讲完这一过节儿，算是介绍了作者，接着便略陈帝纪世系，一个一个夹着自己的看法按史作了评介。讲到质帝八岁登极时，康熙眼中忽闪过一丝笑容，双手按膝，身子向前探了探，问道："那不和当今圣上一个模样么？"

魏东亭知道这个掌故，十分忌讳，连连递送眼色示意伍次友敷衍过去。伍次友哪里晓得这意思，啜了一口茶接着道："这小皇帝聪颖过人，如能长成，必可成为一代令主……"魏东亭走过去给他续了茶，笑道："伍先生，是不是串讲以后，再一个一个从头掰起？"苏麻喇姑早察觉出来，忙道："小魏子也是这么鬼鬼祟祟的，先生讲书哪有你插口的理，岂不闻临文不讳？"康熙也笑道："对，对！这有什么呢，质帝是质帝，当今圣上是当今圣上嘛！"魏东亭只好红了脸笑笑，坐下听讲。

伍次友这才接着道："惜乎，这位小皇帝锋芒太露，当面指斥大将军梁冀为'跋扈将军'，被梁氏恨之入骨，暗以毒饼为饵，死于却非殿中……"他长叹一声道，"实在令人惋惜呀！"康熙听此，心中怦然乱跳，想起和鳌拜廷争的情形，真有点后怕起来。

伍次友见他呆呆地一言不发，像是走了神的模样，遂笑道："咱们不讲这个了，接着讲桓帝吧。"康熙忙道："我还想请问先生，那梁冀专横如此，既害了质帝，因何没有夺位自己当皇帝呢？"

"因为当时清议初起，"伍次友笑道，"人们的口舌厉害得很。再加上东汉气数未尽，王莽前辙犹在，梁冀不能不有所顾忌。"

康熙却不懂"清议"一词，忙问："怎么个清议法？"伍次友笑道："熊东园①弹劾鳌拜之'政事纷更，法制未定'，我的《论圈地乱国》，即是当今的'清议'。后汉清议走了邪道，成了空谈。但质帝时，百官中尚有不少不畏死之士敢于大胆非议朝政。"

康熙顿了一刻，又问道："即以质帝而论，欲除梁冀，何为上策？"

伍次友不由诧异地望了一眼康熙，很奇怪他为什么揪住这个问题不放。沉思了一会儿方回答道："审度时势，以梁冀之恶，四面树敌，已触犯众怒，人心丧失。若能韬晦等待时机，外作大智若愚之相，内蓄敢死勇士，结纳贤臣，扶植清议，时机一到，诛一梁冀，只用几个力士便就可以了。"康熙听着，不禁微笑颔首。

---

① 熊赐履号"东园"，故称熊东园。

第十一回　悦朋店史龙彪仗义
文华殿魏东亭受命

下学时，正是未末时分。康熙一行仍由原路返回，张万强早就在神武门里候着了。魏东亭眼瞧着他们进了大内，才放心打马而去。

天阴得厉害，闷得像在蒸笼里似的，西方狰狞可怖的黑云还在一层层压过来，整个大街上一片阴沉沉的。魏东亭的下处在虎坊桥东的小巷里。一个极普通的两进四合院，除了两个当差的、十几个仆人和一个老门子，余下就没有人了。他在内务府一向极少与人来往，回到静悄悄的院子里，殊觉无聊，便脱了外边长衣练起功夫来。

他的武功原是在奉天时跟着名侠朋少安习学的。这朋少安虽是师傅，其实年纪也并不大，是武当十代宗师野云道人的关门弟子，二十出头便已名震鄂豫。教了三年，朋少安要回南方游历，师徒才分手。因天气闷热，练了一趟形意拳，魏东亭已汗浸衣衫。他收势正欲沐浴，却见老门子进来回道："外头明老爷来了，不知在哪里和人打架，头破脸肿的，要请见爷呢！"

魏东亭三步两步抢出二门，明珠已进了前头天井院内，身上衣服挂破几处，襟破肘露，脸上还有几处抓伤，情形甚是狼狈。一个多月未见，一个风流飘逸的进士老爷出息得这般模样，魏东亭忍俊不禁，"噗嗤"一声笑道："表台，你这新贵人这是怎么的了？"

正打趣间，却见明珠身后还站着一位老人，发辫已经花白，袍子撩起一角扎进牛皮腰带里，玄色湖绸灯笼裤套在鹿皮靴子里，双目炯炯地站着，甚是威武。魏东亭顿觉眼前一亮，顾不得见礼，上前一把握住老人的手道："史大爷，你让我寻得好苦！这一向都在哪里？鉴梅呢？"

"贤弟！"明珠在旁摆摆手道，"咱们进屋谈！"魏东亭会意，对老门子道："你到玉楼春弄一坛好酒来，我们亲戚多年不见了，今儿个好好乐乐。"

老门子一边答应，一边去了。

三人走进西厢房坐定，明珠长叹一声，苦笑道："贤弟，今日险些送了命！不是老英雄出手搭救，就完了！"

原来这十几日明珠都住在嘉兴楼翠姑那里，今日早晨出去拜客，想回悦朋店看看。其时天已过午，刚走到店门口，便见何桂柱满面笑容忙不迭地迎了出来，殷勤道："您老来了，里头有雅座，里头请！"

何桂柱装模作样地当生客让明珠，倒使明珠如坠雾中。正迟疑间，明珠瞥见几个不三不四的人坐在前店吃酒，像是衙门里的人，斜着眼儿往这边瞧。他心知有异，口里道"不得闲"，便想溜之大吉。

不料刚转身便和一个人撞个满怀，抬头一看，几个彪形大汉已挡住去路。为首的是个四方白净脸，三角眼吊着不住抽动，两手叉腰格格冷笑道："明老爷，你很聪明，何老板也挺机灵，那位伍先生是不是也这么有能耐呀？"旁边一个汉子谄笑着道："还是讷谟老爷眼亮，差点让这小子溜了号！"见明珠已落网，店里的几个人也都起身笑着围拢了上来。讷谟猛地一把提住明珠前胸，问道："说！伍次友这几日往哪里去了？"

到此时，明珠横了心，脖子一梗回答道："你是什么人？我是有功名的！"

"功名？"讷谟哈哈大笑，"你不就是个同进士吗？还做他娘的春梦呢，早让鳌中堂给革掉啦！"周围几个看热闹的，听说拿了一个进士老爷，伸着脖子看得发呆，听讷谟说得有趣，便跟着哄笑。

忽然人丛中挤出一个老者，伸手攥住了讷谟的腕子，阴沉沉地说："放手！"讷谟挣了两下，恰如铁铸一般，挣脱不开，顿时脸涨得通红，又惊又怒，喝道："老杂种，关你的屁事！"

明珠记性极好，一眼便认出老者就是西河沿演武卖艺的史龙彪，灵机一动挣开身来，指着讷谟叫道："史大爷，这是一伙强人，您快救我！"

其实不用他说，史龙彪也认得讷谟，抄苏克萨哈家时，就是讷谟带人守的门，他混在家人中才得溜出脱身。今日见讷谟在此，正是仇人相见分外眼红！当下也不理会明珠，只问讷谟："干吗欺侮良人？你是做啥子的？"

"说出来吓酥了你的骨头！"讷谟将胸脯一挺道，"老子是御前四品带刀侍卫，这会子奉了钧旨拿人，走了人犯，惟你是问！"史龙彪冷冷一笑，伸出手道："凭证?"

讷谟斜视一眼史龙彪，"噌"地从怀中抽出一札折子甩了过去道："你自个儿睁开狗眼瞧瞧!"

史龙彪接过斜睨一眼，双手"啪"地一合，"嗤"的一声撕成两半，淡淡说道："假的!"

"你……你!"讷谟顿时怒火烧胸，一个黑虎掏心猛向史龙彪扑来。史龙彪不慌不忙，左臂一格将讷谟从旁甩过，顺势右掌向他后心一拍，说道："小子! 再学几年且来交手!"讷谟直冲出一丈开外才站住脚，嗯哨一声叫道："都上!"

跟讷谟的十几个便衣军汉听得号令，一齐出手扑向史龙彪。史龙彪一个"懒扎衣"掠倒了前头三个人，一手拽了明珠，一手随意挥洒夺路而出。两个人进城在人群中混到现在，眼看日暮人稀，明珠才拉了史龙彪来投奔魏东亭。

听了明珠这般如此一说，魏东亭半晌没有言语。史龙彪见他踌躇，笑道："贤侄放心，我知你这里也非安全之地，天一断黑，我们就走了。"正说着，老门子已买酒回来，在桌上布了几样点心便自退下。魏东亭一边斟酒，一边笑道："老伯说什么话! 等您盼您，寻您找您到现在已有五年多了——这几年你们怎么过来的，怎的就不来见我?"

"说起来，苦啊!"史龙彪叹息一声，陷入深深回忆之中，"那次西河沿见面，你去寻车子。不一会儿，穆里玛的马队漫地卷了过来，蹚着林子搜拿。鉴梅当时见情形不妙，就催我快逃……她面色惊得煞白，直到如今，我一做梦，就在我眼前晃……

"鉴梅对我说：'您不逃两人谁也走不脱! 您走了我或许还可慢慢设法逃脱!'说完就上了树，把杨树叶子晃得哗哗直响。

"我急出一身汗，真是无计可施，听着马队越逼越近，心一横就直奔西北方向。钻出树丛半里地光景，就听后头人嚷马叫，喊着：'拿住了，在树上!'

"正要起身再逃，忽见前面伏的兵都立起身来奔向鉴梅那儿。我才知这片林子早被团团围了。此时单枪匹马，武功再高也是无用。我一刻也不敢耽搁，便顺着沙窝的草棵子跑出河沿，还听到后头有人高喊：'老家伙在

那边，快追呀！'

"顾不得春水刺骨，我赶紧跳河游过对岸，刚爬上堤，就听马蹄声杂乱，已绕过桥追来。我施了轻功，几个箭步蹿到官道上。当时正是早春，庄稼都没起来，搭眼一瞭，能望出一里地以外，这时真是上天无路入地无门！"

讲到此，史龙彪舒一口气，端起一大杯酒瞧也不瞧饮了下去，接着又道："正慌张无计时，隐约听西边喤喤锣响。当时身上衣服湿透，实在不像人样，心想这必是过往官员，与其让穆里玛拿住，还不如投官求告，便直向正西飞奔……"

"那是谁呢？"明珠听得头上冒汗，担心地问道。

"苏克萨哈中堂。"史龙彪答道，言下不胜感慨，"他见我湿淋淋地跑来跪在轿前，就问我是什么人，为何这等狼狈。我只说是卖艺的，后头有歹人追赶——话说不及，马队就到了，领头的上去给苏大人请安，说是拿贼，向苏大人要我。苏大人问明是穆里玛的人，便板着脸不肯放，径自打轿带回府中。

"当天下午，苏大人在后庭审我，问明了情由，倒沉吟了半晌，后来说：'你既有武艺，且留我这里，教教家里子弟。待有机会，我给你寻个出身。'从此我就留在苏府做了教头。"

"那鉴梅呢？"魏东亭急切地问道，"后来您见着她了？"

"没有。"史龙彪抚掌叹息，"苏中堂说鳌中堂总寻他的事，劝我少出去，我也不忍连累他，后来几次悄悄变装出来，打听得她似乎进了鳌府。侯门如海，再详细的就不知道了……你这里我倒知道，又想何苦多一人烦恼，就没来寻你。不想苏府也遭了大难，几乎杀了满门，我带着他的小儿子常寿就跑出来了。——不管怎样，我总要对得起他。"

魏东亭听着史龙彪话音儿似乎意犹未尽，想开口问他进京的目的，又摇摇头没有张口。明珠忍不住问道："苏家公子现在在哪里呢？"

"我藏在乡下了。"史龙彪说到这里便不再吭声。魏东亭也难以再问，只闷坐吃酒。良久，魏东亭才打起精神道："史老伯脱得大难，又救了明珠弟，今日聚会实在难得，咱们拣高兴的说吧！"

但他心中终究有事，难以引起兴头来。史龙彪以为他乏了，便道："你也累了，今天早些安息了吧！"魏东亭一笑道："我不是累，我在想一件事，那鳌拜怎么知道伍先生还在北京，又派人去抓他的呢？"

史龙彪不知此事头尾，自然无法回答。明珠低头思忖一会儿，忽然拍手说道："鳌拜抄了苏中堂的家，抄出大哥的卷子，能不疑心？"

一语提醒，魏东亭也恍然大悟。忽又想到何桂柱，心头又是一紧，"他若拿住何桂柱，岂不……"

他面色阴沉，正欲起身去处置此事，老门子进来禀道："大爷，外头张公公来了呢。"魏东亭急忙说了句"二位宽坐用酒，我去去就来"，便出了西厢来至前庭。

张万强与魏东亭熟不拘礼。魏东亭进来时见他正坐着吃茶，便笑道："后头有两个朋友，又有好酒，何妨同坐一醉呢！"张万强扯着公鸭嗓子笑道："今日可没工夫，改日再扰吧。"

魏东亭落座笑道："黄夜来访，必有要事啰！"张万强见老门子到后头去了，径自起身，面南背北站定，轻声说道："奉密诏——"

话虽轻，对魏东亭犹如电击雷鸣，他急起身趋步向前，撩袍便欲跪下。

张万强道："万岁有旨：免礼听宣——奉密旨：着御前六品侍卫魏东亭即刻入宫，在文华殿觐见，钦此！"

魏东亭万分惊讶："从没有这样的例子！再说此刻宫门怕已经上锁了，公公别是取笑吧？"

"这确是异常。"张万强凛然道，"谁敢拿这个取笑！入宫之事也无需多虑，咱们去吧。"魏东亭急忙关照了史、明二人，进内屋披挂齐整，系了腰刀，吩咐老门子"好生照顾客人吃酒"，便随张万强打马直奔紫禁城。

天黑得像墨染一般，雷声一阵一阵滚动着由远及近。闪电在云缝中跳动着。凉飕飕的风横扫而过，卷起地下的浮尘直扑人面，顿时吹净了魏东亭一身燥热。风滚雷动过后，又是一片寂静，只不时地夹着从小巷深处传来凄凉漫长的叫卖声，更增加了深夜的神秘感。

一个皇宫净身奴，一个御前青年侍卫，二人骑马并辔而行，默不做声。张万强在暗夜中不时侧身瞟一眼魏东亭，但模糊得只能看见一个轮廓，偶尔电划长空，宇间通明雪亮，才看见魏东亭毫无表情的面孔正如一尊石刻似的目不斜视地望着前方，霎时又沉入更黑暗的模糊之中。张万强不由想：

"这个人是厉害得很。比起铁丐，有其刚而无其俗，怪不得熊赐履、索额图百般夸奖，这份沉稳神气就是贵人之相！"

其实魏东亭此时并不像张万强想的那样，他正在胡思乱想："这次觐见选在此时，可见非同小可，定与鳌拜有关。我一个小小侍卫能办什么差使呢？何桂柱深悉万岁行踪，他靠得住吗？是给他换一处地方呢，还是杀掉他灭口呢？……这事鉴梅若知，会怎样想？她现在不知怎样——咳，我怎么想到这里了！"

正走着，忽听前头有人大声喝问："什么人？此地非奉特旨不得乘轿骑马！"恍然间，魏东亭才意识到自己已经到了五凤楼下，这时天上已开始稀稀落落地洒下雨点子，紫禁城前青砖地上发出时紧时慢的沙沙声。

两人下了马，那人已带着几个人提着灯笼过来，原来是个中年内侍。见是张万强，忙赔笑道："张公公，刘贵给您请安了。这么晚，哪去呀？"

张万强从怀中取出金令箭在灯下一晃，傲然说道："万岁特旨，宣见魏侍卫。"刘贵会意，不言声将二人领至右掖门，便让了进去。

不料到了景运门，二人忽被一群巡夜内监侍卫唤住："喂！干什么？宫门已经上锁，闲杂人等无论是谁，都不许进入大内！"

张万强抬头看时，几盏玻璃灯照得分明，为首的乃是二等侍卫穆里玛、讷谟，披着油衣站在雨地里拦住了去路。张万强忙走上前去，赔笑道："皇上在文华殿批阅奏章，传魏东亭侍卫至各部调取加急奏章，下雨误了一会儿工夫……"说着，从怀中又取出一卷东西在灯下晃了晃。

"假话！"话犹未了，讷谟喝道，"我就在文华殿当差，怎么没听降旨？"张万强忙道："皇上晚膳前在养心殿吩咐的，岂敢有假！"穆里玛蛮横地说道："乾清门没接到放行牌子，谁也不许通行，叫他明儿个再来吧！"

张万强正感为难，魏东亭在旁冷冷道："皇上召见的是我，当然不必叫你知道。"穆里玛回过头冷冷说道："一个小小六品侍卫，皇上有何要旨传你？挡了你的驾，明儿我自向皇上请罪。"

"你难当其罪！"魏东亭冷笑着，提高嗓音喝道，"你们谁敢抗旨？张公公，咱们进！"说完一把拉着张万强便要硬闯。

穆里玛大喝一声："谁敢！"手一挥，十几个侍卫"呼啦"一声散开，站成扇面形向他二人逼近。魏东亭也"噌"地拔出腰刀，摆好架势迎敌。

一阵大雨兜头落下，闪电忽地一亮照向这一触即发的阵势。

正骑虎难下，景运门内忽有人喊道："张万强，你是怎么啦？皇上叫你传魏东亭，你磨蹭什么？"

众人都是一愣，回头看时，却是孙殿臣从雨地里气喘吁吁跑来。似乎没有看见双方正剑拔弩张，拨开人丛一把拉了魏东亭便进去了。穆里玛气急败坏，呵斥讷谟道："蠢东西，还不快去侍候皇上！"讷谟"喳——"地答应了一声便消失在雨夜之中。

天上的雷响得令人恐怖，闪电时而像蟠螭虬枝，时而如金蛇行空，陡地从云缝后蹿出来，将阴森森的紫禁城照得一片惨白，青砖地上的积水被雨点打起大片大片的水泡儿。哗哗的雨声和不时轰轰作响的霹雳声交织在一起，仿佛宇宙间什么都不存在了，真是吓人。

文华殿正门半开，里边烛光闪闪，却不见有许多侍从，只有两排卫士一动不动地站在雨地里。魏东亭踏上丹墀，脱下油衣抖了抖水，解下腰刀一并放在廊下，然后一个扎跪，高声报道："六品御前侍卫魏东亭觐见圣上！"稍一顿，便听殿内康熙厉声吩咐："进来！"

魏东亭闪身进殿，按规定觐见的礼节向康熙行了三跪九叩首大礼，然后抬起头来。

康熙端坐受礼，一脸肃穆庄重之色。熊赐履、索额图长跪在旁，也是一语不发，静听康熙皇帝诏谕。

康熙却先不说话，良久方起身在他三人之间踱步，借着烛光打量匍匐在地上的魏东亭。魏东亭衣服全湿透了，紧贴在身上，淋下的水悄然淌在地下，偶尔一个明闪照在身上，正像一只铁铸的蟾蜍。

"魏东亭，朕待你如何？"

听到这话，魏东亭结结实实碰了三个响头答道："奴才出身包衣贱奴，数世受恩于朝廷，皇上待臣更有天高地厚之恩，奴才虽肝脑涂地，难报万一！"

"朕有为难之事，"康熙吐了一口气又问道，"你愿冒死为朕办差么？"

"愿！"魏东亭忽地挺直身子，斩钉截铁地答道，"奴才生当效忠，死当尽节！"

"好！"康熙与索额图交换了一下眼色又道，"朕深知你。索额图、熊赐履以身家性命保你可以肝胆相托。"魏东亭看了看毫无表情的熊、索二人，叩头答道："此乃帝心错爱，二位大人的谬荐，只要一息尚存，臣必竭尽驽钝之力，效命圣上！"

康熙回头看了看索额图和熊赐履，二人忙叩首回礼，便回身解下身上佩剑，郑重捧起，说道："宝刀赠与烈士，愿你不负朕心！"

魏东亭哽咽着答声："谢恩！"热泪早流下双腮，还欲说话，觉得胸中酸热，堵得一句也说不出来。

他抖着双手，欲接这御赐的宝剑，不料康熙俯身一把挽起他来，亲自将剑佩于他的腰间，一面问道："你是六品职分？"魏东亭方欲回话，康熙已退回原座，大声道："记档！魏东亭宿卫侍从有功，着晋为三等御前带刀侍卫，随朕朝会出入宫禁，剑甲不解！"熊赐履、索额图在旁感动得热泪夺眶而出，伏地称庆："万岁！"早有太监捧出三等侍卫服色翎顶，当场颁赐过了。

康熙也觉眼睛有些潮湿，别过头去，起身步出殿外，在淙淙大雨中仰望着深不可测的天空。他沉思着：上天的愤怒和咆哮，是在恼怒朕这个"天子"的不肖呢，还是惩戒权臣恶吏的罪孽呢？青州暴民于七之乱，费了九牛二虎之力才平息下去；吴三桂等汉臣外藩坐拥重兵、煮盐铸铜，其心难测；郑成功父子虎踞台湾不肯归顺；江南遗老一个个硬着脖子立志不食大清之粟……这一个一个的难题几年来压在心头无从排遣。大雨的冲洗，使他渐渐冷静了下来："伍次友与熊赐履虽然学不同道，却都讲出了朕的心事：心腹之患未除，则肘腋之疾必然为虞，一个措置不当，万乘之君求为一匹夫也不可得。"

一阵骤风吹来，康熙打了个寒噤，下意识地抚了一下肩头，忽觉身后有人为他披上风衣，回头一看，竟是鳌拜的从子侍卫讷谟！他心中一惊，问道："你来做什么？"

讷谟忙后退一步，在雨地打个千儿道："老大的雨，主子站在外头，小心着凉！"一道闪电忽然划过，康熙看得分明，讷谟竟是手按腰刀回话，心中猛地一悸，忙道："你退下吧，朕进殿就是。"回首时，魏东亭早雄赳赳侍立在身后了。讷谟诺诺连声地退了下去。

康熙走进殿来，掏出怀中金表看了看，已是戌末亥初时分，方才的情景，颇使他惊悸不安，但脸上却毫不带出，见几个人都还跪着，摆摆手吩咐道："魏东亭，朕委你办的差，你们可至索额图府中计议，宫中不是什么好地方。"便叫人起驾回宫。魏东亭还欲护送，康熙大声说道："由孙殿臣带一哨亲兵侍候着，你们去吧！"忽然一道急闪，将殿内外照得通明如昼，几乎在同时，便是一声炸雷。一切又恢复了原状，只有刷刷的大雨，敲打着寂静的禁宫。

第十二回　谋臣计议保皇策　逆种各起屠龙心

魏东亭仍是不放心，暗暗跟从御驾，直过了乾清门，见康熙已平安进了永巷，方才转出午门，打马飞奔索额图府。

索额图尚未回来，但门上的人掌着灯，显然在等候着，见魏东亭黄夜造访，都觉意外。门上领头的戈什哈赵逢春忙迎出来笑道："魏爷好兴致，这个时候，还来！大人出去还没回来呢。"魏东亭笑道："没回来我就候着。"便往里头走。

赵逢春嗫嚅道："大人今夜说不定就不回来了。"魏东亭心里暗笑，一边脱去油衣抖水，一边道："未必回来，你们等谁呀？"赵逢春被问得无话可讲，忙笑道："既要等，请到这边房里来，换换湿衣服，兄弟聊备水酒，以消长夜。"魏东亭只好随他进了西门房。

刚换了干衣服，便听大门外有了声息，赵逢春见他侧着耳朵听，笑道："哪里便回来了！来来来，烫酒烫酒！"正乱搅时，听得外头索额图吩咐门上："今晚我要与熊大人长谈，除魏军门外，一概不见！"

魏东亭笑着对赵逢春说："难为你遮掩！今晚后堂宴会，却也有鄙人大名在内呢。"赵逢春不好意思地笑道："小人不知，请多恕罪。"

索额图、熊赐履、魏东亭落座在丰盛的筵席前，一边随意吃酒，一边开始了密议。

索额图手按门杯，压低嗓门说道："鳌拜恃功欺君，擅戮大臣，其心叵测！圣上百般抚慰，望其改恶从善而终不悔悟。我奉圣上密诏：总司除奸之重任。"熊、魏二人忙低声回答："惟大人之命是从！"

魏东亭饮了一口酒，问道："圣上何不明降谕旨，公布他的不赦之罪，将其明正典刑？"熊赐履沉思道："这不成。鳌拜此时权高势大，内外心腹密如罗网，即使南方统兵将士也多有他的门生故吏。明发诏谕，要是不肯奉诏，激起事端，后果不堪设想……更可虑的——"说到这里便不言语。索额图忙道："东园，我等既图军国大事，便当以精诚相见，千万不能有所顾忌。"

熊赐履站起身来，以手指蘸酒在桌上划了"吴、耿、尚"三个大字，又一挥抹掉，问道："兄弟愚见，不知以为然否？"

索额图连连点头，魏东亭却不以为然："此虑似嫌太远，须知西平王虽与鳌拜互有勾结，其实各有异志。擒诛鳌拜去一政敌，怕正是他盼之不及的呢！"

熊赐履心里默划，这也是一面理儿，但怎样才能既诛除鳌拜，又不致引起各方的不安呢？想了许久，不得要领，于是笑道："当日关汉卿有小令云：'鬓鸦、脸霞，屈杀了将陪嫁。规模全是大人家，不在红娘下。巧笑迎人，文谈回话，真如解语花。若咱，得他，倒了葡萄架……'"说完三个人齐声大笑，气氛顿时轻松了许多。

索额图埋怨道："这是什么时候，你还有心取笑。"魏东亭忙道："虽是取笑，却也是实话。咱们就是商议怎样既要'得他'，又不能'倒了葡萄架'。"一句话说得大家又陷入沉思之中。

半晌，魏东亭起身踱了两步道："以拙见，似有上中下三策。"

索额图眼一亮，向椅上一靠道："愿闻其详。"

"上策，"魏东亭道，"精选侠义烈士，乘其不备之时掩而杀之，事成则由皇上降旨明布其罪，事败则由我一身当咎，此乃上策。"索额图摇头道："鳌拜身怀绝技，武功高强，扈从如云，戒备森严，况且一时也难以募得许多勇士，如若万一不成，再生别计更不易成功，这是险着。"熊赐履道："请讲中策。""由索大人置酒伪称为母祝寿，邀其入府，用毒酒鸩杀了他！"

索额图蹙眉道："兄弟倒也想过此策。不过鳌拜素来诡诈多疑，兄弟自己做寿，两次邀请均不赴宴。如其肯来，那倒是好。"熊赐履笑道："请讲下策听听何妨？"魏东亭道："由圣上择一节日，宴群臣于宫中，待他入朝赴宴时，突发明诏，着殿前侍卫掩而执之——就这么一刀！"他右手用力一切，"不信谁敢异议！"

索额图轻拍桌面答道："殿前侍卫中他的亲信很多，倘若反戈向上，圣上危矣！"熊赐履喷一口烟道："这也是不成的。"

三计皆不可用，魏东亭很觉扫兴，呆呆坐下，忽然心里一动，说道：“不由圣上明诏，二位哪个敢摔杯为令，魏东亭甘冒万死诛此国贼!”

“这叫鸿门宴，有点意思了。”索额图微笑道，“兄弟便愿做这摔杯之人。”话音刚落，熊赐履连连摇手道：“使不得！这叫不问而斩，擅杀大臣，朝臣难免议论圣上，也是要‘倒了葡萄架’的。”

魏东亭甚觉窝囊，冷冷问道：“那么依大人之见呢?”

熊赐履夹起桌上鱼翅送入口中，慢慢嚼着，好一会儿才道：“鳌拜虽有司马昭之心，但要数说他叛逆的实迹却是甚少。掩杀之计从目下说，一定会弄乱朝纲，这就所失太多——还是要想法子在‘拿’字上用功夫，审明实据，诏告天下，明典正刑才是万全之策。”

这确是老成谋国之言，索额图听得不住点头，寻思一阵，对魏东亭道：“虎臣，圣上欲除鳌拜，这是定下了；鳌拜现对圣上究竟是怎样想的?知己而不知彼，非全胜之道啊!”魏东亭答道：“鳌拜视圣上如无知小儿，篡弑之心肯定是有的。”

熊赐履拊掌笑道：“着！这句话后半句乃废话，前半句却大有用场。”

一句话说得二人诧异，索额图笑道：“老夫子请批讲清楚。”

“鳌拜自视甚高，此是他致命之处。”熊赐履道，“彼视我主为无知小儿，何妨将计就计，佯示彼以无知，乘其不备，掩而执之，付有司审明罪条，以律治罪!”

魏东亭目光炯炯，问道：“怎么着手呢?”

熊赐履方欲答话，索额图忽然兴奋地将双手一合道：“有了！可否由虎臣暗地遴选子弟，专陪皇上做童子游戏，比如做布库游乐嬉戏，鳌拜必不为备，乘其落单之时，或于朝路，或于殿中——”他双手猛地一拤，“还怕他飞了不成?”

“此计甚佳。”熊赐履点头笑道，“然有几处尚须未雨绸缪。一、宫中人事冗杂，千万不可声张，我们三人也须共同发誓；二、慎选人员，宁精勿滥；三、要周密策划，一旦时机成熟，则以迅雷不及掩耳之势，从速擒拿。——一旦事情有变，我三人同受其戮，决无怨言。”他扳着指头一件一件说完，目光如电，盯着索额图问道，“大人以为如何?”

索额图听后，异常兴奋，眼中放出异彩，腾地站起身来，从桌上捡起三支木箸，一人分发一支，自己正了衣冠，屈膝长跪。见他如此庄重，熊、魏二人跟着他也跪在身后，但听索额图发誓道："臣等恭奉圣上密谕，共商大计，扫除奸贼，匡扶大清，若有异心，犹如此箸！"

说完，"咔"的一声撅断了筷子，将断筷蘸了烛油焚着了。魏、熊二人也都如法盟了誓。三人呆呆地看着地上的筷子燃成灰烬，才缓缓地站起身来。

讷谟当夜离开了康熙，心头仍在突突乱跳。他手按腰刀在雨地里徘徊，一再追忆当时的情景：我拔腰刀时，康熙到底瞧见了没有呢？

冰冷的雨水浇得他全身湿透，衣服都贴在肉上，一阵风吹过，他打了一个哆嗦，"万一他瞧见，又装作没瞧见呢？"他不敢往下想了，折身向景运门急走。穆里玛早在候着他，见他过来，没好气地问："你到哪儿挺尸去啦？都听到了些什么？"讷谟只吁了口气，摇头道："雨太大，又有雷声……好像是说姓魏的小子从驾有功，晋了个三等侍卫。"

穆里玛眼珠子转了转又问："都有谁在？"

"看不清楚，"讷谟摇头道，"见有两个人，一个是熊赐履大人，还有一个躲在烛影后边，恍恍惚惚的。"穆里玛道："你就在这守着，不信他们不打这儿过！我去禀告中堂。"

讷谟口里答应"是"，待穆里玛一去，便带了众人到乾清门东的几间配房里躲雨去了。他并不是累，也不是怕冷，一是心里生气，二是他也实在怕再见到方才那二位大臣——方才他欲行刺康熙时，就曾瞧见熊赐履和魏东亭出来，才急中生智，解下油衣给康熙披上的。闪电下，魏东亭的那副架势至今还在他眼前晃动。他实在怕再见到他们。

约莫一个时辰后，雨小一点儿了，穆里玛走来唤他："走吧，中堂在家里等着回话呢！"讷谟说："他们还没过去哩。"穆里玛不耐烦地说："不用等了，中堂已经知道都是谁了！"

回到鳌府，鳌拜、班布尔善、济世、塞本得、葛褚哈、泰必图、阿思哈等人正在后花厅里坐着，有的捧着茶杯吃茶，有的拿着烟袋吸烟，满厅里云雾缭绕。见他叔侄进来，相互交换了一下眼色，仍是鳌拜先开了口："这么大雨，皇上召见姓魏的，说了些什么啊？"

　　穆里玛回头看讷谟。讷谟心里七上八下的，停了好一阵子才回道："没什么大事，好像说因他从驾有功，迁为三等侍卫……"

　　鳌拜感到有些意外，便又追了一句："他们别的没讲什么？"讷谟摇头道："听不清楚，不像有什么大不了的事。"鳌拜点头道："嗯，你们也坐下吧。"

　　班布尔善捧着水烟袋摇头道："这事一定与中堂有关。"他笑了笑，扫视一眼屋里的人，接着道，"咱们倒不妨来揣摩一下，黑天没日头，叫上熊赐履、索额图召见一个包衣奴才，老三也实在太煞费心思了。"

　　一句"老三"叫出了口，座中人无不变色，连鳌拜也觉得甚不习惯。讷谟惊骇之余，反舒了一口气，他今晚在文华殿前行刺康熙，并未得到鳌拜首肯，实在是当时条件太好，灵机一动陡起的杀心，并未思及后果。现在班布尔善一句"老三"出口，他便明白，这也不过是迟早要发生的事。宽慰之余又感到奇怪，这班布尔善自己便是皇室宗亲，皇帝完了，他有什么好处，何苦也泡在这性命攸关的事儿里头？

　　见众人并无反应，班布尔善索性放肆讲起来："自古致危之道有三，中堂具而备之，如不早作打算……"

　　"老兄，"济世放下鼻烟壶，欠身说道，"请道其详。"班布尔善见鳌拜一声不响，专心聆听，便接着道："功盖天下者不赏——并不是不想赏，实在是无物可赏，只好赐死；威震其主者身危——其实只要内心相安，也就可以不危，臣强而主弱，就难得相容了；权过造化者不祥——是遭了造化的忌，权柄越过了主子，主子便要除掉你。"

　　旁坐的泰必图暗暗佩服："这老儿读过几本书，肚里有货儿。"却也被他这几句话吓得狂跳几下，脱口而出问道："难道就没有解救之法？"

　　"有啊，"班布尔善冷笑一声，"解兵权，散余财，辞官爵，返故里，可保为富家翁。"

　　"这只能保得一时，"济世摇头道，"过不上一年半载，不知哪一位大爷兴起，列你几条罪状，不死也得流放到乌里雅苏台！"

　　"依你二位的话，"鳌拜冷笑一声道，"兄弟只好坐以待毙了！"班布尔善接口便道："坐则待毙，不坐便不毙。"鳌拜道："好！怎么个'不坐'法？"

班布尔善至桌前，提笔在手心里写了一个字，攥起手来道："兄弟已有良方，诸位也请各自写了，大家再伸出手来看。"

鳌拜率先起身接过笔，不假思索地在左手心一挥而就，绷着脸坐下，接着几个人也都次第写了。轮到泰必图，他先在左手心抖抖索索写了一个字，想想不妥，又左手提笔在右手心写了一个"隐"字，方才将笔放下。

九个人一齐凑到灯下伸出手来，却见一色儿都是"杀"字，不由得相视一笑，鳌拜顿觉精神一振，大声吩咐道："摆酒！"

班布尔善忙道："惊动的人多了！不如叫贵府戏班子来演唱一番，咱们只管喝茶议事。"

这真是一场别开生面的议事会，西花厅外是淙淙大雨，疾雷闪电不时划破夜空，隔岸的水榭上铮铮嘣嘣的琵琶声和着清脆的歌声，真是别有一番风味。屋里众人还不时地被娇柔的曲调声所吸引：

> ……多亏了散宜生定下了烟花计，
> 献上个兴周灭商的女娇娃。
> 一霎时蛟龙挣断了金枷锁，
> 他敢就摇头摆尾入烟霞……

济世跷着二郎腿一摆一摆地拍着板眼，听到这里，不由叹道："这调子虽俗，说得可也真切到了十分——蛟龙挣断了金枷锁，好！"

"贴切之至，"班布尔善点头道，"只可惜当今再定'烟花计'怕是不成的了。"穆里玛嘿然一笑，道："老三才十四，怕还不懂风月呢！"

鳌拜瞪了一眼穆里玛说道："你除了通风月，还知道什么？"穆里玛红着脸一声不敢言语。班布尔善见他脸色尴尬，便道："不要听戏了，咱们赶紧议正经事吧。"

济世咳了一声，笑道："班公方才论述了'三危'，兄弟听了真有点毛骨悚然。既然我等所见略同，请班公再讲讲怎样着手吧！"班布尔善道："无外乎'废、毒、禅'三个字。"穆里玛想了想，扑哧一声笑道："废和禅还不是一码事？"

"岂止不同，"班布尔善笑道，"差得简直太远了。'废'与'毒'之后，所立的仍是爱新觉罗氏；'禅'乃是立乃瓜尔佳氏！"鳌拜忙对座中诸客团团一揖，道："鳌拜欲行大计，并非为我一姓一己之荣，实因当今圣上昏幼无知，受蒙于群小，见忌于功臣，愚以为'禅'字可以免议。"

济世抗声答道："为一世计、为万世计，以废立为佳，如汉霍光，至今声名不坠；然为二世计、为百世计，则以'禅'为佳。"

葛褚哈道："这我就不明白了，'万世''百世'难道不是一个意思？"

"当然不是，"班布尔善点头答道，"寒钓先生说得很对。'万世'，人们评论的是臣节；'百世'，人们评讲的是主业。秦与隋皆因享国日浅，人们说了许多不是。那汉高祖若不成功，不过一谋反流氓。李渊父子倒是隋家大臣，根基扎得稳，如今谁肯说他们是'逆臣'？"

鳌拜的头深深低了下去，过一会儿抬起头来，人们看见他双眼含泪。他哽咽了一声道："只是鳌拜也受皇恩，于心何忍？"

济世朗声说道："天与弗取，反受其咎！中堂不可操妇人之仁，误了天下苍生！"鳌拜转身盯着班布尔善道："自古龙凤有种，鳌拜德薄能鲜，出身微末，还是我们公推一人为主好些。"

班布尔善见他如此生搬硬套三国，暗暗好笑："陈胜为王，曾云：'帝王将相，宁有种乎？'今中堂之处境退则不生，进则可成，并无抉择余地，况中堂总揽朝纲，天与人归，又何必疑虑重重！"一番慷慨陈词，说得人人精神抖擞，鳌拜也听得入了神。穆里玛一想到鳌拜登宝，自己起码能弄个郡王，觉得浑身燥热，将袖子一捋，先说了一声："好！"但见鳌拜不动声色，倒不敢再接着胡沁了。

鳌拜不吭声，算是默许，接下来的问题便是如何"禅"。此时人们才意识到，班布尔善确实是久已蓄谋，胸有成竹，都佩服他的工于心计。

济世摇了摇折扇先开口道："废掉自然最好，但依愚见，老三亲政以来并无失德之处。口实不当，出师无名，莫说朝臣不服，外头统兵藩镇大将若有异议，也是很棘手的。"鳌拜心里正想着这件事，不禁点头赞许，笑道："很对，依寒钓先生之见，当如何办呢？"

济世合起折扇，慢慢说道："莫如第二字最为捷径，且少后顾之忧。惜乎吴良辅已死，着手很难。"鳌拜气狠狠地说："吴良辅不成才，即使活着，这样的人也难托大事。"

泰必图半晌没说一句话，自觉沉默太久，这时见是进言的机会，便道："可否将他请至尊府，宴上下手如何？"语未终，穆里玛冷笑道："这主意馊不可闻！人死到这儿，怎么打发？"泰必图一开口便碰个钉子，很觉没趣，心想："你打量要做王爷了，便这么横？"讪讪地坐回了原处。

班布尔善朝泰必图点头笑道："这也罢了，不论用什么法子，成功便好。就眼前而论，我以为要急办三件事。"鳌拜忙道："请讲。"

"第一，"班布尔善眯着眼，伸手屈下食指，"中堂可修书三封，分寄吴三桂、耿精忠、尚可喜，微露对朝廷不满之意，点到即可，不必深言。"他慢慢屈下中指，"其二，现巡防衙门掌着禁宫外的守卫大权，还有九门提督吴六一，即使不能为我所用，能守中立便好！再其三——"他又屈下了拇指，"乾清宫是老三处置军务、政务重地，宿卫侍臣，一定要派最靠得住的人去。"

济世拊掌而笑，说道："可谓神算无遗！有此三条，不论大事缓行急行，大权在我，胜券可操。"

"至于'大事'如何着手，还需再议，今晚是难以说完的了。"班布尔善说罢目视鳌拜。鳌拜会意，便向厅前临水一边，推开了所有窗子，亲手卷起了湘竹长帘。

第十三回　孝庄后帷幄运筹　魏虎臣途中遇旧

康熙由太监张万强和侍卫孙殿臣护卫着回到养心殿，早有苏麻喇姑冒雨接了。想起方才情景，康熙有点后怕，又颇有点得意。紧张、兴奋、焦躁、激动，各种情绪在心中搅动，像打翻了五味瓶，酸甜苦辣咸俱全。苏麻喇姑为他除了冠服，只穿一件石青夹纱褂，上面缀着白檀马尾纽带，他顿时觉得身心舒展了不少，趿着凉鞋踱了几步，躺倒在软榻上，头枕双手，目光炯炯地望着殿顶的藻井出神。

苏麻喇姑在旁看着，心想："十四岁的人，便这等深沉老练，多亏伍先生教授有方……"她也站着出了一会儿神，连康熙唤她也不曾听见。

康熙正欲再叫，却见苏麻喇姑上身穿着太后赐的杏黄坎肩，下身着荷绿色长裙，在微红的宫灯下显得格外风姿绰约、神态俊逸，见她手里摆弄着素红纱绢默默沉思，俨然一枝临风芍药，不禁看呆了。他第一次想到，这个平日冷峻泼辣的女郎，有时竟也如此温柔可人。"我富有四海，贵为天子，为什么不可以……"想到这里，康熙觉得心跳气喘，又轻声叫道："苏麻喇姑……"

苏麻喇姑一怔，回身走近康熙，问道："万岁爷，是不是有点冷？"说着顺手拉起一床夹被要给他盖上。康熙却轻轻推开了，热烈地注视着她，说道："阿苏，你坐这儿。"

那灼热的目光，任何人都会明白它的意义。苏麻喇姑顿时慌得心怦怦直跳，低头说道："奴才不敢……"康熙一把拉过她的纤手，轻轻抚摩着道："这里没人，你只管坐下。"

苏麻喇姑既不能嗔又不能躲，张皇地四面看看，见宫女们早已躲得远远的了，只好红着脸挨着康熙身子坐下了。

好一阵两人都没说话，只听殿外的雨刷刷地下，铁马在风中叮当作响。

康熙拉着她的手坐起身来，轻声问道："阿苏，你在想什么？"

苏麻喇姑这时已镇定了许多，略顿了一下答道："奴才在想一首诗。"

"哦？"康熙坐直了身子，"你倒吟给朕听。"

苏麻喇姑略一沉思，低声吟道：

> 去去复去去，凄恻门前路。
>
> 行行复行行，辗转犹含情。
>
> 含情一回首，比我窗前柳。
>
> 柳北是高楼，珠帘半上钩。
>
> 昨为楼上女，帘下调鹦鹉。
>
> 今为墙外人，红泪沾罗巾。
>
> 墙外与楼上，相去无十丈。
>
> 云在咫尺间，如隔千重山！
>
> 悲哉两泪绝，从此终天别……
>
> 别鹤空徘徊，谁念鸣声哀？
>
> 徘徊日欲晚，决意投身返。
>
> 手裂湘裙裾，泣寄稿砧书。
>
> 可怜帛一尺，字字血痕赤。
>
> 一字一酸吟，旧爱牵人心。
>
> 愿作萝藤枝，攀树死不休。
>
> 死亦无别语，愿葬君家土。
>
> 倘化断肠花，犹得生君家！

康熙原是满腔的爱恋情思，竟被这首诗洗得一干二净。他松开了手，起身望着殿外凄风苦雨，不禁黯然泪下，良久方问道："这诗是哪里听来的？"

苏麻喇姑嗫嚅了一下才道："伍先生说这诗见于《永乐大典》，题目《李芳树刺血诗》，无出处，也没注朝代。李芳树其人无传无记，只是缠绵悱恻、千回百折之情思，颇能动人心肠。"

"伍先生的高风亮节，实在令人敬佩。"康熙叹道，"听你所言，像是倾心于他，能否从实对朕说说。"苏麻喇姑只红着脸不言语，半晌才道："奴才并无自择之权，惟圣命是听。"康熙点头叹道："方才是朕失态了，一旦为朕所幸，你和伍先生都会遗憾终生，岂非朕之罪孽！——不过这种诗格调过于凄怆，非福寿之语，你也不必常吟才好。唉……"他自己也不知为什么长叹了一声。

苏麻喇姑忙屈身跪下道："万岁爷德高如山，恩深如海，只是奴才身在旗籍……"

"哦，不必说了。"苏麻喇姑尚未说完，康熙便摆手让她起来，"祖宗旧训，也并非不可改动，岂不闻《察今》有云'时易世移，变法宜矣'？吴三桂的儿子吴应熊不是汉人？也做了额驸！自今而后，你就叫婉娘好了。"此时，苏麻喇姑真是感激涕零，"奴才纵然粉身碎骨，也难报答主子恩典。"

"这事儿暂放一下吧。"康熙忽然想起，说道，"还有一件差使要你去办。"苏麻喇姑一听有正经差使，便欲跪听，康熙笑道："不用这些规矩了，蹲来蹲去的，怎么说事情？"苏麻喇姑抿嘴一笑立起了身子。

康熙端起桌上凉茶喝了两口方道："眼见即将开科，听伍先生的意思还要应试。你要想法子劝阻他。鳌拜他们正在寻访他，撞到网里不是玩的。"他顿了一下，又笑笑道："总要婉转些，又不能露朕的身份。好在他还是听你的。"苏麻喇姑忙敛衽答道："奴才尽力去办就是。"

两人正说话，却见张万强进来，请了安道："太皇太后已起驾过来了！"

康熙瞟一眼自鸣钟，已到亥初，忙道："这么晚了，天又下雨，有什么要紧事？"张万强道："雨小些了，方才慈宁宫赵秉正打发小太监来传过懿旨，奴才不知为了何事。"

康熙忙赶出门来迎接。早见雨地里两行玻璃灯渐渐走近，苏麻喇姑掌好黄绢油伞双手擎着，站在康熙身后迎驾。

太皇太后颤巍巍地扶着两个宫女肩头进殿坐下。康熙施礼道："请皇祖母安！——皇祖母有何吩咐，只管传叫孙子，何必亲自走来？"太皇太后笑道："整整一后晌没见到皇帝，心里惦记着，又听说皇帝夜里还在文华殿办事儿，任凭再关紧的事，身子骨儿是更要紧的——晚膳可进得好？"

苏麻喇姑忙跪下道："回老佛爷，万岁爷今晚进了两碗碧粳米膳，一块春卷儿，进得香！"太皇太后呵呵笑道："好，起来吧！皇帝如若进得不香，你只管叫人到我小厨房让他们现做。"苏麻喇姑笑着回道："奴才记下了。"

康熙接着太皇太后的话茬道："方才在文华殿召见了索额图、熊赐履和小魏子，已晋封小魏子三等侍卫。"

太皇太后点头叹道："索额图和熊赐履都还罢了，小魏子也是个有良心的——只是据我看，皇帝你还缺着一个人儿呢！"

康熙心中一动，忙赔笑道："求老佛爷明示！"太皇太后说："你怎么就没想到重用九门提督吴六一呢？"

"吴六一！"康熙一听这个名字，心中豁然开朗。在京城，九门提督只是个从三品，秩位并不高，但这个职务，统辖着德胜、安定、正阳、崇文、宣武、朝阳、阜成、东直和西直门的防务，最是紧要不过。吴六一自号"铁丐"，素称京华"怪人"，一般的王公大臣都不敢招惹他——这人如能笼在袖中，擒鳌拜便添了五成把握。康熙不禁说道："好！"又迟疑道，"只是如今局面如此纷乱，万一他与鳌拜……"

"那不会！"太皇太后收敛了笑容，"这人不会轻易蹚浑水。他恩怨心重得很，鳌拜和他同列入关，只因占了个满籍，名分比他高出了一大截子，他心里能服？讷谟上回犯夜，叫他拿住打了二十板子才放，这件事轰动了北京城，怎么你这做皇帝的竟一点儿也不知道？"

听太皇太后责备下来，康熙忙躬身答道："老佛爷教训极是，不过——"

"你给他恩典，他自然听你的！"不等康熙说完，太皇太后截住道，"你父亲压他的官秩，就是留着叫你用的！"

"是！"康熙恍然大悟，"明日就下诏，叫他做兵部侍郎。"

太皇太后忍不住笑道："越发悖谬了！不做九门提督，你要个兵部侍郎派什么用场？"

康熙顿觉为难，茫然道："那……怎么办呢？"

"我说个方儿，管保中用。"太皇太后换了口气，和颜悦色地说道，"你下个诏，从天牢里放了那个查什么来着？"

"查伊璜！"侍立在旁的苏麻喇姑早已喜形于色，脱口而出，"老佛爷真是点石成金！"

"对，查伊璜。"太皇太后笑道，"叫姓查的去说，比圣旨还灵呢！"

"傻孩子，你不明白就里。"见康熙如坠五里雾中，太皇太后又疼又笑，

"曼姐儿知道，叫曼姐儿办吧！"

康熙点头道："成，就叫苏麻喇姑办这个差。"

"奴才领旨！"苏麻喇姑笑盈盈跪下叩了头，道，"明儿就叫小魏子去会查伊璜，人情做给小魏子，好么？"

太皇太后笑道："这就是了。"停了片刻，又问道："皇帝近来学业长进了，那个伍先生怎么样？我听宫里人说，皇帝近日口里都换了词儿，连那些个翰林们都服气，都学些什么功课？倒难为了他教！"

"皇祖母挂心，"康熙笑道，"孙儿近日学业是有些长进，除伍先生外，熊赐履也常讲一点书，四书已经讲过读完，每日都是按索额图订的谱儿，孙儿逐条请教，伍先生批讲，又快又得益！"太皇太后笑道："这就好，不过四书里头有孟子呢！听人家说，这个人损得很，老说皇帝坏话，可是真的？"康熙正色答道："孟子所言，是为君之道的正理，都是要紧的。伍先生不知孙儿的身份，讲起来没顾虑，孙儿常听得出汗。孙儿就没听过哪家大臣敢当面说'民命重于君命'这样的话。"

太皇太后笑道："你爷爷、你父亲都是教人读《三国》，那书虽好，总瞧着有点调唆着人不安分的味儿，如今也该学点正经学问了。这正是'可以马上得天下，不可以马上治天下'的道理了。"

康熙笑道："老佛爷也是圣人！"太皇太后笑着又絮絮叨叨地安排了好一阵子，才起驾回慈宁宫去。

康熙对吴六一的事心里不踏实，笑问苏麻喇姑道："方才太皇太后说吴六一、查伊璜的事，究竟是怎么回事？"

苏麻喇姑笑道："姓查的是吴六一的大恩人，万事都听他调遣！"

见康熙半信半疑，苏麻喇姑便对他慢慢地讲了起来："被关的这个查伊璜是福建海宁人，也是世家出身，在顺治爷时期当过孝廉，年轻时也是个眼高心大的。那年隆冬，海宁下了一场大雪，他带了四五个僮仆挑着酒食野游，到一个破观子里头看雪赏梅。正要差人去请朋友，却见大殿前头有一个两石瓮大的古钟，旁有一行脚印被雪盖了薄薄一层，钟上的雪也似被人撞动过……"

"大雪天，谁到钟跟前做什么？"康熙问道。

"是啊，查伊璜也觉得奇怪，便到跟前俯身瞧钟底下，只见里头有个竹筐子，感到奇怪，就命那几个随从合力去掀。"

"装的什么?"

"不料掀了半天，那钟恰如生根一般，不动分毫。查孝廉心里更觉奇怪，也就不请朋友，索性独自坐在廊下饮酒观雪，候来人取走竹筐。"苏麻喇姑平静地说着，好像自己也身历其境。康熙也听得入神。"——约莫过了小半个时辰，雪地里来了个讨饭的，不过二十上下年纪，把要来的一堆干粮放在钟旁，一只手掀起钟来，另一手抓着干粮放进筐里，往返五六次才放完，然后扣起钟就走了。

"过了一会儿又来了，旁若无人地坐在钟前雪地里，掀起钟拿块干粮就啃，吃完再掀再拿，像开箱子那么容易。"

"这真是奇人奇事。"康熙惊叹道。

"是啊!"苏麻喇姑道，"查孝廉心下骇然，便亲自来到他的跟前，在背后冷不丁一句:'这等一个好男儿，为何要行乞呢?'"

"那乞丐回头看了一眼查孝廉，边吃边道:'好男儿不做英雄，宁为乞丐!'"

"说得好!"康熙惊叹道，"后来呢?"

"查孝廉猛然心动，长叹一声道:'听得人言，海宁城有一乞丐，手不拖杖，口若衔枚，破衣如鹑，三餐不饱而无饥寒之色，人称"铁丐"的，可是你么?'"

康熙此时猛然醒悟道:"原来吴六一号称'铁丐'，得之于此!"

"那人道:'是，我就是铁丐!'孝廉又问:'能饮酒吗?'

"铁丐哈哈大笑道:'不能饮酒，算什么大丈夫?'"

"于是孝廉就邀他到廊下，二人对坐而饮。孝廉一杯，铁丐一瓯，直饮了三十余回合，铁丐面不改色，查孝廉已醺醺然醉倒，说道:'你真是海量!'便扶醉而归。"

"这查某也真豁达!"康熙赞道，颇有钦羡之意。

"当晚酒醒，查孝廉忽然想到，天气如此严寒，怎么就没有邀铁丐来家避雪?就命人把自己的狐裘和袍子送到观庙里去，那铁丐欣然接受，也不感谢。

"第二天下午查孝廉去拜访铁丐，见他依旧赤足露肘，便惊讶地问:

'我送你的袍子和裘呢？'

"'换酒吃了。'铁丐淡淡一笑，'讨饭的要那些物件有甚用处？'

"孝廉愈觉此人不可等闲视之，细询他的出身，才知这铁丐原也是世家子弟，父亲吴道大是前明的观察，死后家道败落，他沦为乞丐，游遍天下。闲谈中，吴六一谈论起江南山隘河道形胜险阻、用兵布阵，一一合节……

"查孝廉不禁大惊，道：'吴贤弟，我错看了你！你是海内奇杰，拿你当酒友，是多么地不敬！'"

康熙听至此，觉得周身热血奔涌，兴奋得不知说什么才好。

"后来，查孝廉就把吴六一请到家里，每日以上宾相待，说：'贤弟乃是蛟龙，暂且在我这小池子里待些时。方今天下大乱，不愁英雄无用武之地。'"

"查孝廉也算得上是一位英雄。没有英雄的慧眼哪能识得真正的英才！"康熙道，"后来又怎么样了？"

"我大清兵入关，洪承畴打到浙江，查孝廉资助铁丐盘缠，让他投了洪承畴。他直从福建打到广州，血战百余阵，功劳并不次于鳌拜。先前听说他做过循州知府，后来才晋升为九门提督。"

听至此，康熙长舒了一口气又问道："那姓查的怎的又入了狱呢？"

"吴六一从循州派专差至海宁寻找查孝廉，才知道查伊璜家遭兵灾，穷病潦倒，卖字为生。吴六一当即赠金三千两，帮助查孝廉恢复家业。那查孝廉在铁丐花园游赏时，偶然夸了一句园中的假山，第二天铁丐就命人拆掉，用兵舰直送海宁。万岁爷想想，这是何等的情分！"

"他一个知府哪来那么多钱？"康熙惊奇地问道。

苏麻喇姑笑道："主子偏爱盘根问底儿——羊毛出在羊身上，打仗年头，哪个带兵将军不是金山银海！"

康熙点头道："你且说说姓查的入狱这件事。"

苏麻喇姑笑道："也是命里该当，有个叫庄廷鑨的人，闲着没事弄了一本前明的什么《朱相国史概》的浪书。写序的人想着查孝廉的名气大，不言声地把他的名字也署了进去。顺治爷查究这本书时，就将他抓了起来。"

"哦！"

"吴六一从此慌了手脚，请了一个姓何的先生，是个大手笔，给他写奏折，一个月连上了七折，非要用自己的官职换查孝廉一命不可。瞧着洪老头的面子和这吴某的功劳情分，才免了查伊璜一死。"说至此，苏麻喇姑一笑，"万岁爷您若赦他出狱，吴六一能不感激报恩么？"

听完这个故事，康熙久久没有说话。

魏东亭从索额图府议完事出来，已是子夜时分，此时风停雨住，偶尔月亮从云缝中洒下一片清光，照着阒无人声的街巷，给人一种神秘莫测的感觉。

三人密议结果，组织布库少年、动手擒拿鳌拜的差使自然落到他的身上。他想到自己就要为圣上效忠，顿觉浑身是劲；想到鳌拜的势力遍布京华，心里又是一沉：究竟该挑选些什么样的人？他对认识的熟人一个个掂量，想想他们的人品、才能、长处、短处，一下子列了好多人，有孙殿臣、张万强、赵逢春、狼瞫、明珠……不知不觉，竟放辔来到了西直门东北的苇子巷。他忽然想到此地离悦朋店不远了，倒不如去会会何桂柱，连夜将他带走。他如不肯，也只好灭口了事。

他不敢多想，拨转马头猛加一鞭向悦朋店急驰。刚穿过巷边一大片苇子坑，迎面见一队巡夜的打着灯笼远远喊道："前头谁在骑马？下来！"说话不及，那群人已打马赶了过来。

见魏东亭穿着三等侍卫服色，那群人倒也不敢怠慢。为头的走上前来扎了一个千儿说道："标下给大人请安，敢问大人贪夜何往？"

魏东亭正待要答话，却多了一个心眼儿，说道："兄弟是内廷侍卫，才从鳌中堂府上议事出来，随便走走。"那巡夜的笑道："对不住大人，兄弟公事在身，请大人明示执照，才好放行。"魏东亭听来人口音似有几分熟悉，越发警觉，不假思索地答道："我到鳌中堂处办差，你等竟敢如此无礼么？"

那人冷笑道："此京城乃是天子的，就是鳌中堂亲自来，也需要验明执照才好放行！"

魏东亭正待发作，借着灯光一看，立在前头的竟是自己昔年在喀喇沁左旗结拜的兄弟穆子煦，忙翻身下马，哈哈大笑道："兄弟，你要拿我！莫非要请我吃狗肉呀？"

穆子煦诧异地走近了，闪眼一瞧是魏东亭，将马鞭子一扔，翻身就拜：“原来竟是大哥！你叫我们想得好苦。”魏东亭忙抢上一步挽起，问道：“犟驴子和老四呢？”人丛中那两个听到问及自己，早已扑了过来，拉着手又笑又跳。

原来在喀喇沁时，这穆子煦是当地有名的马贼头儿，因带着几个无赖偷吃了魏东亭的爱犬，魏东亭寻上门去，几个豪客正大嚼狗肉，却都不认识他，仅请他同坐共享。魏东亭喜爱他们豪爽，便索性出钱沽了一大坛子酒，长夜共饮，后来便结拜为义兄弟。因魏东亭身份贵重，谁也不好意思居他的长，就共同推他做了“大哥”。

一别多年，魏东亭乍见他们，心中如何不喜！乐了一阵子，便问道：“你们几个怎么也到京里来了？”

郝老四笑道：“大哥是知道的，咱兄弟没家，哪有饭吃便投哪儿去。那年你到热河不久，喀喇沁圈起地来，老百姓逃得个精光，咱哥们留着吃西北风？赶到热河投奔你，听说你已来到京里。我们一商量，又赶到京里来了……”

“难为你们这么远来。”魏东亭心里很受感动，“怕有三千多里吧？”

犟驴子笑道：“咱们专做没本钱的生意，怕什么路远！”魏东亭听了不觉失声大笑。

穆子煦笑问：“大哥前头不是在内务府当差，怎就这么得意，又是皇上的侍卫，又是鳌中堂府里的？”魏东亭嘻嘻笑道：“给皇上当差是真的，说鳌中堂是想抬个大门头儿吓你们一下呀！”

“喏，差点误会了！”犟驴子道，“岂知你越说是从鳌拜那里来，越要难为你一下呢！别瞧着兄弟们寒碜，一朝权在手，便要收拾人！”

魏东亭心里猛地一动：“这倒是几个好手，都是无家无业的亡命之徒，正愁寻不来人呢！”遂笑道：“这里满共几位兄弟？哥哥我请客！”

穆子煦笑道：“总共十二个——兄弟们，来，见过魏大人！”那九个兵见是他们头领的结义哥哥，又是如此人物，忙一齐过来请安：“要魏大人破费了！”魏东亭笑道：“倒也未必就是我破费。悦朋店老板是我朋友，咱们趁夜搅他去！”

一行人方进胡同，远远瞧见七八个人打着灯笼，架着一个人。这些人见他们过来，犹豫了一下，便拐进小巷向东去了。魏东亭心里有事，格外留神，急忙把穆子煦叫过来，低声吩咐了一句。穆子煦转脸大喝一声："前面什么人？站住！"那伙人慌乱着走得更快了。

穆子煦吩咐道："三弟、四弟，你两个骑马从北面绕过去堵住那头，我们从这边两头挤，看他狗日的跑到哪儿去！"魏东亭说声："我也去堵。"便与犟驴子、郝老四打马而去。

那伙人听得马蹄声急，赶忙拔腿飞奔。刚刚来到巷口，魏东亭三骑也到，横马拦住去路。犟驴子不由分说，朝前头一个兜头就是一马鞭子，口里骂道："畜生！聋啦？"魏东亭闪眼瞧时，不禁暗叫一声："糟糕！"那被麻绳绑得结结实实、口里塞着抹布的正是何桂柱。

为头的是个黑大个子，辫子盘在脖子上，腰间悬着刀。其余一色都是海青衫。见前头的人被一鞭打得血流满面，黑大个子顿时大怒。正要发作，却听魏东亭在马上冷冷问道："你们是什么人？绑了人哪里去？"

黑大个子见魏东亭一身侍卫服色，又瞧穆子煦等从后头赶了上来，情知来硬的不成，急趋上前打了个千儿道："在下刘金标，现在班布尔善门下当差——这人名叫钱子奇，是班府奴才，因偷了东西私奔，主子让我们出来查访，不防正撞上了……"

魏东亭见他信口雌黄，便知也是个江湖老手，冷笑一声道："有执照吗？"黑大个子忙道："出来太急，没带。大人如不相信，请随小的到班大人那里一问便知；再不然，小的派人回去取来也成！"

"没有顺天府执照，就是犯夜！"魏东亭大声喝道，"弟兄们，拿下！"

"喳——"穆子煦一声答应，一摆手，十几个人掣刀呼啦一声围了过去便要动手。刘金标一惊之下，倒变得强硬起来，双手一拱说道："标下斗胆，请教大人尊姓台甫。这人实在是我府家奴……"魏东亭断喝一声："我们是奉谕行事，谁听信你胡言乱语！明儿你自去巡防衙门分说！"

刘金标"刷"地抽出腰刀，恶狠狠地道："那就休怪小人无礼——"正说间，穆子煦已抄至身后。他做贼出身，脚步奇轻，刘金标竟毫无知觉——便觉膀子电击般一麻，已被穆子煦摘脱了臼。穆子煦一手反拧住他的手臂，另一手将匕首在他脖子前来回比试着："还敢无礼么？"郝老四、犟驴子抢前一步，推开架何桂柱的人，一把将店老板拉了过来，却不知魏东亭要这人做什么，也不松绑。

刘金标被解除了武装，嘴却依旧很硬，梗着脖子叫道："你有种就杀了老子！"

犟驴子气火了，大声道："老子杀的人还少了，就再添你一个王八蛋也没得关系——"上前一把揪住刘金标前胸，笑道，"天儿热，让你去去火气！"夺过穆子煦手中的匕首就要往他胸膛上扎。

"兄弟！"魏东亭已夺得何桂柱，无心把事情弄大，忙止住道，"别弄脏了你的手！"

刘金标见他不敢杀人，索性放泼："你是哪个庙的神，比班大人还大？！"

犟驴子怒极，将匕首朝腰里一插，二指如锥，直插进刘金标的右眼里，活生生地把个眼珠子抠了出来。"不给你点颜色，不知道马王爷三只眼！"那刘金标像猪似的嚎叫了一声，挣了一下，被穆子煦在后紧紧�住，哪里动得！跟来的人见这五官不正的矮个子生性如此残忍，一个个吓得闭目摇头，噤若寒蝉。犟驴子把眼珠子扔给郝老四说："接着，下酒最好！"又问道，"刘金标，这只眼也送兄弟吧？"刘金标痛得浑身直颤，一句话也说不上，只是闭着血肉模糊的眼睛一个劲儿地摇头。

魏东亭"哼"的一声说道："今儿给你点教训，好教你知道，北京城还轮不到姓班的！"将头一摆，押着何桂柱便扬长而去。

第十四回　史龙彪翻悔叛清室
　　　　　　班学士解疑鳌公府

　　魏东亭一行急走了半个时辰方才站住，下马来给何桂柱松了绑，笑着给他掏出了嘴里的抹桌布道："老板，这一次擦干净了嘴，十年不用漱口……"

　　何桂柱长长透了一口气，跺脚埋怨道："好魏爷，你闷死我了，怎么不早点给我掏出来？"魏东亭道："你一嗓子唤出我名字来，岂不大大麻烦！"说毕哈哈大笑。

　　穆子煦惊讶地问道："大哥，这是——？"魏东亭道："这就是悦朋店老板，姓何名桂柱，本想吃他的东道来着，不料今夜竟吃我的了！走吧，都到我那去，咱们吃个痛快！"

　　返回虎坊桥魏东亭宅上，已是四更时分。史龙彪和明珠两个因各怀心事，在床上翻来覆去正睡不着。老门子上了年纪熬不过困，坐在堂屋角春凳上睡着。家下仆人给魏东亭开门进来，也不惊动人，一干人悄没声儿穿过客厅来到了后院，明珠、史龙彪早已起身迎了出来。魏东亭便吩咐穆子煦："这几位兄弟住东厢房，咱们这边来，今夜睡不成了。大家吃酒耍吧！"当下便引着他们进了西屋。

　　明珠见魏东亭身着崭新的三品武官服色，在灯下耀得眼亮，钦羡地道："哥哥一夜便连升三级，小弟合当祝贺。"众人这才瞧见魏东亭今夜装束端的鲜亮——红珊瑚顶大帽子，补褂下金线宫制江牙海水，石青袍子后面悬着一柄镂金嵌玉的长剑，浑身上下一崭新，煞是英武。

　　魏东亭给大家瞧得不好意思，双手解下宝剑说道："这是圣上亲赐小弟的，不敢独享，诸位也开开眼。"犟驴子性急，上前便要拔出观赏。魏东亭却庄重地将剑举过头顶，然后放在桌上，退后一步，又躬身一揖。众人见他如此恭谨，不禁肃然。

明珠上前捧起宝剑端详，便抽了出来，方出鞘便觉寒气逼人，晃一晃，照得满屋亮闪闪的。明珠失惊道："此乃太祖身佩之剑，如何有缘到哥哥手中？此乃非常之恩遇也！"魏东亭按捺着激动的心情，将文华殿康熙封赠的情形详细告诉了大家，说到最后已是泪光晶莹："圣上今以此剑赐我，正是要我建勋立功。圣上以国士待我，我即以国士报之，魏东亭纵碎尸万段，也要报答此知遇之恩！"

"一将功成万骨枯，"史龙彪叹了口气，弦外有音地道，"你们求功名的人，心思究竟和百姓不一样。"

大家正沉浸在一种虔诚、肃谨、感恩的心情中，听得此言不禁愕然。魏东亭想，这倒是试探史龙彪的极好机会，遂笑道："老伯，您瞧着我是见利忘义之辈么？"

史龙彪心情极其复杂，打火点烟抽了一口，半晌叹道："倒不能这样说。满洲人入关二十多年了，老百姓日子一点儿也不见好。你这里讲大丈夫遭际不凡，可京西人市上头插草标卖儿鬻女的有多少！真可叹哪！"

"老伯说的是实情，"魏东亭心情沉重地说道，"但谁使他们抛井离乡落到这般下场呢？皇上今年还不足十五岁！"

史龙彪没有出声。魏东亭心知这话已经点到穴位，接着道："从顺治四年圈地，到康熙这几年又圈又换，天下苍生冻饿而死的不知有多少，老伯您不说我也知道。去年我随皇上到木兰围猎，一路上收了几十具饿殍尸体，皇上难过得掉泪，命人收葬，说：'这都是朕失政所致……'"他瞥了一眼史龙彪，接着道，"我们还看见一父一女，那孩子饿得面色青白，头上插着草标，见我们走近，以为是买主，又惊又怕，浑身抖着扑到老人怀里，嘶哑着声儿哭'爹呀，别卖我，我会织草席，会烧饭，我讨饭、当童养媳都……行……你呀……你不心疼我啦！'一边哭一边抓打老人……皇上当即拿了二十两银子赏了他们，眼睛看都不敢看他们……这能说皇上不恤民，心地不仁么？"

听到此处，史龙彪也不禁动容，旋又勉强问道："一边下诏禁止圈地换地，一边朝臣又在大圈大换，这算个什么意思？"

"对，是这样的。"魏东亭道，"这便是今夜皇上召我的真旨。皇上说归说，臣子仍照老样做，天下哪能太平？"

魏东亭瞧准了史龙彪外刚内柔的秉性，一点也不客气地痛下针砭："老伯任侠仗义，纵横江湖几十载，号称铁罗汉，是顶尖儿的好汉了，恕小侄冒犯，不知老伯到底曾救过几万人？"

这一语下得很重，众人正担心史龙彪受不了，魏东亭却提高了嗓门："这不是杀几个贪官的事，也不是复辟明室的事。现皇上决意更新政治，复苏民生，而内有权臣，外有藩镇竭力阻挠，皇位都坐不稳，性命也无保障——"说至此，魏东亭忽向史龙彪一揖拜倒，扬声问道，"即以小侄如今的处境看，敢问老伯当何以处之？是助皇上，还是鳌拜，吴三桂，或是别人？"

史龙彪早又愧又窘，忙双手挽起魏东亭："贤侄不必说了。我枉自活了五十年，并不明理！"红着脸坐下叹道，"实不相瞒，我与鉴梅进京寻你，原为做一番复明的事业，如今人事俱非，鉴梅现在鳌府做了丫头，与我也常常见面……只是……"

"哦！"明珠忽然失口叫道，"我明白了，老伯原是为南明永历入京来的——"

"噤声！"魏东亭低声喝止，"哪有这话，永历早死了！"

"明珠说的不假，你也不必掩饰。"史龙彪苦笑道，"说难听点，算他一个坐探。今夜听了你一番理论，我才明白，永历比起康熙，连条蚯蚓也不如！"

"咱们不说这些了。"魏东亭道，"老伯英风盖世，如遇明主，一生事业正长呢！"

穆子煦、郝老四、犟驴子和史龙彪几个聚在灯下赏剑，明珠心里仍激动不已，端起一杯酒，头一扬饮了下去，在厅内踱了几步，口中微吟道：

风云会龙泉，有剑何灿然！
断得天河水，甘霖洒人间。

魏东亭不禁笑道："兄弟好大志气！"

明珠已有醉意，大笑道："若论兄弟才资，虽不及兄，也算说得过去的了，只是空怀报国之心罢了。时乎，命乎！"他已有狂态，眼中流出泪来。

史龙彪、穆子煦、郝老四受到这种情绪感染，黯然不语；犟驴子只知道风高放火、月黑杀人，不理会这些，自顾饮酒大嚼。

"何必作司马牛之叹！"魏东亭上前轻按明珠肩头笑道，"好兄弟，英雄造时势，事在人为嘛！"众人忽觉他语中有异，一齐转脸瞧他，魏东亭目光闪闪，微笑不语。明珠怔怔地问："什么时势？"

"诸位，"魏东亭收起笑容，神色庄重地说道，"可愿意跟着我魏东亭取功名么？"

穆子煦笑道："奔京里来为的就是投靠大哥，有什么不肯呢？"

"既如此，那好！"魏东亭道，"皇上命我遴选少年有为之士，伴驾习武以备非常之变，今日在座诸位若肯同心办好这差，还怕将来没有立功名的机会？"

穆子煦等三人顿时大喜道："我们跟着大哥做就是了！"史龙彪也道："只要用得上，我也能出一把力。"只明珠嗫嚅道："哥哥手无缚鸡之力，怎生应付得下来呢？"

"你的差使更好！"魏东亭道，"陪皇上在伍先生跟前读书，我来弄这武的。"明珠顿时喜形于色道："将来兄有寸进，总不忘兄弟提携之情！"

"老板，"见何桂柱坐在墙角不言语，魏东亭笑道，"你在想啥子？"

何桂柱闷闷道："夹尾巴狗，有什么想头？"

魏东亭笑道："你好大口气，孔夫子也做过丧家之犬！我为老板备资，你与史大伯在西便门外白云观附近重新开张做生意如何？只是事事得听史大伯和我的调度，自然也还你一个正果！"

"白云观？"史龙彪讶然问道，"那里叫李自成烧成破野庵子了，在那开店，除了庙会有什么生意好做？"

魏东亭笑道："咱们只做大生意，小生意当个幌子就成！"

一番铺排，众人个个眉开眼笑。何桂柱道："席已残了，我店后头地下还埋着几坛二十年老陈酿，可惜了的，不然大伙今夜都有口福了。"魏东亭笑道："你以为只有你有好酒？请诸位尝尝我后院埋的老酒吧！"老门子已被大家吵醒，进来侍候。魏东亭吩咐道，"老爹，你带老四他们挖两坛出来，东西屋各一坛！"

　　刘金标被人架着回了班府，此时班布尔善方送走泰必图，见他血淋淋地回来，吓得酒也醒了一半，忙问："是怎么了？"

　　听几个亲兵七嘴八舌地诉说完巡防衙门无理劫人的事，他倒犯了踌躇。巡防衙门正是他近日极力拉拢结纳的，怎会如此不肯给面子？见刘金标一副惨相，又不好责备，便索性送了个顺水人情："这也难怪你们，金标受了伤，先到后头养着，等寻着那小子，我给你们出气。"

　　他一夜也没睡好，尽在床上翻烧饼，平时最宠爱的四姨太扒着耳朵劝道："鳌中堂的事儿，你操那么多心，值吗？"他心绪烦乱地说："妇道人家这种事儿少问！"

　　没想到这事这样不顺手。他原想拿到何桂柱，审明后再与鳌拜商议办法。不料出师不利，下午截住那个臭进士，被一个莫名其妙的糟老头子搅坏了，晚上去擒何桂柱，偏又被巡防衙门的人抢走，算晦气到家。

　　抄苏克萨哈家，意外弄出伍次友的策卷，循名按址找到了悦朋店。班布尔善不相信，一个举子能有这么大的胆，竟在顺天府贡院中大书《论圈地乱国》！没有硬后台，他敢！再说，苏克萨哈搅了进来，越发说明事情不简单。所以，几天来并没有动手拿伍次友，只派坐探扮作酒客观察动静，将悦朋店监视起来。不久便发现魏东亭也是那里的常客。他心中暗喜：看来大鱼就要咬钩了。谁知几天之内，不但魏东亭不来了，连伍次友也杳若黄鹤，这就蹊跷得很了。他有他自己的棋，自觉比鳌拜高明得多！事无巨细，但与棋局有关，那就非弄明白不可。无奈之间才决定捉拿明珠、何桂柱，想捞起一根线来。可接连出了这两件事，使他觉得似乎还有别人在同他下棋，而且一步步都是先下手，这未免使他暗自心惊。

　　其实，听了刘金标的遭遇，他心里并不相信是巡防衙门劫了人，那年轻侍卫像是魏东亭，只猜不透这伙巡夜哨兵都是什么人——真是扑朔迷离呀——但既无把柄在手，又怎能奈何得了这位皇上宠信的近卫？

　　一夜辗转，好不容易挨到天亮，班布尔善翻身起来便吩咐："备轿，到巡防衙门！"

　　行至中途，班布尔善反复思忖，还是不去为好，事情传开了，弄得人人皆知，立时就会谣言四起，于当前景况实在没有好处。于是轻咳一声吩咐道："回轿去鳌府！"

　　鳌拜因夜间多吃了酒，仍在沉睡。门吏因班布尔善是常客，也不禀告鳌拜，直接引他至后院鳌拜书房鹤寿堂中，安排他坐了吃茶，说道："大人宽坐，容奴才禀告中堂大人！"

　　班布尔善随手赏他一张五两银票，道："费心，不过我也没有什么大事，便多坐一时不妨。"那管家谢了赏，诺诺连声退了下去。

　　呆坐了一会儿，抽了两口烟，觉得无甚滋味，班布尔善漫步踱出堂外。这鹤寿堂坐落在花厅之东，临水背风，一道回廊桥曲曲折折地架在池塘中，直通对岸水榭。其时正是伏天，雨霁天晴，炎阳如火，红荷碧叶，岸边一柳枝低垂。站在树下观水，说不出的清静轩朗。方欲构思佳句，忽然听得柳荫深处燕语呢喃，听声音像是两个总角丫头在说话。

　　"你知道么？"一个道，"昨个素秋大姐姐哭了一夜，今儿个早起眼眶子红红的。和她说话，有一搭没一搭的，很没有精神。"

　　另一个道："这有什么稀罕的，老爷子老想欺负她，昨儿又喝醉了酒……素秋姐姐昨儿个住在太太房里——上次要不是给太太撞上……"

　　"老爷子也是的——不是我做奴才的在背后说主子——太好色了，一大把子年纪了，什么德性！"

　　"唪！"另一个道，"偏你这小蹄子，一丁点儿年纪，管他这做什么——喂，你的草棍儿放好了！"

　　原来是两个小丫头在斗草玩儿。班布尔善一笑，正欲离开，却听先说话的那个又道："我告诉你，昨儿说不定素秋姐姐是为别的事儿哭呢，老爷子这些日子可顾不上想这些心思，那几个大人白天黑夜在这灌黄汤，听人模模糊糊说，商量什么'费力'的大事情呢？"

　　另一个格格笑道："管他费力省力的，关我们奴才什么事——你这促狭小蹄子，怎么藏了我的草棍儿？"

　　班布尔善脑子里"嗡"地一阵响，"废立"二字竟传入奴才之口！他不禁怔了："糟！这里大小人口三四百，传出这些口舌那还了得！"正欲拨开树丛进去问个究竟，两个小丫头却听到人来，扔下草根儿一溜烟跑了。

　　班布尔善正发呆，背后传来一阵大笑："班夫子，流水落花春去也！如今骄阳似火，难为你还有思春之心！"回头一看，却是鳌拜，后头一个丫环为他张着凉伞。班布尔善笑道："一把子年纪了，思的什么春哟！"

鳌拜一边笑道："那也未必尽然，老当益壮，况你尚在壮年呐！"便伸手将班布尔善让进了鹤寿堂。

二人分宾主坐定，鳌拜皱眉道："昨夜让你们演一场陈桥兵变，至今心有余悸，静而思之，实在叫人后怕，一夜没好睡，天将破晓才打了个盹儿。"

班布尔善正色道："中堂！当断不断，反受其乱；天予弗取，反受其咎。这可都是拿人头换来的话！是进是退，您可要想清楚了。"鳌拜干笑一声道："事至于此，可谓覆水难收，不过也有点太对不住先帝了。爱新觉罗氏对我还是不坏的。"

"中堂依旧是仁者之心，"听鳌拜口气，似乎有怀疑他班布尔善的意思，淡然一笑道，"我也是宗室！趁着中堂的话，也要讨一点恩赏——事成之后，愿中堂莫学历代禅登之帝，要与爱新觉罗宗室相安到底，否则必致满族内乱，弄到两败俱伤、不堪收拾的地步——目下最要紧的还是设法剪除羽翼！谨守机密待时而动。"

鳌拜狡黠地一笑道："他还有什么羽翼！苏克萨哈一去，机断之权在我，遏必隆济得什么事？"

"明的是没有了，"班布尔善冷然说道，"暗的便很难讲。"

鳌拜忽将身子一探，问道："谁？"

班布尔善摇头道："眼下不知，但有几件事令人生疑，愚以为极像穆里玛世兄所说的那三个人有些可疑。"接着便把前段自己私下布置接连失利的情形详细说给了鳌拜。

鳌拜听得很留神，对班布尔善的私下安置，他原来是有些多心的，此时不禁点头称善："难为你这么用心！看来三个人里头姓索的是主谋，熊赐履出个主意是有的，指望魏东亭护驾也算匪夷所思！不过你这一提，我倒觉得还有一点很蹊跷，老三近来说话动辄孔孟，引经据典的，弄得一班汉人都私下夸他学问大长。上书房周老先生跟我说，除了熊赐履偶尔讲一点，老三在宫中并不读书。这倒怪了，他能无师自通？"

班布尔善没有立即回答，只半闭了眼陷入了深深的思索，良久方叹道："早该想到的，一定如此！"鳌拜嗅了一口鼻烟道："请言其详。"班布尔善正欲答话，却见素秋捧着满满一盘切好的西瓜进来。

鳌拜看了素秋一眼笑道:"瞧这模样,昨夜又哭了,你放心,我已差人寻你亲爹爹,总叫你父女团圆就是了。"素秋大大方方将盘子放在桌上回道:"谢老爷。这瓜遵照太太吩咐已用凉水冰过了,班老爷,请用吧。"

鉴梅一去,鳌拜便问:"方才的话怎么讲?"班布尔善留神地看看四周,并无人在眼前,这才道:"愚以为十中有九,姓伍的并未出京。"

"这就未免多疑了!"鳌拜笑道,"谅那伍次友能有几个脑袋,还敢在此羁留?"

班布尔善道:"不然。汉人中尽有有种的,并不都似吴三桂那么下作。"鳌拜沉思有顷,又问道:"足下以为他现在何处呢?"

这正是班布尔善方才深思的问题,他瞟了鳌拜一眼,一字一板地说:"必定隐匿在哪家大臣府中,这与老三近日学问大长的事连在一起看,那就很有意思的了!"

鳌拜摇头:"太不可信,难道堂堂天子,肯屈尊要一个举人来做老师?"班布尔善无声地一笑,说道:"也只好等着瞧了。据愚见,朝里有学问的虽多,不是中堂看不中便是老三信不过,与其让您在他身边安一颗钉子,还不如不要师傅。"

鳌拜将案一拍道:"我要送他一个师傅,他不要也得要!弄这点小玄虚有屁的用场!"

"岂但有用,"班布尔善道,"简直绝妙!现下满汉大臣中就颇有不少人对老三刮目相看,以为帝心聪颖,不学而知!他是一代圣君,中堂不就成了权奸,你说这了得了不得?"

为了掩饰自己的心烦意乱,鳌拜取一块瓜胡乱咬了一口问道:"依你看,现在怎么办?"班布尔善道:"现老三势力未成,尚奈何不得中堂,中堂很可以佯为尊王,暗修甲兵,待机而动。"鳌拜摇头道:"你知道,这种事宜用速决,最怕慢,缓则有变呐!"

班布尔善笑道:"敌我势均或敌强我弱则宜乎速决。现我强十倍,只消戒备一些,不失时机一举而成,倒并不怕慢。中堂想,如若老三真的聘伍次友在某家大臣府上读书,他自以为得计,其实是天大的失着!他微服微行,白龙鱼服,杀了他不是干净利落?他死在对头家里,这是千载难逢的机遇!"

鳌拜将只吃了一口的瓜朝地下一掼道："好，真有你的!"他兴奋地站起来，下意识地伸手按佩刀，这才想起穿的是便服，"这事就拜托你查清楚，这是一举两得的好事。"

班布尔善忙起身答道："不才既受恩于中堂阁下，敢不尽力么!"

"办成这件事，"鳌拜大笑道，"你就是开国元勋! 鳌拜岂敢吝爵位而不酬有功之士!"

第十五回　魏东亭登门会提台
苏曼姑婉言劝书生

太皇太后与康熙密议的第三天，魏东亭奉到特旨，径至天牢中释放了查伊璜。在他的心目中，这姓查的当是一位惊天动地的伟男子，待到见面，不禁大失所望——原来不过是个六十多岁干瘦的老头儿，两撇花白胡子分得很开，显得滑稽可笑。再加上不修边幅，潦倒肮脏，除因吴六一的照顾，在狱中饮食颇佳、气色尚好之外，实在看不出有什么出奇之处。

按照康熙的旨意，他悄悄取出人来，雇了轿直送九门提督府。门上的人只睨视了他一眼，便傲慢地说道："提台在正庭签押房召诸将议事，二位尊驾改日再来罢。"便坐下不理。

久闻九门提督府里的人架子大，今日一见果然如此！魏东亭虽然未着公服，穿的是原在内务府的便衣，等闲衙门直出直入，从未受到过阻拦。他想了想，换了笑脸，从怀中取了一锭小银递上，说道："劳烦门官通禀一声，就说内务府魏东亭求见。"

"我早看出你是内务府的了。"那人也不接银，只睨着他们笑道，"你大概头一回来吧？我们衙门不兴这个！提台赏赐多，罚得也重，为你这点银子吃一顿毛板子，不上算！"

"甭传了！"魏东亭还待要说，查伊璜在旁开了口，"我寻姓吴的也没什么事，我也不去您那儿，京里我还有朋友！"说着拔脚便走。

"查先生！"魏东亭几步赶上，赔笑道，"何必跟他一般见识，头里咱们说得好好的，就先到舍下盘桓几日再说吧！"

不料这戈什哈一听"查先生"三字，像被电击一般跳了起来，连跨几步赶过来打了一揖，问道："您姓查？查伊璜老爷是您什么人？"查伊璜兀自偏着不答话。魏东亭忙接上去说："这位便是查伊璜老先生，刚刚被特赦从天牢里出来！"

"啊?"话音一落,那戈什哈大惊失色,倒身下拜道:"小的不知,有眼不识泰山,老爷您得包涵着点!"起身又打了个千儿,飞也似的进去了。魏东亭吃惊之余又感诧异,只愕然瞧着这位不起眼的老人。

片刻之间,只听咚咚咚三声炮响,提督府中门哗然洞开,几十名亲兵墨线般排成两行疾趋而出。魏东亭对"铁丐"素闻其名,却从未见面,此时留心抬眼观看,只见中间一人,五短身材,八字胡须,已除了冠服,只穿大衣裳,系着玄色腰带疾步迎了出来。后头跟着五六位参、副将,一个个都是笑容满面——这就是名震京华的怪人"铁丐"吴六一了。

吴六一几步抢上,翻身跪倒,失声痛哭道:"恩人!几时得脱囹圄,怎的也不先告诉我一声?"

查伊璜忙双手扶起,笑道:"不是你相救,我怎么出来,是这位兄弟接我出来的。"

吴六一转身对魏东亭又是一个长揖,说道:"敢问贵姓、台甫?"慌得魏东亭忙还礼不迭,笑道:"不敢,免贵姓魏,草名东亭,贱字虎臣便是!"

"久仰久仰!"吴六一笑道,"天子近臣!"说着便将二人往里让。两边兵丁将佐一个个按序排班垂手而立,站得笔直。魏东亭心中暗赞:"久闻吴铁丐治军严厉,真不含糊,乾清宫前,也不过如此整肃。"

方到二堂,便听里头一个人呵呵笑着迎了出来,说道:"提台大人今日喜从天来,我竟不在身边!"说着潇洒地向查、魏各作一个长揖。魏东亭一边还礼,一边想道:"众军士整肃如此,这人是谁,却如此放肆?"

方欲启问,便听吴六一笑着介绍说:"这是府中幕宾何先生,字志铭的便是。"

"提台天天放不下的心事就是查先生,今日我们可要叨光快活一番了!"何志铭笑道,便吩咐两旁戈什哈,"快快摆酒来!"俨然是半个主人,魏东亭瞧着越发惊异得不得要领。

他哪里知道,这吴六一素日治军极严,下属稍有触犯军令,不论有面子没面子,就拖下去打得发昏。只因罚重赏也高,动辄千两银子,所以人们怕他,尊他,离不开他。但吴六一对文人墨客却极宽极厚,礼敬如宾,养着十几位翰墨高手为他草章谋划。这何志铭是他第一得用的人,待遇要超过那些记名副将,这也不必细说。当下筵宴摆齐,吴六一强按着查伊璜坐了上首，何志铭、魏东亭一左一右相陪，他自在下首就位，亲自把杯劝酒。下头几桌是副将、参将、游击、千总依序而坐，直排到二堂前头天井里。

吴六一安席已毕，自斟了满满一大碗酒，兴奋得满面红光，朗声说道："诸位！跟我从循州来的都识得，这位便是查先生，请先干了这一杯，贺先生蒙赦归来！"

众将佐忙都起身举杯道："提台请，查先生请！"吴六一素来讨厌马屁精，所以喝酒便是喝酒，并没有一人敢出来说两句奉迎场面的话。

"铁丐将军！"酒过三巡，魏东亭笑道，"久慕将军盖世英豪，今日一见，果然名不虚传，只这豪量便少有对手！"

铁丐笑道："这算什么！当年在海宁与查先生初遇，雪大如掌，酒兴似狂，连饮三十余瓯犹未尽量，先生以杯相陪，早已醉倒了。"查伊璜笑问："今日还能否？"铁丐道："却也难比当年了。"说毕二人相视而笑，情感十分亲密。魏东亭暗自叹道："这才叫朋友呢！"

"虎臣，"铁丐见魏东亭若有所思，手按酒碗问道，"不才曾七次上折，仅救下查先生一命，此次恩赦，想必是虎臣所保？"

"哪里，这乃出自圣裁。"魏东亭毫不迟疑地答道。那何志铭听后全身为之一震，便放下了箸。魏东亭见查伊璜和铁丐均感诧异，忙又道："也是太皇太后的慈命。圣上深知将军忠义，查先生事出无心，不欲以查先生之事，致使将军失望，特禀知太皇太后，方下特旨赦免的。"这几句话说得声音很重，满座军将都是一惊。

铁丐顿时面现肃然之色。查伊璜却似满不在乎地独自把酌而饮。魏东亭继续说道："太皇太后慈训谆谆，说庄氏一案办得苛了一点，但彼时入关未久，人心未定，也还是情理中事。如今天下大定，应怜惜人才。"查伊璜听至此，由不得长叹一声道："知之已迟，人老珠黄，还有甚用处！"

铁丐见查伊璜伤神，忙劝慰道："圣明在上，明儿奏明了，请复先生功名，再图进取，也是可行之道。"

"不不不！"不等他说完，查伊璜忙止住道，"小住数日，我还是回海宁去，暮年思乡，我是断断不做官的了。铁丐，你素知我意，不必客气。"

"也好！"铁丐笑道，"恭敬不如从命，咱们今日且痛饮一醉再说！"说着便举杯让酒："请，请！李麻子、黄老五，你们怎么啦？"

这一夜直喝到二更时分方尽兴而散。魏东亭自此便结交了铁丐和何志铭，声气相通。偶尔，铁丐还破例便衣到他虎坊桥寓处走走，几个月后，居然称兄道弟了。

上次和班布尔善密晤之后，鳌拜十分谨慎地收敛了自己的专横。虽说仍是居家发号施令，但到了乾清宫，大面儿上跪拜仪节都一丝不苟，对康熙也和悦了一些，像是换了一个人。康熙便也觉得自在多了。魏东亭将精心挑选的二十多名少年名单呈上，请康熙过目，补入毓庆宫当差。他心不在焉地看看，"噗嗤"一声笑道："犟驴子，真起的好名字！"魏东亭笑道："这是奴才在关东时的结义兄弟，本姓姜，叫立子，因脾气倔强，生性粗顽，大家给他个诨号叫犟驴子，他便索性认了。"

"好。"康熙笑道，"从明个起，叫他们三人进来侍候，余下的人每隔十数日增添。"魏东亭趁便道，"已经两天没去上学了，伍先生着实念着圣上呢，今儿不如去去的好。"康熙点头淡淡一笑道："也好。"

午牌刚过，康熙换了一件青罗截衫，也不戴帽子，乘了一辆小马车，带了苏麻喇姑径往索府后园。魏东亭带两三个人遥遥地跟着，确也没见什么异样。

听得他们进了园，伍次友挑帘而出，笑道："世兄，三日没来了吧，我倒着实想念呢！"康熙笑道："学生何尝不想来，只是天气炎热，太祖母怕热着了，说是功课宁可少些，不让身子亏着了。"伍次友便笑着让他们主仆进了书房。

"这几日虽没来，"康熙一落座便道，"倒也读了几本杂书，即以春秋而论，着实使人莫名其妙，为何周室乱七八糟地到了不可收拾的地步呢？"

伍次友爽朗地笑道："世兄不学时文，却倒尽追求帝王之道，难道不进仕途，就能出将入相么？"说得康熙开心大笑。苏麻喇姑用手帕子掩着嘴，也是笑不可遏。

康熙拿起桌上的宋瓷茶盅儿端详着问道："我有将相之志，难道先生就没有么？"

"我怕不成。"伍次友挥着扇子笑道，"学是一回事，行又是一回事。如若退回二十五年，天下大乱之时，风云际会之日，或可为天子倚马草诏。今天下澄清，读书人能盼到翰林也就不敢再往下想了。"康熙忙道："以先生道德文章，这点想头并非过奢。"

"方才世兄问及春秋致乱之由，"稍顿，伍次友转入论题，"历来人们见仁见智，各持一端。据我看来，政令不出天子，诸侯不尊周室，乃是祸乱之本！"

这句话直捣康熙胸臆，刚刚平静一点的心情，骤然又起波澜，勉强笑道："现在政令也是不出天子，不是很好吗？"伍次友冷笑道："现在徒具太平之形，实隐忧患之气，国疑主少，危机四伏，内有权奸把持朝政，外存藩镇拥兵自重，哪里谈得上什么'很好'？"

听此一番话，康熙脸上陡然变色。苏麻喇姑急忙掩饰道："听说鳌拜中堂如今恭谨多了。"伍次友转脸看着苏麻喇姑道："恭谨不恭谨，不在于辞色。魏徵犯颜批龙鳞，太宗反不以为奸，因知其并无私意；卢杞恭谨谦逊，世称奸臣。这怎么看呢？今观鳌拜之忠奸，只能看他交不交权。皇上亲政已有两年，他为什么还要包揽朝政，议军国大事于私门？这是忠臣应该做的么？"

康熙越听越惊，有些坐不住，定定神笑道："我不出将入相，你也不过想个翰林，咱们可管他什么忠臣奸臣的！"便起身拉了魏东亭道，"热得很，婉娘且陪先生，你我出去走走再来。"说罢二人便一同出来。

屋里只剩下苏麻喇姑和伍次友，一坐一站，好久谁也没有说话。苏麻喇姑倒一杯凉茶，双手捧给伍次友，伍次友小心翼翼接过道："多谢。"又停了一会儿，苏麻喇姑方道："秋闱在即，伍先生不要去应试么？"伍次友出了一阵子神，方喃喃答道："寒窗十载，所为何事？要去的。"

苏麻喇姑便在对面坐了，摇着纱扇笑道："先生可肯听婉娘一言相劝？"

伍次友见龙儿和小魏一去许久，单留下婉娘，心中早有些不安；见她竟大大方方坐到对面，更觉局促，脸上便渗出汗来。听婉娘如此说，眼望着窗外，将杯放在桌上道："请讲。"

苏麻喇姑见他一副道学模样，倒觉好笑，起身拧了一把凉毛巾递上道："我劝先生这次秋闱不考也罢。"

伍次友原想婉娘定要劝他刻意功名，促他去考，万不料她竟如此相劝，不禁大奇，转过脸打量着苏麻喇姑，笑问："为什么呢？"

　　像这样与一个青年男子独坐促膝而谈，尽管她是一位见多识广、聪明机变的满族姑娘，也是头一回。苏麻喇姑见他正眼盯着自己，不禁面红耳热，鼓起勇气答道："今鳌拜擅权，先生之志难伸，先生之道难行，不考则已，怕的是一入考场，有身陷囹圄之灾。"

　　这话情茂理真，伍次友不禁动容，旋又笑道："上一科考后并无后患嘛！"苏麻喇姑接口便道："上一次有苏中堂在，这一次却没有，这就是不同！索性告诉先生吧，鳌拜还正到处寻查您呢！"伍次友惊讶道："这些你怎么知道？"

　　苏麻喇姑一怔，不及思索便道："我也不过听索额图大人和夫人闲谈罢了。"

　　苏麻喇姑这句话毛病太大了，伍次友不禁也是一怔："她怎么不说'我们老爷太太'，竟扳平身份直呼索额图的名讳？"幸而他一向对此并不看得很重，这想法也就一闪而过，没再深思，当下笑道："依你便永不应考了？"苏麻喇姑也笑道："先生吟的诗中有两句最耐人寻味：'借得西江明月光，常照孤帆横中流！'只要有我家主子在，早晚有您一个出身就是。"

　　"你是说——"伍次友愈听愈不明白。

　　"眼下也无需多说，"苏麻喇姑掩口笑道，"先生孤高耿介，当然不肯曲中去求功名，我们清楚着哩，怎么会强人所难？"伍次友沉吟着将这话一字一字回味许久，自觉爽然，遂笑道："依你！等老贼过世再考也罢。"

　　二人正说得热闹，忽听窗外有人笑道："婉娘姑娘好才情，片言说醒痴迷人！"苏麻喇姑红着脸啐道："是小魏子这促狭鬼！大热天儿，你带着龙儿到哪里去了？看我告诉老太太，仔细着了！"说话间康熙和魏东亭已笑着进来，康熙笑道："婉娘别急么，和先生不要急是一样的道理，是我让小魏子在这偷听的。"苏麻喇姑方低头不语。

　　伍次友心里一动，这少年身上似有一种说不清楚的气质，爽朗质朴中带有雍容华贵，使人亲而难犯。当下坐定了，康熙笑道："方才出去走了几步，才知新秋将至，园中柳叶已开始落了，隔几日我邀先生一同出游可好？"伍次友双手一拱，调侃地说道："敬从世兄之命！"

　　康熙抬头看看天色，已将未末，便对苏麻喇姑一笑："婉娘，咱们也不能老恋着这儿，也好走了，省得老太太惦记着又打发人来催。"魏东亭不住地笑，苏麻喇姑不好意思地笑道："谁恋着了？主子不说走，奴才敢去么？"

第十六回　御花园鳌拜演武
　　　　　　养心殿康熙下旨

　　康熙回到紫禁城，张万强正在神武门焦灼不安地等着。见他回来，疾步上前，也不及请安便顿足道："好我的主子爷！还在这儿优哉游哉，急煞奴才了！"康熙见他满头大汗，脸都黄了，忙问："是怎么了？"

　　张万强左右瞧瞧，见没外人，赶紧凑上去说："鳌中堂方才递了牌子，坐在文华殿，说有要紧事，定要请见呢！没法子，奴才只好说，主子正歇中觉，太皇太后和皇太后吩咐，天大的事也得等主子起来再说！喏，再迟一会子，不就露馅儿了？"

　　康熙心里咯噔一下，暗想："从没有午间请见的，莫非他嗅出什么味儿了？"停了停才说道："就说朕刚起床，在御花园舒散筋骨，叫他到御花园里来。"说着便吩咐魏东亭，"你也随朕进来，一块儿练练功夫。"

　　在御花园接见鳌拜是康熙的临时决定——与其自己失急慌忙赶到上书房召见他，不如让鳌拜多跑几步，这算是"反客为主"。当鳌拜带着穆里玛、讷谟赶来时，他已举了几趟石锁，正在练习射箭。

　　鳌拜走进园子，且不觐见，微笑着站在一旁观看，哪知康熙练着练着，倏地转身，一支响箭呼啸着直朝鳌拜面门射来。穆里玛大惊，猛地抢前一步欲要阻挡，哪里还来得及！但鳌拜却像没事人一般立着不动，等箭飞至眼前，伸手一绰，早抓在手中，却是一支箭头包着沙囊的鸣镝……康熙弃弓在地，二人相视哈哈大笑，魏东亭、穆里玛、讷谟三人虚惊之下也赔着干笑。

　　康熙拍拍身上灰土迎上前来，鳌拜笑道："主子好箭法，险些吓煞老臣！"康熙也笑道："真不愧大将出身，好手法，朕不过玩玩而已。请这边坐吧。"说着便让鳌拜一同坐在御亭前树阴下的石鼓上，方问道，"什么事啊，这么急？"

鳌拜从袖子里取出一张折子，拱手送上道："平西王吴三桂请调芜湖二百万石粮以资军需，请主上谕旨。"

"朕要学明神宗，舒舒服服地做个太平天子，不用瞧了。"康熙笑着摇头，一副心不在焉的样子，"比这大的事你都办好了，何用朕来操这个心。"

鳌拜道："不是这样说，需要钦差一干练大臣至芜湖方可，这数目太大了。"康熙慢慢问道："你瞧着谁去好呢？"鳌拜不假思索地答道："臣以为索额图为宜。"

康熙表面上嬉笑着竭力保持平静，心里却恨不得一脚踢死眼前这个满面横肉的家伙，剔着牙迟疑道："前几日奉天将军六百里加急，奏说罗刹国在外兴安岭大肆侵扰，其势不可轻觑，朕想委索额图办这个差。等一段瞧瞧，如罗刹不退，他就得成行了，他对那一带形势还熟……"

鳌拜心想："真到外兴安岭，说不定会冻死战死，打了败仗更回不来，倒比去芜湖好。"来不及细想又问道："圣上看芜湖这差使谁去的好？"

"你看班布尔善这人怎么样？"康熙带着挑衅的眼光盯着鳌拜问道。鳌拜连连摇头道："不成，奴才那里忙得很，户部上的事只有他还通晓，他一走便不可开交。"康熙心里暗笑，想想道："那只好偏劳一下遏必隆了。他身子不好，已有半年多没上朝了。你去告诉他，好在有半年时间就可以办完差使，还可到苏杭养一养病，算是一举两得。"

鳌拜笑道："圣意既然如此，今日下午便明发了。"

大事议过，鳌拜便起身告辞。康熙笑道："久闻卿武功不凡，今天正得便儿，就请演示一番，给朕看看如何？"鳌拜笑道："奴才那一点微末本事，怎好在此露丑？"康熙摆手说道："何必过谦，请吧！"

鳌拜说声"放肆"，顺手摘掉带有珊瑚顶的大缨帽，连朝珠一并递给穆里玛，又脱去仙鹤补服和九蟒五爪的袍子，只穿一件实地纱府绸散衣，也不盘辫子，就地支了一个"把火烧天"的架势，提了气双脚猛地一蹬，"吭"的一声抱起一块三百多斤的湖石，单手举起，身子在地上连着两个侧身滚，手中的石头像定在半空中一般。

康熙方看得眼花缭乱，鳌拜忽地将石头扔起，离头顶足五尺有余，将身子一偏，手掌平放地下，那石头疾速落下又"吭"的一声砸在手背上，直入土中二寸有余！康熙和众人一声惊呼，鳌拜却将手猛地一扎，闪电般向石头猛劈一掌，偌大假山石顿时裂为三块。

魏东亭瞧得真切，暗自骇然。他早就听说鳌拜武功卓绝，今日一见，果然达到炉火纯青的地步。穆里玛、讷谟站在旁边，虽不便喝彩，却是一脸得意之色。看康熙，他仿佛毫不在意，拿着把檀香木扇，兴致勃勃地观看。鳌拜练得兴起，随手从地下抓起两块拳大的鹅卵石，"嘿"地用劲一握，石头竟应声而碎——这才笑着拍拍手上的灰土慢慢穿衣，笑道："圣上见笑了。"

康熙将扇子一合塞进袖子，笑道："国家有像卿这等勇武的大将，朕可以高枕无忧了。"又转身对魏东亭道："你去寻几个少年，一律都是十六七岁的，陪朕练一练功夫。"

魏东亭忙应道："喳——"偷眼瞧瞧鳌拜，见他并不介意，又道，"奴才明儿个就给圣上找来。"鳌拜笑道："奴才七岁时，就投拜名师习武了，万岁这会子方赶着练，怕是迟了点。"

康熙笑道："打仗自然还得你去，朕不过舒散筋骨而已，哪里来得真的！"

遏必隆接了钦差去芜湖的明发诏谕，真是喜出望外。忙乱了一夜，打点行李，点拨仆妇，雇用船夫，聘请师爷……他恨不得早一点离开北京城，躲开这是非地。

半年来，他在"病中"冷眼观看，觉得双方都不好惹，像是两股旋风都在面前旋转，扩展自己的力量，假若你偶尔接近任何一个漩涡，便觉劲风扑面，有一股巨大的引力拉住你向中心走去。他明白，以自己的身份，无论卷到哪一边都将是十分危险的。这两股旋风若碰在一起，那将是什么结果呢？会不会似龙卷风那样拔树起屋，把朝政弄得不堪收拾呢？

他不敢多想，又忍不住想。他"病"卧之后，鳌拜和班布尔善来探望过两次；康熙也派熊赐履和魏东亭来两次"视疾"。每次人来，都要给他带来新的不安。有时他又觉得自己像是孤身一人驾一叶扁舟漂在茫茫天水之间，总归有一天会坠进无底的深渊之中。朝中每一件事发生，他都要掰开来，合起来，揉碎了，再捏起来掂量。再"病"下去，恐怕真的要病倒了。正在这时，接到办粮务的差使，他便可以堂堂正正地出京了，他怎么能不欢喜呢？

忙了一夜，第二天他便急急忙忙地到乾清宫辞驾请训。康熙传出话来，要在养心殿见他。

看着跪在面前这个形容憔悴的人，花白了须发，瘦骨伶仃，仿佛老了许多，康熙心里不由得泛起一种怜悯同情之感：是啊，若是硬要这遏必隆与鳌拜公然两军相对，恐怕他也会落得个苏克萨哈的下场。目前他肯执中，还是有良心的。怔了半晌，猛见遏必隆还跪着不动，轻叹一声说道，"起来坐着吧！"

遏必隆叩了个头。待坐在下头木凳子上抬眼看时，魏东亭好似一尊护法神挨着康熙身后，毓庆宫调来的狼瞫等几个新进侍卫也都一个个挺胸凸肚目不斜视，十分威武。康熙摇着一把泥金折扇神态自若地坐在上头，显得十分潇洒倜傥，遏必隆忙又低下了头。却听康熙问道："朕曾打发人去探视你几次，身子可好些了？"遏必隆脸一红，忙躬身回奏："奴才犬马之疾，多劳圣躬挂念！托主子洪福，近日已大好了。"

康熙道："去芜湖办粮的事，你觉得如何？"遏必隆忙答："此事关系重大，奴才此去一定办理妥当。"

"不！"康熙脸色一变，突然说道，"你一石粮也不能给吴三桂！"

遏必隆被这诏谕震得身上一颤，方欲启问，便听康熙接着道："他吴三桂缺什么粮？他自己铸钱，自己煮盐，自己造兵器，云贵川黔四省粮秣喂不饱他十几万人？"见遏必隆听得发呆，康熙加重了语气，"缺粮的是北京！京畿、直隶、山东驻防八旗绿营五十余万，北方连年天灾人祸，饥民遍地，难道反而不缺粮？"

他将"人祸"二字说得山响。遏必隆心中噗噗乱跳：像康熙这个岁数，北京人称为"半桩娃子"，任事不懂——听得人说，康熙整天只知打猎、玩布库游戏，并不大理会朝政，谁料他竟如此熟悉情况，如此明断果决！偷眼看时，康熙也正目光炯炯地盯着自己，忙答道："是！"

"这叫饱汉不知饿汉饥！"康熙道，"你这一趟去芜湖，一年之内务要办六百万石粮食，由运河秘密调到北方听朕调度。如果运河塞滞，还要就地筹银募工疏通。"

遏必隆起身伏地启奏："倘京中辅政及有司催问，平西王派人索粮，当如何办理，请圣上明示。"

"这要你自己想法子。"康熙笑道，"古人云，将在外，君命有所不受么！"

遏必隆默然不答。

康熙心知其意，冷笑道："有朕为你做主，不必忧虑。也罢，朕索性再帮你一把。听着，你若辜恩，朕诛你易如反掌！"说着便在龙案上朱批一旨："遏必隆筹粮事宜，系奉朕特旨钦差，内外臣工不得干预。钦此！"写完甩给遏必隆，"这尽够你应付了，你是聪明人，好自为之！"

见康熙不再说话，遏必隆思索再三，终于说道："圣上所谕，奴才铭记在心。目下政局虽然清平，但也有隐忧，南方也不平静，望圣上留意。"

"这还像个话。"康熙点头笑道，"你明白就好——跪安吧！"

第十七回 众侍卫伴君玩耍
史大侠收徒习武

遏必隆一走，康熙便起驾至乾清宫，早见孙殿臣、明珠、赵逢春、穆子煦、犟驴子、郝老四等人在月华门门口候驾。远远见圣驾过来，大伙儿一溜儿跪下，只孙殿臣满面春风地迎上来请安道："主子爷，我们几个给您解闷来了。"

康熙看了看这几个人，回头问道："就这么几个？"

魏东亭忙赔笑道："奉主子爷旨，过几日才能再添呢，主子倒忘了？"

康熙这才想起，挥手叫他们起来，逐一问过他们的姓名。他对明珠特别感兴趣，笑道："这名字倒好，是掌中之珠，还是土中之珠？"

明珠初见皇帝，本有些紧张，见康熙甚易接近，也就把心放了一半，忙笑回道："奴才愿为皇上盘中之珠！"康熙笑着点头，又问郝老四："你排行老四？"

郝老四按魏东亭事先的关照答道："奴才本名郝春城，因自小除了天、地、皇帝，什么也不怕，所以人们叫我郝老四！"

"好，知道敬天畏命，算得上是规矩人！"说着便问，"还有一个犟驴子呢？到朕跟前来！"

犟驴子听得，几步上前，咕咚一声就跪倒在地磕了个头。康熙笑问："你原来做何营生？"

"做过没本钱的生意。"犟驴子早把魏东亭的关照忘得精光，"不过那是前些年的事儿了，这几年可没杀过人。"魏东亭、穆子煦正自担心，却听康熙哈哈大笑："起来吧，还是你的本色好！"便问魏东亭："你这几个朋友，大约都是平生不修善果的吧？"

魏东亭知道"平生不修善果"，是《水浒》中鲁智深坐化钱塘江畔留下的偈语里的话，下一句便是"只知杀人放火"。忙笑回道："除了明珠，都是的。不过跟着主子爷，要不了几年就出息了。"

"好。"康熙道，"你去告诉敬事房，给他们各补一份钱粮，按八品供俸吧，每月一总关到你那去就成。"说到这里，远远见张万强和苏麻喇姑走来，便道："往后每天都进宫当差，也不用带什么器械，玩拳就是——魏东亭，这事交给你了。"说完便回养心殿去了。

康熙去后，魏东亭便把几个人叫在一起说道："主子的话都听见了？从今儿个起，你们都是朝廷的命官了，得有点规矩。走一步道儿，说一句话都得循着规矩来！主子既叫我来办这个差，少不得把哥们义气朝后放放。谁要在这紫禁城里捅娄子，别说大哥我救你不下，便是救下，家法也难饶！"他板着脸说了这番话，众人只好肃然敬听。只有犟驴子别着脑袋咕哝了一句什么。魏东亭见大家无话，接着说道："每日辰时和申时，咱们各在日精门和月华门内当差，主子来时陪主子，主子不来，就候着听差使。回到家里，咱还是哥儿们。"说完便带着大家穿过甬道。

魏东亭进了月华门，迎头碰上班布尔善从乾清宫下来。班布尔善见了魏东亭，站住了仔细打量。魏东亭忙抢上前扎了个半跪道："给班大人请安。"

班布尔善满脸堆下笑来，连忙用手搀起魏东亭说道："魏军门，这又何必呢？你这是——"

魏东亭见他注视穆子煦几个，忙笑道："哦，这是新选进的几个低品侍从，是陪着皇上坑儿的。"班布尔善满腹狐疑，表面上却不露一点，连连夸道："好好！一个个都是少年英雄，正是后望无穷！"魏东亭呵呵笑道："大人太夸奖了，瞧他们这模样，乌眉灶眼的，哪里像什么英雄少年哟！"说毕二人畅怀而笑。

隔日，班布尔善便至鹤寿堂寻鳌拜，见鳌拜正和遏必隆交代征粮事宜，便闪到一边，直候到遏必隆辞去方才进来。

一坐定，班布尔善便问："中堂，魏东亭领那么一干人做什么？"鳌拜似笑不笑地答道："陪皇上练武玩的。"班布尔善听鳌拜不阴不阳的回话，不解其意，忙问："依中堂之见，这里可有什么名堂？"

鳌拜抬头看了看门外，冷冷答道："不过是要你我的人头罢了。"

"既知如此，"班布尔善皱眉问道，"中堂为何不设法阻拦呢？"

"他是皇上，"鳌拜半闭着眼睛，身子向椅背上一仰，冷笑道，"我要连这点小事都不允，岂不太不给面子了么？"说完，他一正身子，格格笑了两声，"不过，他指望这几个毛猴子来治我，也太小觑人了，你瞧——"说着顺手抓起案上一方铜镇纸递给了班布尔善。班布尔善接过一瞧不禁大吃一惊，铜镇纸上已赫然印上五个深深的指印！

沉默良久，班布尔善将镇纸放回案上，说道："虽然如此，凡事预则立，不预则废，中堂还是要多加留意才是。"

"当然，"鳌拜点头道，"你的话有道理！所以我已叫穆里玛接管了隆宗门，讷谟管着景运门，乾清宫也有咱们安插在大内的十几个高手。昌平、居庸关、门头沟、丰台、通州、顺义的守备、千总都已换了咱们自己的人——这是外头的安排。你看怎么样？"

"只换守备，怕不行吧？"

"眼下也只能如此。"鳌拜道，"搞得声势太大，惊动了兵部就会满朝皆知，那就坏了。"

"中堂，"班布尔善此时已经释然，轻松地说道，"现是辰时，他们正练武呢，咱们瞧瞧去如何？"鳌拜一跃而起，兴致盎然地笑道："好，依你，见识见识他们的拳脚！"

不多时便进了紫禁城。方进隆宗门，就见遏必隆在乾清门向内张望，鳌拜笑道："此老心火毕竟未除，我们不去见他。"班布尔善道："他还是放心不下老三。"

二人一边说一边步上乾清门。恰逢阿思哈当值，见他们进来，忙躬身迎接。忽然从月华门传来嘈杂声，鳌拜侧耳静听了半晌，倒像又厮打，又说笑似的，不甚真切，便拉班布尔善道："走，到月华门去。"

这里郝老四和赵逢春正打成一团，康熙在旁看得乐不可支。赵逢春原是正白旗下的一个十人长，并没经过真正的战阵，当了索额图的戈什哈，闲着没事儿才和门房兄弟们练练拳脚，舒展一下筋骨，说到武功底子却是很薄的。

赵逢春占了力大的便宜，郝老四急着要在康熙面前露脸，几次用关外大力擒拿法向他攻击，都没有奏效。郝老四看准了他下盘不稳，双手勾成鹰爪形直扑上来，赵逢春将手一格，右肘直撞郝老四胸前。不料郝老四急变一招，赵逢春竟击了个空，被郝老四当胸一掌，一个屁股蹾跌坐在地上。康熙不禁鼓掌大笑。

郝老四得意地收势，正欲退下，那赵逢春怒喝一声："不要走！"一个鲤鱼打挺，一跃而起扑了上来。郝老四毫无防备，躲闪不及，早被赵逢春揪住了辫子。郝老四转身回脚一踢，踢中了赵逢春的下巴，赵逢春仰面朝天倒下，兀自拉着辫子不松手，连郝老四也被拽了个四脚蹬空。

两个人坐起来，对看着发愣，郝老四道："你这叫什么拳？"赵逢春也不饶让，道："打倒你便是好拳！"旁边坐着观战的康熙哈哈大笑。魏东亭训斥道："起来重新比过，打得没一点章法，活像两个街痞子！"赵逢春和郝老四红着脸，讪讪地爬了起来。

站在月华门外的鳌拜和班布尔善交换了一下眼色。鳌拜轻蔑地笑笑："走，进去瞧瞧。"说完便一个跨步迈了进去，在康熙身后笑道："皇上好兴致！"

康熙回头一看，见是鳌拜和班布尔善，兴致勃勃地对魏东亭几个道："高手来了！中堂，何妨下场与这几个奴才玩玩儿？"

鳌拜摘去大帽子，也不脱外头衣裳，对郝老四等人一拱手道："请各位一齐赐招儿罢。"说罢腿一蹲，缓缓起了势。魏东亭将手向众人一摆，说道："哪一位去跟中堂讨教！"

犟驴子头一个冲了过来，憋着劲发了一招庖丁解牛，单掌直切而进。双方手掌刚一抵，犟驴子便觉一股极大的推力直贯掌心，踉跄后退几步才站稳，瞪眼盯着鳌拜。

魏东亭动也不动地挺立在康熙左首，冷冷地看着。班布尔善暗道："这小子到底明白，只护着老三不动。"

穆子煦、郝老四、赵逢春见犟驴子吃了亏，相互看了一眼，打了个手势，便一齐逼了上来。那鳌拜视有如无，眯着眼口中念念有词：

> 声东击西不须真，上下相随人难进。
>
> 任彼巨力来攻吾，牵动四两拨千斤。
>
> 引进落空合即出，沾连粘随如守神……

他一边念，一边挥动双手，竟是谁也靠近不了。

犟驴子回过神又扑了过来。刚好鳌拜转身，将一条二尺多长的辫子甩得风响。犟驴子顺手绰在手中，猛地一拉说道："中堂朝天……"一语未终，自己竟凭空被摔出七八尺远，幸而是肩头着地，未曾受伤，坐起来骂道："奶奶个熊，怎么弄的？"也顾不得弄明白是怎样摔的，红着眼大吼一声又扑了上来。鳌拜见他无礼，将袍袖向他迎面一扫，早又把他摔出两丈开外。这一次跌得更重，趴在地上半天起不来。郝老四、赵逢春一怔之下，也被鳌拜袍袖扫到，都跌了个仰面朝天。穆子煦反应快，向后跳了一步，未被扫到，向鳌拜一拱手道："领教了！"

鳌拜不答，闭着眼念道：

太极无始更无终，阴阳相济总相同。

走即粘来粘即走，空是色来色是空！

任他强敌多机变，焉能逃吾此圈中？

慢慢收了势，对康熙笑道："不恭得很。"

康熙见他并未用拳掌击人，竟接连打倒了三个人，不禁大为惊奇，问道："你打的什么拳，这等厉害？"鳌拜无言一笑，拱手道："奴才还要去送遏必隆大人，不奉陪了。"竟自带着班布尔善去了。康熙涨红了脸，勉强笑道："咱们还玩，朕的兴致好得很呢！"

"他虽不说，咱们也知道。"魏东亭道，"这叫'沾衣十八跌'，挨着衣服便要摔倒。这全凭内功，它只能伤人，却打不死人。要是真的被他拳掌击中，也不过如此。"康熙见魏东亭识得鳌拜拳法套路，聊觉安慰，遂笑问道："原来你也精于这套掌法么？"魏东亭笑道："哪里说得上精，多少知道一点罢了，比起鳌中堂自然不及。不过他这掌法也并非登峰造极。史龙彪曾说过，太医院有个胡宫山对此极为精通。只要内功比他强，借力打力，他用沾衣十八跌，反会吃大亏。"当下众人又练了一会儿，终究难再挑起兴头来，康熙便命散了。

魏东亭一干人闷声不响回到住处。今日初试锋芒，穆子煦、郝老四兄弟大触霉头，心里很不痛快。只有犟驴子不干不净地骂："妈拉巴子，什么玩意儿，横得太没边儿了！"穆子煦叹道："老小子武功是不弱，眼下咱们弟兄远不是他的对手。"犟驴子撇嘴道："我不信什么沾衣十八跌，他那是妖法，下回弄一桶屎来给他淋淋！"

正烦恼间，史龙彪一挑帘子走进来。他是长辈，众人见了都立起身来。魏东亭笑道："今个没得彩头，愧对江东父老。"史龙彪细问了比试时的情况，沉吟道："若论'沾衣十八跌'这种武功并不是杀人功夫，只是内功如此之强，倒也不可掉以轻心。"明珠道："魏大哥不是讲太医院姓胡的精通，咱们何不请他来教一教，学会了还怕他个什么？"魏东亭瞟了一眼明珠，道："说得容易！那得多少年功夫？"

几个人正说个不了，老门子慌慌张张进来道："张公公来了！"魏东亭笑道："这也值得慌成这样，快请进来！"老门子道："他捧着圣旨呢！"

一句话说得魏东亭也慌了，忙吩咐："开中门，快准备香案！"便匆匆出去迎接。

张万强直入中庭南面而立，展旨便读："朕偶冒风寒，着魏东亭赍旨召太医院胡某入宫视疾！"魏东亭跪着不吭声，好半天，才勉强答道："臣，领旨！"

公事办完，分宾主坐定。张万强才问："足下接旨迟疑不定，是怎么了？"魏东亭笑道："皇上召见太医乃是常事，如由我去，岂不令人生疑？"张万强笑道："足下也是过虑。皇上因没记清胡某姓名，若认错了人，便要闹笑话了。自然是我与足下同去的了。"

魏东亭刚叫人看茶，张万强早起身说道："不用了，怕上头等急了，咱们去吧！"说完便各自乘马而去。

魏东亭接旨时，屋里几位隔着风门听得明白，穆子煦疑惑道："皇上方才还好好儿的，一刻工夫不到，怎的就'冒了风寒'？"郝老四回笑道："人有旦夕祸福么！"

明珠想了一会儿，忽然笑道："这要怪你们几个引出个'沾衣十八跌'，大约是跌出来的病。"

一句话正说到众人的心病上，都觉得没味儿。史龙彪见大家尴尬，便说："胡宫山这人能行，早年在丰台我们印证过武功，虎臣还是从我这儿知道的呢!"

明珠没有武功,心眼子却比众人都多。他默坐片刻又道:"列位今日不吃败仗,就不会有这事儿了!不然为什么魏大哥答应得那么不爽快呢?"

这话几个人听了都不受用,郝老四便有心撩拨,笑问:"这话我便不明白了,方才魏大哥不是对那个没胡子的家伙说过了么?"

在座的除了明珠都留有胡子。明珠见他装憨儿骂自己,只是摇头:"那只是说得出的东西,只怕还有难说的东西在内里呢——你们不知我的这位表台,要论心思细密,咱们谁也没法比!"

郝老四笑道:"依你这二诸葛看,是个什么意思呐?"

明珠对他的挪揄似不在意,摇着扇子踱了几步,真的摆出仙风道骨的架势。犟驴子听他寒碜自己弟兄,本就窝火,又见这样子越发腻味,忍着气听明珠继续说道:"皇上的意思挑明了未必有好处。不过据我看,养咱们几个是要干大事的,现在眼看不成,能不着急么?"

"你说我们窝囊?"犟驴子到底忍不住了,"你有多少能耐,我看也只是摇尾巴的本事!"

"反正我一没脸朝天,二没嘴啃地,"明珠仍旧嬉皮笑脸,"比起你老兄,要算体面了!"

"你配和我比?你来你来!"犟驴子气得嘴唇乌青,一捋袖子要动手,却被穆子煦一把拉住,兀自骂道:"嫖婊子上嘉兴楼你本事大!"

"君子动口不动手!"明珠面不改色,指着史龙彪笑道,"你们要是能比下了史老伯,我明珠便服你们是真名士!不是我浪言,魏大哥不在,你们几个一齐上,未必能捞一招半式便宜呢!"

"嗬!这么厉害?要是我们赢了呢?"

"明珠甘认你说的'摇尾巴货',若是败了呢?"

"我们拜他为师!"

史龙彪先见他们抬杠,以为年轻人口角,只微笑不语,不料竟扯到自己身上,忙摇手笑道:"这是怎么说,你们说疯话,拉上老朽做什么?"

明珠一把拉过穆子煦道:"这位二兄是个忠厚人,不像有些人,一百只麻雀炒一碟儿——全是嘴。"他哈哈一笑又把话抹平了道,"兄弟口角,手心手背全是肉,屁股烂了也觉疼,你们几个就玩玩儿,好教人知道喇叭是铜，锅是铁嘛！"

他一顿夹七夹八、不凉不酸的话，似褒似贬似挖苦又似激将，说得连穆子煦也无法应付。良久，穆子煦才不好意思地笑笑道："明珠弟说到这份儿上，咱们就和老英雄比试一下，权当练功夫呗！"

"将军"将到这一步，史龙彪也是无可奈何，干笑一声道："在下本不欲为人师，不过几位老弟如此爽快，倒合了我的胃口。少年人掌下留情了！"说完一个移星换位，不知什么身法，已至厅堂中央，金鸡独立、门户一架说道："进招吧！"

犟驴子五指并成刀形，运力使了一个刀劈华山的架势向史龙彪的腰路横砍过来，掌锋凌厉，一开始便是杀手。堂中人无不暗惊，明珠也是一怔：方才在皇宫中他如此不济，怎的一霎功夫竟判若两人？他却不知，关外大力擒拿手法与鳌拜的太极柔拳渊源截然不同。再加上并不知康熙要他们和鳌拜比试真意，心里存了怯意。此时对付史龙彪，他就不那么客气了。

史龙彪见犟驴子掌势凶猛，屹立不动，将右手运力一格，早格过一边去。犟驴子错开身子一闪将左掌顺势击向史龙彪后背，只听"噗"的一声，竟如击在革囊之上。不禁一愣，急忙向后跃了一步，虎视眈眈盯着史龙彪不语。穆子煦、郝老四见兄弟绝无取胜可能，将手一拱道："我们兄弟三人共陪老先生玩玩。"

史龙彪微笑点头。三个人遂互相使个眼色，忽然大喝一声，双掌如雪花翻飞般舞动着。迅速攻过来，将近身时，却突然一齐收掌变招，双脚腾空，用头部从左中右三面猛向史龙彪胸肋间撞去。这是三兄弟一齐练就的绝招，当年关东四杰之一的东太岁就是这么被他们撞得吐血而死的。众人惊呼之间，史龙彪突然收势站定，三个人头直触两肋和前胸，竟发出金石之声！只一瞬间，史龙彪突然发招，双手齐举从右到左猛地一扫，三位好汉顿时趴倒在他脚前。

穆子煦三个这才真服了，翻身恭恭敬敬向史龙彪行拜师礼。史龙彪忙一一挽起道："孟浪了！自己兄弟，何必如此认真！"明珠呵呵笑道："若非我略施激将法，你们还得不了这便宜呢！"三人一笑都无话说。

良久，明珠又问道："史大爷，初见您时，在西河沿卖艺，鉴梅姑娘坐麻饼的功夫叫什么名字？"史龙彪笑道："这就是内功了，借敌之力攻敌之力，她的功力与这几位差不多，防身有余，应敌不足。"说到这里不禁神色黯然，叹道："她在鳌拜府中，也不知过得如何？唉……也不知前世造了什么孽!"

第十八回　胡太医诊病养心殿
班伯温赠毒鹤寿堂

张万强带着胡宫山走在前头，魏东亭紧紧跟着，直向养心殿而去。望着胡宫山的背影，魏东亭不住地犯疑：这个面黄肌瘦的矮个子，长相十分猥琐，三角眼里却放射出贼亮的光，难道他真有那么大本事吗？连史龙彪都极力夸他。

这次康熙召见胡宫山，原是他意料中的事，只是没想到来得这么快，连查问底蕴都来不及。日前听史龙彪的口气，这胡宫山原是终南山的道士，他怎么会出山还俗，而且托了内廷黄总管的路子进了太医院？黄总管可是与平西王有渊源啊……联想当初史龙彪进京的宗旨，他不禁倒吸了一口凉气。因见胡宫山已跟着张万强进了殿，也来不及多想，便疾步跟了进去。

因为圣旨是下给魏东亭的，照例还是魏东亭回话缴旨。魏东亭便上前请了个安道："太医院胡宫山奉诏来到！"

康熙靠着枕头半躺在榻上，头上勒着一条黄绢带子，看了一眼这个其貌不扬的瘦矮个子，说道："你就是胡宫山？"

"是，"胡宫山叩头答道，"臣胡宫山奉旨诊视圣疾。"声音不大，中气却极为充沛。康熙点头道："朕冒了点风寒，也不用看脉，开一剂方子疏散疏散便会好的。"胡宫山抬头注视了一下康熙，说道："臣斗胆请号圣脉，不然，断断不敢行方。"

康熙见他坚持，只好伸手搭在一个黄袱小枕上。胡宫山膝行近前，清思静虑，闭眼先叩了左腕，又请过右脉摸过了，才跪着退下，伏地叩头道："据臣拙见，皇上此症并非风寒所致，乃是郁气中滞，神不得通，不通则疼，主目眩头涨，颇似着了风寒，其实不然。"

"既如此，"康熙笑道，"下去拟方子来。"那胡宫山叩头道："皇上此症不需用药。臣有小术一试，如其无效，再行方不迟。"

144

不用药便可治病，康熙大感兴趣，坐起身来问道："你有何妙法？快与朕用来！"胡宫山道："请皇上静坐不动即可！"说完双手高拱，离康熙头部有三尺远，动也不动。张万强在旁看他捣鬼治病，暗自纳罕，连躲在帘后的苏麻喇姑都看呆了，魏东亭却知他是在运内功为康熙祛病。

康熙初时也觉好笑，慢慢便觉有一种清凉麻甜的感觉自头顶泥丸、太阳、印堂各穴浸润进来，渐至只有麻的感觉，满心只觉凉风飕飕，如秋日登高，杂虑一洗而尽，渐至连麻的感觉也没有了。此时血脉倒转，头部有些眩晕，殿内的器物都在旋转，忙闭上双眼。

足有小半个时辰，胡宫山吁一口气放下手来，趴着叩了个头道："万岁，请睁开龙目！"康熙原本是想事情想得发蒙，头部有点疼，便借题发挥唤来了胡宫山，主要是想见一见这位奇人。刚见面便有三分厌恶，不料他却真有本事。此时睁开眼，顿觉满室清亮，心定神明，异常轻松。不由心中大喜，解掉头上黄绢带，晃了晃头满意地说："真看不出，你还会行法术！"

胡宫山忙道："此非法术，乃臣过去所练的先天内气功，逼入龙体，自能祛邪扶正，舒筋活络。"

康熙原本就是要考查一下他的功夫，现在越发信实，便问道："你精于内气功？"胡宫山道："何敢言精，但略知一二而已。"康熙笑道："你便演示一套给朕看看！"魏东亭见康熙命胡宫山演功，先自站起，挨近康熙身边立定。

"臣不敢放肆！"胡宫山一边答，一边双手轻按，立起身来，却无动作，只是微笑不语。众人正诧异间，向地下一望，不禁大吃一惊——原来胡宫山在起身一刹那间，运内力一按，双手、双膝、双脚着地的六块方砖均已龟裂下陷！

"好好好！"康熙早已看见，鼓掌大笑，"真正是海水不可斗量，有这般能耐，岂能久屈人下！你好自为之，朕有用你处。"

张万强见康熙欢喜，便取了最上等的封子——二十两黄金——捧了过来。康熙道："这样的好汉不能用钱打发。"便指着案上一柄麒麟盘蛟的玉如意笑道，"拿这个给你！"

望着胡宫山背影，康熙转脸对魏东亭道："此人功夫很深，过去朕对此闻所未闻，见所未见！"魏东亭忙赔笑道："此乃主上洪福。"康熙茫然若失道："但不知他肯为朕用否？"

魏东亭道："君子喻以义，小人则喻以利，何患不为我主所用？"康熙爽朗一笑道："你的学问也大有长进了！"

"小魏子，"出了一会儿神，康熙又问道，"方才你说的'义利'倒提醒了朕。据你看，这班布尔善与鳌拜是不是真的一伙？"

"奴才瞧着是一伙的。"

康熙道："未必！他府里养着几十名死士，行动诡秘，连鳌拜都不知道。"

魏东亭惊问道："皇上怎么知……"

"这个你就不用管了。"康熙道，"他瞒着鳌拜的事不少。"

这个消息使魏东亭深为震惊，咬着嘴唇陷入沉思，却听康熙又道："你想，他是皇室近枝，鳌拜篡了皇位，于他有什么好处？"

"这……"魏东亭从未想过这档事，不禁语塞。

"你不忙回答。"康熙忽有所悟，"朕看他们未必真是一党，或是潜入鳌拜跟前，佯作拥戴，待机为朝廷出力，或是自己另有图谋，借一借鳌拜势力。这些话你可存在心里，将来或可验证。"

"是！"

"再过一个月便是中秋。"康熙沉吟道，"你得便儿约他一下，与朕一同出去踏秋一游。日子暂不定死，到时再告诉他，朕倒要瞧瞧他葫芦里装的是什么药。"

"不可！"苏麻喇姑推帘进来，大约觉得自己太冒失，又笑了笑才说道，"千金之子尚且坐不垂堂，何况圣上乃万乘之君，岂可亲临险境？"

"这个不妨的。"魏东亭笑道，"婉娘也太小瞧我们了，难道我们就白吃皇上俸禄不成？"

"这不是吃俸禄不吃俸禄的事。"苏麻喇姑毫不让步，"不出事便罢，就是碰了万岁爷一根汗毛，你悔断了肠子也来不及！这事得要经太皇太后定夺！"

"这个自然，"康熙笑道，"不过朕意是要去的，天天就在这几处地方转，也实在太闷。小魏子先做准备好了，朕便微服转一遭儿也无妨。"魏东亭也笑道："这个主上尽自放心。"

"今日说好，说不定哪日我也去凑热闹！"苏麻喇姑接着补上一句。

"那就这么先定下来，"康熙道，"待朕请过太皇太后和皇太后的懿旨再说罢。"

出了宫抬头看时，已是申牌时分。虽已炎日西斜，秋老虎的余威似乎还没有消尽。魏东亭放马回宅，连马也热得懒洋洋的，遂笑骂："连你这畜生也热得这样，咱们到个好去处，我饮酒，你饮鸡蛋清拌水！"便催马往嘉兴楼去——自明珠与翠姑好上，常来这里，魏东亭也不时去敲梆子玩儿。

过了庆丰斋，恰巧迎头遇见了在鳌拜府当着笔帖式的刘华。二人过去同在内务府当差，曾是要好朋友。后来，魏东亭做了侍卫，刘华便不再多来。更因魏东亭身负秘密差使，也不便往来，因此双方就疏远了。那刘华也瞧见了魏东亭，穿着鲜亮朝服，骑着高头大马，便别转了脸只装没看见。魏东亭一笑下马，一把抓住道："怎么啦？老兄在中堂那里当差，便瞧不上咱了？"

刘华不好意思地笑道："你倒会反咬一口！你现是魏大人，咱倒好，刘笔帖式！俗话说，富易妻，贵易友。你瞧配得上高攀你么？"

"别说这些叫人恶心的话了！"魏东亭笑道，"来，好哥子，上楼吃酒！"

他知道刘华是个酒猫子，历来一让就到，不料这次他竟认真推辞道："真的有事，改日再陪。"魏东亭便也愈加让得认真："嚯，鳌中堂真把你调教出来了，连刘二爷也出息得不吃酒了！"

"怕他狗屁！"刘华最是血性，吃的就是这一套，便站住脚步，"老子早不想干了。要不是为了使钱还方便，谁他妈愿在那窝子里将就！"

"和我吃酒就丢差使，至于吗？"魏东亭听出话中有因。便道，"要是他真撵你出来，差使包在兄弟身上！"一边说一边便拽刘华上了楼。

三大杯老烧刀子下肚，刘华便上了脸。他夹起两片宫爆玉兰片塞进嘴里，不胜感慨地说道："咱们那伙子兄弟都升发了，数你发得高。顶不济的也得个内务府的蓝顶子管带，就数我老刘华窝囊！"说着端起杯来咕地一口吸尽。

"当初虽说是老林荐你，也是你自己愿意嘛！"魏东亭忙替他斟满酒，"不是我说，你要在这边，这会子再不济也得弄个五品顶戴！"

"唉！谁叫我家里穷呢，穷了就没出息，就跟御茶房里小毛子一样，背时哟！"刘华长叹一声，"在这当差，钱比内务府是多得多，除了方才说的，就是他妈的不自在。不逢年节、不遇赏赐私自吃酒，那板子打得也真狠！"说着又把酒喝干了。

魏东亭笑着给他续上酒，又道："当然了，一品当朝太师府，能没点规矩？"刘华久不逢酒，今日开了怀便毫无节制，就又饮了一杯。听魏东亭如此说，盯着魏东亭冷笑道："规矩？他有什么规矩！文武百官由他立规矩，大臣府里却由相婆立规矩。要不是老婆管着，谁知他会规矩出个什么模样儿！"刘华虽是一吃酒便红脸，但实际上酒量颇大。饮了几杯解渴酒，便反劝魏东亭，"来来！怎么尽让我一个人喝，你也来！"

魏东亭忙笑着饮了，又斟满了两杯，说道："喝——中堂是道学先生，还怕老婆？"

"哈哈！"刘华道，"他信道学？五个姨太太，太太不发话，他连边也不敢沾，更不用说偷鸡摸狗了。太太倒是个好人——就这一桩儿不好——前几年穆里玛抢了个卖艺的丫头，嘿！那真叫绝了！"

这显然指的是鉴梅，魏东亭心里一动，忙夹过一条鸡腿送到刘华面前，好奇地问道："怎么个绝法？"

"那姑娘在二堂下轿，"刘华端起杯来"咽"的一声咽了，撕一口鸡腿嚼着，"一下轿便直奔后堂，送亲的人惊愕了，几个娘姨都没拦住。

"她自寻门路，在里头转了好久才寻着鳌拜夫人荣氏太君，'咕咚'一声跪下，一边哭，一边说，一边骂，怎么抢，怎么逼，自己怎么有人家，说了个声绝气咽。

"老婆子气得脸上发青，正好鳌中堂赶来，被那老婆照脸吐了一口唾沫骂道：'你左一个、右一个糟蹋人家的黄花闺女，死后当心下阿鼻地狱！'又对那丫头道：'你就在我这里侍候，吃不了他的亏！'连说带骂把鳌中堂搅得发昏，后来把穆里玛也叫上去臭骂一顿，才算了事儿。"

魏东亭长舒一口气又问道："再后来呢？"

刘华起身倒了一杯酒，又给魏东亭斟上，先自喝干了，一边斟，一边笑道："后来的事谁管他娘的账，听说这丫环就留太君的房里，你说他家规矩？——连皇上都敢糟蹋！"

魏东亭见他舌头打转转，已是醉了，原打算收场，听到这话，忙又起身给他斟酒，笑道："中堂是托孤重臣，哪有这样事？"

刘华却把"重"听成了"忠"，红红的眼睛略带狡黠神气，盯着魏东亭咪地一笑，道："忠臣！忠……我他妈的不为老娘、儿子有口饱饭，才不在那等着挨刀呢……"刘华的眼已乜斜了，颓然长叹一声便歪在椅子上不动了。

魏东亭推推刘华，已是醉得人事不省，便架起他的胳膊出了店。牵上自己的马，一直送到鳌拜府前的一个胡同口。他又摇摇刘华，刘华动了动，抬头道："不，不行了……改……改日我请你！"魏东亭见他尚清醒，忙问："你在府里有知己朋友么？"

"我……我到哪儿都有朋友！小齐、小曾子……"刘华挣扎着，又有点迷糊了，"叫他们都来！我……不不信灌——灌不倒他们……"

魏东亭撂下刘华，独自走到鳌府门房问道："小齐、小曾子二位在么？"那门房打量一下魏东亭问道："大人认识他们？"魏东亭道："我不认识，他们有个朋友叫我捎个信儿来。"

那门房笑道："我便是小曾子，你说罢。"魏东亭对他耳语几句，小曾子跺脚道："嘻，改不了的贱毛病儿！"便跟着魏东亭到了马前，扶下了刘华，背起来，笑对魏东亭道："多谢大人关照。要给歪虎碰上，他这顿打挨重了。——只好从旁门进去，找间空房子先住下，酒醒了便好说了。"说完便自转身去了。

经过这件事，魏东亭想了很多，鉴梅小时聪明他是知道的，现在看来愈发机灵了。入府的这段情况只怕连史龙彪也未必知道呢！陡然间想起鉴梅这些年来竟不肯给自己传个音信儿，又是心里一凉，如与史龙彪当初一样，抱了个"复明"的宗旨，自己又当何以处之呢？听刘华的口风，他的几个朋友和那个什么"歪虎"不是一路人。从此，倒另有一个主意放在心里了。

光阴荏苒，转眼已过中秋。京城已是黄叶遍地，万木萧疏。这段时间里，康熙除了每日悄悄溜到索额图府上去听伍次友评讲《资治通鉴》外，便带着魏东亭一干人走狗斗鸡，练习布库骑射，讲拳论脚，甚至扑萤火虫、捉蟋蟀，并不理会朝政。弄得一干正直朝臣哭笑不得，却又暗暗纳罕："圣学何以日进，当真是天予神授？"鳌拜表面上算是与康熙君臣修好，遇着不大不小的政务也常进来请示，但见康熙一听正事就懒洋洋的，也就一笑而退。

鳌拜有个改不了的习惯，上午处理政事完毕，无论冬夏，中午必要小憩一时，然后在后园练一趟拳脚，再到书房看书。

这天练完功，刚拿起书来，便见班布尔善满面喜色地走进来，双手一拱道："恭喜中堂！"鳌拜一怔让座道："我喜从何来？"班布尔善笑嘻嘻从怀中取出一个桑皮纸包，层层剥开来，"中堂瞧，欲成大事，还得靠它哩！"

"是冰片？补中益气散？"鳌拜看了看笑道，"这有什么稀罕，赶明儿我送你十斤！"说着便好奇地欲伸手拨弄。班布尔善忙挥手阻止："动不得！"鳌拜不禁愕然，忙问："怎么，这是——"

班布尔善小心翼翼将药重新包好，放在案上。瞧瞧左右没人，他挤眉弄眼地嬉笑着道："与补中益气散成为绝好的一对，是追魂夺命丹！不过却是缓发，用下去要过七八日才会发作。您瞧，化在酒里不变色——不是好宝贝么！"

鳌拜已完全明白他的意思。这件事多日不提，他心中倒也安然，陡然间重新说起，不禁猛地一阵慌乱。班布尔善这种锲而不舍的劲头叫他吃惊，停了一刻方问道："哪里得来的？"

"按古书中说的炼来的，"班布尔善坐下眯着眼瞧着鳌拜，"此丹真名百鸟霜。原是道家炼丹投用之药——入山扫百鸟之粪万斤，入水清滤，九蒸九晒，乃得此剧毒之品。只这一粒，任你是铜墙铁壁，任你是王子公孙，管教他春梦难续！"他得意之至，顺口说了几句《大开棺》里的戏词儿。

鳌拜心中噗噗乱跳，面上却不肯露出，只淡淡说道："这个先放这里，未必使得上，我有更绝的妙计。"

班布尔善见鳌拜不甚重视，有点扫兴。一边将药重新包好，一边问道："中堂，你有何妙法，何不赐示一二？"鳌拜笑道："老三每日在索府读书，我已探明白了。你瞧，这个机会如何？"班布尔善沉吟道："好是好，只怕他早有戒备。那魏东亭武功甚高，每日寸步不离。暗来不易成事，明来呢？搜抄大臣府邸，也要好生想个由头才成啊！"二人正说着，见鉴梅捧着茶盘进来，便掩住了口。

鉴梅进来，见两人各坐在一张太师椅上抽烟，轻盈地给二位大人面前各放了一杯茶，将桌上纸包顺手收在盘里便欲退下。鳌拜忙道："素秋，这个纸包你且放在这里。"鉴梅答应一声"是"，仍将纸包放在桌上，躬身退了出去。

班布尔善目送鉴梅姗姗远去的倩影，说道："这姑娘走路连一点声息也听不见。"

一语提醒了鳌拜，心中不禁一惊："她有轻功在身！"听说那年初来，史鉴梅闯后堂，几个壮妇都拦她不住。自己曾几次调戏她，拉扯之间，似也有飘忽不定之感——他越想越真，由不得怔了一下。班布尔善见他呆呆的，便问道："中堂，您在想什么？"鳌拜道："贼步最轻啊！"

这句话恰和班布尔善的心思暗合，他左右瞧瞧，凑到鳌拜跟前道："中堂家政甚严，我是知道的，不过——"

鳌拜看了他一眼道："讲。"

班布尔善踌躇道："我心里只是疑惑，上次我们在花厅议事，何等机密，怎么会在府内传扬开了呢？"鳌拜大惊，忙问是怎么一回事。班布尔善便将自己在柳丛边听到丫头对话的情形告诉了鳌拜。

鳌拜咬着牙半晌没言语，良久方道："这我自有办法，不会有什么大事。"

二人接着商议大事。按班布尔善的意思，应该突如其来地搜查索额图府邸，抓住人便杀。然后还可将弑君之罪加在索额图头上。那真叫铁证如山——因为人就死在他家！

"好！"鳌拜格格一笑，他很佩服班布尔善的多谋善断，但若一口赞成，也就显得自己无能，于是说道，"但如偷袭不成，你我便成无巢之鸟，离刀下之鬼也只有一步之遥了。所以我想，一是要看准了再下网，二是不能师出无名，纵然万一不遂，也有后路可退。在此之前能除掉魏东亭这小畜生最好！"

这个策划确实很周密，班布尔善极表赞同。

第十九回　君臣同游白云观　主仆行令破凉亭

康熙带着魏东亭和班布尔善策马来至西便门外，白云观已遥遥在望。班布尔善笑道："万岁，时方寅末，又未逢社会之日，咱们主子奴才三个在这荒榛野蒿中并辔而驰，知道的说是去游玩，不知道的还当我们是响马呢！"康熙勒了马，环顾四野，果然荒凉寒漠，遂笑道："响马与天子也只有咫尺之隔。坚持王道，就是天子，进了邪道便为奸枭，入了贼道就成为响马。"

班布尔善听了，先是一怔，随即格格笑道："主子学问如此精进，圣思敏捷，奴才万不能及。"

魏东亭却无心听他两个说笑，只留心四下动静，远远瞭见郝老四、犟驴子一干人扮作穷苦的刈草卖柴人，散在附近割荆条，知道已是布置停当，便赔笑道："万岁爷，前头就到白云观了。"

康熙搭眼一看，果见山门隐隐地立在云树之中。他翻身下马道："咱们不做响马了，还是做游客吧。骑马进庙，也不甚恭敬。"此时十几个长随打扮的侍卫带着酒食器皿方才赶来，三人便将缰绳交给一个侍卫拿了，信步向山门行去。

白云观坐落在西便门外三四里处，原是奉祀金元之际道教全真宗派领袖丘处机的"仙宫"，为元代长春宫的侧第。丘处机羽化之后，其弟子尹志平率诸黄冠改此侧第为观，号曰"白云"，取道家骑黄鹤乘白云之意。

清初兵定北京，西便门外一场大火，数百间殿堂庐舍，连同附近几千户人家的房屋尽付之一炬。院中一堆堆瓦砾，一丛丛六七尺高的蓬蒿，显得十分寂静荒凉。仅存下的拜殿和东廊下的泥塑，给人一种高深莫测的神秘感，按《西游记》故事绘制的泥塑吸引着游人和香客。

班布尔善环顾四周，人烟稀少，心下暗自思索：北京城内外十数处有名的庙宇观寺，就数白云观是最破败的一个，选中这样一个地方来游幸，真是匪夷所思。昨日魏东亭前去传旨时，他就猜中了康熙的心思，他倒也想知道，这个娃娃天子到底怎样看待自己，——正发怔间，见康熙已进了山门，在一座错金香鼎旁边上下审视，忙赶了过来笑道："山门上这副楹联倒不错，'敬天爱民以治国，慈俭清静以修身'。前明正德皇帝这笔字写得倒是风骨不俗。"

康熙却不答话，只围着这尊六尺多高的鼎兴致勃勃地仔细打量。

说起这香鼎，也有一段传说。相传当年香火旺盛时，每日只须道童晨起焚香撮火，并不用人力，稍过片刻山门便自行开启。待昏夜时，向鼎中贮水，山门便自行关闭。其实就连小道士也并不知香鼎与山门乃是消息相关。人们以讹传讹，深信这白云观道士掌着九天符箓，这些庙务全由神差来办。因此，庙虽颓废，这鼎上错金连最贪财的人也不敢动它分毫。

康熙以手叩鼎笑道："可惜没有邀鳌中堂同来，他有拔山扛鼎之力。你倒说说看，他能不能将此鼎移动？"说着便睨视了班布尔善一眼。

这话是问得太露骨了。原来自禹在天下九州各制一鼎以来，问鼎就成了篡国的代名词。周宣王三年，楚子助天子伐陆浑，兵胜之后，在洛阳近畿阅兵。楚子便乘机询问王孙满太庙中九鼎的大小轻重，意在侵占。此时康熙引出此典来，自然有敲山震虎的功效。班布尔善无书不读，岂能不知此典？只是觉得颇难应对，迟疑了一下方干笑一声道："这鼎怕有两千斤，鳌中堂来，也未必就能动得了它。"

"无量寿佛！"三人正看鼎时，一个五十多岁的老道士从后头太极殿东侧耳房里出来，拱手道："居士们纳福！难得如此虔心，来得这般早。前头观宇已经荒芜，后面也还洁净，请进来用茶吧！"三人忙都转身答礼，魏东亭便道："道长请自便。我们先在前头瞻仰瞻仰，待会儿才去后面呢！"

"这是朝咱们化缘来了。"魏东亭见老道走后，笑道，"除了每逢初一、十五社会时，能收点香火钱，平日里难得有香客来，眼见咱几个来了，你们又一身富贵打扮，这牛鼻子哪肯轻易放过！"

康熙一拍身上，笑道："不巧，今日恰没带钱出来！"班布尔善忙从袖中取出一锭五十两的银子，笑道："奴才却不敢同万岁爷相比，走到哪里，也须带点银子。"

"可惜太大了，"魏东亭道，"一两银子可买一百三十斤上白细米，给得太多，反招人疑心。"说着接过银子握在手中，双掌一合，"咯嘣"一声，那银子早断成两截。——把大的一截丢还给班布尔善，掂了掂小的道："怕有二十两吧，这已算得上阔香客了。"班布尔善见他功夫如此了得，心下不禁骇然，更增了几分忌惮，口中笑道："虎臣这一招，没有千斤之力怕也不成，不过这又不是临潼斗宝，何必如此呢？"

康熙今日邀班布尔善至此，是专为查考他的——他到底是自己本家兄长——希冀他知悔。在这无人去处，如还念兄弟之情，互相说合了，也就罢了。谁料这班布尔善只是装痴作呆，便觉问题并不那么简单，不由心里有些烦躁，便道："这个鼎看过了，那边廊下捏的有唐僧取经九九八十一难的泥塑故事，一多半毁了，下余的倒不知怎么样，不如瞧瞧去吧。"

班布尔善察言观色，已知康熙之意，心里冷笑一声。方欲说话，却见一个小道士过来，手里托着土黄袱面儿搭着的茶盘，上头三杯清茶尚冒着热气，遂笑道："虎臣，应了你的话了，快打发银子吧！"便抽身跟着康熙到东廊下看故事儿。

这里魏东亭把银子放在茶盘上笑道："小仙长，茶我们是不用的，你拿了这银子去吧！"说完便欲回康熙跟前，却瞧见伍次友撩着长衫前襟兴致勃勃地拾级而上，在错金鼎旁转来转去仔细推敲。苏麻喇姑随后紧紧跟着，却似有点神不守舍的样子，张皇四顾。魏东亭蓦地一惊，回头看康熙和班布尔善正逐个儿品评塑像，便悄然退了过来。苏麻喇姑也早瞧见了，撇下伍次友，装作无心的模样凑了过来。

"我的姑奶奶！"二人折至西廊断垣后头，魏东亭小声埋怨道，"这叫办的什么差使？这边应付着一位混世魔头，你怎么又带了一个太白金星。这怎么办？"

"你倒说得好！"苏麻喇姑道，"索府的人都调出来在这左近关防，都快出空了。他要来，我是哪家子的牌位，能拦得住了？还不快想法子，只顾埋怨呢！"

魏东亭紧锁双眉，半晌才道："既来之，则安之，一味躲着不是办法，就索性见见也没甚要紧。"苏麻喇姑道："就怕这位傻子一嗓子喊出'龙儿'，怎么办？"魏东亭笑道："大不了揭破了——你别言声，机警着点，瞧我的眼色行事。"

说完，魏东亭便匆匆离去，远远便听康熙连说带笑："这丘处机也是无事生非，牛鼻子道人吹和尚，写出个'西天取经'，后人还巴巴儿弄出这些故事来，不伦不类地摆在这三清道场。"班布尔善笑道："是啊，这观将来重修，还是不要这些故事的好。"魏东亭听至此，忙接口道："说起'西游'，我还听了个笑话儿——我朝入关，兵临河间府，城里的老百姓要避兵灾，走得精光。有个老头子，临出门看了看门神，叹道：'尉迟敬德、秦叔宝有一个在，天下也不致就乱得这样。'恰好邻居是个三家村的老学究，听了这话，撅着胡子道：'门神乃神荼郁垒！秦叔宝他们是丘处机老头子胡编乱造出来的，你就信了真！'这老儿不服，搬出《西游记》，那学究又找出《封神》与他争论，一直争到天黑，城门关闭。第二日大兵破城，二位都死在乱兵之中。"

班布尔善听得哈哈大笑，康熙却远远见伍次友和苏麻喇姑朝这边走来，心里发急，不住递眼色给魏东亭。魏东亭正说得兴致勃勃，瞥见伍次友已经走近，忙故作惊讶地说道："呀！真是巧，这不是朱表台吗，幸会幸会!"

伍次友方一怔，欲待说话，魏东亭转身扯着康熙介绍道："这二位都在鳌中堂跟前当差，这位是甄龙鸣世兄，这位叫贾子才，朋友们多日不见，难得今儿个凑巧，碰得齐全——"话说到这个份儿上，伍次友便是一段木头也灵性了。听魏东亭生编的这两个名字，苏麻喇姑想笑又不敢，倒是伍次友帮了她的忙道："婉娘，还不见过三位爷？"苏麻喇姑便上前笑盈盈地道了三个万福。

班布尔善倒没看出什么异样来，只觉得他编派的这两个名字似有讥刺，留神看婉娘，略觉面熟，却再也想不到苏麻喇姑身上，只好似笑非笑地说道："久仰久仰！我们一同走走如何？"伍次友笑道："既是表台的朋友，我们自然同行。"心中却满腹狐疑。

一场破包露馅的危机算是暂时弥合，康熙悬着的心慢慢放下，此时已神态自若，遂笑问伍次友："朱先生，这套故事你看塑得可好？"

"漫说《西游记》是后人伪托丘长春之作，"伍次友道，"即使是真的，道士观里夸和尚有什么意趣呢？"

《西游记》竟是伪托之作，这真是闻所未闻。康熙忙问道："先生倒是言人所未言，怎见得《西游记》不是丘长春所作呢？"

伍次友笑道："这何须到旁处去查，只看《西游记》本文便知——祭赛国中的锦衣卫、朱紫国的司礼监、灭法国中的东城兵马司，还有唐太宗朝里的大学士、翰林中书院，都是前明才设置的，丘处机从哪里去捏造这些？"

魏东亭见伍次友谈兴起来，怕他没完没了，趁空儿插话道："朱表台，哪有站在这儿说的？咱们不如到那边破凉亭子上，现成的酒食，就在那儿赋诗说笑，可好？"康熙已与班布尔善谈了很多，虽感失望，却还想再试探一下，便笑道："好，就依虎臣吧！"几个抬酒食的侍卫不待吩咐，早过去安置了。

看了一阵子《西游记》故事，听了伍次友一番高论，又在拜殿里捣弄了半日鬼神，不知不觉已到晌午了。秋风卷着一团团乌云渐渐地盖了上来，浑黄的太阳在飞云中黯然失色。在破亭里，这几个胸襟不同、志趣各异的游客被机遇和命运撮合在一起饮酒赋诗，都默默看着清澈透底的池水中变幻的云影，沉思默想地搜索佳句。

一尾鲤鱼跃起，在池中打了个翻飞，"咕咚"一声又沉入水底。康熙起句微吟道：

剑池锦鳞跃云影，

伍次友道声"好！"忙续道：

击破秋空欲出形。

魏东亭说了声"献丑了"，便吟道：

为问天阙造化数，

班布尔善沉吟良久方续道：

　　　　划乱清波朝金龙！

康熙鼓掌叫好。伍次友却道："诗也倒罢了，只是最末一句流于颂圣俗套了，这又不是金殿对策，哪里有什么金龙呢？"

苏麻喇姑听伍次友如此说，担心地看一眼康熙，康熙却是毫不在意。班布尔善本疑心伍次友来历，此时不禁释然。暗想："倒是我多疑了，姓朱的若认识这主儿，岂敢说这样的话？"遂笑道："朱先生见教得是，只是读书人事事当归美于君亲，余则非我辈敢于妄拟的。"伍次友笑道："这话固是，然古往今来多少诗文，若真的篇篇颂美君亲，那还怎么读呢？重要的在于情发乎心，志发乎词，或寄于山水，或托于花月——圣道之大，岂可一格拘之？"

这一番侃侃而言加上前头的领教，班布尔善自知决非他的对手，便一笑而罢。伍次友兴犹未尽，呷一口酒，凭栏朗吟道：

　　　　登山临水送将归，谁言宋玉秋客悲。
　　　　坐观白云思大风，起听红叶吟声微。
　　　　春山啼鹃去不返，瑟江寒雨钓竿垂。
　　　　不堪豪士闻鸡鸣，一声咏叹雁南飞！

刚一落音，康熙连声赞道："这才是诗，不枉了今日白云观走这一遭！"苏麻喇姑听着却不言语，眼中滚动着晶莹泪珠，怕人瞧见又忙偷拭了。

魏东亭眼见班布尔善直盯着伍次友，知他动了疑心，于是笑道："朱表台又发了豪情。不过咱们今儿个出来是耍的，装了一肚子的白云大风回去姨父能不怪我？"

康熙听了呵呵大笑："虎臣原来也有打诨取笑的时候——依你便怎么？"魏东亭笑道："不如说笑话儿，谁说得不好，罚酒！"

"好！"班布尔善嬉笑道，"我先说——一个秀才死了，去见阎王，阎王偶放一屁。秀才就献了《屁赋》一篇，道：'伏惟大王，高辣金臀，洪宣宝气，依稀乎丝竹之音，仿佛乎麝兰之味。臣立下风，不胜馨香之至！'阎王大喜，增寿一纪放他还阳。十二年后限满再见阎王，这秀才趾高气扬，往森罗殿摇摆而上，阎王却忘了他，便问他是何人，小鬼答道：'就是那年做屁文章的秀才！'"

话音刚落，伍次友哈哈大笑："这位贾子才先生倒是个真名士，一语骂倒天下阿谀之人！"康熙先也忍俊不禁，细思量时不禁大怒，暗道："奴才无礼！"脸上却毫不带出，只道："虎臣，该听你的了。"

魏东亭沉吟良久方道："我就接着方才的屁故事也来说一个——前明有个人叫陈全，是极有才学的一个风流浪子。一日外游，误入御园猎场，被一个太监拿下了。那太监道：'你是陈全，听说你很能说笑，你说一个字，能叫我笑了，便放掉你。'陈全应口答道：'屁！'太监不禁愕然，问道：'这怎么讲？'陈全道：'放也由公公，不放也由公公。'"

众人听了，无不鼓掌大笑。伍次友笑得打跌，道："我也有了一个——有一家富户，原是卖唱的出身，死了母亲，求人写牌位，既要堂皇，带上'钦奉'二字，又不能失真。花了一千两银子没人能写。一个秀才——就是方才贾先生讲的那位了——穷极无聊，便应了这差。上去援笔大书道：'钦奉内阁大学士，两广总督，加吏部尚书衔，领侍卫内大臣太子少保王辅相家仆隔壁之刘嬷嬷灵位。'"

众人听了又是哄堂大笑，连旁边侍立的苏麻喇姑也不禁"嗤"地笑出声来。康熙便道："我也有了一个——一家人想住好房子，卖了地和存粮，又借了钱，好容易盖成了，却连饭也吃不上。他的一个朋友进来扬着脸看了看道：'这房子盖得好，不过欠了两条梁。'问他怎么回事，朋友笑道：'一条不思量，一条不酌量！'"

这个故事说了，除魏东亭微微一笑外，别的人都没笑出来，伍次友笑道："这故事劝大于讽，没把大家逗笑。甄公子该罚一杯！"康熙只得笑着饮了。班布尔善听着这些笑话儿句句似乎带刺儿，却又说不出来，暗骂魏东亭："不知从哪里弄个野秀才。"口里却笑道："我还说个读书人的事：有个学官，退休还乡，自做了一块匾，上头写了'文献世家'四个字。有个无赖夜里把'文'字上面一点贴了，变成'又献世家'。这家子大怒，撕了去，不料隔了一夜'文'和'家'上头的点都没了，变成'又献世冢'。这家便摘下来，擦洗干净挂上，第二日'文'和'家'都被糊住了，只余'献世'这两个字……"

他的笑话未讲全，众人早笑倒了。魏东亭便道："贾先生这个笑话儿着实地好，很应奖一杯酒！"

班布尔善笑着饮了，问道："虎臣可还有好的么？"

魏东亭笑道："我虽不学无术，笑话儿却有的是——说一个近视眼，过年在路上拾了个爆竹，不知是个什么东西，便凑在烛上去瞧，不想就燃着了炮捻儿，'砰'的一声在手里炸开，旁边一个聋子看得清爽，便问：'足下方才手里拿的什么，好端端的怎么就散了？'"

众人各自回味，伍次友早大笑起身道："真有你的，虎臣！已出来多时了，我还有事，不如就瞎子放炮聋子看——今日且散了吧！"回身叫了声"婉娘"，便径自带着苏麻喇姑去了。

第二十回　白云观同心续春秋
鼓楼居异志胡拆字

苏麻喇姑走出庙门，才暗自松了一口气。这一关总算是过去了，可现下怎生对付这位呆子呢？见伍次友默默走着，似乎在想什么，便问道："饿了吧？咱们别急着打轿回府，先在附近寻一家野店打个尖儿再走吧——我可是立规矩立得腰酸腿疼了！"

"也好。"伍次友道，"不过今儿这事好怪，龙儿、小魏子约的那个人怎么瞧着那么别扭，倒像龙儿的奴才似的，你们怎么又不肯相认呢？"苏麻喇姑掩口笑道："他是鳌中堂府里的清客，练就了的奴才相。听说起先和小魏子相处得好，又是表亲。今儿个偶然碰上，人心难测，自然以不认为佳。"伍次友是读书人的心性，再疑不到哪里去，遂笑道："这也小心过分了。"

二人边说边走，转过一片瓦砾堆，见前头有一带土墙，墙上藤蔓四攀，墙边老树婆娑，这虽是一间小门面的村酿酒家，但在这劫后的村野里，却分外引人注目。伍次友因点头笑道："这个去处不坏，是个读书地方儿。"

"二位，请里头用饭，有烧麦涮羊肉、各样细巧点心、京挂银丝面……"

伍次友只顾和婉娘说话，没有注意店主人。可一听这声音非常熟悉，再抬头一看，这老板竟是何桂柱。——久日不见，他倒发福了许多，惊讶地问道："柱儿，你怎的到这儿来了？"

"哟，是我的二爷！"何桂柱这才瞧见是伍次友带着个陌生女郎，忙赔笑道："小人越发拙了，二爷又穿这衣裳，都不敢认了。——这儿小人给您请安了！"

苏麻喇姑早听魏东亭讲过此人，只诧异地打量了一眼，又瞧瞧幌子上"山沽"两个大字，便随伍次友进了店。何桂柱跟在后头，口里不住地说："……您去后不久，悦朋店就开不下去了。托爷的福，魏爷给小人在这里又寻了个落脚的地方儿……亏了爷照应，不是爷的这些好朋友有本事，小人还不叫人家——"一句话没说完，见里头一位客人向这边张望，就把话咽下。他把伍次友和苏麻喇姑让进里边雅座，便亲自摆布饭点去了。

进到里边时，苏麻喇姑盯了一眼那位客人，觉得似乎见过面，因想不起，也并不在意。等进了内间，才猛醒道："像是传说的那个奇丑无比的刺客，他到这里来做什么？"陡然间心情紧张起来，又想到康熙他们早已去远，料无大事，才渐渐定下心来。

伍次友倒没留心苏麻喇姑的脸色，兴致盎然地逐字逐句鉴赏着粉壁墙上客人留下的诗句，见多是称颂白云观、宣扬因果报应之类的话，觉得无甚意味，倒是有一行细字引起了他的注意。念了念，又低头想想，暗自发笑。苏麻喇姑好奇地凑过来看时，粉墙上写着：

壬寅三月，侯与夫人会于高轩

不觉脸上便有些发热，啐道："文人无聊，写这样下流话在这上头。"伍次友笑道："这只能算轻薄话。你只把《三国》读得烂熟，却不知这个话是有身份的。——待我为他续几句。"

正说间何桂柱托着个食盘进来，一炉烧得滚沸的火锅，一盘烧麦，还有一个盘子里是仿德州的扒鸡。他提起鸡腿来，熟练地一抖，肉便齐整地簌簌落下。见伍次友和苏麻喇姑看字儿，便笑道："这还是前头店主人手里的事，说三月间有个尊贵人到这店里来过。"

"是旗人？"苏麻喇姑问道。

"是汉人。"何桂柱笑道，"还带了一个女子，这女子长得比陈圆圆还美呢！"说着见伍次友要笔，便挑帘出去了。借着帘子一闪，苏麻喇姑瞭见那刺客正起身出去。

伍次友见她发呆，便问："婉娘，你在想什么？"苏麻喇姑微微一怔，遂笑道："陈圆圆！那贵人莫不是吴三桂？"伍次友也是一怔，细审笔迹，拍案道："不是他又是谁，我见过他早年给父亲的书信，像极！亏你聪明，一下子就想起来。"

"二爷！"何桂柱兴冲冲端着一方砚，拿一支笔进来道，"请用墨。"伍次友说："好。"一边提笔濡墨，一边笑对何桂柱道："只是污了你的墙壁。"何桂柱笑得眯了眼，道："爷说哪里话，爷的墨宝比啥子都值钱！这是在北京，知道的人不多，要是过了扬子江，只怕花了银子还没处买呢！"

伍次友朝苏麻喇姑道："这人用的春秋笔法，我以春秋笔法续之。"便接着那行小字续道：

夏久旱，秋早霜，冬多雨雪，侯薨夫人崩。

写完坐下道："不度德，不量力，岂不是自寻死道？"

苏麻喇姑笑道："这么一续就完全了——那些人朝哪个方向去了？"

"我听说前头老板卖店时说的，"何桂柱很奇怪这女子何以对此感兴趣，小心翼翼地答道，"后头的事我没问。"

"你不用和我们打哑谜儿！"苏麻喇姑冷笑道，"这位是你早先的少东家，小魏子——就你说的那魏爷——又是我表哥，有什么信不过的？"

何桂柱自小挨砸挨惯了的，忙赔笑道："漫说您是魏爷亲戚，单是伍二爷在这儿，我柱儿就不敢藏半点虚言，实在是不知道。"伍次友也觉好笑："婉娘，咱们吃过快走吧，什么吴三桂，与咱们有何相干？"苏麻喇姑方才无话，也觉得自己忒没来由，便笑道："我是说着打趣，你忙你的去吧。"

魏东亭和班布尔善从左掖门直送康熙进了大内，由张万强、狼瞫等接着，方才退下。

出了天安门，班布尔善笑道："早着呢，长天白日回去也没意思。走，我请客！"于是二人脱了公服付与从人，竟不用轿马，迈着步儿往西鼓楼走去。

西鼓楼茶食店坐落在宣武门外最繁华的地段。迎面一块大匾，四个金字"清风鼓楼"是前明正德皇帝的御笔。两边一副楹联是：

香欺山阴点点雪里梅
色压河阳漫漫岗上枫

也是正德御书。就凭这块牌子，百多年来这家老板生意愈做愈大，金陵、苏州、杭州都有它的分号。

班布尔善便笑道："这正德虽很浪荡，字的风骨却不俗，正是瘦金体一派正传。"魏东亭也笑道："正德并不昏愚，如不是江彬一干小人乱政，也未见得就如此不堪。"班布尔善点头道："这说的是。"说着便进了店。这店说是茶食店，其实茶座只占它营生极小一部分。楼下头五花八门各色小吃，冷热荤素一应俱全。几个跑堂的忙得满头是汗。二人见下头如此热闹不堪，便登楼上了雅座。

刚上来楼，魏东亭一眼便瞧见临街窗口坐着胡宫山，自个儿独斟独饮，配着黄蜡脸、三角眼、扫帚眉，颇为滑稽，遂笑道："老胡，好兴致，自得其乐啊！"

胡宫山忙起身笑道："魏大人，多日不见，您吉祥啊！"便要行礼。魏东亭忙扯住道："这怎么敢当？何必呢！"胡宫山看着班布尔善笑道："这位先生好面熟，哪里曾见过？"班布尔善歪着头想了半晌道："像是在内务府老黄家里见过一面。"胡宫山笑道："是了是了，是班大人，晚生失敬了。黄总管老太爷去年中风，是晚生诊的脉。"

三人只顾说话，跑堂的在旁早侍候着，此时见有了缝儿，忙恭敬地插进来道："三位爷请这边坐。"就拧了热毛巾请他们净面。班布尔善一手扯一个，请魏东亭和胡宫山坐下，一边说道："我已与虎臣约好，我来做东，咱们一醉方休。"

胡宫山道："晚生先已用了酒，只怕要吃二位的亏。"魏东亭笑道："他有的是钱，咱们扰他一席没啥。"他知班布尔善心中有鬼，又弄不清这位胡宫山是何面目，想着这倒是个试探的机会。班布尔善曾听讷谟说起，魏东亭带着胡宫山为康熙看过病，对胡宫山他也捉摸不透，想看看这半路上杀出来的程咬金究竟是个什么样的人，因此也执意要拉胡宫山同饮。胡宫山暗自好笑："这两个对头今日倒如胶似漆，我何妨也瞧瞧他们葫芦里卖的什么药！"

三人异样心思坐在一起，跑堂的知他们都是官身，给各人端上一杯普洱茶，静听吩咐。

班布尔善呷一口茶道："你只管拣最好的席面摆上来就是。"跑堂的听了半日，已知道这位就是班布尔善大人。对龙子凤孙，他哪敢怠慢，忙不迭地答应着下楼去了。

不一会儿，几个伙计走马灯一般上起菜来。魏东亭见是一桌满汉全席，遂笑道："我们三人便是大肚子弥勒佛，也用不了这许多。"跑堂的赔笑道："名义虽是满汉全席，却不全，不过拣了几样新时的做来，图爷们个吉利。"胡宫山却大感兴趣，呵呵笑道："魏大人不要扫了兴，这有何难，我便有此饭量，可惜我还叫不出名目来。"

"回爷的话，"跑堂的满面堆笑，一一指点道，"这是雄鸡报喜、佛手生香、鼎湖素鸽蛋、福寿安康、蚝皇网鲍片——用四个头的干鲍，只怕这会儿跑遍北京城也难遇呢——那是豉汁龙虾拼盘、孔雀开屏、麒麟熊掌，四大热菜紫带围腰、加官晋爵、玉乳金蝉、龙藏虎扣。另有冰花银耳露、甜品点心、花开富贵四式……"胡宫山听得眉开眼笑，抓耳挠腮连道："好好！今儿要饱享口福了！"

班布尔善朝胡宫山努努嘴儿，对魏东亭笑道："虎臣，今日也知天外有天了！请用酒罢。"三人举起杯来各饮了一口。班布尔善夹了一筷玉乳，说道："请。"又颇有些犯愁地皱眉道："肥得很。"魏东亭尝了一口道："味道不坏！老胡，请呀！"胡宫山也不言语，一筷子下去，半个"玉乳"被淋淋漓漓地夹了起来，左一口右一口霎时全被吃光。班布尔善看呆了，心想："这人肚子真不含糊。"

魏东亭知道凡武功高强的人，无不食量如虎，便有意留量，学着班布尔善只拣清淡的略吃几口，单看胡宫山如何吃完这一席。胡宫山有些发觉，笑道："魏大人是在看我笑话儿，岂不知惟大英雄能本色，是真名士自风流！"

班布尔善笑道："胡君一点也不像个行医的，真是个奇人！"说话间，一碗"龙藏虎扣"已被胡宫山一扫而空。他抹了一把嘴笑道："晚生不是酒后吐狂言，我自幼就在深山求师，对风角六壬、奇门遁甲、鉴相岐黄之术都略知一二，惜乎生不逢时，以此医道糊口而已。"班布尔善最信这些，忙笑道："先生，原来精于风鉴，何不为我二人瞧瞧？"

胡宫山口里正嚼着熊掌，边吃边说道："这会子醉眼迷离，怎好看相？二位说出一字，我来推一推休咎。"

班布尔善抬头看着楼棚，心想："我要找一个能难倒他的字。"半天才道："我出个'乃'字！"

"好！"胡宫山口里嚼着鱼翅，含糊不清地笑道，"真难为你想得好！'乃'字为缺笔之'及'，'及'乃'过犹不及'，阁下怕是常思过而不思功的，看来立品是正的。循其本意，'乃'，无'工'不成'巧'，无'人'不成'仍'，无'皿'不成'盈'，此皆心劳太过。观此字形，右有危级，上有平顶，左有悬崖，于仕途而言，不可再求进取，恐有许多关碍呢！"说罢一笑仍复坐下大嚼。

班布尔善脸上微微变色，良久方笑道："足下所云'危级平顶'，不是攀上了危级而后便是一马平川吗？"胡宫山用汤匙舀起两只鸽蛋塞进嘴里，又喝了一口酒笑道："这个自然——但圣人设道，原为警世醒人。那'危级'便是台阶不稳，一尺之阔其险可知，足下要谨慎才是。若稳操祭器，十为盈数，阁下定必还有十年好官可做，只管放心就是！"班布尔善默默不语。

魏东亭笑道："我出的却是个俗字。"班布尔善瞥了胡宫山一眼，对魏东亭说："愿闻其详。"魏东亭笑着在桌上划了一个"意"字。

胡宫山在说话间连吃带喝，已将"佛手生香""雄鸡报喜"扫得罄尽，一边向"加官晋爵"伸去筷子，一边漫不经心地笑道："此字形体端正，无枝无蔓，君子心性是正大的。下有'心'而上有'立'，中怀天日，秉的是中正之气。左加心则成'憶'，一生尽在忧患中，难得安宁。若加'人'字则为'億'，足下前途可喜可贺，来日定是富家翁！"

"我最不耐钱财之事，"魏东亭皱眉道，"请先生再断。"胡宫山便摇头："据理而断，只能如此。'意'乃'心'，上有'音'，又可视为'立日之心'，足下终生必得主上宠信无疑。"方说至此，胡宫山哈哈一笑道，"这些玩意儿，酒余饭后可作谈资，茫茫天数，贤者尚且难测，岂在我胡某口舌之间。但愿二君修德自固。对于这'休咎'二字，也不必太认真了。"

胡宫山口似悬河滔滔不绝，一桌堆得老高的酒菜，此时已是杯盘狼藉。魏东亭见他不再像上次面觐康熙时那样拘谨，在这里议论风生，谈笑自如，心想："若论这个人，确也算得上一个人才。"班布尔善细品胡宫山为自己所测的字，觉得暗寓讥刺之意，却又抓不到什么把柄，只得干笑一声说道：

"若似这等测字，兄弟也可尝试尝试。请胡君也赐下一字。"胡宫山笑道："好，就以敝姓'胡'字罢。"

"胡，"班布尔善一边眨动着双眼，一边说道，"拆为'古''月'，'古'属阴，'月'属太阴，主足下城府深沉，精于韬晦。有'月'无'日'不成'明'字，足见足下心怀天日而有所希冀哉！左加'水'则成'湖'，亦属阴，预示足下将悠游于浩浩乎江河湖海之间哉！古人云：'大隐于朝，中隐于市，小隐于野。'以足下之才，定为大隐哉！"

听他这一连串的"哉"，胡宫山惊出一身冷汗，连酒都随汗浸了出来。魏东亭听了这番话也是怦然心动，见胡宫山很不自在，遂笑道："班大人和胡兄的话倒使我想起了两句古诗：'高江急峡雷霆斗，古木苍藤日月昏。'不过，即或当今还有一些人仍在怀旧，也不足为奇，想当初我朝剿灭闯贼时，不也曾打起过为明复仇的旗号么？"

魏东亭的这些话，对班布尔善既有针砭，又不伤大雅，而对胡宫山大有解脱之意。因此三人不由相视而笑，却又不便再往下深说。魏东亭一看天色，说道："怕是将到申时了，咱们出来一天，也该回去了。"班布尔善也觉得应该收场了，便叫掌柜的来会了账。

三人步出楼外，拱手道别。魏东亭没走几步，便瞧见明珠自嘉兴楼那边过来，知他又会过翠姑了。

第二十一回　廷柱书铭意未尽
夜半报警情肠结

苏麻喇姑回到养心殿，康熙歇午觉刚刚起来。见她进来，揉着眼笑道："你今儿怎么闹的，把伍先生也弄了去？"苏麻喇姑红了脸笑道："这就是做奴才的难处了。他在索府，抵得上半个主子。他要去，我哪能劝阻得住。"康熙笑道："也难为你应付下这场面来，一场好戏几乎给砸了！"苏麻喇姑道："万岁爷福气比天还大着呢，他是个书呆子，哪里能瞧得出来！"说着便亲自出来给康熙打洗脸水。

苏麻喇姑端水进来，见康熙正在写条幅，便道："请主子净面。方睡起来，就带着眵糊写字儿，不信就写好了！"康熙就笑着放下笔，一边洗脸一边问道："今儿个在白云观，你瞧班布尔善这人怎样？"

"倒像有点神不守舍的模样。"苏麻喇姑道。

"不是问这个，"康熙一边闭着眼，让苏麻喇姑来擦脸，一边说，"朕问这人怎样？"

苏麻喇姑熟练地给他擦好脸，吩咐宫女将盥洗器皿撤下，笑道："奴才哪里知道这些，主子爷的眼，那才叫圣明呢！"近些日子，她发觉康熙颇为自矜，便想人长大了，不能再似小时一般看待。若还像以往那样说三道四，叫他拿出主子款儿来，甚没意思！所以愈是大事，愈是暗自启发他自己拿主意。

"朕看这人绝非鳌拜一党。"见苏麻喇姑惊异之色，康熙颇为得意地又道，"可也绝非忠厚之人。他的面目不清，朕也不作断语，待后再看吧。"

苏麻喇姑忙道："主子说的极是，他要是忠臣，今儿个就该明明白白地剖心置腹地跟主子说个明白。主子爷几次提调他，他只装糊涂！"

"你来看！"康熙指着自己方才写的条幅道，"这是朕方才写的几个字——好不好？"

苏麻喇姑凑了过来，见是用隶书写的六个大字：

靖藩　　河务　　漕运

她心里暗自掂量：山东、安徽两地巡抚迭次奏报，说因黄河决口，泥沙淤塞运河，舟楫难行。光北京城每年就要靠漕运四百万石粮。这两件事也实在叫人揪心。至于"靖藩"二字似乎太刺眼了。从各种迹象看，三藩的野心时有外露。但将"靖"字明明白白地写在廷柱上，大臣们来宫中朝拜觐见的很多，传了出去有何益处？遂笑道："万岁爷的字练得越发有神了！"

"哪里要你说这个！"康熙笑道，"你瞧着意思可好？"

"好好！"苏麻喇姑扬眉赞誉，"圣虑深远，每一条款都很重要，这几件事办下来，老百姓都要额手庆贺，传颂尧天舜地哩！"

康熙得意地道："这是朕近年来看了许多奏折，偶有所得，怕被眼前琐事搅忘了，故而把它张在柱子上。"

苏麻喇姑见是机会，忙笑道："张在这儿，只怕明儿起居簿上就会将它记下了！"

"唔？"一句话提醒了康熙，提起笔来另写了一张，道，"还是这样更好些儿。"苏麻喇姑瞧时，已将"靖藩"改为"三藩"了。康熙若有所思地望了一眼苏麻喇姑道："婉娘，往后有什么进谏之言，只管与从前一样直言相告，朕不怪罪你。"

这是个多雨的深秋。天刚擦黑，便又阴了。魏东亭下值后回到寓中，已是漆黑一团。不久，秋雨便淅淅沥沥地飘落下来。

下午，从索府护送康熙进了神武门，明珠便约史龙彪和穆子煦几个弟兄同到嘉兴楼吃酒，至少要过了半夜，他们才能回得来。魏东亭没个人说话，甚觉无聊，便到书房里信手抽一本书来看。

约莫亥时，见史龙彪他们还没回来，魏东亭伸了个懒腰，合上书便欲去睡觉。恰在此时，老门子走了来道："大爷，外头有一个年轻公子来访。"

这么晚了，谁还会来呢？魏东亭迟疑地问道："是熟朋友么？"老门子回道："不是的，从没来过。"魏东亭想想笑道："说不定是明珠弟的文友，来了倒有许多不便，不如辞了吧。你去说，明珠不在，有事改日再说吧。"

"我寻明珠做什么？"话刚说完，一翩翩少年忽地破门而入，笑吟吟地作揖道，"不速之客，贪夜造访，必有要事，怎的就不肯赐见呢？小弟要见的正是大哥！"魏东亭看时，来人顶多不过二十出头年岁，手执泥金折扇，头上戴着一顶青缎瓜皮帽直压到眉鬓。古铜长袍外面罩了一件灰府绸马褂，腰间汗巾旁悬着一块汉玉扇坠儿，脚下蹬着一双千层底掐云凉靴。风度潇洒自如，虽从雨地里走来，却连半点泥水全无——魏东亭甚觉惊奇，连忙还礼道："得罪得罪！我还以为是寻明珠兄弟的哩，好生面熟，足下是——"

那人却不答话。待老门子退出，方笑道："郎似桃李花，妾似松柏树，桃李花易落，松柏常如故。——喜峰口仓促一别，西河沿又匆匆相逢，不想你好大的忘性！"一边说一边摘下帽子，放下发辫，但见秀发青丝，皓齿明眸。——是史鉴梅来了！

"梅妹？"魏东亭一下子愣住了。他不相信自己的眼睛，又怀疑是在梦中，便情不自禁地揉了揉双眼，待弄清不是做梦，便喜出望外地扑上去紧紧握住了鉴梅的双手。

鉴梅见他这样，倒觉不好意思，欲夺手时，哪里夺得动。真正是躲无可躲，闪无可闪，嗔不能怒，羞不能避，只好红着脸，低垂着头默默地站着，半晌才柔声问道："这几年……你可好？"

魏东亭渐渐冷静下来，意识到自己有些失态，慢慢松开手，忙让座、倒茶，笑道："我这几年倒好，你呢？"史鉴梅吹着泛起的茶叶笑道："不见得好吧？你九死余生，哪能骗得了我？"

"我的事自然瞒不了你啰，"魏东亭笑道，"听说梅妹在鳌中堂府里倒很得意！"

这句话含有疑心鉴梅之意。若说二人自幼便青梅竹马，本应没有什么信不过的。但魏东亭眼下的地位，一举手一投足都关乎宗庙社稷大事，他又不能不多出一点心眼儿。说完偷眼瞧鉴梅时，见她脸上微微变色，呆呆地坐在烛前，泪水却无声地悄然流下来。魏东亭咬了咬牙，也不去理会。那鉴梅陡然站起身来，掩着面就要夺门而去，被魏东亭一把扯住，赔笑道："还是小时候的心性，一句玩笑话嘛。"鉴梅抬起头来，已是泪光满面，哽咽说："我……我在那窝子里待了六年，是为了复仇……可你却对我……我来这里，有重要的事情。"

"你的事情不就是为前明复仇么？"魏东亭急切地道，"现在再谈这些，还有什么意思？"

鉴梅突然不哭了！冷笑道："难道我冒险犯难到这里，是为听你这些话来的？——你珍重吧，我去了！"说罢抽身便去，魏东亭急忙挡住去路，摇手笑道："别别，算我错了还不行吗？几年不见了，还是任性儿，就问一问也不妨事呀！"

鉴梅这才重新坐下，望着魏东亭问道："明儿你还要去索额图府么？"

"我们文武不相统属，"魏东亭心里一惊，不露声色地答道，"我到他那里做什么？"

"别怄人了，"史鉴梅既焦急又无可奈何，只得直言道，"你别去，皇上若叫你，你告病好了！"

"我没病！"魏东亭冷冰冰地答道，"我要去了呢？"

"你别问，听我的话，你别去！"

"我要问。你怎么知道我要去索府，为什么又不能去呢？大丈夫总要来去明白，我不能做连我自己都不明白的事。"

又是一阵难堪的沉默，鉴梅叹了口气说道："恐怕去了难得回来。"

"你既不愿实说，你就去吧！"魏东亭见她吞吞吐吐，心里也上了火，"我还是十年前的魏虎子，你已不是十年前的梅妹子了！你走吧，明儿索府我是去定了，倒要瞧瞧是怎么个回不来法！"史鉴梅起身便走，才几步忽又站住，头也不回地说道："鳌拜明日要搜府，连你带皇帝……去不去都在你！"说罢便走。

魏东亭犹如五雷轰顶，这下真急了，一个箭步抢上前拦住去路，紧扳着她的肩头道："好梅妹，实言相告，我不能不顾皇上！"鉴梅回身来，见魏东亭如此执拗，便叹道："你不知我的心，只要你平安，我就放心了。"魏东亭苦笑着摇头道："别糊涂了，妹妹！皇上若遭不测，漫说我魏东亭难逃一死，即或幸存下来，又有何颜面活在人间呢？"

"好哥哥，你远离是非之地吧，我求求你！"鉴梅突然挣开身子，扑通一声跪下道，"你斗不过他们！他们权重势大，党羽多得数不清，日夜盘算着谋害你们君臣，你们斗不过他们！"

"我知道。"魏东亭一手挽她起来，望着她一泓秋水般的眼睛，固执地摇头道，"你自小儿知道我，我能斗得过他们！"鉴梅有些吃惊地看着眼前这个英武男子，抖抖索索从怀中取出一个纸包说道："你瞧瞧这个。"

魏东亭接过来，走至灯前打开细看，只见云片状雪白如霜，忙问道："是上好的冰片么？"鉴梅答道："用来毒你们君臣的药物。为了弄到它，我几乎送了命。"

魏东亭越发惊疑，强按鉴梅坐下，一定要她讲述事情的原委。

原来有一天夜晚鳌府闹鬼，便是鉴梅做的手脚，她曾偷听了鳌拜与班布尔善的密谈。晚上便借用假面具扮作鬼相，吓昏了彩屏，将鳌拜骗出鹤寿堂，悄悄儿偷了一点毒药。在忙乱中，夫人没有仔细查点人数，倒没有疑心到她。

听了鉴梅这一番叙说，魏东亭不由赞道："你的心真比我灵巧一万倍！"

"什么时候儿了，还说这些？"她泪眼瞧着魏东亭，满是期望和恐惧，"你要快走，不然，滔天大祸，就要临头了。"

"你不用操心我，今生没缘分，我们等来世！可他对我恩重如山，我岂能……"

"谁？"

"当今皇上啊！"

"皇上皇上！"鉴梅突然发怒道，"你就知道皇上！他待我们百姓有什么好？那年你走后，妈就死了，爹拉扯着我，靠种皇庄上那十几亩地过活，不想地又被镶黄旗圈了去！"说至此鉴梅拭了一把泪，接着道，"没了地，庄主可还照样来收租银，说是镶黄旗没圈前，地里已经下了种，种子钱总要收回。你和魏阿姆早已去了。我们举目无亲，谁来照应？那年腊月，大雪天爹去讨饭，就再没回来……"

鉴梅说至此，已是泣不成声。魏东亭想起当年两家为邻和睦亲切的情景，不觉也淌下泪来。

"后来只剩下我孤苦伶仃一人，怎么办？"鉴梅接着道，"我只好扮了男装进京寻你，差点冻死在怀柔。还是史大爷救下了我，收我为义女，跟着他一道走江湖学艺，这里的苦恼你哪里知道！"

魏东亭听了，沉默良久方说道："梅妹，你的心思我明白了，这些年你吃了这么多的苦，我心里当然难过，觉得对不起你一家。不过我想，我们这些人都盼着有个好皇上，能过上安生日子就成。前明皇上倒是汉人，却把你一家逼到关外。现在逼你的总不是当今皇上吧，那圈地的正是皇上的对头鳌拜，你知道吗？你是聪明人，这点是非总得想明白。以前我们两家好时，我们就已经入了旗籍。你并没有嫌弃我，我也没有想着是旗军的小头领了，就欺压良民。这你都是知道的。你细想想我的话有没有道理？"

这回轮到鉴梅不言语了。

"当今皇上年纪虽少，却很清明聪睿。我着实舍不得离开他。别说是我，就像史老伯现在也是一心向着皇上啊！"

"唉，你们这些男人啊！"鉴梅已经心服，嘴里却还说道，"不过你也不要太信他了，俗话说，伴君如伴虎啊！"

"这倒说的有几分道理。"魏东亭笑道，"不过我也不傻，那时，我就不能学范蠡载西施泛舟于五湖吗？"

鉴梅听至此，忍不住破涕为笑，红着脸用指头戳了一下魏东亭脑门道："你呀，你就是我前世修下的冤孽！你要我做什么事，说吧……"

在永兴寺外官道上，鳌拜坐在大轿里仍有点心神不宁。因为这一举动事关重大，万一泄露了机密，就有杀身之祸。

为此事，昨天他和班布尔善一直商议到后半夜。经多方调查，康熙在索府读书是无疑的。于是他们做出决定要立即动手——搜查索额图学士府。这比起在迷魂阵一样的皇宫里劫杀康熙要稳妥得多，一旦得手，事后还可以将弑君的罪名推给索额图。

为万无一失起见，今晨一早，班布尔善在从神武门到索府的一段路上沿途撒了眼线。方才来人回报："跟往常一样，宫里出来的两乘小轿已进了索府后侧门。"鳌拜这才放心地打轿前来。

大轿来到索府前轻轻落下，鳌拜一哈腰跨了出来。

门上戈什哈赵逢春见是鳌拜，一个千儿扎下去说道："中堂大人，小的赵逢春恭请中堂金安！"

"回禀你家老爷，说二等公、侍卫大臣鳌拜，奉旨前来，要见你家大人。"

　　"喳——"一听说"奉旨",赵逢春忙双膝跪下叩了个头,然后,起身飞也似的进后堂报告去了。

第二十二回　搜索府只见一池清水　游荒圃偶得数首故诗

不多时，但听得雷鸣似的三声炮响，接着鼓乐钟磬之声大作，随着中门哗然大启，索额图着一件九蟒五爪绣金袍，外罩簇新的锦鸡补服，起花珊瑚顶子后面拖着一根双眼孔雀翎，满面端庄肃穆的神色迎了出来。

鳌拜矫诏造访索府，原想静悄悄地把事办了。谁料索额图人未出来，就又放炮又奏乐，引了众乡邻前来围观。他心里恨得直咬牙，却还不得不笑呵呵地恭维道："索公，鳌某也不是外人，何必这样呢！"

索额图恭敬地将腰一哈让道："中堂大人奉诏而来，便是天使驾到，当该如此，请！"说罢二人携手而入。待他们入内，讷谟将手一摆，手下御林军忽的一声散开，将索府围了个密不透风。老百姓不知索府出了什么事，瞧热闹的更多了。

鳌拜满面笑容随着索额图入府登堂，待坐定后，仍不见鳌拜宣旨，索额图便欠身问道："中堂大人，有何圣谕，就请宣明，学生好遵旨承办。"

本来就没有什么圣旨，他一口一个"圣谕""遵旨"，再厚的脸皮也有点吃不消。鳌拜便微微有点心慌，笑道："兹因刑部天牢昨夜走了两名钦犯，守牢的受了一千两黄金的贿赂，已拿住正法了，但正犯尚未落网。皇上命我在百官家中查看，别处已派有关官员前去了。惟有尊府非比寻常，深恐下人造次，惊扰了宝眷。特亲来主持。"

"这是圣上的洪恩，中堂大人的情分。"索额图忙赔笑道，"既如此，便请派人查看。"

鳌拜见他十分镇定，反倒起了疑心：难道走风了，老三不在府内？细察索额图神气，镇定中又带着几分惶恐。又想，再不然就是仗着老三在府，等着我搜出来，给我个下不来台？想到此，他狞笑一声道："恕放肆了！"

接着便喊了一声："来人！"

讷谟、歪虎等早就等着这一声儿，趁势带着一队人拥了进来，黑鸦鸦站了一院子。鳌拜出来吩咐："讷谟到内院，歪虎去花园，随便张张，不许放肆。如若惊扰了内眷，你们可当心！"二人连连应声退下。

鳌拜和索额图二人自在厅上吃茶。不一时便从后院，传来内眷们的哭喊惊叫声，鳌拜只装没听见，扭头瞧索额图时，但见他心平气和，若无其事，暗自佩服他的涵养。忽然一个亲兵跌跌撞撞跑来禀道："打……打起来了！"

"谁？"鳌拜一惊站了起来，与索额图一起向后花园走来。原来，是歪虎和魏东亭在花园前面交上了手，鳌拜忙上前喝止道："歪虎不得无礼！"魏东亭也就势将剑还鞘，对鳌拜一个长揖道："标下魏东亭前来领罪！"

鳌拜笑着对魏东亭说道："虎臣，他是一个浑人，不必与他一般见识。"又转脸向歪虎丢了个眼色，说道："还不下去，干你自己的事儿！"歪虎自然会意，悻悻地走开。鳌拜又对魏东亭笑道："今儿倒真凑巧，你也在这儿！"他以为康熙一定藏在后花园里。

魏东亭淡淡地回道："听说索大人园中有块假山石极好，皇上叫我来瞧瞧。"

"哦？"鳌拜立时站起身来对索额图道，"咱们反正是坐着，何不同到花园中看看。"索额图起身笑道："一定奉陪。虎臣，你也陪中堂一齐前去如何？"魏东亭笑道："理当遵命。"

三人行至花园月门前，见歪虎带着人正在园里搜索。鳌拜走过来问道："见到可疑之人了么？"歪虎道："还没有。我想再调些人来细细查看一下？"说着便狠狠地盯了魏东亭一眼。

"那就不必了，"鳌拜道，"我与索大人、魏大人一起查看便了。"

入园处，迎面有一座假山落在池中。一色儿汉白玉石栏杆弯弯曲曲通向池中压水亭，亭的对岸上，有三间茅屋。鳌拜留心那假山，便到池边来，但见水波粼粼，几尾金鱼悠闲地浮上浮下，也没什么出奇之处。

只是那座假山显得十分触目——它是一整块天然的姜黄石。下中部有桌子大小的石面被磨得光润如镜，上刻"菱□"二字。第二字已因年代久远看不清字迹。鳌拜这时哪有心思去研究这怪石的来历，指着那三间茅屋说："那里倒是个读书的好地方啊！"

三人沿着曲桥绕过假山穿过凉亭来至茅屋前。听到房内有人在说话，并不时传来"叭叭"声。鳌拜情绪顿时紧张起来，口里却故作文雅："临水傍竹，茅舍木窗，一洗富贵之气，真是一个藏龙卧虎之处！"一边说一边快步跨进房内，不禁愣怔在那里。

哪里有什么康熙！只是一个三十余岁的黑汉子和一个十五六岁的后生正专心致志地对弈。

索额图见鳌拜一脸懊丧失望的神色，心里暗暗好笑，忙道："敏泰，快来见过鳌老世伯！"又转身对鳌拜介绍道，"这位是舍侄索敏泰，这位是太医院胡先生，常来这里下棋。胡先生棋艺高超，京师还无人能超过他。听说鳌公也极精此道，何妨对弈一局？"胡宫山也忙拱手谦逊道："请大人赐教！"便一揖拜了下去。鳌拜伸手时，但觉一股劲风扑衣，知道此人身负武功，忙运力去托时，哪里挡得住。胡宫山已泰然自若地长揖到地，然后便大咧咧地坐下。鳌拜心中不禁大惊，这索额图府里竟养着这样一个人！

鳌拜此时已知扑空，心里乱如牛毛，又见胡宫山身怀绝技，更是不想纠缠，连索额图他们说些什么也未听清，只呆笑着点头道："啊……啊——哪里，老夫也只略通大棋（象棋），于此围棋，其实皮毛得很。——还是虎臣来吧！"

正说间，讷谟和歪虎二人从外头进来，鳌拜一看他们脸色便知事情不谐，忙道："你们不必说了。——索大人，今日实在得罪得很了，容鳌拜改日请罪吧！"便吩咐讷谟道，"撤去警戒，再到别家看看。"索额图却假意要挽留，鳌拜连一刻也不想待在这里，袍袖一挥说："告辞！"索额图依旧放炮送他出来。

明珠邀着伍次友逛了半天风氏园。这是奉命的"差使"，——若鳌拜不来搜府，逛完后便仍回索府，若来搜，再另作安排。——明珠对此并没有多大的兴致。伍次友却似乎对这座颓园特别有兴味，在残壁断垣、丛莽荆棘中穿来穿去。明珠不禁奇怪地问："大哥，对这儿我怎么也瞧不出个好处，您怎么看个不够？"

"兄弟你哪知道。"伍次友得意地说道，"愈是这等颓败之地，愈有胜迹可寻，愈能发人深思。你来瞧！"说着用手擦去墙上一片浮土，上面隐隐有些字迹。明珠把鞋脱下，用鞋底子使劲抹擦了几下。看时，却是两首诗，一首写道：

> 人道冬夜寒，我道冬夜好。
> 绣被暖如春，不愁天不晓。

伍次友失望地摇摇头道："不是佳作。"再接着看第二首时，却是一首六言诗：

> 露湿萤飞楼空，月昏子规噤声。
> 何处红妆倚栏，侧闻玄夜凄风。

明珠笑道："这诗倒也罢了，怎的读来浑身的不自在。"伍次友面色一沉道："那有什么奇怪，诗中有鬼气。"明珠便不言语。

眼见天色晌午，明珠盘算着搜府的事，怕就要挨过去了。但魏东亭不来，再迟也是不能回去的。明珠见伍次友在这破屋颓墙中又寻出诗来，不禁也游兴大发，专在乱墙残垣中寻章觅句。果然他也发现了一首，惊喜若狂地呼道："大哥，你瞧这里也有一首！"

伍次友兴致勃勃赶来看时，明珠已将字迹上浮土拭去，二人一字一句辨认时，却是一首七言绝句：

> 新绿初长残红稀，美人清泪沾罗衣。
> 蝴蝶不管春归否，只向黄花深处飞。

伍次友看了沉思道："详此诗意，决非一首，将这泥土挖掉，一定还会有诗。"

明珠半信半疑地撅了一根干树枝，撬开泥土看时，不由得惊呼一声，原来被泥土糊住的地方，果真密密麻麻的都是字。他敬佩地瞧了一眼伍次友。伍次友却在低头细细辨认那些字迹，口里微吟道：

六朝燕子年年来，朱雀桥边花不开。

未须惆怅问王谢，刘郎一去可曾回？

伍次友笑道："这也没什么稀奇，就如《胡笳十八拍》。这里共是五首——这算是第二拍了。"接着又吟道：

废地荒园芳草多，少年踏青时行歌。

谯楼鼓动人去后，回风袅袅吹女萝！

明珠摇头道："颓丧！"伍次友道："鬼气渐炽。"便又读第四首：

土花漠漠满颓垣，中有桃叶桃根魂。

夜深踏遍阶下月，可怜罗袜终无痕。

伍次友吟那第五首是：

清明处处鸣黄鹂，春风不上古柳枝。

惟应隔墙英风石，记汝曾挂黄金丝。

读完，他拍了拍手上的土，低头踱步。

明珠见他沉默不语若有所思，笑问道："大哥，这诗是个女子作的？"伍次友道："你想到哪里去了？这诗格调低沉，感情凄婉，字迹苍劲，断非纤纤女子所书。我意当为前明故老来游旧地，不外追思往昔，缅怀旧主，弹斥趋势之流。——我家老太爷见了这诗，必是喜欢的。"明珠笑道："天道盈虚轮回，岂非人力可为？这些遗老不能顺应天时，也实是可笑。"

伍次友正色道："这有什么可笑的！其情可悯，其志可宥，咱们与他们相比，反而增添汗颜。"

明珠原本想安慰伍次友一番，反引出伍次友的牢骚来，忙用话岔开道："天已大晌午了，咱们寻个去处歇息吃饭吧！"伍次友也觉对明珠言重了些儿，歉疚地笑道："好，依你！只是哪里去好呢？"

"出来时我和虎臣约好了，"明珠笑道，"柱儿在白云观外又开了个店，不如还是扰他去！"

"山沽？"伍次友摇头道，"前几天和婉娘方扰过，他小本经营的，咱们有事没事总去，怕不太好——路也远了些儿。"明珠不等他说完，一边扯了伍次友便向外走，一边笑道："这有何妨？柱儿那里管保没得说的。昨儿见他，还抱怨'二爷总也不来'呢，哪里一顿饭便吃穷了！"伍次友道："由你，我却懒得乘车坐轿。"明珠也笑道："这倒正合了小弟的意，咱们就安步当车吧！"

二人一边说笑一边走，已过未牌时分才到白云观外山沽店前。柱儿一副跑堂的模样儿，毡帽短衣，水裙撩腰，肩搭白毛巾，早笑嘻嘻迎候在门口。明珠笑道："我拉大哥，他怕扰了你，还不肯来呢！"

何桂柱呵呵笑着给伍次友打千儿请安道："柱儿是伍家几辈子的奴才，漫说二爷家如今大富大贵。说句没遮拦的颠倒话，就是二爷有一天拉棍讨饭——那当然老天爷不许——照旧是您家里调教出来的奴才秧子，也不能瞧着不管！"说着便将他二人往屋里头让，"上回二爷来得仓促，没得好菜，吃两口羊肉去了。可巧今儿个有新进的下八珍——海参、龙须菜、大口蘑、川竹笋、赤鳞鱼、干贝、蛎黄、乌鱼蛋，一样儿不少，还有一对冻鱼翅——二爷好口福！"伍次友哈哈大笑道："正所谓早不如巧！"一脚踏进门，笑声戛然而止。原来婉娘带着两个小丫头正候在里头，见伍次友进来，忙都立起身来。婉娘笑道："先生，倒没想着你这会子才来！"

伍次友一向落拓大方，惟见到婉娘，不知怎的，便如芒刺在背，没个放手脚处。苏麻喇姑平素听康熙的意思，自己早晚也是伍次友的人，嘴里半句调侃话也说不得。二人各存一段心思，本来很近的感情，形迹上反倒生疏了。

明珠是专在这上头做功夫的，深知其中原委，见二人情热身疏，神近色远，连忙打圆场道："真叫无巧不成书，婉娘姐姐也在此——这么一桌子细巧点心，怕不是给兄弟预备的？我与伍大哥正肚饿，倒先扰了！"说着便笑嘻嘻拈了一块宫制香雪糕送到口里，做个鬼脸儿喊道："柱儿，就把海鲜上到这边桌上吧！"

那柱儿虽讨厌明珠这么吆五喝六、凤毛乍翅地拿自己当奴才使，但事到临头，也只好连声答应着整治去了。

伍次友肚子里并不甚饥，只诧异今日怎么这么巧：为何都聚到何桂柱这方寸小店里来了？遂笑道："要知道你们也来，今早一起出来岂不更好？这会儿后晌错了，咱们不回去，你老爷岂不着急？"

他哪里知道，他今天的一切行动都是别人彻夜不眠安排好了的过节儿？魏东亭不来，索府吉凶难定，也无法确定下一步的安排。苏麻喇姑见问，忽想到索府如今不知闹成什么样子，勉强笑道："这儿也和家里一样，这家店主的本钱是从我家外头账上出的。"

伍次友颇感意外：柱儿在城里待不住，出来的情由他是知道的。但是索额图收留自己又帮助何桂柱再办山沽店，便感到有些蹊跷。留住自己去教书，还可说得过去，又资助柱儿在外头继续开店，这份"义"可就超乎常情了。

正待相问，便听门外一阵马蹄声由远及近而来，众人都凝神细听，那马长嘶一声停在了店外。明珠便笑道："是小魏子来了。"伍次友就要出去迎接："我去瞧瞧！"苏麻喇姑也道："咱们一块儿去。"

"魏爷来了！"二人还没动身，便听柱儿高声喊道。魏东亭满头大汗地闯了进来，笑道："哪里都寻不着你们，却早就在这里乐着了！"柱儿随后端着四盆热腾腾的海鲜掀帘进来，一面安放菜肴，一面笑道："入门不问荣枯事，但见容颜便得知！魏爷这一来，二爷和柱儿有缘分，以后怕就要在我这山沽店里好聚一阵子了。这地方儿偏僻，二爷最怕热闹，倒正对了二爷的脾胃！"

"就住这儿了？"伍次友目瞪口呆，"我怎么越听越糊涂！"

"敢情二爷还不知道？"何桂柱道，"今儿一大早，魏爷就来吩咐了，说是府里怕不大安宁，公子爷要换个地方儿念书，就选到小人这儿啦。"

"不安宁？"伍次友忙问，"怎么不安宁？"

"索府今日被鳌拜他们搜了！"苏麻喇姑见何桂柱词穷，便接口答道，"怕就是冲着先生来的。"

伍次友惊愣在那里，搜寻着各人目光。最后，又看看魏东亭，魏东亭沉重地点头叹道："也真是吉人天相，今儿个你若不出来，怕这会儿已做了刀下之鬼了！"明珠便顿足道："我的好表台，你倒是说个明白呀？"魏东亭端起桌上酒壶，就壶口儿一饮而尽，抹了一把嘴，将鳌拜亲自前来搜府的细节一五一十说与众人。末了道："谁能相信什么天牢走失犯人的鬼话，特意地搜看书房，还不是冲着先生来的？"

第二十三回　伍次友移居白云观
史鉴梅受拷后堂房

听魏东亭讲说一遍，伍次友又惊又怒，心里像打翻了五味瓶儿，酸甜苦辣咸俱全。良久，方冷笑道："倒想不到我伍次友一介书生，手无缚鸡之力，一篇文章倒博得鳌大人如此青睐！"说到激动处，将手指紧紧攥起，朝桌上猛地一击，"砰"的一声，满桌的汤菜都跳了起来。"我自去出首，该领什么样罪，一人当了！"

说着抽身便走，却被魏东亭一把扯住，苏麻喇姑急得叫道："先生去不得！"伍次友挣两挣，哪里动弹得了？

见苏麻喇姑急得容颜大变，半含怒半含情，又被魏东亭扯定了不放，伍次友只好长叹一声，气咻咻坐下垂首不语。魏东亭笑道："伍先生你发什么急！鳌拜他不是徒劳扑空一场吗？这棋正下到节骨眼上，又何必急躁呢？"

"我不出首，"伍次友叹道，"鳌拜终不肯甘休，将来出事，总会连累你们的！"说着抬头看了婉娘一眼。

苏麻喇姑心里一热，眼圈儿就红了，忍泪温语劝道："先生上次给龙儿讲的《留侯论》，其中有天下有大勇者，'卒然临之而不惊，无故加之而不怒'。当时，我们听了也不甚介意——原以为是说给旁人听的，现在遇到事儿了，反倒想起来，又觉得是说给自己听的了。先生今若凭意气用事，何济于事？"魏东亭也道："鳌拜搜府，明说是拿两个人，你干么要一人投案？倘若向你要另一人，你到何处去寻？"

"那个人是谁？"

"我们哪里晓得，你倒问得好！"苏麻喇姑笑道，"你且在这个地方儿安置下来，龙儿每日照常前来上学，待风平浪静之后再回城里，不也甚好？"

"也只好如此了。"伍次友懊丧地说道，"只是这个饭店，人来人往的，怎么好读书呢?"

"二爷也太瞧不起小的了。"何桂柱忙笑道,"二爷若在这里教书,我还开什么店?——你说这儿不好,请二爷挪步跟我去后头瞧瞧。"

伍次友半信半疑地跟着何桂柱进了后院,苏麻喇姑、明珠和魏东亭也跟随着鱼贯而入。初看时也没什么稀奇,踅过了柴房和两间小屋,穿过一道不起眼的小门,呀!里头竟别是一重天地!

这是一块凹地,中间有五亩见方一大片池子,石板桥通向池心岛。池水清冽明净,倒也没有放养金鱼之类,只放了一些尺余长的青鲩,时而飞驰,扑通扑通地响。四周崖岸种植不少垂杨柳、龙颈柳,微风一起,千丝万条婆娑生姿。水面上涟漪荡漾,波光粼粼,清人眼目。沿桥过池,对岸七八间芦棚茅舍参差错落,只中间三间茅檐斗拱上,悬着"山沽斋"三字泥金黑匾。屋里头一色儿都是朴而不拙的竹木器具。这山沽店从外头看着实俗陋,貌不惊人,岂知这正是高手佳作,藏秀于内。相形之下,甚或令人觉得索府花园大有雕凿之嫌。伍次友失口叫道:"好去处!"又回头对何桂柱笑道,"不读庄子不能领悟此斋之妙。"

"是呢!"柱儿忙赔笑道,"小人知道二爷是必定喜欢的。这池心岛上还有一座假山没有修好,堆的那些太湖石叠成了才好看呢!"

"我在这里,"伍次友道,"假山倒不必修了。弄上瓜棚豆架,再栽上葡萄树,绿阴阴的就好,何必再作人工雕饰?"

众人正说着,见一老人长髯飘胸,带着几个后生从茅舍中出来,虽是褐衣麻鞋,却个个精壮无比。伍次友道是店中使用的伙计,也不在意。那明珠却知是史龙彪带的穆子煦三兄弟,还有从大内精选的十几个亲贵子弟在此担任侍卫,又安置了二十名亲兵入白云观扮道士,暗地守护这座小店。——这就是熊赐履为康熙安排的又一处别墅,专供他作读书之地。"山沽"谐了狡兔"三窟"的音——伍次友尽管博学贯古今,又哪能想到这些!

伍次友在山沽斋前痴立片刻,一阵秋风飒飒袭来,池水苍茫,想起自家身世遭际,不禁悲从中来。他瞧了瞧近前的人,似乎陌生了许多。连婉娘在内,他隐约觉得大伙都有一件重要的事瞒着自己,然而他想不出是什么事,也无法张口询问。当下笑道:"这里好是好,龙儿每天怕要多跑不少路呢!"

婉娘笑道："你自管教你的书，他要来，你便讲书，他不来，就坐岸边垂钓也是雅事。"伍次友笑着点头。正在这时，柱儿忽然回头道："二爷，您瞧，那不是龙儿来了？"

鳌拜扑了空，怅然而归，又气又恼，在路上就吩咐歪虎道："且不必回府，你飞马先报班大人，说我这就去访他。"歪虎答应一声，打马飞奔而去。所以鳌拜到班布尔善府邸时，左旁门早已打开，刘金标在迎候着。大轿一直抬到二堂始方停住。鳌拜一屁股坐在中堂太师椅上，不等班布尔善开口说话，便笑道："这是怎么回事，连个人毛儿也没查出来，亏你这智多星还事前派人打探过！"

班布尔善身着紫绒绣袍，腰间也不系带子，一只手在背后轻捻辫梢，一只手抚摩着剃得发亮的脑门，陷入深思之中。搜府落空，他已听歪虎禀了个大略，心下不免惊疑。只是他的城府颇深，没有露出声色来。良久，他唏嘘一声道："鳌公，不知你想过没有？在此之前，你尚可退居为隐士。这着棋如今已走到这一步，真是再无退路了。"

"要什么退路？"鳌拜突然大笑，"曹操也是英雄！如今没了刘玄德、孙仲谋，还有什么可怕的！"班布尔善也笑道："虽无孙刘，但也无汉献帝，您可大意不得哟！"

这倒是真的。鳌拜顿时改容道："此言甚当，依你之见，老三今日究竟在哪里？"班布尔善道："此事不必查考了。明明侦得老三每日都去索府，今日又有人亲眼瞧见小轿进去，却扑了个空，看来透风是一定的了！要紧的是，风是怎么透出的，是谁把风透出去的。昨夜至此时，尚不足十二个时辰，竟是如此之速！这是最可怕的。"

"府中定有奸细，这奸细究竟是谁？"鳌拜沉思有顷方道，"要不要找济世来一齐议议？"

"济世学问是好的。"班布尔善道，"寻章摘句、引经据典可找他来，可对这种事，他能迂阔得出么？——其实也不必向远处寻，只在中堂周围的人员中查找即可。"

"你是说素秋？"鳌拜头一个疑到的就是她。但事无端倪，还吃不准。便又摇摇头自语道，"她连二门也难得出去呀。"

班布尔善冷冷一笑："鳌公怕是爱其美而不知其奸吧！我虽于武学一窍不通，可还记得鳌公曾说过，她走路无声，似乎轻功甚好。她若是武林女杰，怎见得就出不了您的二门呢？"

平日随口一句话，班布尔善便记得如此真切，鳌拜不得不佩服他用心之深。当下点头道："放心，不管她是真美假美，总要证她个水落石出！"班布尔善道："方才鳌公说'老三哪里去'的话，虽不是顶要紧的事，却也不可忽略。愚意狡兔尚有三窟，谁能保他只有索府一处呢？"

"论到使心斗智，"鳌拜笑道，"我左右无人能比得上你，此事只有拜托足下了。"说完便打轿回府。

其时已是十月初节气，北京的天气已是冷了。用过晚餐，鳌拜和荣氏夫人便都在后堂正寝间说闲话、消食儿。这些天来，鳌拜身心劳瘁，便歪在躺椅上懒散地伸了腿，由橘绣和彩屏捶着，对鉴梅说："素秋，你去鹤寿堂，把屏风后头柜顶上那个金皮匣子取了来。"

鉴梅心中顿时一紧，见鳌拜眼皮微微一张，忙答应了一声"是"，抽身便去了。荣氏笑道："这会儿想起那劳什子做什么？"鳌拜笑道："那是上等参精冰片散！祛燥补气宽中消毒。这会儿都是自家人，拿来大家都尝尝！"

正说着，鉴梅已捧着匣子回来，手里捧着心里却突突直跳，像是里头关着魔鬼。——不知鳌拜为什么忽然间想起它来，又为什么偏偏指派自己去取。——她竭力镇定自己，神态自若地说道："老爷，就放这儿吧？"

"打开来！"鳌拜的眼皮一动不动。

鉴梅把匣子拿在手里左右摆弄，装着找不到打开锁钥的样子，翻过来掉过去端详了好一阵子，才轻按匣子下头一个镏金铜钉，那匣子"叭"地反弹开来，她惊得几乎把匣子掉在地上。鳌拜哈哈大笑，对荣氏和彩屏几个丫头道："就凭这个本事，你们谁能及得上这位素秋姑娘？"

他接过匣子，"叭"的一声又扣上了，递给荣氏。荣氏夫人把水烟袋交给橘绣拿着，接过匣子反复细看，扣弄了半天，也学着鉴梅的样子猛按金钮，那匣子依然纹丝不动。几个丫头传过来，个个涨红了脸，竟真的没人能打开匣子。鳌拜笑道："你们中什么用，这是要功夫的！没有内功，便就知道了哪是消息儿，也是打它不开的！"

"我原是江湖卖艺的身份，"鉴梅深悔冒失，嗫嚅答道，"虽说没什么

'内功'，指望着这吃饭养口儿，一点劲道没有还成？"

鳌拜似乎没听见，又把匣子打开，取出那个纸包儿抖开来，将一包药尽数倒进茶壶中，说道："素秋，你给你太太和大家都斟上一杯，我的这杯茶也给换过。"

鉴梅几乎惊傻了，她脑子里是个什么想头自己也说不清，只觉得嗡嗡乱叫，颤抖着双手给各人斟了一杯。因为内心紧张，在泼鳌拜那杯残茶时，差点连杯子豁出去。鳌拜也着眼瞧见，心里想："班布尔善有眼力，这贱人果真心里有鬼！"

他端起杯子一饮而尽，笑对荣氏道："你们也都尝尝，味道不坏么。"又转身对丫头们道，"大家都尝尝嘛！"荣氏便笑着饮了，丫头们也各自喝完了。惟独史鉴梅端着杯子，呆呆地瞧着大家。

"鉴梅，"鳌拜突然不叫"素秋"了，那神情就像一只擒到了老鼠的刁猫，要把猎物的挣扎之态欣赏够了，才肯下爪子捕杀。"你脸色不好呀！唔，干吗要抖呢？你该装作失手打了茶盅儿才对么！——这么沉不住气，馅儿也露得太早了点吧！"鳌拜嘻嘻笑着，"我们大家都活不成了，你该高兴惬意哟，干么失魂落魄呀？"

一语既出，不仅满屋变色，连荣氏也是一怔，瞧出"素秋"的失态来。鉴梅到了这一步，反定下心来，道："老爷这是什么话，奴才竟不明白。"

"不明白？"鳌拜冷冷说道，"你想偷我的药没能成功，想不到我自己换了药，是么？"

这句话，倒给了鉴梅以可乘之机。她扑通一声跪倒，说道："老爷是当朝一品，想杀我一个奴才那还不容易？何必摆这种圈子给人跳？"说着，呜呜咽咽哭出声来。

荣氏素来怜恤素秋身世凄惨，待她甚厚。今日见她异样，也觉吃惊，脸上变色道："你这死蹄子，做出什么不是来，还不快说？这会子乔模乔样地号什么丧！"

"奴才有什么不是？"鉴梅边哭边道，"老爷拿毒药自己喝，还叫一家子都喝，还不许奴才害怕！"

众人愈听愈奇。荣氏追问道："什么毒药？你真个要死了？"鉴梅只捂着脸哭，却不言语。荣氏倒没了主张。

正没个开交处，鳌拜突然冷森森问道："你怎知道这匣子里装的是毒药？"

"我听人说的。"

"谁？"

"班老爷！"

荣氏听到这里，陡然问道："这倒奇了，班大人送毒药给老爷做什么？"

"我也不知道，"鉴梅哽咽道，"那日班老爷来，带了这个纸包儿给老爷，说是什么'追魂夺命丹'，我送茶时听见了，还说要——"

"住口！"鳌拜想起那日情景，确是如此，深恐她口没遮拦，再说出什么"老三"来，忙喝止了她。良久，方尴尬地笑道："难道你没听清楚么？班大人的药原是猎狐用的，倒叫你这奴才上心了！"

康熙至慈宁宫给太皇太后和皇太后请过晚安，回到养心殿已到掌灯时分，见苏麻喇姑歪坐在脚踏子上正埋头瞧着一张字纸，竟没有觉察他已进来，便蹑足绕到苏麻喇姑身后去看，才知道是伍次友和明珠在风氏园断墙间"捡"来的诗，遂笑道："这诗写得虽好，终非福祥之兆，你还是少看一点的好。"

苏麻喇姑本用心极专，乍一听人说话，吓了一跳，抬头见是康熙，忙将诗稿放下，笑道："万岁爷几时来的，我怎么连一点声儿都没听见？——说到这诗，有万岁爷的福气盖着，就是李长吉的苏小小也不敢来缠我！"

"这诗朕也读过，"康熙坐下呷了一口茶道，"不知何故，愈读愈觉毛发悚然。"

苏麻喇姑笑道："《多心经》云：'依般若波罗蜜多故，心无挂碍；无挂碍故，无有恐怖；远离颠倒梦想……'这还是万岁爷忧心过重之故。"

"好嘛！"康熙笑道，"太后信天主，早年在时每日价讲'恕我罪恶''恕我罪恶'；你信佛，也是满嘴的《多心经》《楞严经》《法华经》；再加一个伍次友，更言必称孔孟，又是什么'与其残民以逞，不如曳尾于泥涂'。这三方夹攻，就缺一个道士了。就是儒家也不尽一样，熊赐履和伍次友便难以相合，朕又该听谁的呢？"说毕哈哈大笑。苏麻喇姑笑道："我瞧着那小魏子便有点信道。其实圣人、佛祖、天主，只有劝人向善佑国裕民，人家才信它，不然谁会吃饱了没事干，去听他那白话骗人呢！"

康熙接口道："其实伍先生对此讲得十分明白了。儒以修己为体，用于治人；道以修静为体，以柔为用；佛以定寂为体，以慈为用。——宗旨虽别，都教人为善，其理则是一回事。比方说，儒就如五谷，人一日不食就会饥，几日不食便要饿死；释道则似药医，用来消除宽恕，解释怫郁倒比儒家更见其效，其因在于祸福因果之说，最易悚动下愚耳！上回熊赐履劝朕禁止天主，指为'邪教'，朕便没有从他，这倒也不独为太后笃信天主——既然有了三教九流，可以相安，为什么就不能四教十流呢？朕以为只要有利于生民教化，各种教流正不妨多一点的为是。"

这番长篇大论，由康熙侃侃言来，听得苏麻喇姑又惊又喜："也不枉他教了这多年，难为这主子真的是学业有成了！"

二人说得高兴，话题又转回到白日伍次友抄来的几首诗上。康熙问道："这几首诗，伍先生怎么看？"

苏麻喇姑见康熙神色郑重，遂正色说道："伍先生以为，这几首诗均系前明遗老之作，这些人骨气是有的，才气更不必说，只可惜不识大体，不随潮动，不顺民情，不明天理，也不懂得这是劫数造化所使，眼下也说不上如何劝化。"

康熙听了默然不语。这话正点在他心病上：顺治爷马上得天下，朕不能马上而治之。前明故耆宿儒不肯为我所用，又不能一一斩尽杀绝，由他们散处林泉，吟风弄月，指斥时政，可惜了人才还在其次，搅乱了人心使了不得。想到此，他突然转身问道："伍先生可讲过对这些人有何善策？"

"没有，"苏麻喇姑道，"他自己并不赞同这些人，不过人各有志，他们又没几个人，万岁爷何必为此忧心呢！再说，现在也不是想这些事的时候么！"

"要虑得远些儿，"康熙叹道，"你该知道，这里头人才大有用处，弃置山野朕心不忍，且正道不行，就会生邪。"

见苏麻喇姑凝神在听，康熙继续道："曼姐儿，你听说过洪承畴江南摆宴的故事么？"

苏麻喇姑摇了摇头。

"那是顺治七年的事，"康熙道，"多尔衮拿下江宁，江南尽归我朝，河山大局已定，他便进京述职来了。也怪洪承畴多事，在金陵大宴三日，犒军行赏，祭奠南征阵亡将士。"他停了一下，又深思着说，"宴至第三日，忽然门上通禀，说是他一个姓吴的门生故旧前来贺酒，便请了进来。"

"这人好没意思，"苏麻喇姑笑道，"这也好闯席讨酒？"

"不是的。"康熙继续说道。与其说他在讲故事，还不如说他是在描述当时场面。"进来相见已毕，那人却不饮酒，只说：'老师鞍马劳顿，学生迭经战乱，文学也都荒疏了，有一篇妙文愿与老师共赏！'"

"洪承畴从军已久，厌听文学，便笑辞道：'这几年目疾甚苦，看不得文章了。'"

"那人笑道：'不妨，老师稳坐了，听学生读它就是！'说完，从袖中取出一卷文书，当着满筵将佐官弁，抑扬顿挫地高声朗诵。你道是什么文章？"

苏麻喇姑摇头道："奴才不知。"

"崇祯帝御制《悼洪经略祭文》！"

"啊！"苏麻喇姑不禁轻声惊呼，"这人大胆！"

"是有骨气！"康熙激动地纠正道，"若是今日的事，朕决不允他杀掉这个姓吴的！"说着目光如电、神采奕奕。

苏麻喇姑先是一惊，旋即已知康熙的心情，好一阵子才叹道："万岁圣虑极是。这是大事，奴才不敢妄评，但是万岁爷自身龙位乃当今第一要务。这一头顾下来了，才好去想别的事呢！"

第二十四回　　小毛子挫败大侍卫
　　　　　　　康熙帝夜宴众豪杰

　　苏麻喇姑说的不错，外患未靖，内忧日迫，自己的皇位也岌岌可危。——那些远虑，都是太平天子想的事，自己当前还有更当紧的事呀！康熙沉痛地闭上了眼睛。苏麻喇姑见他闭目端坐，以为是困了，赶忙点好息香放在熏炉之内，又吩咐宫女们将大灯撤去，只留下案上一盏绛红纱罩烛灯，这才近前请示道："万岁爷该安歇了吧。"

　　"叫她们下去，"康熙摆摆手道，"有你这里侍候就可。你困了，自管在下面熏笼上头歪着。朕不困，还要再想些事。"

　　苏麻喇姑只好依言打发了下人，自己只在熏笼旁支颐假寐。

　　康熙坐了一会儿，但觉百忧集结，万绪纷来：鳌拜的狂傲不法竟到如此地步，胆敢公然矫诏行逆，搜查大臣府邸，图谋弑君！大内侍卫亲兵虽多，但真正掌在自己手里的实力，缓急可济的却寥若晨星。一眼望去，人尽可疑，虽然自己在乾清宫每日仍然接受内外大臣的朝拜，可作为至高无上的帝王，却自有一种"外人"的感觉——这都是哄弄自己的虚热闹。偌大内城，做天子的竟自不知哪是自己的安全之地，想来也真令人寒心。

　　他忽然想到，要是诛杀鳌拜，也须在大内。因为外头鳌拜猛将如云，谋臣如雨，怎好下得了手！大三殿当然不成，那么该是交泰殿、奉先殿、养心殿、体元殿、钦安殿、文华殿、武英殿、上书房……哪一处最佳呢？他一个一个挑着想，除了分析那里的人事，还要考虑到地貌、关防机密乃至退路等项。忽然他的脑子里一闪，想到了毓庆宫这个地方。他睁开眼，凝视着案头上的红灯。此地宫禁深邃，又不过分冷僻，道路环回，可藏龙卧虎，是张网捕鳌的好地方。且毓庆宫总管侍卫孙殿臣是自己心腹，狼瞫一干侍卫又都是被鳌拜擅诛了的倭赫的朋友，这里能行！

　　但孙殿臣等毕竟与魏东亭不同。要人干这种极其机密的大事，就要买得他像魏东亭那样只知有朕！

想到此，康熙霍然而起，走至苏麻喇姑面前。正要唤她，闻她声息恬静，知已睡着了，便反身取了一件袍子轻轻替她盖上。哪知苏麻喇姑霍然开目，一翻身坐了起来问道："主子有事？""明晚，"康熙压低了嗓音道，"朕要见孙殿臣和狼曋。"

"孙殿臣！"

康熙只坚定地点了点头。

苏麻喇姑沉思有顷，眼中放出光来，说道："奴才明白，——在哪儿见？"

"到小魏子家去，"康熙沉着地道，"这事你来安排，要机密！"

苏麻喇姑眼光霍地一跳，挺身而起道："这事主子放心！"

小毛子赌输了钱，把给母亲买药的钱全送进了赌场，又没辙了。

他是个孝子，因父亲下世得早，寡母带了他和哥哥苦熬了十二年。后来，哥哥娶了嫂子，分开了过，把他和老娘闪在一旁。老娘只得给人家缝洗衣裳过日子。不料母亲上了岁数，身子骨儿就不行了，又遇腊月天洗衣裳冻坏了双手，一到秋天关节儿便肿得老粗，痛入骨髓，连缝衣也干不成。嫂子不贤，哥哥偷着接济一点儿，哪里养得两个活口！

正好这时，宫里要人，小毛子走投无路，心里一发横，偷偷儿净了身，挣这两吊半的月例钱来养活老娘。老娘听说后，一急之下，两眼昏黑，竟从此成了瞎子。为给母亲治病，小毛子断不了从宫里偷一点小物件到鬼市上变钱，再不然仗着鬼聪明赌赢几个钱给老母治病。好在宫里这种事多了，大家也不以为意。今年冬季冷得特别早，母亲眼见又过不下去，自己又赌失了手，这真是叫天不应，叫地不灵！

文表哥那里是不敢求了，虽说多少总不落空，但求一次挨一次骂，实在扫脸，况且人家也是一大家子呢。魏东亭那里，倒是有求必应，只是求的次数多了，自家也张不开口。没奈何，便溜到御厨房寻厨子阿三拆兑几个，他是讷谟的干儿子，有办法。

"小毛子！"阿三听了来意，冷笑一声道，"今儿我要扫你的脸了，我借钱给你，本钱不说，你连个利钱都还不上，我手头也紧！你妈病了，你这算行孝，该当给的，可总不能叫我替你填这个无底洞啊？"

小毛子瞧着阿三绷得紧紧的脸，心里骂道："日你妈！仗着认了个干老子，出入方便，便从厨房里偷摸了不少的瓷器。你妈的早就发了，轮着爷借两个，就拿出这副嘴脸！"口里却嘻嘻笑道："我还欠三哥十四两，您老身上这点值什么呀！您老借咱两吊，下个月卖裤子我也要本利还清，如何？"

"猴儿崽子，倒有你的！"阿三笑道，"论理，不该借你，怪可怜儿的。我这还有四钱，你拿去抓药。下个月本利不清，仔细着我告了讷谟大侍卫，打你个臭死！"

小毛子无奈只得接了。出大厨房时，见壁架上放着一只钧窑小盖碗，可可儿的有拳头大小，碗口还烧了两只绿水翼大蝉，似在碗口吸酒的模样，显然极其名贵，不知是外头哪家臣子贡来的。他望了一下无人在意，抄起来往怀里一揣便走了。阿三隔着门玻璃瞧得清楚，只不言声。

下晚时分，小毛子侍候了慈宁宫的水，听着阿三带了四个小厨子将没用完的御膳送乾清门赏了值夜的侍卫，等着养心殿的太监来抬了水，收拾收拾便要回房安歇。忽然见讷谟大踏步走来，忙垂手儿站好，赔笑道："讷爷，您用过饭啦？"

讷谟铁青着面孔"哼"了一声，头也不回跨进茶具茶叶库，站在当央四下搜寻。小毛子心知有异，却又不知他因何而来，惴惴地讪笑着掇了一把椅子来说道："您坐着，我这就给您沏好茶——刚贡来的鲜龙井，还是普洱？"讷谟一摆手冷笑道："别跟我来这套！我问你，你今儿个在大厨房寻了什么东西？"

"大厨房？"小毛子脑子里轰然一声，脸色立时发白，强笑道，"我去三哥那借钱，敢情丢了什么东西？那里的家什，我哪敢动得？"

"一会儿叫你嘴硬！"讷谟抬手便欲打，但想想又住了手，径自开了茶叶柜，在里边尽情翻起来。

盖碗虽不在茶叶柜内，但小毛子知道不妙，若被他这样乱翻，定要被寻了出来。光棍不吃眼前亏，小毛子乍着胆子上前笑着拦住道："这御茶橱是翻不得的，里头有些贡茶连封条还没有启，翻乱了老赵是不依的。"

"叭！"小毛子话音没落，左脸上早被着了一掌，打得两眼金星直冒，顿时肿胀起来。他本就泼皮无赖，哪里吃这个，回过神来高声叫道："屎壳郎爬扫帚，你在这里做什么茧！你没瞧瞧这是你的地盘么？不过瞧着鳌中堂，叫你一声'大人'，你就来摆臭架子——你滚蛋，爷要出去了！"

讷谟勃然大怒："小畜生，别说你这儿，再难收拾的头，老子也照剃了！"骂着，左右开弓"叭叭"又是两掌。回过身来拿起桌上一串钥匙，索性打开七八扇柜门，挨柜搜查。

小毛子一屁股坐到地上，撒泼儿大哭大叫："爷们，这是赵老爷的辖下，轮得着你么？你配么？"见讷谟不理，一个劲儿地仍在乱翻，他真急了，灵机一动爬起来，冷不防劈手夺了钥匙跑出去，没等讷谟弄清怎么一回事，"咯嘣"一声将御茶库锁了，在院里又跳又叫：

"你们都来看呀！大清朝出了新鲜事儿啰，讷谟大人搜查万岁爷的御茶库啰，你们都快瞧哇！黄四村，你死了？还不快找赵老爷来！"

正在用餐的乾清门侍卫，吃过饭没事的太监，听得这边又哭又喊，夹着咆哮怒骂，闹得沸反盈天，不知出了什么事，都聚拢来看热闹。

被锁在屋子里的讷谟顿时慌了手脚，急奔过来拉门——门锁得像铁铸一般，哪里拉得动！便反身急着去关那些茶柜门。偏生那些锁都是荷兰国进贡的，装有特制的消息儿，没有钥匙既打不开也锁不住。小毛子带着钥匙走了，哪里还关得上？忙乱中竟把左手小指差点挤断了，疼得又是咬牙，又是跺脚。一不小心，又把放在案上未启封的一个坛子打翻在地，"砰"的一声，茶叶撒得满地都是。外头瞧热闹的不知他在里头是怎样折腾，听了这一声儿都是一怔。

正闹着，忽听得有人喝道："什么事大呼小叫的，成个什么体统？"众人回头看时，却是养心殿总管太监张万强来了，便让开路。小毛子不依不饶，上前哭诉道："张公公来了，您老瞧瞧，咱们大内里头还有个什么规矩！"说着豁啷一下打开门来。

众人瞧时，都忍不住暗笑，那讷谟真叫狼狈得很，柜子门一律都是半开半合，地下大包小包茶叶被踩得稀烂。他还右手捏着左手小指，一个劲儿地揉捏，痛得攒眉咬牙。见门打开，他一个箭步蹿出来，把小毛子当胸一把提在半空，便要猛下毒手。张万强忙喝道："不许无礼！慢慢说，是怎么啦？"

讷谟哪里瞧得起张万强！拧着眉毛恶狠狠骂道："自古阉党没好人，你也不是好东西——"还要骂时，见苏麻喇姑从后头走来，面若冰霜地盯着自己，便撒手放了小毛子。

苏麻喇姑刚把康熙送走。彼时人乱哄哄的竟没人在意。差使办完，苏麻喇姑没事儿便也凑过来瞧是什么事。一见她来，小毛子忙收了泪，上前请个安，抽咽道："苏大姐姐，讷谟侍卫指着我偷了御厨房的东西，自个儿就来搜检，您瞧这屋里翻成什么样儿！"

苏麻喇姑不动声色，慢慢问道："什么东西丢了？"

"我也不知道，您问他！"小毛子指着讷谟道。

讷谟气得脸乌青，说："他偷了一只钧窑盖碗！"

"谁瞧见的？"苏麻喇姑盯着问了一句。

"我，"站在一旁的阿三卖弄般开了口，"我亲眼瞧得真！"

"东西是你御厨房的，"苏麻喇姑口齿极为简捷，"你是御厨房的人，既瞧见了为什么不当场拿住？这真反了！张万强，告诉赵秉正，革掉他！"复又回头对讷谟道，"凭你再有理，这御茶库里头放的是皇上的东西，打狗还要瞧主人呢，你怎么敢随便就搜？——你先去吧，这事明儿个再作分晓。"

"那也得瞧瞧里头有没有盖碗！"讷谟气得面色发白，有理的事被弄成这样子，实在窝囊得难以咽气，想想又加一句，"那盖碗也是御用的，他偷了去，倒没有罪名儿？"

"好！"苏麻喇姑笑道，"这事我来办。查住了，一体处置！"说着便进库来，挨柜一件件细看。小毛子的心刷地提到嗓子眼儿上。

苏麻喇姑先把所有的茶柜一一看过，又返回茶具器皿柜，挨次儿仔细瞧，当看至最后一柜时，那扣蝉的钧窑盖碗赫然在目。此时小毛子真是面无人色。却见苏麻喇姑伸手进去翻动一阵，又将手抽出，拍了拍骂道："里头浮灰有二指厚，你这奴才是怎么当的差！"

那小毛子正吓得一身臭汗，听得却是骂"里头脏"，忙连连称道："苏大姐姐骂的是，我明儿好好儿整治整治！"心里却奇怪她因何不肯揭破这层纸儿。

她到别处又看看，然后走出来道："没有找出来。你们侍卫上仔细一点，见有了时告诉我一声儿，我整治他！"说罢，竟自姗姗地走了。

孙殿臣下了值，趁着人乱，悄悄儿出了左掖门。他一向和气小心当差，人缘儿极好，自然没受到景运门侍卫们的盘查。他一边走一边思量，实在猜不透万岁爷的红人魏东亭为何今夜无缘无故地请他过府，还说要见几位贵人——我就在宫里当差，什么样的"贵人"没见过，用得着如此鬼祟？

过了虎坊桥东，趔过苇子胡同，便是一大片栉比鳞次的民居。这里街巷廛肆交错纵横，极其繁华。亏得他曾在巡防衙门当过几年差，这一带曾是他管辖之地。若是稍生疏些儿，昏夜至此，连东西南北也辨不清，莫说寻人了。

按着魏东亭说的路线，过了虎坊桥约莫二里远，左曲右折钻出迷魂阵一样的小巷，便觉猛一敞阔，一阵罡风吹过，寒凉浸骨，早见前头有两个人提着灯守候，见他过来，老远就挑着灯儿低声问道："可是孙爷到了么？"

孙殿臣答应着，走近瞧时，见一个是老仆人，另一个虽是面熟，知道是在宫里头当过差，什么时候见过，叫什么名字却一时想不起来，忙笑道："劳驾你们在这儿等，这路我其实是认得的。"老仆人笑道："孙爷是稀客，理当迎接。"

但进了院子，并不见主人出来迎接，搭眼看时，座中已有五六个人，一个精神矍铄的老者，余下五人都是二十岁上下的年轻人。其中穆子煦、鳖驴子因在宫中曾与鳌拜印证过武功，他是认识的，忙拱手笑道："穆先生、姜先生别来无恙？大家幸会幸会！"引路的郝老四笑道："到底是我郝老四名头儿低，白给孙爷带路来着？"孙殿臣猛地想起，忙谢过罪，又问道："这位老先生和这两位先生却是初次见面。"

明珠爽朗地笑道："孙爷，在下明珠，你该也认得的，与鳌中堂印证那一会儿曾见过面，不过我没上手，你就难得记住了。——这位是史老英雄，江湖上人称铁罗汉史龙彪的就是。这位名叫刘华，现在鳌中堂府中当差。"

孙殿臣一听这么个身份，便有点莫名其妙，口里却笑道："久仰久仰——我们都来了，怎么不见主人呢？"老仆人躬身回道："魏大人在后头跟一位贵客说话。孙爷且耐片刻。"

话音刚落，魏东亭满面春风地出来，向四周一揖道："慢待朋友，有罪有罪！众位暂请起座，圣上驾到！"

这句话犹如当庭打下霹雳，举座无不相顾失色。众人慌忙起身离座。那刘华更是惊得心慌意乱，起身时动作不麻利，竟将筷子拂落在地，急忙捡时又碰翻了酒杯。但听帘子响处，一位少年从门后踱出，头上戴一顶青毡缎台冠，酱色江绸棉袍外罩石青缂丝面的小毛羊皮褂，腰束黄线软带，足穿青缎凉里皂靴，双眸清澈而有神，气度雍容华贵，手持一把泥金牙扇，笑吟吟出现在众人面前，身后一左一右躬身侍立着索额图和熊赐履。他俩也是便装从驾，狼瞫腰悬宝剑，从旁卫护——正是当今天子康熙皇帝到了。

在座的除了史龙彪和刘华之外都是见过皇帝的。却因事情太出意外，一时都惊愣了。魏东亭只说和贵人相聚，谁能想到竟是如此之贵！孙殿臣一个惊呼，伏地叩头，口称："万岁！"众人方回过神来，扑扑通通一齐跪了下去。

康熙忙快步走向前来，也不分高下，一一扶起，笑道："朕也是无事闲游至此，大家不必拘这个大礼了。"

走到刘华处，康熙问道："你是刘华？"刘华激动得面色绯红，声音颤抖，在地下重重碰了三个响头道："奴才刘华，恭祈圣主万岁安康！"康熙一把挽起他来，笑道："早听小魏子说你好酒量嘛！今夜不妨多用几杯。"说着便又问史龙彪："史老英雄，你身子还结实么？"那史龙彪只是叩头，讷讷地说不出话来。

众人礼毕，又忙着安席。康熙笑道："免去那么多的礼数吧！其实今夜是小魏子做的东，连朕也叨扰了。"便坐下招呼众人，"大家都坐，若只管拘礼，朕便去了。"众人这才直起腰侧着身子坐了下来。

孙殿臣瞧这阵仗儿，对康熙的心思已猜中了七八分。只是康熙不开口，座中人谁也不敢说话。君臣同席再好的酒也难以尽兴。

那刘华却为今晚受到的恩宠而激动不已，他在内务府、十三衙门都干过，在鳌拜府四年，和鳌拜不隔几日就见一面，可从未见他用正眼瞧看过自己。想到这里，心里猛地一热，便站起身来对康熙拱手道："万岁爷，奴才虽是个粗汉子，可还晓得人生在世忠孝为本！万岁爷今天这样看得起奴才，奴才就是赴汤蹈火，也要报答皇上恩德！"

"今夜是没有使你处。"康熙点头笑道，"以后要有用你处，自然要吩咐。今晚众位只管痛饮行乐！"说着扭脸对明珠笑道，"这样好么？"

明珠没想到康熙会突然同自己说话，有点手足无措，忙应道，"是!"但他毕竟机敏过人，一时便灵转过来，赔笑道："魏东亭有一套曲子，万岁爷可要听？"

"要听。"康熙笑道，"早听小魏子讲，你也精于此道，必是好的，何妨演了大家共赏!"

明珠躬起施礼，入内取了筝来，横陈于筵席旁几案上，调弦更张，几声勾拨，虽不成曲调已觉清泠入脾。那明珠一手抚弦，一手轻抹淡挑，向康熙一笑，拉开嗓子唱道：

> 总领神仙侣。齐到青云歧路。丹禁风微，咫尺谛闻天语。尽荣遇。
> 看即如龙变化，一掷灵梭风雨。

听至此，康熙笑谓狼瞫："这是半阕了，听出是什么词了吗？"狼瞫忙笑道："奴才哪里懂这些!"康熙叹道："难为明珠，这词写得不坏!"熊赐履却知这是黄庭坚的《下水船》，此时却不便说，笑了笑没有言声。又听下半阕，却是：

> 真游处。上苑寻春去。芳草芊芊迎步。几曲笙歌，樱桃艳里欢聚。
> 瑶觞举，回祝尧龄万万，端的君恩难负。

曲至此处慢慢停住。袅袅余音绕梁不绝，众人早听呆了。四座寂然，都沉浸在欢乐之中，却听康熙缓缓而道："好自然是好的了，只是流于颂圣，朕即位至今已近七年，并无恩德加于臣民。如今社稷又处于危难之时，黎民有倒悬之苦。朕欲革此种种弊端，却又令不能行，禁不能止，每念及此，食不甘味，寝不安席，深感愧对列祖列宗。实无心听此雅颂之曲。"

大家原以为康熙必然大加赞赏，不料他却说出这番话，都是大感意外。熊赐履乘机上前奏道："主上宽厚仁慈，爱人以德，早怀治国之大计，若大计得行，便可开我大清帝国万世之基业。今主上不愿听颂圣之曲，乃是激励我臣下不忘国难民苦。在座诸位皆是圣上信赖之士，大清朝之股肱，必能体谅圣意，奋发用命。"熊赐履话虽不多，却点在了题眼上，众人又激动又感恩，不觉眼睛潮湿模糊。

魏东亭此时也激动不已，挺身而出，高声言道："皇上，东亭有长歌一首献上。"

"可唱来朕听！"康熙吩咐道，"明珠为他吹箫！"

"喳！"明珠答应一声，取出自己的一管竹箫，呜呜咽咽吹起，厅中顿时充满悲凉气氛。魏东亭唱：

> 蠡县城东庞各庄，有妇志节儿早亡。
> 祖孙老幼何所赖？赖有薄田产菽粮！

众人都以为魏东亭会拔剑起舞，当庭慨歌，孰料他音容惨淡，竟唱出了这么一个古朴的调子，不觉愕然相顾。康熙侧过身子问熊赐履，"是不是俗了点？"熊赐履正容答道："此乃民歌体，古风格调。"康熙便不言语，听魏东亭接着唱道：

> 翩翩五骑色镶黄，圈田霸屋气何扬！
> 使者将去惜不得，村惊户泣犬暗嗓。
> 嫠妇惶急无所措，抱孙倚门悲声放。
> 邻舍气噎无可劝，说到石人也凄惶。

唱至此处，席中已有人暗暗抽泣。穆子煦、犟驴子从关东来，一路见过多少这种情景，便是铁石心肠也看不得。明珠想起自家身世，早淌出泪来。史龙彪也是暗自伤情，低下头来深深叹息一声。康熙想着镶黄旗的霸道，眼中闪着怒火，见魏东亭双目含泪继续唱道：

> 忽有里中边家子，慷慨好义血性郎。
> 横眉仗剑绝妻子，犹如古之荆轲赴秦乡！
> 理谕不动见白刃，纷纷人头血溅墙。
> 倒提髑髅投案去，大吏色变小吏忙。
> 嗟乎！无情三尺斩丈夫，举郡老幼祭法场！

清酒一酹山月愁，一泓血洒泣残阳。

至此歌声止，箫声也止，满庭中死一般寂静。康熙起身来，缓声说道："东亭这歌真有其事，实有其人，义民乃边大有也。此皆圈地乱政所致。乱政不废，民无宁日，田园荒芜，仓廪空虚。此乃朕之心病也。朕也有几句续在后边。"说着便亢声吟道：

枢臣疆吏齐袖手，天子沮丧坐明堂。
四海之内皆赤子，义侠何独边大郎！
宿卫侍臣应似彼，振臂而起维朝纲。
吾为边子长太息，中夜推枕绕彷徨。

他吟诵至此，庭中大小人等都已泪流纵横，一齐跪下叩道："奴才等惟圣主之命是听，如有差遣之处，虽赴汤蹈火，也万死不辞！"

第二十五回　婉娘深宫戒小僮　翠姑青楼诘明珠

　　小毛子怀着鬼胎跟着张万强去见苏麻喇姑。方才人去之后，他检点了一下茶具器皿，见那只钧瓷盖碗还在茶具柜里，只不知怎的和别的茶具叠在了一起。这足见苏麻喇姑是看见盖碗了。他摸着这件东西，只猜不透她为何不当面揭穿。苏麻喇姑是皇上和太后跟前说一不二的大红人，干么要护着他呢？

　　他仔细回顾了当时的情形，断定苏麻喇姑与讷谟有宿隙。搜查之前已发作了阿三，搜了之后，若再嚷了出来，那岂不是自己扫自己的脸？想到此，他偷偷儿透了一口气，瞧张万强时却是木着脸毫无表情。

　　苏麻喇姑在养心殿东阁厢房里等着。那小毛子头一回进到这里，眼中只觉到处都是金灿灿、亮晃晃的，几支又高又粗的蜡烛在罩子里冒着老高的火焰，正中间苏麻喇姑坐着吃茶。小毛子忙打了个千儿说道："小的有罪，大姐姐福大量大，请宽恕这一回罢！"说完也不起身，另一条腿也跟着跪了下来。

　　"饶你容易。"苏麻喇姑似乎不甚理会，边喝茶边缓缓问道，"你只实说，你偷那只碗，做什么用？"

　　"我想……"他嗫嚅着，忽然笑道，"我瞧着那碗实在好看，拿了来瞧瞧，再偷偷儿送回去，不想竟拿来当贼办，亏了大姐姐庇护，不然就要了小的好看了！"

　　苏麻喇姑没想到这小鬼头连自己也拉扯进去，觉得又好气又好笑，冷笑一声道："你聪明过头儿了，打量我好性儿，整治不了你这小毛子？"

　　小毛子眼珠儿骨碌碌转了一圈，苦着脸笑道："我就有斗大的胆也不敢欺到您头上！实在是想瞧瞧就送回去的。他们张口便说偷，我怎么能认贼名呢……"

"张万强！"苏麻喇姑不等他说完便唤道，"带他到敬事房找老赵，我懒得听他这鬼话连篇！"

"哎，别别……小的实说……"小毛子这才慌了，忙叩头如捣蒜，"是小的贫极无奈，拿了这碗想出去变几个钱还债……"他抬头见苏麻喇姑脸色，似乎并不相信，忙接着道，"……小的妈是个瞎眼婆子，有一天没一天的，连吃药的钱也没有。大哥娶个嫂子心肠忒狠，一点也不顾家。人穷志短，马瘦毛长，不得已做出了这种下作事来。"说着说着便触动了隐痛，眼圈儿不觉红了，扯着袖子就抹眼泪，"苏大姐姐不肯饶我，我也认了，谁叫咱命贱来着，只可怜我妈了……"说到这里，他哽住了，没有再讲下去。

"这也算一回子事，讲了不就完了！"苏麻喇姑是个信佛好善的人，听他说得凄恻，不觉动容。想了想，又换个笑脸，"你有难处，去找小魏子嘛，他不肯助你？"

"魏大人没少帮我，"小毛子哭丧着脸道，"只是开口次数多了，我自己不好意思哩。"

"拿去！"苏麻喇姑顺手从桌屉子里捡出一锭银子丢给小毛子，"这个拿去，难为你还是个孝子，我竟不知道！赏这银子给你妈治病，再买点吃的用的，不比做贼强？——听说你是个赌钱的好材料，可不要再拿它去赌输了！"

小毛子万没想到会是这样一个结果，不禁怔住，捧着银子只是发呆，半晌磕了个头，泣声儿说道："小的赌钱是实，只也是出于无奈，就那么二吊半月例钱，够做什么用？也不过仗着点小聪明，赢人家几个贴补家用，可是，一个马失前蹄连本儿也搭进去了。阿姐既这么疼我，有个天地良心在上头，我还敢再犯么？"

"也难怪你，"苏麻喇姑悯人及己，叹道，"本来做人不易嘛。我也不涨你的月例，你有难处只管到我这里来取，我成全你这份孝心。"小毛子因祸得福，喜出望外，便叩头道："您这么着待我，图我个什么呢？从今往后，我唤您姨吧！"

苏麻喇姑倒无话可答，只笑了笑算是应承。张万强见这猴崽子如此会爬竿儿，不禁笑道："你好福气，不是我引你来，你能得着这个彩头！拿什么谢我呢？"小毛子破涕为笑，忙叩个头道："您不稀罕钱，我给您磕个头谢您!"说得苏麻喇姑和张万强不禁又都笑了。

小毛子辞了出来,走至养心殿院口垂花门处,见康熙一身便服迎头进来,忙闪在道旁垂手低头而立。那康熙却不认识他,一摆手便进了东阁厢房来寻苏麻喇姑。小毛子这才一溜烟回到茶房库自去处置那只盖碗。苏麻喇姑早已离座儿躬身接驾。

康熙一脚踏进门便笑道:"今儿个可偏了你,竟误了一次小群英会!又不得听小魏子唱歌儿!"

苏麻喇姑赔笑道:"我是哪路神仙,能跟主子上台盘儿?唱的什么歌儿?"

"朕背给你听!"康熙得意洋洋地将方才魏东亭唱的歌背了一遍。

苏麻喇姑沉吟道:"不知那姓孙的怎么样?"

"都表了忠心,"康熙兴奋地说,"朕也没有想到他们这样齐心。只是此时朕不好与他们面议,还是由着索额图他们去做文章吧。告诉你,还有一个叫刘华的今夜也去了,是鳌府的戈什哈,还是笔帖式的,朕也不甚了了,小魏子在下头办差还算卖力的。"

苏麻喇姑听了无话,半晌"嗤"地一笑道:"万岁爷今夜出去吟诗,不知道宫里头还出了新闻儿呢!我也偏了万岁爷了!"

康熙笑问道:"什么新闻儿,这么高兴?"

"茶房上的太监小毛子——就是方才万岁爷进来撞见的那个人——把讷谟大侍卫给整得很狼狈。"苏麻喇姑一边笑,一边比划着,把御茶库的故事儿告诉了康熙。康熙笑得跌脚道:"受鳌拜害的人该关照些。你倒好,替人瞒了赃,又当了姨!"二人说笑了一会儿,苏麻喇姑就服侍康熙安歇了。

刘金标奉了班布尔善的命,在嘉兴楼一带盯明珠的梢,已有一个多月了。绑架何桂柱那次,他在苇子胡同与魏东亭相遇,眼珠子被犟驴子抠出了一只。此后,他不得主命,每日自带了从人在街上溜达,指望着寻到何桂柱或明珠,不论抓到哪个,先出口气再说,无奈这两个人如鬼魂一般再不见踪影。魏东亭倒是常见,但他是天子近臣,进宫是三等虾,出宫是舆马高坐,刘金标眼睁睁地瞧着却不能无端寻衅。自忖武功也逊他一筹,真动起手来,必定吃亏。这个险是冒不得的。

也算巧，前儿在内务府老黄家吃酒，听说嘉兴楼虽然从不接客，可那儿的翠姑近来和一个小白脸儿相好了，还说有人曾在宫中皇上跟前见过这个小白脸儿，他便上了心。班布尔善曾嘱咐他，不管是伍次友，还是明珠、穆子煦等他们几个，只要能悄悄儿抓来一个，就算立功，因此便亲至嘉兴楼附近守望，不料一个多月过去，竟连影儿也没见着。

申牌将过，眼见金乌西坠，火烧云已染得半天通红，也不见一条鱼儿进网，他心下甚是懊丧，暗骂："老黄的话不知是真，还是喝了酒胡吣，害得老爷守株待兔！"正浑身不自在，忽觉眼睛一亮，那明珠一摇三晃果真来了。他怕是眼花，擦了一把再细看，来人穿着玄色湖绸长袍，白净面皮，一条油亮漆黑的长辫直拖脑后。"男要俏，一身皂"，一点不假，真个飘逸倜傥——正是明珠再不会错！刘金标暗道一声："好！"盯着明珠进门登楼，方才摆手叫从人回去搬人来。

却说明珠方上得楼，在格子窗外，便听屋里有人说话。仔细听时，却像太医院供奉胡宫山的声音。

"翠姑，你晓得么？顾华峰、尤悔庵、陈其年他们几个不耐山林寂寞，入京游历来了！"

"一通朝旨降九天，夷齐同下首阳山！"屋子里静了半晌，才听翠姑冷笑道，"你想下山，下就是了，何必拉扯别人？"

"嘻！一说话你就拧劲儿，我也并没说我要下山，我倒是要上山了！"

明珠听至此不禁一呆。他不知这些没头没脑的话是个什么意思，又感到十分重要。听翠姑与胡某人亲近到这地步儿，又有些吃醋。旋又自嘲："我这是怎么了，我虽替她置了产业，并没有就买下她的人，姓胡的自然也来得！"再凝神听时，翠姑说道：

"上山，上山干么？"

"眼见得事情不能办了，还上山做我的道士去，你也去做个道姑成么？"

"把你臭美的！"翠姑啐道，"你打量我那么容易就做道姑么？"

明珠听到这里，不及细思，捂嘴一笑高声说道："好啊！一个要做道士，一个又不肯做道姑，真难煞人了！"

胡宫山和翠姑不防有人偷听，吓了一跳，忙开门出来看时，见是明珠，不知他何时到来，听了多少去。明珠却是毫不介意，嘻嘻笑道："又是夷齐下首阳，又是上山做道士。——又没人逼迫二位，何至于就落荒而逃呢？"说着进了屋里，一屁股坐下，扇子打着手背打量二人。

翠姑斟上一杯茶奉上，笑道："明大爷好稀客，可有些日子没来了。"胡宫山也笑道："我们兄妹做了道士道姑，洒扫庭除，足下有朝做了高官，也好到小观去寻半日闲么！"说毕，三人相视而笑。

又说了一会儿话，胡宫山便起身告辞。翠姑知他不便，也不相留，送出门便立即趔身回来，笑谓明珠道："你今儿怎么得闲儿来我这儿逛逛？"

明珠却不答话，蹙着眉头问道："你既与这位胡兄相好，怎么就不肯从良呢？"

"凭他？他倒是想，可也得要两相情愿才成啊！"翠姑干脆地说，见明珠发呆，便伸手点了一下他的脑门，"吃醋了？傻子，他是我干哥！"

明珠默然不语，细思他们方才的对话，又问道："什么顾华峰、尤悔庵、陈其年的，倒像是几个人名字似的，我竟没听明白。"

翠姑一时愣怔了，半晌忽然格格笑起来，笑得用手捂住胸口，"亏你聪明，听到哪里去了！五华峰有个悔庵，他幼年师父陈其年在那修道，他要挂冠归山，约我一同投奔他的师父去……"说到这里，她已笑得有点喘不过气来了。

"做官做得好好儿的，怎么忽然要归隐呢？"

"那是你们男人的事，我怎么知道？"翠姑笑道，"总是嫌乌纱帽儿小了点呗！"

"他姓胡，你姓吴，你们怎么又是兄妹？"

"这个么，"翠姑敛起笑容，叹道，"说来话长，他对我有痴心，又救过我的命……后来便认了干兄妹——往后有时间，我细细儿告诉你。"

明珠当下心里释然，想到自己竟误听了一连串的名字，也觉好笑。翠姑欲将他心思岔开，反身进内室取出一张瑶琴，在几上陈放好了，点上香道："你来弹一曲，我得了几首新诗，唱给你听可好？"

"你先别忙，"明珠笑道，"今儿我也得了伍先生一首诗，拿了你瞧瞧，看作得好不好？"

翠姑一边笑一边走过来，道："必是好的。"接过了看时却是一首回文诗：

> 斜倚山亭望归雁，杳杳思情寄云天。
>
> 踏青愁搔易白头，鸦暮寒秋瑟冷蝉。

遂笑道，"正读愁乡关，倒读乡关愁，真真写得不赖！"

明珠便盥了手，端正了衣冠，屏息危坐，勾抹琴弦。翠姑听是《夜深沉》，过门已了，便顿开歌喉按了伍次友的诗娓娓唱来。一曲终了二人相视而笑。明珠忽然按弦笑道："该听你的了。"便转了《芦上月》的调子，翠姑道声"好！"细声儿唱来：

> 新绿初长残红稀，美人清泪沾罗衣。
>
> 蝴蝶不管春归否，只向黄花深处飞……

明珠不禁愕然，停弦问道："你唱的什么？"

"你只管弹你的，还有四首呢！"翠姑方欲接着往下唱，眼见明珠神色异样，忙问："怎么了？"

"这诗我是见过的，余下四首我也知道。"明珠道，"你从哪里得的？"

"啐！"翠姑笑道，"谁信你？"

明珠冷笑道："不信？你听——六朝燕子年年来，朱雀桥边花不开。未须惆怅问王谢，刘郎一去可曾回——可是不是？"

翠姑神色立时大变，身子似乎受到重重一击，踉跄一步，退着坐回椅子里道："你都知道了，还问什么？"

"我知道什么？"明珠笑道，"我若知道，还问你做什么？"

翠姑不答，只是追问："这诗你在哪里见的？"

明珠初时只当玩笑，见她忽然变得容颜凄厉，目光有异，料有重大隐情，倒上了心。遂笑道："翠姑，你知道我是做什么的，什么事我都能知道！"

"这是我爹爹的诗！"翠姑叫道，"你不就是皇帝的侍卫么？把我爹爹弄到哪里去了？你告诉我，你告诉我！"翠姑已完全控制不住自己，脸色惨白，神经质地抽搐着，声音也变得尖锐沙哑，如虎似狼般地扑过来抓住了明珠的衣领，咬牙切齿地道："我还当你是好人！我把清白身子都给了你，你、你反来消遣我……"

一个娇滴滴的妙龄女郎，因为几句诗，霎时间变得面目可怖，吓傻了明珠——只要他活着，大概是永远也不会忘掉这一场景的——他挣了一挣，翠姑的五指竟如铁钩一般，更觉心惊。

正在这时，忽听楼下一阵人声吵嚷，仆童使女们哭叫成一片。二人未及思索，阁楼门"咣"的一声大开，独眼龙刘金标带着几个人狞笑着出现在门口。楼上楼下脚步杂沓，明珠心知已经出不去了。

"怎的啦？"刘金标斜着一只独眼笑道，"这青楼婊子打嫖客，倒实在少见呐！嘿嘿……"

"你嘴里放干净点，你妈才是婊子呢！"翠姑惊愕地慢慢松开手，她略显有点迟钝，一惊之余，歇斯底里的情绪得到了缓冲，又开始变得理智起来，"我这里有门有户有名有姓，太平世界天子脚下，你们想怎么着？你们是哪个衙门里的，这样撒野？"

"没什么，与你无干。"刘金标见她说话简捷硬挺，也就不敢轻薄，说道，"班布尔善大人有点事要请教明珠大人，请他过府一叙。"便将嘴一努，两个青衣大汉走上来架起明珠便走。翠姑上去拦时，被刘金标将臂一挡，当时打个趔趄，方才回过神来，高声叫道："你们不能带他走！——明珠，你这个没良心的，快说，谁能救你，快说呀！"

"皇上！"明珠已被拖下楼梯，听到她问便高声应道。

"你快说，我爹爹他——"正问到这里，翠姑忽觉这话问得不相宜，便掩住了。此时只听明珠只答应一句"我不——"接着"啪啪"两记耳光声，像是嘴被什么捂住了。

一时人去楼静，翠姑颓然坐下，像做了一场噩梦。一阵风吹来，红烛闪烁几下，熄灭了，此时惟有空中冰冷的月亮沉寂地照着这座嘉兴楼，檐下铁马"叮当叮当"凄凉地响着。

第二十六回　受酷刑明珠泄机　斥奸贼义士成仁

　　一连三日不见明珠，不但魏东亭心里犯了嘀咕，连康熙心里也觉闷闷不乐。这两年来，明珠与他厮守，朝夕不离，君臣感情渐深，他逐渐觉得明珠和魏东亭一样，都是他少不得的人。

　　伍次友在一次授课时曾讲到与君子和小人相处之道。他以水比喻君子，以油比喻小人，他说："水味淡，其性洁，其色素，可以洗涤衣物，沸后加油不会溅出，颇似君子有包容之度；而油则味浓，其性滑，其色重，可以污染衣物，沸后加水必四溅，又颇似小人无包容之心。"

　　这一段话给康熙的印象极深，他常拿这一理论研究周围的人。自然头一个想到的就是魏东亭，觉得他忠厚机智，豪放爽朗，浩浩乎如江河之水。那么明珠呢？圆滑温驯，甜润馨香，似乎有点像"油"。和魏东亭一起，他有一种安全感，一切自有魏东亭精心办理，他享受到的是帝王的尊严和威权；而与明珠在一起，则有一种愉悦感，听到言词，使他感到有一股超人的优越感和荣耀感。记得有一次伍次友授课，要求每人写下一句成语，四声俱全。这道乍看极为简单的题，竟一时难住了所有的人。魏东亭想了半晌方道："千回百转。"伍次友只评了"勉强"两个字。明珠却扬眉大声道："天子圣哲！"这两人显然是一油一水的了。但既然油水不能相容，又不能相混，为何魏东亭与明珠却如此亲密无间？看来伍次友也会把事看偏了。

　　此刻，他坐在养心殿里握着朱笔，阅读从鳌拜处送来的奏章，玩味着伍次友谈论的君子小人之道，脸上泛出微笑来。苏麻喇姑在旁侍候笔墨，见他若有所思地微笑，不知何故，便上来添了一道香，轻声问道："万岁爷口渴么？"

　　康熙放下笔摆摆手，忽然笑问："皇帝跟前如果都是君子好不好呢？"

　　"'亲贤臣，远小人'，这是汉武侯的名言。"苏麻喇姑有些摸不着头脑，引了一句《出师表》上的话答道，"当然好了！"

康熙微微摇头道："怕也未必尽然。"他看着苏麻喇姑的脸继续说道，"自古贤臣能有几人？朕以为小人宜远但不可绝。因为小人当中也有多才多艺的人，才堪大用的还应该重用。就算是油吧，你每日三餐能不用油吗？因此帝王之道，只是在于能使君子和小人各得其所，各尽其能罢了。"

这番话只说得苏麻喇姑无言可对。她思忖良久，终觉有不妥之处，却又无力像伍次友那样以明白简洁的话语表达自己的意思。遂笑道："话虽如此，奴才仍愿皇上亲君子，疏小人。"

康熙不答，低头批了几行奏章，看苏麻喇姑还站在身旁不走，似在等着下文，便抬头笑道："就如春秋时的齐景公，若无晏子，谁来安邦治国？若无司马穰苴，谁来抵御外敌？反之，若无梁邱氏陪着玩，岂不闷死了他？你的那些条陈可不中用了，也不够朕用了！朕为天下苍生之主，这苍生之中哪能尽是君子？小人也该使他有个处置归宿。小人之才过于君子，若不用，岂不也是暴殄天物！"

"万岁，"苏麻喇姑见康熙似笑不笑，这些话又不像玩话，便道，"万岁，像鳌拜、班布尔善这等奸佞小人，难道也可为圣上所用吗？"

康熙思绪既定，冷静地笑道："鳌拜并不是小人，是当今一位枭雄。先帝在时，不失为良臣；朕即位后，他藐视朕躬，欲乱民祸国，才与朕水火不能相容——这是形势逼出来的。"

"万岁爷必定这样说，奴才也不敢驳回。"苏麻喇姑愈觉得康熙的话无可反驳，便愈觉惊心，若再争论下去，又恐将事情弄僵，颤抖着声儿说道，"方才万岁说到油不可缺，奴才自今日起，不吃荤，不食油，以戒今日之谈。"

康熙不想她如此认真，倒觉好笑，遂道："朕是几句玩话，你就如此认真，是与朕怄气么？这又何必呢？"

"君无戏言！"苏麻喇姑决绝地说，"奴才也不敢戏言，更说不上与主子怄气的话，奴才自来皈依我佛，戒了这些不清净之物也好。"

康熙见她忽然执拗得不近情理，心想也许碰到了什么不顺心的事，打量她过几日就会好的，当下也不再相辩。忽见外头张万强探了一下头，忙问道："什么事？该用膳了么？"

张万强原本想单独叫出苏麻喇姑说话，不想被康熙一眼瞧见了，只好进来道："万岁爷，今儿个不能去读书了，方才小魏子来说，要寻到明珠才好开课呢！"

"明珠是个风流才子，"康熙笑道，"前些时也曾有四五日不见，朕没有怪罪他，可近来越发懒散了，说不定在哪里绊住了脚。小魏子也变得太胆小了些，索性连书也不让读了。"

"还是以谨慎为好。"苏麻喇姑从旁插了一句道，"现时不比前时，搜府才过了几天，这就算天下太平了？"

"那就算了！"康熙丧气地坐下，"朕读书近来有些新的见解，正要寻伍先生校正。——明珠这猾贼也真是的，溜到哪去了呢？"便转身又对张万强道："叫小魏子仔细寻寻。明儿个朕要去瞧瞧伍先生。"张万强只好答应着下去了。

明珠此刻被绑在鳌拜府花园的一间空房子里。自那日夜里从嘉兴楼被绑架出来，先是被囚在班布尔善府中。那班布尔善心眼儿颇多，恐走漏了风声，祸及自己，便送至鳌拜府中来。此刻，明珠头枕着一块垫花盆的方砖，昏昏沉沉地躺在湿地上，偏西日头从屋顶上透下光来，亮晃晃地刺眼。周围是一片死寂，不时听到大雁凄婉的哀鸣。他试图挪动一下身子，但没有成功，下半身已完全失去知觉。

被绑到班布尔善府时他就拿定了主意，准备承受一切酷刑，拼上一死也得保住自己的贞操。

可那都是些什么样的刑罚！先是用拶指，后来改为皮鞭，接着又是老虎凳、夹棍。班布尔善说这叫"倒食甘蔗，愈吃愈甜"。他昏过去，又被盐水泼醒。他一醒来便又听他们问："伍次友在哪里？""悦朋店老板在哪里？"他知道他们是追查皇上读书的地方，是万万说不得的。可这刑法最不堪忍受的是用猪鬃猛扎下身尿道——这真是旷古未闻的惨刑。明珠急痛之下，不禁大叫一声："天哪，快，快救救我！"

坐在一旁观刑的班布尔善冷笑道："我班某饱读酷吏传略，通晓各种刑法的功能。别要说是你，就是神仙金刚到此，也是要开口的。"他示意松刑，慢慢踱至明珠跟前道："你是聪明人，岂不闻'留得青山在，不怕没柴烧'么？你落入我的掌中，不说实话，谁也救不了你！"

"我确实不知道……"一语未了，明珠见拔出来的猪鬃带着血又颤巍巍地在眼前晃动，像在月下荒冢野地里突然遇到了狰狞的恶鬼，明珠"啊！"地惨叫一声嚎道："你这畜生！你杀了我，你杀了我！"

"要杀你——就用这根猪鬃！"

"不，不，不——不，你用刀！"明珠睁大眼睛，恐怖地望着黑油油硬挺挺的猪鬃叫道。

"自古刑不上大夫，"班布尔善笑道，"你这样的贵人，我怎肯用刀来杀？说出实话，我就送你出京，给你一笔钱——十五万两银子！够了吧？你不再与我为难，我就决不再寻你的事，一辈子都不用愁！"说着一挥手，刘金标捏着猪鬃便又要来扎。

"天呀！"明珠大叫一声，挣扎了一下，便昏了过去……再醒过来，只听得班布尔善的后半句话："……既在白云观，不愁找不到山沽店。这人先不要整死，送鳌中堂那儿去吧！"

此刻躺在这里，他想起这可怕的一幕，还觉得心头突突乱跳。天啊！难道我在昏迷中真的说出了皇上读书的地方？当初我为什么不咬掉自己的舌头呢？人，如果没有落到这一步，真也难以体会此中情味。痛定之后静心思之，明珠才知道自己犯了多么严重的过失，多么可怕的后果在等着自己啊。

在幻觉中，他似乎看见伍次友轻蔑的目光，看见康熙、苏麻喇姑、魏东亭带着冷笑逼近过来。这些平日与自己朝夕与共的人，却被自己轻轻的一句"白云观"推送到九泉之下。

伍次友不信鬼神，但他明珠却是宁信其有，不信其无的。与这位忠诚、正直、满腹经纶的伍次友在一起，平日他心里总有点怵惕，现在该怎么办？九泉之下与这些人相见，该怎么解释这件事呢？

"假如初审时，我不顾一切撞死在木柱上，他们会怎样呢？伍次友会临风长啸，作一首悲壮的诗来挽悼自己。苏麻喇姑会黯然神伤地坐着垂泪。史龙彪将咬牙切齿地发誓为自己报仇。清明时节，穆子煦、郝老四会到自己坟头上默默地添土封泥。犟驴子、何桂柱将痛悔自己误看了英雄。翠姑将会肝肠寸断地扑上来，薅坟上的青草……康熙皇帝会……会怎么样呢？

他会坐在金殿上亲自起诏，封赠自己以'忠悯'的谥号——可是现在这算什么？唉……"

就这样思虑重重，明珠一时热血沸腾，一时又觉如掉进冰窟窿里，周身感到透骨寒凉。正在这时，忽觉门外"咕咚"一声，似有一人倒下，接着便毫无声息。过了一会儿，又觉得铁门无声地一动，定神看时，才发觉天已经黑了。又过了一会儿，门轻轻地被推开了，明珠这才确实认定，这决非精神恍惚。此时只见面前人影一闪，一个细细的声音贴在耳边道："你能走动么？"

"怕不行……"明珠激动得有些发喘，暗中摇摇头问道，"足下是……谁？"

"你甭问。"那人小声道，"我背你走！"

细听时，依稀像刘华的声音，他心中一阵酸热，哽咽道："刘兄，难为你这时候还来……"刘华扶他坐起，低声急促地说："不要多说半句废话，咱们快走！"

"不！"明珠的眼睛在黑暗里闪烁着微光，"我不成，你快离开这里，告诉魏大人，叫他们快快离开白云观！"一边说，一边握着刘华的手，紧紧抖了两下，"事体紧急重大，万万不可疏忽！"

一听"白云观"三字，刘华只觉脑袋"嗡"地一响，当下也不说话，拉起明珠一只胳膊，顺势将一条腿搭在肩上，扛起明珠拨开门，一个箭步蹿了出来，不防正被一个巡更的瞧见。巡更的把灯和梆子哐啷一摆，扭身便跑，杀猪似的大叫一声"有强盗了"！待喊第二句时，刘华抢上一步，猛砍一刀，那人便俯身倒了下去。

只此一声，鳌拜府里便炸了营。守在二门的歪虎口里打着呼哨，几十名从旗营里精选的戈什哈和歪虎从山寨里带下来的几个黑道朋友，"刷"的一声都蹿出了房门。歪虎一步跃前，横刀在手大喝一声道："不要乱，贼在花园里！"说着便提调四十名戈什哈在府外四周巡看，封住出路；用十几名封住花园门，防止贼人蹿入内宅；自带了二十五六人燃了火把进入园中搜查。鳌拜此时听到报警，早已整装戒备，掇把椅子在花园门口坐镇拿贼。

明珠见大势已去，附在刘华耳畔低声急道："放下我，一刀砍死我，然后说我逃跑……你别……别……我不恨你！"

刘华一声不吭，背着明珠前盘后转，但觉到处都是人声灯影，惶急之中，听得明珠又喃喃道："送信要紧……事关皇上安危……你、你快放下我一人去吧！"见刘华仍是不放，明珠张口便在刘华肩上咬了一口，"你怎么啦？我告诉你，若你也被擒，要尽情大声呼唤'白云观'，自有人去报信，切记……"话未说完已昏厥过去。

正在左右为难之际，眼见灯笼火把愈来愈近，花园女墙上也上了人，数十盏玻璃防风灯照得园墙内外如同白昼。搜园的人并不吆喝说话，只用刀拨草敲树，步步逼近。突然有人喊叫一声："刘华，原来是你！"

刘华站住了，将明珠轻轻放在地下，提起剑来插进假山石缝里，"咔"的一声立时别断成两截，笑道："歪虎！咋唬什么？我能不知道你那两下？大丈夫做事敢作敢为，我随你们去见鳌中堂就是了。"

众人见他如此从容，一时被他的气势镇住了，做声不得。歪虎见他断了剑，也将刀回入鞘中，拱手笑道："刘兄是条好汉子！我也不来为难于你，鳌中堂已在那边等着，你自去分说！"说罢喝道："还不侍候着刘爷！"几个戈什哈一拥而上，将刘华五花大绑，架起便走。

听说拿住了家贼，鳌府上下人等无不惊异，都赶着来瞧，鹤寿堂内外点燃了几十支胳膊粗的蜡烛。鳌拜按剑坐在榻上，见歪虎他们进来，也不言声，只两眼死死盯着刘华。刘华毫不畏缩，硬着脖子立在当庭，拿眼打量鳌拜。半晌，鳌拜冷森森地笑道："我说后花园里怎么尽闹鬼，原来是你啊！你叫刘华？"

刘华撇嘴一笑，扭过脸去不答应。歪虎见他这样，走上来劈脸一掌，把半边脸打得紫胀，嘴角渗出血来："主子问你话呢，你哑巴了？"刘华此时只有求死之心，转身照歪虎脸上啐了一口血唾沫，问道："他是我哪门子的主子？"这时庭上庭下百余人，见这个平时十分随和的人竟敢对鳌中堂如此无礼，一个个吓得变颜失色，堂内堂外家人仆役护卫侍从环立，屏声敛气鸦雀无声。那刘华却昂首挺胸地满不在乎，缓缓又道："我是朝廷六品校尉，也不过主子叫我跟着他当差罢了，这就成他的奴才了？"还待往下说时，只听"啪"的一声，这半边脸上又挨了歪虎一掌。

歪虎身上没功名，听了刘华的话便觉格外不入耳。他自觉在鳌府是最有脸的人，今日为着鳌拜被刘华埋汰，顿时大怒，脖子显得更歪，阴着脸

"嗖"地从腰后抽出钢丝软鞭，"呜"的一声照刘华拦腰猛抽过去。

"歪虎！"鳌拜突然喝道，"退下！"歪虎狠狠盯了刘华一眼，盘起鞭子，悻悻地退到一旁。

鳌拜格格一笑，起身来到刘华旁边道："刘华，今日此事你也料知我不能善罢。不过，我惜你是条汉子，只要讲出谁的指使，你不是六品么，我抬举你个四品，怎么样？"刘华哼了一声，别过脸去。鳌拜又道："如果你觉得那边得罪不起，也无甚要紧，我给你一笔钱，找个幽静去处做个陶朱公，可享受清福，这样可好？"

刘华"呸"的一声朝地下唾一口口水说道："没什么人指使，你弄了个人放在后花园，我想见识见识是怎么回事。"说完又闭口不言。

"见识得怎样呢？"鳌拜冷冷问道。

"也不见得怎样，"刘华提高嗓门说道，"他叫明珠，现是皇上的侍卫，在白云观当差！"

听得这话，鹤寿堂内外立刻引起一阵轻微的骚动。鳌拜知他用意，强压心头怒火冷笑一声道："你喊吧！你就把我这鹤寿堂喊塌了，白云观也不会听见！"转脸吩咐歪虎，"自现时起，十二个时辰不断巡查府内外，不经我亲自准许，不管是谁强行出府，你就宰了他！"

"那也不见得就堵住了！"刘华立刻硬邦邦顶了一句。话刚说完，鳌拜就伸手向刘华左胁下一点，刘华马上觉得猛地一麻，浑身一颤，顿时全身麻痒难忍，胸口憋得透不出气来。鳌拜背着手笑嘻嘻地瞧着他那痛苦得扭曲了的脸，问道："刘华，你怎么知道后园里关着人？府里还有谁是你同党？讲！我已点了你先天要穴，此时可忍，再过一时目暴皮绽、肠断肺裂，比剥皮都难受！"

刘华已是瘫倒在地，喘着气道："解，解了穴……我，我讲就是……"小齐、小曾、小吴几个人已是吓得面如土色，躲进人后。

鳌拜弯腰在他背上轻轻一拍，说道："好，给你解了，你讲！"刘华躺着不动，说道："绳子捆得太紧，我懒得讲。"

鳌拜便努嘴示意歪虎给他松绑。歪虎迟疑道："中堂，这成吗？"鳌拜冷笑道："凭他这点微末功夫，老夫可以空手让他白刃！给他解开！"

绳子解了，刘华慢慢站起身来，活动活动手脚，大模大样拉过一张椅子坐了，双手搓着不言语。

鳌拜追问一句："怎么说话不算数？"

"我是出名的酒猫子，"刘华道，"所讲的事体太大，得给碗酒喝才行！"

"好，索性成全你！"鳌拜吩咐道，"来，将御赐的贵州茅台给他倒一碗！"

酒，斟上来了。刘华颤巍巍地端起碗来，略一踌躇，仰头"咕咚咕咚"喝了个干净。鳌拜一声"好"没叫出口，忽见酒碗"日"的一声照脸砸了过来。他眼力极好，也不躲闪，伸出左手"啪"的一声就在空中将碗击得粉碎，猱身一步伸手又去点刘华的池源穴。哪晓得刘华一闪身，竟从怀中"嗖"地拔出一把四寸多长的匕首，扑向鳌拜。

阶下众人惊呼一声援救不及。歪虎在旁瞧得真切，甩手一镖，正中刘华眉心。刘华哼也不哼一声，就沉重地倒在地下咽气了。

鳌拜脸色煞白，双手对搓一下，强笑道："除了家贼，一大快事！"

第二十七回　往事今事难解难分
　　　　　　旧情新情齐集心头

　　翠姑在床上翻来覆去，一直到四更天也没合眼。

　　她的父亲吴庭训，原是前明崇祯三年的进士，主考官便是大学士洪承畴。洪承畴为人气度雍容，颇受当时一般士子推崇。吴庭训得以依附门墙，是一件很体面的事，常常引以为荣。洪承畴对这位高足弟子也是另眼相看。闯王、高迎祥起事之后，洪承畴领兵部尚书兼督豫湖川陕军务。吴庭训随入幕府，参赞军机要务。师生二人在忧患中，结下了更深厚的友谊，常在空余时间，并辔走马、扬鞭赋诗。这在军中被人钦羡不已。

　　高迎祥被击溃，李自成率残部奔向商洛地区。眼见中原的战事逐渐平息，不料此时京都又传来诏旨，命洪承畴星夜入卫，吴庭训又跟着老师与清兵会战于松山。

　　不久，便从前方传来了战败的消息：洪承畴失踪，总兵余国柱身中数箭阵亡。曹变蛟、王廷臣、丘民仰被俘之后，英勇不屈，骂贼而死。

　　消息在北京黎民百姓中一传开，举城上下一片惊慌。翠姑的母亲抱着刚满周岁的女儿，急得简直要发疯，几乎是逢人便问："洪经略是死是活？"她深信，丈夫的命运和洪承畴连在一起。洪承畴死了，丈夫必定不会活着，所以只要打听出洪承畴的音信，大约也就知道了丈夫的下落。

　　但这样的事谁说得清楚呢？不久，朝廷送来了旌表敕令和三百两恤银，说她丈夫已与洪经略一并死于王事。这女人抱着女儿到城东北的荒郊地里，焚化了纸人、纸马、纸房子，还在左家庄旁一片松树林里痛哭一场，又焚化了不少成色极好的金箔纸钱——连洪承畴的共是两份。如同传统所称赞的淑贤妇女一样，痛定之后，她反而觉得宽慰了许多，因为丈夫跟着洪经略尽忠尽节为国捐躯，死得很值得！

　　崇祯皇帝原想借洪承畴的死大做丧事，用此来激励各路勤王将士的斗志和忠君爱国之心，特命高筑祭坛，筹建洪承畴祠堂于北京城外，并亲笔撰写了祭文，广为张贴。翠姑的母亲在欣慰中又加上了感恩——洪经略既成了神，那丈夫也必定会跟着他一起来受万民蒸腾的烟火。她甚至有些骄傲：谁不知道，我老爷是洪经略的至友？她抱着女儿笑道："孩儿，你爹是为国尽忠，你是他的骨血，再难，我也要把你拉扯成人！"笑着，说着，豆大的泪珠从面颊上无声地淌落下来。

但事实是这样的严酷，该为国捐躯的洪承畴却仍厚着脸皮活在人间！朝廷虽未明诏告示天下，但眼见用黄土筑起的祭坛被校尉们扒掉，砌好的祠堂地基也被挖了，张贴的御制祭文在一夜之间消失得干干净净，对此就是木瓜做的脑袋也想得出是怎么一回事了。

在一个风雪之夜，吴庭训回来了。他身上满是冰雪碴子，脸上的污垢和乱蓬蓬的胡子让人几乎辨识不出模样。翠姑妈吓得竟将怀中的女儿失落在地上。

吴庭训苦笑着看看堂上为他设的灵牌，颓然坐下闷声不响。翠姑妈呆呆望着他，突然爆发出一阵撕裂人心的号哭："朝廷旌表了你……你怎么活着回来了……啊？……你倒是说话呀！"

吴庭训不答，呆着脸由着夫人哭闹。他可怕的沉默和镇静很快使妻子停止了哭泣，倒有些惊愕不知所措了。吴庭训抚着她的肩头平静地说道："你不用这样——洪经略不死，我怎么能死呢？一个人不能受人终生欺骗，我总要对得起他！"

大明的天下不稳了，吴庭训清楚地看到了这一点。李自成自商洛起兵，陷洛阳，攻开封，挥师北上。在松山得手的满洲绿营兵则云集山海关、古北口、喜峰口一带，雄视中原。亡国只在旦夕之间，吴庭训带着妻女迁出京城，由山东济南、泰安过芜湖，在南京隐居下来。好在他并不很穷，靠过去宦囊所积，仍可过着富足的生活。他白天悠游于石头城、清凉山，晚上便教咿呀学语的女儿读书念诗，不结交朋友，也不拜访故旧。那五首诗便是写在灵谷寺破壁上的，不知被哪个好事文人抄了去题在北京的风氏园中——明珠和翠姑哪里能知这其中的曲折？

翠姑翻了个身，从枕下取出一柄雪亮的压纸小刀——这是父亲在顺治十年的一个黑夜交给她的。那年她已十二岁了，一切都像昨天的事那样真切。父亲颤抖着双手把这压纸刀交给心爱的女儿，噙着泪说道："孩儿，爹爹十一年前蒙受奇耻大辱，士可杀，不可辱，此仇不能不报！明天仇人到南京来，我要去见他！爹没有别的东西给你，这个做个纪念吧！"

翠姑妈早已哭得气断声咽："他现在是满靼子的人，气焰比先时还凶。如今天下大定，你不愿替他们出力，我就随你隐居山林一辈子，也算对得起前头主子了，你何必……"

"该说的我都说了，"吴庭训淡然一笑，"你先前盼我死，你脸上光彩；如今你又盼我活，你又要过太平日子，你真是想要甘蔗两头甜！"言犹未毕，翠姑妈早放声大哭，翠姑也"哇"地哭着跑上去抱住了爹爹的脖子："爹啊！妈才生弟弟，你不要去，我不要你去！"

吴庭训眼泪潸然长流，叹息一声道："既然这样扯不断，我……就忍了这口气吧！"他摇摇头又道，"洪承畴明日要大宴宾客，祭奠南征阵亡清兵将士，我原想前往凑个热闹……唉！"

事情本来就这样算了，不料又出了一件大事，吴庭训倒不能不去见见洪承畴了。就在第三天的早晨，吴庭训方用过早点，门上的人进来回道："金老爷的公子金亮采来拜！"

"哪个金老爷？"吴庭训在南京一向深居简出，很少与外人交往，忽听有人来访，一时有些摸不着头脑。

"金正希老爷！"

"哦？快请进来！"吴庭训一下子想了起来。

金正希是他换帖兄长，曾同在洪承畴的幕下共事，脾气一向很偏。松山一战，吴庭训从死人堆里爬出来乞讨回京，曾听说金正希战死了，现在又听说他的儿子到来，真是又惊又喜，便一边吩咐着叫夫人，一边自己抢出门来。方出书房，早见一个二十多岁的少年踉跄而入，纳头便拜，失声痛哭道："吴叔叔——"

见侄儿哭得凄楚，吴庭训忙伸手挽道："贤侄，不要这样，快起来吧！"

"叔叔不救家父，侄儿便不起来！"

"你父亲！"吴庭训大吃一惊，"他还活着！现在何处？"

"现在原来的大理寺监着，明日就——"

"怎么？"

"洪承畴明日要在南郊校场奠祭阵亡清兵，要杀家父来祭旗！"

听得这一消息，如平地起一个焦雷，吴庭训浑身汗毛乍起，面色白得像纸，颤声问道："洪亨九？他也是你父亲的把兄，他怎么能下如此毒手？"

原来金正希也是在松山之役中逃了出来。因他是武职，朝廷处置败逃将士号令极严，未敢回京，改名换姓逃至南都金陵，在亲戚家藏了起来。南京城破，被在松山投清的副将夏成德掳住，投进了监狱。

这次洪承畴以大清"招抚南方总督军务大学士"的身份坐镇金陵，听说金正希在押于此，便着夏成德前去说项，颇有结纳之意。不料金正希一听"洪承畴"三字，便捂起耳朵、闭起眼说道："成德君，你过去爱说诳话，十多年了还没长进一点？亨九能像你一般无耻，认贼作父？"

夏成德哭笑不得，只好把天与人归的道理一板一眼地讲给金正希听。

无奈金正希只是摇头："你便说得死人活了我也不信！洪亨九是万历四十四年的进士，做了十几年官，才不过做到陕西布政使参政。崇祯爷即位，不数年便建牙开府，又被擢升为兵部尚书、太子太保、蓟辽总督，位极人臣！明以来哪有受恩如亨九之深的——哪有受恩如此之深会叛君的？你说的这个洪承畴，别是他人冒充的吧？"

听说夏成德将金正希这番话向洪承畴转述时，洪承畴像被蝎子蜇了一下，眉头猛地一蹙，旋即笑道："此老火性未除，吾不可见也！"不久便有消息，要杀金正希祭奠清兵亡灵。

听了金公子的话，吴庭训又愧又恨。与金正希相比，他觉得自己不配做他的兄弟。自己从受教以来，便懂得主忧臣辱，主辱臣死。现在主子缢死煤山多年，自己一向以忠贞自许，却仍驻颜人间！再想想自己当年敬佩、爱戴、如事师长的洪亨九，竟有这样一副令人恶心的嘴脸！他的呼吸渐渐急促起来，但觉热血在四肢形骸中冲波逆折，浑身燥热难当。

他扶起金亮采，拉着手道："贤侄，叔叔去就是了！"便进了书房，夫人和翠姑已经等在这里了。

他又拿出压纸刀默默交给翠姑，翠姑仰望着父亲的脸。吴庭训将脸别转着，对妻子道："你们回河间府老家去吧，依靠那二十亩薄田过日子去……救不下正希，你们就别等我了；若救得下来，还可厚颜再活数年……"说完起身整整衣襟，头也不回地去了……

想到这里，翠姑已是满面泪光。她看着这把压纸刀，想起失散十五年的弟弟和母亲，想起黑店中被残杀了的亮采，眼睛中爆出火花来。旋又想到明珠，心中又是一紧，一翻身起来，换了一身男子装束，便走出了嘉兴楼，到狮子胡同来寻义兄胡宫山，她要叫胡宫山亲自出马去救明珠。

由于鳌府关防严密，五更时分小齐才送出"白云观失风"的情报。魏东亭一跃而起，慌不择路，单骑飞马径往西华门，打算就近入宫。无奈这日不该他当值，腰里没牌子，守门的军士又换了防，说什么也不肯放他进去，只是赔笑说："爷请稍停！您的名头儿咱们知道，只是这里已换了首领，您没牌子，放您进去干系太大。长官在睡觉，待他醒了，小人禀过再……"魏东亭无心听他饶舌，猛然间想起康熙说过今日定要去山沽斋的话，顿时急出一身汗来，立眉瞪目"啪"地给了那禁兵一记耳光，骂道："撒野的奴才，少时爷出来再与你算账！"

一边骂一边往宫里走，却见旁边厢房里闪出一个大个子，铁塔似的站在当头拦住去路，冷冰冰地说道："魏大人，孟浪了吧？"魏东亭闻声抬头，不由倒抽了一口凉气：原来这新换的首领竟是刘金标这个老对头。刘金标穿着一身簇新的五品侍卫补服，双手叉在胸前，神气活现地斜着独眼道："虽说您是乾清宫侍卫，可没打这儿进去的例，又没有牌子，这就对您不住了！"说着回头喝道："来！"一手指着魏东亭说道："请魏大人到那边厢房中歇着，待堂官来了再作处置！"

"放肆！"魏东亭横眉说道，"我奉主上特旨，无论哪道门都能直出直入！"

"不知道。"刘金标心里快意之极，说，"你今儿个擅闯宫门，放你去了，我先就有罪。来啊，夹他进去！"

魏东亭见状不妙，伸手抽刀时，却摸了一个空！原来他走得太急，连佩刀也没来得及挂上，眼见两个戈什哈扑了上来，情急之下，一个"推窗见月"双掌两分，两名戈什哈刚刚接掌，便觉得如扑虚空，急忙收势时，又被魏东亭顺手一送，二人"呀"的一声直仰跌出一丈多远。魏东亭呵呵冷笑道："怎么，还要动武么？"

"不动武谅也不能与你善罢！"刘金标将手一摆，西华门值差的三十几名校尉"噌"地拔出刀来，围成扇面形逼近魏东亭。

魏东亭急于脱身不敢恋战，忙向后跃了几步转身牵马，却又见讷谟带着几个人立在当面。方一愣怔间，讷谟大喝一声："还不拿下。"三四个人饿虎扑食般逼近身来，紧紧擒住他的手臂，并就势向后一拧，此时再有通天本领也施展不开了。讷谟笑道："你是圣上红人，我也不为难你，这也不过奉公行事。你只说，谁叫你这个时候擅闯禁宫的？"

魏东亭被几个人死死按着，直不起身子来，仰起脸来大喝一声道："我是奉旨见驾！"

"奉旨？"讷谟哈哈大笑，"你们每日价说鳌中堂假传圣旨，原来你也会来这一套！回头查实了，再和你说话！"他放低了声音："皇上今日微服巡游白云观。嘻！哪来的旨意给你？告诉你，鳌中堂兴许也要派人来伴驾呢！"说完手一摆，几个人簇拥着魏东亭，推推搡搡地将他押进供守门亲兵休息的一间小房子里，把他结结实实地绑在柱子上，口内塞上了一团烂号衣。讷谟吩咐一声："先把他看紧了，回头禀过内务府堂官再作处置！"说着，扬长而去。此时天色已是大亮。

其实魏东亭只是早到了几步，相差须臾之间，要是迟来一步便可截住康熙的车驾，因为这天康熙正是从西华门出行的。倒是苏麻喇姑眼尖，发现守西华门的似乎换了陌生的面孔。轿车叮当走过时，她隔着玻璃瞧了瞧，也只是一闪念而已。怎知魏东亭此时正隔着窗棂眼睁睁地急得发疯呢？

康熙心事重重地默坐在车中，出神地看着车外景致。愈近郊外街衢上的人烟愈少。时令已是初冬，道旁的杨柳暗绿、枫柿残红，另是一番情致。西北风飒飒吹来，遍地绛红色的落叶婆娑起舞。苏麻喇姑看到窗外的景致，叹息一声，说道："不留神间，已至隆冬了。山水萧然满天寒——我是说咱们出门也太早了一点儿，万岁爷，冷不冷？"

"不冷，朕想多在外头转一转，再到山沽斋去。"正在沉思的康熙答道。

二人正说着，忽然车子猛地一刹，他们身子向前倾了一下，方才坐稳，便听张万强扯着嗓子喊道："你是怎么啦，不想活了？"苏麻喇姑从帘缝往外看时，见一个仆人打扮的人正赔笑道："走远道儿乏了，想趁您的车搭一段路。"

苏麻喇姑一掀帘子露出脸来，大声喝道："你这人真少见！我们的车子坐不下，何况你是男子……”说着便吩咐张万强，“还等什么？咱们走路！”

那仆人伸手一拦道：“大姐，人就是满了，再挤我一个也不打紧啊！”说着竟大胆地盯着苏麻喇姑说道，“若说我是男人，车里还有一个，不也是男的么？”

苏麻喇姑虽是包衣出身，但自幼就被选入深宫，极得恩宠，见他出言如此不逊，一双火辣辣的眼睛又直溜溜地盯着自己，不觉又恼又羞，便放下车帘，不再搭理他。康熙早凑近了车帘审视，虽觉此人面熟，却再也想不起何时见过。

那人仍拦住轿车不让路，并声言有急事要去白云观。

第二十八回　吴翠姑挡驾救驾 穆里玛围店剿店

　　车下挡路而立的是翠姑。几年前，在悦朋店康熙曾见过她一面，此时哪里还会想得起这位当年唱《红绣鞋》的女郎。但翠姑因明珠的缘故，知道"龙儿"是个"猜都难猜"的贵人，以后又曾偷着瞧过几回。所以康熙略一露面，她便认了出来。

　　原来翠姑去寻胡宫山，适逢胡宫山外出，她便坐在胡宫山的书房里等着。胡宫山并无家室，只在太医院附近租赁了一座四合小院，雇了四五个侍候的人。她是来惯了的，家下人一向视她是姑奶奶，也都不在意。

　　此时她闲坐灯下，竟如同进入梦寐一般。今晚与胡宫山发生龃龉，原是她意想不到的事。细思自己这宦家之女，为了替父报仇，和道士出身的胡宫山结义，已是屈尊俯就。为回避胡宫山的追求，她又只身入京，堕入青楼，原想借此结识达官贵人，夤缘见到洪承畴，手刃此獠……不料追到京师的胡宫山，这位曾要与她共图"复明"大业的男子汉，近来也渐渐改了口风。

　　胡宫山自康熙召见疗疾之后，回来如失了魂一样口中喃喃自语，也听不清说些什么。有一次翠姑问他："大哥你这是怎么了？"胡宫山怔了一下才答道："比起那个吴三桂，怕还是这位要好些！"

　　"这位？"

　　"嗯……翠姑，"胡宫山斜靠在椅子上，闭着眼睛沉思着道，"今儿个我见到了皇上。"

　　"嘻！"

　　"我读过不少相书，"胡宫山不理会她鄙夷的神色，只管说下去，"对什么'麻衣''柳庄'都不外行。这位少年皇帝气度深宏、龙章凤篆，的确有帝王之相——你别笑,我并不信这些——这些话我也曾用来奉承吴三桂——怪的是他的案头并无奏事匣子,满案上堆的尽是些《春秋》《战国策》《史记》《汉书》……"他又将给康熙疗疾的事细细讲给翠姑听。

翠姑沉默了。这些话与她的反清心理格格不入,但又不能认为胡宫山说的没道理。

等了一会儿,仍不见胡宫山回来,由不得长长叹息一声:"爹爹,女儿的命苦啊!"她信手从书架上抽出一本书看时,却是一本张仲景《伤寒杂病论》,翻了几页,觉得文词艰深难解,正欲插回书架,书页中忽滑落出一张字纸来。她捡起一看,正面是吴庭训作的那五首诗,翻过来看时,密密麻麻写的全是胡宫山自己的诗。就着烛光,她一篇篇瞧去,不料这位相貌奇丑的人竟如此执着、纯真地爱着自己,而且竟有如此丰富细致的感情!想到自身的处境,不禁眼中噙满了泪:"原来他的心也这般痛苦!"

"我料到你一定会来!你不来我就又要寻你去了。"背后突然有人说话,翠姑猛地回头看时,原来胡宫山已经走了进来。

"好嘛!"翠姑故意嗔着冷笑道,"'此心难作盘古石,飞絮如花向清风'——真是好诗!"

胡宫山苦笑着坐下说道:"现在不是说这个的时候。你知道么?只怕当今皇上明日难逃一死!"

胡宫山带来这样惊人的消息,他自己却非常平静。翠姑只觉身上一阵阵发寒,说不出是一种什么滋味。

"鳌拜捉了明珠,盘出了底细,知道伍次友在白云观山沽斋给康熙授业,定于明日围攻白云观,弑君自立!"

"这么机密的大事,你是怎么知道的?"翠姑先是一愣,旋又问道。

"我刚从鳌拜府回来……魏东亭的把弟刘华已死,明珠也没逃脱……无人送信。这件事叫人难下决断!"

"有什么难决断的?"翠姑慨然说道,"告诉伍次友躲开,救出明珠,那我……我就嫁给你呗!"

胡宫山大吃一惊,一时不知说什么好,深邃的三角眼中不知是泪光还是火光。停了好久,他才起身轻轻拍了拍翠姑的肩头,背过脸去说道:"伍次友要救,明珠要救,康熙也要救!我办完这事,也就该回峨嵋山去了……"

翠姑没有再反驳他，她从小受父亲熏陶教诲，一直认为"夷狄之有君，不如诸夏之亡也"。顺治身为"夷狄"而又奄有华夏，是件不可思议的事。她对前明也并没有什么好感，只不过模糊地认为"反清复明"乃是天经地义的事。两年多前，她第一次见到龙儿，觉得康熙与胡宫山、明珠和已死的亮采都是一样黄黄的面孔、黑眼珠、黑头发，除服饰稍有不同以外，别的并没什么特别之处，从明珠、胡宫山言谈中看，康熙行事的沉敏、机智、豁达大度似乎还在常人之上！她的心有些乱了：自己爱明珠，胡宫山爱自己，明珠忠于康熙，胡宫山也倾倒于康熙，难道他们一点道理也没有？这么一个活脱脱的少年活不过明日，而自己明知如此，却袖手旁观。想到此，翠姑五内翻腾，血液骤涨，脸在灯下映得通红，真不知如何处置这笔冤孽债。半晌才讷讷道："你何不夜闯紫禁城，把消息……传进去？"

"这不是万全之策，"胡宫山摇头道，"宫禁森严，高手如林，没有御旨，很难进宫。"他站起身来，果断地对翠姑说道，"明日你去白云观的必经之路截住车驾，我到山沾斋相机行事。"

康熙听这人说有急事要去白云观，便吩咐张万强将车停靠路边，自己从车上跳下。苏麻喇姑不放心，也跟着慢慢下了车，侍立在康熙身后。

翠姑盯了康熙一眼，见眼前这位身着家常玄狐袍、身材瘦削的人就是两年前在悦朋店里见过的龙儿。不禁喜出望外，便抢上一步，扎了个千儿，失声叫道："您不是龙儿吗？"

"龙儿"这名字，康熙只在伍次友跟前使用。此时，听翠姑也如此称呼他，康熙还以为她是侍候伍次友的仆人，遂问道："原来你是索府的，我说有点面熟呢！"

"索大人府里三四百口子，"翠姑心里暗暗发笑，便以索府的用人自居，顺口答道，"爷哪里就都记得清了？我是府里派去给伍先生送信儿的，走乏了，想乘个便车，不想在此撞见了爷！"

康熙诧异道："索家难道连个车马也没有？"

"也无需多说。"翠姑怕多说了，露出马脚，便冷冷地说道，"既然爷的车不让乘，这封信就请爷带给伍先生好了！"说着，也不等康熙答话，双手将一张纸条儿呈了上来。

见此人如此放肆，康熙正待发作，瞟了一眼纸条上的字，马上收敛起怒容。只见上头写的是："江晚正愁余，山深闻鹧鸪，行不得也哥哥。"欲待再问时，翠姑将手一拱，说声："告别了！"转身便走。

康熙近年来随穆子煦他们跟着史龙彪习武，也颇有些长进。见这眉清目秀的青年人说起话来皮里阳秋的，举止十分乖张，早觉有异，便抢上一步抓住翠姑肩头向后一扳，顺势扯住了衣襟。翠姑顿时红晕满颊，骂道："我来救你，你竟如此轻薄！"

康熙一愣："我怎么轻薄了？"便不自主地松开手。翠姑一挣脱开，忙蹲身提鞋（忙乱中，她穿了一双不合脚的鞋，鞋带又脱落了），转身便走。

"妹子慢走！"苏麻喇姑一眼瞧见她的小脚，突然叫道。这一声喊出来，不仅康熙和张万强大感惊奇，连翠姑也是猛然一怔，回头道："你说什么？"

苏麻喇姑慢步向前又细相了相，越发认为自己判断不差，拉起她的手说道："咱们上车再说！"说着朝张万强一努嘴儿。张万强会意，扶着康熙上了车。苏麻喇姑牵着翠姑的手也钻进轿车，挨边儿坐了。那翠姑红着脸，不敢正眼瞧康熙。苏麻喇姑吩咐一声："转辕！原道儿回宫，快！"张万强答应一声"明白"，将缰绳一收，大喝一声："嘟！"那御马都是久经驯化的，听得主人口令便能会意，当即放开四蹄，照原路狂奔而去。

"你怎么……"被苏麻喇姑揪去了瓜皮帽，翠姑一头秀发披了下来，已完全恢复了女儿模样，有些羞涩不安地说道。

"别说是你，再比你聪明点的我也见过。"苏麻喇姑掠了一把自家头发笑道，"你瞧你的鞋，谁戴帽子像你这样儿？耳朵上还戴着个耳环！——咱们且别说这个，只问你这张纸上写的是怎么一回事？"康熙也关注地瞧着翠姑说道："你为什么拦驾呢？"

翠姑嗫嚅一下，轻声答道："是胡宫山太医叫挡车送信儿的，只怕白云观山沽斋这会子已经叫人围了！"

翠姑估计得对，穆里玛以剿贼为名从绿营里调出一队兵勇，自己亲自押队，带着讷谟、歪虎，将一座山沽店围得水泄不通。为防止走风，附近二里之内都戒了严。魏东亭虽在白云观等处布下了眼线，但他们既不知怎么回事，又出不去，急得干瞪眼没办法。歪虎先去侦探，见院中停放着一座轿子，以为康熙已经入内。穆里玛便催动部队潮水般涌了过去。

最先发现来兵的是犟驴子。伍次友因几日不见龙儿来上学，以为他生了病，心下正疑惑："怎的也不见明珠来说个信儿？"吵着要回索府看看。穆子煦几个人怎么劝也不中用，只好说："先生一定要走，也等后晌天暖和了再说。"何桂柱也道："伙计们昨夜网了几只野鸡崽子，焖得烂熟，二爷如能屈尊赏脸，就和咱们一块儿热闹热闹。"拗不过众人情面，伍次友只好答应了，便和众人在东屋里行酒令猜枚玩。

伍次友虽生性豪爽，毕竟是文人出身，和穆子煦几个人的鄙俗酒令总觉得格格不入。可是穆子煦等人，又总觉得伍先生是皇帝的师傅，身份高贵，应多多尊重才是。这样一来，反而显得生疏，玩不起兴头来。伍次友发觉了这些，遂笑道："兄弟们无非想留我明儿进城，我从了大家便是。我在这儿你们也喝不痛快，这几日我身上也不爽利，不能多喝，只好先告退了。"

郝老四见如此说，满斟了一大觥酒立起身来笑道："兄弟们虽说粗陋，都十分敬重先生的道德文章，咱们不是放不开量，是——"他嘴里转了半天，好容易选了个词儿道，"我们这些酒葫芦没法和圣贤君子在一起厮混罢咧！先生不弃，饮了这一大杯再去！"

众人听了这话，都捂着嘴暗笑。伍次友却毫不在意，说："好兄弟，谢谢你的好意！"接过杯来一饮而尽。这才告辞自去。

伍次友一去，大家都觉得心头一阵轻松。何桂柱先笑道："二爷是心里放不下主子和明珠，有酒也喝不畅快。"

这是实话，犟驴子却听不进去，啐了一口道："主子也还罢了，明珠算什么东西？谁惦记着他！"穆子煦不等他说完，忙截住道："三弟，你要记住魏大哥的话，主子喜欢的，咱们也得喜欢。这不是说着玩的。"郝老四听了偷着撇嘴儿一笑，自斟一杯酒饮了。

何桂柱见犟驴子满脸不高兴，忙上来给他斟上一杯道："明大人学问还是好的。你们都是有功名的人，身份贵重……"犟驴子"咕噜"一声把酒喝光，把杯往桌上一蹾说道："屁的文才！比起伍先生，他差得远着呢，玩女人嫖窑子是个行家！"

"老三!"听他越说越离谱,穆子煦只好拿出哥子身份喝止他。郝老四也板着脸帮着穆子煦骂道:"他明珠是驴屎是树根,与你有什么相干!"

一语引起哄堂大笑,方才一点小小的不愉快被冲得无影无踪。犟驴子一边笑,一边站起身来:"老四,真有你逗的,回头和你大战三百回合!"笑着出去了。

见他出去,穆子煦叹道:"兄弟们绿林习气不除,可怎么得了?"郝老四笑道:"他是吃明珠的醋啊!明珠进了五等侍卫,他有点眼红。其实主子也挺喜欢他的。"何桂柱也道:"明老爷也有些毛病儿,待人虽也和气,可总让人瞧着觉得拿大似的……"

何桂柱正按自己的思路准备说下去,忽听外头脚步声急,犟驴子一头闯了进来,口里道:"来了,来了!"郝老四拍拍椅子道:"用不着那么急,你先坐下,咱们再猜它几拳!"何桂柱也笑道:"好,我就给您斟上!"那犟驴子一把推开何桂柱,一个箭步扑到墙边,摘下挂在墙上的佩刀,"噌"的一声拔了出来,反身就向外头奔去。何桂柱吓愣了,站在地上一动不动,脸色雪白。郝老四极其机敏,也不说话,将椅子一脚踢翻,也抢到墙边摘下腰刀,便要向外头冲。穆子煦阅历较广,情知有变,却显得很冷静,一把扯住犟驴子道:"老三,说清楚!"

犟驴子变颜失色,大吼一声:"你们带上兵刃,都出来!"

众人不再言语,一齐跟着犟驴子奔到后园矮墙下向外张望。见半里之外黄尘腾起,几百名绿营兵勇提刀握枪地一齐向山沽店围将过来。何桂柱打了个寒战,面色如土,喃喃说道:"天爷!这是怎么了?"

穆子煦略一观望,说道:"不用问了!叫起师父,保护伍先生向西走,晚间在香山会齐!"他神色愈来愈冷峻,"何先生,你是生意人,还到前头应酬。记住,除了生意上的事,你就说什么都不知道。——老四,你站着做什么,还不快去唤师父?"郝老四擦把冷汗飞快地去了。何桂柱也战战兢兢地跑到前面招呼去了。

史龙彪因病卧在床上,听到窗外郝老四报警,霍地站起身来,出门一纵身上了房,四处瞭望一下又下来,一声不语地走进屋来,从床后抽出一根软金丝鞭——这是康熙特意从内务府贡库中选出来赏给他的——将辫子往头顶上一盘,扎了髻儿,才说道:"四面全围上了!咱们走,谅他们也难留，只怕伍先生难脱身了！这院里池塘中间假山虽还未垒好，乱石却备得不少，也能藏人。咱们都去窝在那儿，水攻火攻都一时奈何不得！老四，趁现在圈子还没完全合拢，你冲出去给虎臣报个信儿，找不到他就到索府去寻索大人！务必得办成，顶了这白天，夜里就好办了！"

郝老四点点头，一纵身越墙向西而去。其时正是巳初，大天白日，格外显眼。那围店的兵士见一人执刀越墙，齐发一声，"真的是个贼窝子！走了贼了，快捉啊！"顿时一阵吵嚷，嚷得地动山摇，比方才那种杀气腾腾的寂静，另是一种恐怖。

伍次友不知出了什么事，踱出书房正欲从矮墙向外看时，犟驴子和穆子煦两个从后扑上来，一人架一条胳臂，沿着曲径石桥直将他拖到池心岛中间的一个大石洞里才放下。穆子煦轻声道："先生，鳌拜老贼搜您来了！咱们兄弟保护您，只要咱几个活着，保您吃不了亏。老四兄弟已去搬救兵了，只要与他们周旋到天黑，神仙也拿咱没办法。你不要慌，尽管躲在这儿就成！"正说着，何桂柱踉踉跄跄跑了来，跺脚道："爷们！你们选的好地方，进不得，退不能！"犟驴子将他一把扯了过来，摁在地下蹲着，厉声喝道："再说他妈的丧气话，爷一刀戳透了你！"伍次友忙拦住道："你这叫什么！他是店主，你是伙计，急了就没身份了？"犟驴子也觉自己失态，说道："我也是和主子说玩笑呢。"何桂柱埋怨道："这也是能随便闹着玩的？"穆子煦不耐烦地斥道："你们有完没完？"史龙彪没理会这边的争吵，观察了一会儿问道："老板，这池子有多深？"

何桂柱吓愣了，语不成调地说："这是才……才起过泥的池子，有……有一丈多深呢！"

"好！"穆子煦将手向腰间一叉，"按伍先生的说法儿，咱们这也叫'金城汤池'！奶奶个熊，今儿和他们干一场！"这时，喊杀声已至店外。店四周的土墙"轰"的一声全被推倒，绿营兵如潮水漫堤样涌了进来，霎时间到处是兵，到处是亮闪闪的刀矛剑戟。

穆里玛见店已被围得铁桶一般，自己翻身下马，按着宝剑，得意洋洋地大喝一声："搜！"

忽见池心岛假山石后闪出一个人来。长辫如髻盘在头顶，将长袍搅起一角掖在带中，额下白须飘拂，从容步履，隔岸向穆里玛一揖问道："无需搜查！都在这里——只是长官带兵围困小店，不知所为何事？"

穆里玛一怔，西河沿一役隔了六年之久，已不认识史龙彪了。他转脸瞧讷谟，讷谟直摇头，遂高声问道："你是什么人？过来！"史龙彪应声答道："在下乃此店店主史龙彪，一向奉公守法，这一带百姓谁人不知，哪个不晓？大人无端带人毁店抄家，倒要请教，这清平世界，朗朗乾坤，天子脚下，你依的是《大清律》的哪一条章程？"

讷谟见这老者倔强饶舌，早恼了，大喝一声："你店中窝藏钦命重犯，敢说无罪？"

第二十九回　穆里玛山沽店遭擒
史龙彪池心岛蒙难

　　史龙彪呵呵大笑，踏着石桥曲径缓步过来，站在桥头石板上躬身问道："长官说我小店窝藏钦命重犯，不知人证是谁，物证何在？带人搜店可有顺天府火牌？"

　　这些当然都是没有的。讷谟气得眼中冒火，一边骂道："老杂种，谁来和你斗口！擒住了你才知道马王爷几只眼！"说着，便伸出手掌向史龙彪打来。心想，这一掌打过去，不要你老命，也要叫你打滚求饶！哪知史龙彪不躲不让，仍然慢吞吞地说道："就是大内来抓人，也须亮明诏旨，这是规矩嘛！"一边说着一边挺腰硬接了这一掌。讷谟只说出"你不配……"三个字，只觉得五个手指如碰在生铁上，直痛入骨髓，又咬牙又甩手地大声叫道："这老儿有妖术！"

　　一见讷谟吃了亏，几个兵丁便挥刀扑来，谁知脚跟刚站定，三四个人已被史龙彪拨进池中。一边用手拨弄，一边笑说："不是小老儿有妖法，是众位功夫自不到家！众位既无御旨，又无顺天府关防，小老儿便只能视如盗贼。光天化日之下岂容盗贼在此撒野？"见无人敢再上前，搓搓双手，说声"得罪"，便要转身退回。

　　穆里玛大怒，亲自赶来，将剑一挺，直取史龙彪后心。眼看将要刺到，——躲在假山石后的伍次友哪曾见过这样险恶的情景，吓得大叫一声："留神！"便被穆子煦一把按倒。史龙彪早已听到剑风，他原本知道穆里玛在后紧跟，想诱至桥心反手擒他过来。听得伍次友一声大叫，以为出了什么事，心头一惊，一个风摆杨柳，抽出软金丝鞭向穆里玛腰间盘去。穆里玛见鞭头如蛇，蜿蜒盘曲击来，并无一定方向，惊得向后一跃，却是躲了身子躲不了脚，一条腿被紧紧盘住，回手挥刀来砍，那金鞭柔韧无比，一时竟砍不断。史龙彪不容他再砍，一个跃步飞足一踢，穆里玛剑已脱手飞出，又顺手一抽，将穆里玛倒着背了起来，举步便走，眨眼间便到石板桥中央。

讷谟顿时大惊，顾不得手疼，左手提刀抢上来。史龙彪一手提鞭，一手擒着穆里玛另一条腿，那穆里玛头朝下还在腿间乱抓乱挠。史龙彪虽知背后有人袭来，苦于腾不出手来应付，便大声喊道："子煦，快来助我一臂！"

穆子煦和犟驴子二人守着假山北面桥头，以防人来暗袭。听得史龙彪呼救，穆子煦急忙说道："三弟，你看着这边！"几个跨步飞身奔到这边。史龙彪见他过来心中大喜，喝道："接着！"便凌空把个穆里玛甩了过来，穆里玛后脑勺恰巧碰在一块山石上，亏他内功精湛，但也碰了个头蒙眼花！

史龙彪转过身来，见讷谟追近身边，笑骂道："怎么，想喝几口水么？"用脚猛一跺，那石桥本就是干砌起来的，顿时柱倒石落，"轰"的一声垮了下去。讷谟大叫道："不好！"已经喝了一口水。不料史龙彪用力过猛，连自己立足的桥墩也承受不了，也随着掉进池里。

岸上观战的兵士原来因史龙彪背着穆里玛，后来又与讷谟斗成一团，不敢放箭。此时见二人落水，各自挣扎，歪虎大叫一声："还不放箭！"两名会水的兵士扑通一声跃入水中接应讷谟。下余的兵士便拉弓射箭，一齐向池中的史龙彪射去。可怜一世英雄，浑身被射得刺猬一般。

假山石后的伍次友见此惨景，泪流满面，挺起身子大声叫道："你们不是要我吗？我随你等去！"一语未了，身后的何桂柱早扑了过来，猛地将伍次友一按蹲下，放声大哭道："好二爷，使不得呀！"这边穆子煦气得面色发青，骂声"杂种"，将穆里玛用金丝软鞭缠紧了，高高放在假山顶上，叫道："狗崽子们，放箭射吧！"

讷谟爬上岸来，气得发疯，红着眼跳脚大叫："烧，把这贼窝子烧成白地！"

犟驴子看了一会儿，忽地灵机一动，低声道："二哥，咱拆了这桥，和这些狗日的在这儿泡上啦！"穆子煦道："老三，好主意，咱们泡到天黑，大哥总会带人来救的。偷来的锣鼓打不得，谅讷谟这小子也不敢久留。"说着兄弟二人冲向石板桥中央，穆子煦挥刀护住了二人身子，犟驴子连跺带踹地拆桥。对岸的士兵虽箭如飞蝗般射了过来，无奈穆子煦一把刀舞得浑圆，断箭残羽噼里啪啦打得满天乱飞。

二人边拆边退，石桥板一块块落进水中，咕嘟嘟泛起泡儿来，直至未时，半个桥被拆落了，天寒水冷的，哪怕他们凫水过来！何桂柱双手合十念一句："阿弥陀佛！"犟驴子已累得筋疲力尽。

伍次友脸上也泛出了欣慰之色。他一直不明白，鳌拜为何在自己身上动这么大干戈，店伙计们又为什么如此舍命保护他。难道就为那篇谈论圈地乱国的文章？他摇了摇头，心中疑窦丛生，却又百思不得其解。

火起了。歪虎带着七八个人，从前店到后店，凡能点燃的东西便都被他烧着了。那火噼噼啪啪地烧了起来，吐着暗红的火舌，映得池水通红。浓烟中偶尔烧着了竹节，爆响一声，火星直冲，冒出两三丈高，一片片灰烬在烈焰上空乌鸦似的盘旋着，飞起又落下。在附近二里地的老百姓、游人知道这边"过兵"，又见戒严，早躲得远远的。有谁敢来相救！

望着熊熊火焰，何桂柱想起自家身世，想起自己在城中的悦朋店，曾接待过多少公车会试的举人和来往的商贾！这位毫无主子架势的伍二公子多次邀友在那里宴饮会诗，谁知一夜之间便被封了。好容易靠了魏大人资助，在这里开了这个山沽店，眼见得刚刚儿成了局面，又被这一把火烧得干干净净！他觉得喉头干涩，胸口满胀，想哭又哭不出来。手扒着石头，痴呆呆望着烈火吞蚀他的产业，他的心血。伍次友见他这样，心里也觉难过，过来抚着他肩头安慰道："柱儿，是我连累了你。别难过，京城不是咱们居住的地方，这事只要平安过去，你还随我南去，叫老太爷在南京给你再安置一处。"

何桂柱听了，两行热泪潸然而下，又怕伍次友伤心，忙拭了泪勉强笑道："这也不算什么，旧的不去新的不来。二爷福大，富贵还在后头哩！托您的福气，柱儿兴许能开个更大的呢！"

二人正说着，昏迷中的穆里玛在石头上醒了过来，只觉身子捆得甚紧，挣了两下纹丝不动，仰着脸看了看，池对岸兵丁如林，却毫无动静，骂道："讷儿！你这个小畜生！干么不攻？"

讷谟在对岸也在哭。他带了几百名士兵，搞这么个小土店都玩不转，还把个主将丢给了对方，半晌不见动静，不知是死是活，这下回去怎么跟伯父交代呢？听得穆里玛醒了，心里略觉宽慰，带着哭腔儿隔岸答道："三叔！您忍一会儿，尽自放心！待会儿扎好了筏子救出您老，把这几个兔崽子心肝子掏出来给您下酒压惊！"

这边犟驴子见他叔侄两个对话，走过来照穆里玛腰上踹了一脚骂道："你知道刘金标眼是怎么瞎的么？那是爷用这两个指头抠出来的！"说着，便拿起刀就在穆里玛项下比划，"你他妈的再叫唤，老子这会儿就挖你的心肝祭我师傅！"穆里玛听了闭目不答。

穆子煦过来拉了犟驴子手道："兄弟，这是案板上的肉，和他生什么气。这不是斗口的时候，咱到那边商量个主意。"便叫何桂柱拿了把刀坐在穆里玛身旁看守，伍次友和他们兄弟二人趄过假山席地而坐，计议下一步的应敌办法。

三人对坐沉默片刻，穆子煦开了口："嘻！老四也不知出去了没？我琢磨着，他要活着出去，这会儿魏大哥他们也差不多该到了。"犟驴子哼了一声，阴沉着脸道："就怕他们早虑着这一着，在城里跟大哥也交上了手，那就麻烦了。要不然，便是老四送不出信儿，他也会来的。方才他们放的那把火，城里难道都看不见？"伍次友插进来道："现下他们的主帅在咱们手里，投鼠忌器，谅他们也不敢强攻！"犟驴子苦笑道："伍先生，他们要是破着打烂花瓶捉老鼠怎么办？"伍次友笑道："我们就那么值钱？"

这话不能回答，也无法回答。若是康熙也在岛上，可以肯定他们就是舍掉穆里玛也是要攻岛的。但是此时对方还不能确定皇帝是否也被围在岛上，肯不肯为伍次友和几个侍卫丢掉穆里玛，那就难说了。伍次友不明真相，穆子煦却心里雪亮，只是眼下自己是个坐纛的，不能说丧气话，遂笑道："先生见的是！他真要弄筏子来攻，咱就宰了这匹'马'！马肝不是有毒吗？咱们生吃他的心！"犟驴子也笑道："先生虽是见过大世面的，大概没吃过人心吧！生挖出来用凉水浸了，脆着呢！"这二人兴高采烈地高声谈论吃人心，伍次友听得汗毛直竖，隔着山石的穆里玛也听得一清二楚。想到剜心之惨，穆里玛闭上了眼，淌出两滴浊泪来。

正在这时，只听对岸"刷刷"几声响，水花溅起老高——兵士们从附近空房破屋中拆了木头扎好筏子，放下水来了！

情势顿时紧张起来。这池心岛假山不过四五丈见方，上头只有两名会武功的人，而伍次友、何桂柱却手无缚鸡之力，不但不能自保，还要别人照料。四五只木筏同时从不同方向向池心攻击，天大的本事也会顾此失彼。

这时天已擦黑了，对岸点起了亮晃晃的火把。讷谟揎臂扬眉狂笑道："姓伍的姓何的！今儿个就是插上翅膀也飞不了啦！乖乖儿放了穆大人，我保你们性命无虞！"

"讷谟小子！"犟驴子听了这话也哈哈笑道，"只要你舍得这个什么鸟靖西将军，老爷子也不在乎这点意思！"说着顺手从地下捡起一支箭猛地扎进穆里玛臀部，低声喝道："叫他们退回去！"说着便将寒森森的刀刃压住他的脖子，"只要老子这么一勒……"

装得硬挺的穆里玛此时吓得丧魂失魄，期期艾艾地大声叫道："别……别……"也不知是求犟驴子别杀他，还是令已经上了筏子的兵士别攻池心岛。筏上的兵见此情景，都迟疑地转向岸上的讷谟，静等他的号令。

讷谟咬咬牙心一横，正要举起号旗命令兵士全力攻击，忽觉肩头有人用手一拍道："慢！"回头看时，一个人站在面前，却不认识，只见容貌猥琐，面孔蜡黄干瘦，身着兵士号衣。遂将眼一瞪喝道："你干什么？"

"将军少安毋躁，"那人道，"我是班布尔善大人差来的，这儿有封信，一阅便知。"

讷谟就着火把将那信拆开看，上面写道：

> 讷谟世兄鉴：白云观池心岛之事，中堂与仆均已获悉。现贼首已遁逃，无需再攻。特拜托胡先生宫山携彼明珠，换回穆里玛大人。请从速办理，迟则误矣！至嘱至嘱！

信后却不具名，但讷谟常常代替鳌拜拆阅信件，一望便知确系班布尔善的亲笔。

看讷谟拿着书信只顾出神，胡宫山催促道："讷谟大人，此事十分火急，魏东亭即将统御林军来援，距此最多只有四里地，换人退兵越快越好！"讷谟兀自放心不下，眉头一挑问道："这些事你怎么知道？"

"没有我不知道的！"胡宫山冷冷道，"现在也不是说这些的时候，明珠就在店外，这事还不明白？请快与对岸对话！"讷谟这才怏怏将信揣入怀中，颇不甘心地对着池心岛喊道："喂！那边打头的听着，瞧着穆大人面子，我也不来为难你等，拿你们的明珠换了穆大人来，我就撤兵！"

羁驴子方要答话，穆子煦拽了他一把，高声道："谁能信你这一套？"羁驴子也呵呵笑道："老子半世杀人放火，都没有像今天玩得这么痛快。"说着将穆里玛屁股上的箭杆弹弦儿似的狠拨了一下，那穆里玛痛得大叫一声昏厥过去。

胡宫山见羁驴子他们如此儿戏，忙高声插言道："伍先生、何先生！有我胡宫山作保可成？你们的明珠大人就在店门外，马上就到！有葛褚哈陪着，安全得很！"说着便独自下了筏子，叫兵士们都上岸去。

伍次友听了"胡宫山"三字，很不得要领，何桂柱却听明珠吹过胡宫山妙手疗圣疾的故事，扯扯穆子煦的衣袖小声道："是自己人。"

穆子煦也知道这段往事，只是对"自己人"这三个字还吃不准。但是就眼下这般情势看，断然拒绝他，显然是不明智的。于是沉着地点头说道："伍先生，就叫他过来吧？"伍次友道："左不过中计罢了，不让过来如要硬攻也是个死，叫他来吧！"这里穆子煦方招手，见胡宫山只用足尖在岸石上轻轻一点，那筏子便箭一般荡水而过。讷谟见胡宫山如此功力，颇觉纳罕，便回头吩咐："请葛褚哈大人把那个明珠带来！"

胡宫山上了池心岛，看了一眼捆成一团的穆里玛，屁股上还扎着一支箭，微笑问道："哪位是伍先生？"

伍次友闪出假山，拱手一揖道："学生便是。"

"久仰久仰！"胡宫山忙还礼道，"先生受惊了。虎臣弟也有一信在此。"穆子煦晃亮了火折子，方欲看时，对岸不知哪个冒失鬼"嗖"的一箭射来，羁驴子大吃一惊，扑了过来掩护伍次友。那胡宫山早轻轻一绰将箭抓在手中，笑骂道："作死么？"随手一甩，那箭呼啸着又飞回对岸，只听一个兵士"啊哟"一声叫道："中了我的胳膊！"这一手亮得双方都大吃一惊，羁驴子暗想：此人功夫不在师父之下！

伍次友展开了信就着光亮看时，上面一色钟王蝇头小楷，正是魏东亭代龙儿抄功课的笔迹，伍次友是极熟悉的。上头写着：

伍先生台鉴：三日违颜，孰料遭此大变！先生受惊，此乃弟之过也。今由胡先生与班布尔善商定，以穆里玛交换吾兄明珠，可保先生无虞矣!

东亭顿首百拜

伍次友舒了一口气，眼圈儿红红的，泪水不禁流了下来，说道："魏贤弟的主意甚好，就按他的办吧。"

胡宫山一抬手叫道："讷谟大人，请将明珠用筏子载来，就在池中换人!"

须臾，两边准备停当，只见对岸两个兵士用担架抬着明珠下了筏，由讷谟亲自送了过来。这边胡宫山给穆里玛拔掉了插在屁股上的箭，解开软金丝鞭，挽着他上了筏子。——那穆里玛连惊带疼，再加上四肢麻木，也着实连一步也挪动不得了。——到了池当中，两筏只讷谟和胡宫山互相跃上对方筏子，胡宫山手无撑篙，仍用一足发力将讷谟的木筏一蹬，顿时两筏反向而驰。讷谟尚未登岸，但听护送明珠的葛褚哈大叫一声："弓箭手，给我放箭!"霎时箭如蝗雨般向胡宫山射来。

胡宫山笑道："小儿如此叵测!"随即站在筏头，将一根软鞭舞得如一团金花，金光灿烂，明晃耀眼，看不出是何手法，哪里伤得着二人半根毫毛!穆子煦、犟驴子见状，急忙舞刀挡箭向斜坡岸前接应，将明珠一副担架抬上了岸，安置在假山石后。

四人都凑过来看时，只见明珠面白如纸，气如游丝，口中喃喃有语，却听不出说的什么。伍次友想起结义之情，不觉垂下泪来，拉着他的手轻声呼唤："明珠贤弟，明珠贤弟!"犟驴子却毫不理会，两眼直瞪瞪地盯着对岸的动静。少时便听对岸讷谟挥手大叫："放箭上筏!趁魏东亭来前，先擒了这几个瓮中之鳖!"众弓箭手便一齐发箭掩护，兵士们乱哄哄又跳上了筏子。

穆子煦陡然一惊，暗叫："上当!"使了一个移形换位法逼近胡宫山，揪住他的衣襟厉声问道："我们兄弟与你有何仇何怨，用这样狠毒的诈计?"说着反手要点胡宫山腋下穴道。这一举动十分突然，不但胡宫山毫无提防，伍次友、何桂柱、犟驴子也是猛地一惊，愕然地怒视胡宫山。

胡宫山不反抗也不分辩，只道："史龙彪教的好徒儿，果真学业有成了!"反手一拧迅如闪电地攥住了穆子煦的右手，穆子煦急向后扯，恰如被老虎钳子夹紧了，动不得分毫。胡宫山笑道："你不信我，难道连你魏大哥也不信?"穆子煦道："魏大哥援兵未到，对岸又下水攻来，不是你使诈又是什么?"

这句话说得又重又响，池心岛上几人更加惊慌狐疑：果真是鳌拜派了此人上岛，既救走了穆里玛，又潜进一个武功高强的人，如此局面，还有什么说头！穆子煦暗恨自己无能，几乎想横刀自杀。——如此显而易见的诡计，自己怎的便瞧不出?

正僵持间，胡宫山慢慢放了手，从怀中取出火折子，晃着了，从地下捡起一支残箭，把火折子点上缚在箭杆上。众人不知他捣什么鬼，都呆呆地看着。只听胡宫山笑道："若非你疑得有理，我岂肯容你！灭掉你等几个还用着他们下水?"说着，将火箭"嗖"的一声甩上天空，"瞧着，少时便见分晓!"

那带着火尾的箭呼啸着直上半空，一团光亮飞得老高老高。只听半里之外，山摇地动般地呐喊着，杀声渐渐近来。胡宫山得意地笑道："这是你魏大哥带兵来了，你还不信我么?"

这边讷谟早慌了手脚，连忙指挥兵丁人等上岸，也不及整肃队伍，便仓皇从南蹿了出去。临走，讷谟用刀指划着池心岛高声叫道："小子们！山不转水转，水不转路转，等转到爷手中再与你们理论!"说完飞身上马扬尘而去。

来得快去得速，伍次友几个面面相觑，如在梦寐中。魏东亭带着百余名禁卫军，打着顺天府的灯笼，高举火把鼓噪着一拥而入，满院里四处搜寻。犟驴子望得真切，喜极而泣，隔岸高声叫道："大哥——"

魏东亭听得叫声，隔岸望时，黑沉沉的什么也瞧不见，遂大声问道："是三弟么? 伍先生他们可都好?"只此一声，伍次友如梦初醒，止不住放声高呼："贤弟，愚兄在这里!"穆子煦是个感情深沉的人，此时眼圈也红了。

第三十回　西华门前虎臣获释
　　　　　　白云观外太医献计

　　翠姑上车之后，康熙便问起她挡车的缘由。

　　"好姐姐！"苏麻喇姑见翠姑只低垂个头不肯讲，便笑道："不管你是甚等样人，今儿个挡车，就有救命之恩——也用不着瞒你，这位就是当今天子御驾康熙万岁爷。我是他的侍女，名叫婉娘……车中不便行礼，我代主子谢你了！"

　　苏麻喇姑这一番情意切的言语，在翠姑听来，虽然是意料中的事，但她从没有想到皇帝身边还有这样一位深懂人情事理的侍女！再瞧一眼侧着身子坐着的康熙，正向她微笑点头。翠姑原有些胆怯，现在见到这位万乘之君竟如此和蔼，羞涩、胆怯之情自消，便大胆地回话道："奴才与人有恩仇难报，所以冒死犯难，拦挡圣驾。"

　　"卿与何人有恩？"康熙饶有兴致地问。

　　"明珠大人。"

　　康熙一听这话，侧过脸看苏麻喇姑，正巧四目相对，遂又问道："明珠是朕股肱近臣，他现在何处？朕正打探他的下落！"

　　"他在鳌拜中堂府中！"翠姑冷冷说道。

　　"噢！"康熙吃了一惊，忙定神笑道，"想起来了，是朕差他去来着。"

　　听康熙如此说，苏麻喇姑和翠姑都觉意外，同望了康熙一眼，翠姑便问道："皇上难道差他去坐老虎凳吗？"

　　"什么？"或因车马晃动，或因心里吃惊，康熙几乎从座上弹了起来。苏麻喇姑转身问翠姑："姐姐，你怎么知道的？"

　　翠姑低了头，玩弄着衣带，半晌才答道："这不是一两句话能说得清的。明珠要能活着出来，你自己问他便知。"说完两眼望着车外，不言语了。

远远望见西便门，苏麻喇姑才想到，将车上这个女子带入宫中是不合适的，漫说敬事房无法记档，太皇太后知道，更是一件不得了的事。前后思量一阵，终于开口问道："姐姐住在何处，我们送你回去。"

"不必了。"翠姑叹口气道，"我就在此下车吧——停车！"她突然大声喊道。张万强不知车中有什么事，一扳铜刹手"嘎"的一声车停稳了。翠姑不待康熙主仆说话，霍地跳了出去，迅速将瓜皮帽盖到头上，又将额前刘海、鬓边秀发掖入帽中，俨然一个青年仆人的模样，向康熙主仆一揖说道，"告别了！"转身便去。

"慢！"康熙将身探出车来，说道："方才只说了恩人，还有一个仇人是谁？"

"这个不说也罢，"翠姑正色道，"说了也没用处。"

康熙料定必是鳌拜，摇头笑道："你也太将朕不放在眼里了，怎见得就说了也无用呢？"

"好，奴才斗胆讲了！"翠姑昂然回道，"是洪承畴！皇上舍得杀他谢我么？"

"有什么舍不得？"康熙略一迟疑，又复大笑道，"可惜他已死了两年，你仍兀自拿他做对头。"翠姑似被人猛击一棒，退后一步，颤声问道："这是真的？"

康熙笑道："此人事明不忠，死后恩荣甚微，也难怪你不知道。朕贵为天子，哪里会与你打妄语？"

翠姑面色立时变得煞白，立在地上晃了一下，勉强站住脚，仰天惨笑道："哈哈……死了，死了！"她心中时乐时悲，如飘如落，天地也仿佛在旋转，一双眼睛直瞪瞪地瞧着康熙的车子远去，嘴里不断地喃喃自语道："你们……走吧！"便也拖着跟跟跄跄的脚步向前走去。

轿车在寂寥的北京城外疾速而驰。苏麻喇姑见康熙脸色愈来愈阴沉，以为他动了杀机，忙劝解道："她是有功的人，虽言语有些冒犯，还是可以宽恕的。"

"你哪里知道她？你不知她的心！"康熙看了她一眼，沉思着道，"这真是天意呀，洪承畴不死，朕倒真想除掉他呢！"

这话若非苏麻喇姑亲耳听见，简直不能想象会出自皇帝的口。洪承畴自从龙入关，虽然立了极大功劳，却一向小心翼翼。他对不起前明，对清室却无纤毫过失。太皇太后常说："没有洪承畴、吴三桂，就没有大清！"太皇太后尚且推崇如此，作为孝子贤孙的康熙皇帝岂肯违背懿旨，为一个孤苦女子的私仇，去杀一位功勋卓著的大臣？待了一阵，苏麻喇姑才开口问道："这是主子的大事，奴才不敢插言，不过洪承畴对于咱们大清总是有功之臣，皇上怎会舍得杀他？"

"做臣子的都去学洪承畴，"康熙冷笑道，"做皇帝还有什么意味？"

只此一句，戛然止住，康熙不再说下去了，两眼沉静地望着前方的黄土路。黑灰色的西便门阴沉沉的，在西北风中迎风呼啸，给人一种压抑的感觉。几个军士毫无生气地守在门口，冻得身上瑟瑟缩缩。一阵风从帘隙中钻进来，康熙打了个寒噤，吩咐张万强："今儿索性迟点回宫，再向西北折！"

张万强答应一声"喳"！熟练地将鞭一扬，马车一个急转弯，径向北拐去。忽然听得后头蹄声嘚嘚，一乘骑自西便门飞奔而出，追了过来。张万强瞥见，吃了一惊，忙立起身大喝一声："嘟！"催马狂奔。

后头单骑，早已超乘而来，截在前头。一个人从马上滚鞍而下，攀住了车驾，康熙定神看时，却是熊赐履。只见他一身朝会袍褂，大帽子上的红缨被颠得十分零乱，连一个随从也没带，气喘吁吁满头是汗，急忙挑起轿帘沉着脸问道："什么事这般慌乱？不要忘了你是国家大臣！"

"圣上教训的是！"熊赐履一边回话一边趋近车辕，用手抹了一把头上的汗道，"圣上，魏东亭被扣在西华门了！"

"什么？"康熙顿时勃然大怒，身子一跃就要站起，被上面车顶碰了一下头，才意识到是在车上，"怎么，这就要造反了吗？还有什么，奏来！"

熊赐履将额头在车辕上轻碰三下，算是答礼："造反倒还没有，不过西华门的禁军说魏东亭擅自闯宫，便扣下了。说要送内务府治罪，现被奴才的部属守护着哩……"

不等熊赐履说完，康熙大声道："你先去，朕随后就赶来，看是怎样！"转脸对张万强道："还从西便门进去，这里近些！"

待车调转过身，熊赐履早已跨上马背，狠加一鞭，那马长嘶一声，扬尘而去，后头康熙的轿车也如飞似的赶了上来。

熊赐履的管家正在和刘金标纠缠。按刘金标的意思，明说交内务府，实际依着冲扰关防的例，送巡防衙门，那里的堂官是葛褚哈，是鳌拜的私人，又是自己的朋友，弄到狱里，一夜就能黑了他。不防刚把人带出，便碰上要入宫觐见的内阁大学士熊赐履。熊赐履见状立即断喝一声道："站住！"

刘金标谋得这个差使还不到一个月，很多部院大臣都还不认识，乍见熊赐履带着大队亲兵、珊瑚红顶、仙鹤补服，一摇三摆威风十足，却不知是个什么来头，心里便有点怯，忙上前扎千儿请安道："大人，这是咱们刚拿住的贼！"

"呸！"刚刚说了一句，被魏东亭照脸一口唾沫骂道，"你才是贼！熊大人，不必与这杂种多说，您去和孙殿臣讲，他能治这东西，赵秉正也成！"

熊赐履一想也是，当即吩咐管家："你在这里守住，不可让他们把魏大人带走。我进去就出来。"说完便朝里边走。这里刘金标已瞧出个大概，心知这位大员必与班布尔善不是一路，口气也就变了，伸手拦住道："大人可曾奉诏？"

"我不见驾，"熊赐履道，"我要去见内务府堂官赵秉正。""哦！"刘金标闪着独眼，皮笑肉不笑地移动一下身子挡住去路，"大人，堂官不在，您免了此行吧！"熊赐履大怒，喝道："怎么，你要造反吗？"

"嗬！"刘金标冷笑道，"不让你进就算造反？我刘某是属狗的，除了主子谁也不认得，你要硬闯，"他嘴角边泛起一丝阴笑，"我自然连你也扣！"北京人最爱瞧热闹，周围过路的听这里人声喧嚷，不知西华门出了什么事，一个红顶子官员和蓝翎子侍卫在那儿指手画脚地论理，便渐渐围来一大群，呆呆地看热闹。

熊赐履知道康熙要到白云观山沽店去，原就放心不下，便带领家仆随驾扈从。上朝的半路上遇到了胡宫山，听到了魏东亭被扣的消息，便独自回去换了朝服赶来相救。原以为不过是误会，说一说便可了结，不想此刻竟连自己也被搅了进去，这才晓得事情并不简单。熊赐履稍一沉吟，改变了主意，说道："好，奉职谨慎，有你的！不过你稍待片时，我去寻一个管得着这事的人来，再行发落。"说罢，也不等刘金标回答，反身至轿车前解一匹马，飞身上骑向西奔去。

这里刘金标"呸"了一声，大声喝道："带上姓魏的，咱们走！"拥着魏东亭的几名亲兵听令架起便走。刚走几步，便被一道人墙阻住，熊赐履的管家一摆手，几十号人站成一排，气势汹汹地封住了路口。

"老兄何必着急，"那管家的叉着双手在胸前（一见这架势便可知道他也是流氓出身），嘿嘿笑道，"多少也得给我家主子留点面子。家主已有吩咐，便再等片刻又有何妨？"

刘金标大声嚷道："你家主子算哪个槽头的驴！我这是皇差！"一边说一边就要往前闯。管家见他这样，拉长了脸道："你属狗我属老狗！你才当了几天差？一个蓝顶子芝麻官儿，永定河里的王八也比你值钱些，就敢小瞧我家大人！"说着一横胳臂挡住了去路。

刘金标顿时大怒，一手抓住了管家左臂，另一肘便向他猛撞过来。那管家本事虽不济，却滑溜得紧，右掌虚晃一招，竟向他脸上扫来。这一掌若打在脸上，那才真是丢人打家伙哩！刘金标急忙收臂一格，飞足踢他下盘，管家急向后翻了个筋斗退后数步。双方虎视眈眈对望着。看热闹的老百姓见二人动了手，发一声喊，高声喝彩道："好！"里三层，外三层围了个密不透风，后边的人还在往前拥，伸长了脖子要看个究竟。

刘金标将手伸进口里呼哨一声，西华门禁兵们哗的一声散开，逼近上来。管家的也忙高声道："识相的等着我家大人，不然爷也就无礼了！"便从怀中抽出一柄匕首护在胸前。

"放肆，王八蛋！"人群外忽听公鸭嗓子大喝一声。人们都是一愣。回头看时，只见高轩驷马一辆朱漆轿车稳稳地停在人群之外。上头驭马的是养心殿总管太监张万强——这也不足为奇，有两件东西格外显赫——那张万强一手怀抱金牌令箭，一手高执明黄节钺，旁边毕恭毕敬侍立着文华殿学士熊赐履。

刘金标虽当差不久，却知这两件东西均是皇帝提调黜陟封疆大吏、节制各路勤王军队所用的信物，心中一惊，忙俯伏跪下道："奴才刘金标躬迎主子圣驾！"一语出口，西华门禁兵早一齐弃了兵器跪了下来。两边围着瞧热闹的老百姓一看这个阵仗，个个面面相觑，一个老者唱道："万岁爷到了，还不都跪下！"百姓们虽然久居京师，但是很少见到这样场面，一是出于敬畏，二是新鲜好奇，听得一声提醒，黑鸦鸦跪了一地，"万岁爷！""皇上万岁！"毫无章法地乱叫一通。

康熙在车中瞧了一眼苏麻喇姑，意欲出去接见。苏麻喇姑忙微微摇头摆手儿。康熙低声笑道："孙阿姆讲过'人心都是肉长的'，哪里有那么多的刺客来谋朕！"说着，一躬腰出了轿车，顺手搀起一位老者道："老人家，上岁数了，请起吧——你们围在这里做什么？"

老者没想到这么一个少年皇上，竟如此谦逊敬老，亲自来拉自己的手，慌得手足无措，结结巴巴地说："万岁爷……小民没事来瞧热闹——这里，这里……"

刘金标此时定住了神，接口道："奴才禀主子万岁爷，乾清宫侍卫魏东亭擅闯宫门，被奴才拿住……"

康熙早已瞧见捆着的魏东亭，恨刘金标恨得牙痒痒，欲待发作，忽又忍住了，笑道："你叫什么名字，在这儿当差几年了？"

刘金标翻翻独眼答道："奴才刘金标，到这当差才一个多月。"

"哦！"康熙笑道，"也难怪你不知道，这魏东亭是朕差他进宫干事的，走得急了没带执照也是有的。姑念初次，又是朕的侍卫，免予处分吧。"又对张万强道："这人办事认真，赐黄金十两，待会儿你带他去领。"张万强忙道："奴才遵旨！"这边守门禁兵听到圣旨，赶忙替魏东亭松绑。魏东亭顾不上说什么，上前跪下去低声道："奴才谢恩。"老百姓们见康熙处置明快果断，齐声高呼"万岁！"

康熙上了轿车方欲掀帘进去，又止住道："小魏子，侍候朕回宫——熊赐履，你到内务府领些钱来，今日见朕的百姓各人赐银二两。"说话间，车已催动，一阵马蹄声响，车已驰进了西华门。

胡宫山与翠姑分手之后，便奔向魏东亭的居住处，不料却扑了个空。老门子告诉他："魏爷方才进宫去了，您老到西华门候着，说不定就找得着他。"胡宫山于是反身奔向西华门，果然是魏东亭被擒。此时欲进不能，欲退不忍，胡宫山好生为难。思量一阵，还是决定先到白云观看看情势再作定夺。

胡宫山匆匆回到太医院禀了堂官，说是熊赐履的小公子抽风，太夫人打发人骑了快马来请医治。太医院后头马厩里有的是马，他也不拣好歹，拉出一匹来翻身骑上，轻扬一鞭，那马便风也似的驰去。

行约半里路，便遇见熊赐履乘着轿车正向西华门来。后边管家厮仆跟了一大群，一色的便衣打扮，遂驻马拱手道："熊大人请稍停一停！鄙人有要事相告！"

熊赐履从轿车中探出身来，见是胡宫山，笑道："急惊风，慢郎中，把太医急成这等模样，是什么事啊？"

"不是说玩笑的时候儿！"胡宫山道，"魏东亭被人在西华门拿住扣下了，你快去看看罢！"

"什么？"熊赐履顿时大惊，转脸对驭手说道，"快，到西华门！"

胡宫山一把勒住缰绳，说道："你这身穿戴怎么去管人？现下不要紧，回去换了袍服再赶去也不迟！"胡宫山说完，便急急打马，径往白云观方向去了。

离白云观一里多地，便远远看见山沽店四面围墙皆被推倒。虽没有听到厮杀的声音，但是可以清楚地见到寒光闪闪的兵器如林。正迟疑间，两个隐在树后的兵士霍地跳到路当中喝道："呔，什么人？前头正在剿贼，没有鳌中堂钧旨，一律不得通过……""去你的吧！"胡宫山笑骂道，一边将手一扬，两支铁镖出手，打个正着，那两个人早倒地呜呼。胡宫山便驻马下鞍，把两具尸体一脚一个踢进路边壕沟里。将缰绳系于道旁柳树上，独自下了黄土官道，隐在道旁冬青丛中，慢慢靠近山沽店。才行半里路，忽见一骑迎面飞驰而来，细看时，头上一顶红缨大帽，野鸡补服——是个戈什哈，正没头没脑地打马狂奔。

不防胡宫山从树棵子里斜刺跃出，只一个箭步便到了路中间。那马骤然受惊，收不住脚，前蹄高高拔起，就地旋了一个磨圈儿，方才喷嘶着站稳。也亏这戈什哈骑术高明，在马上晃一晃，竟没被甩下来。他定睛一看，是个身不满五尺、干瘦黄瘪的病夫横在路中，顿时大怒，口里叽里咕噜骂了一句，不知是满语还是蒙语。

"什么？"胡宫山却听不懂。

"贼汉子，你作死么？"戈什哈又用汉语骂道，刷的一鞭劈脸打来。胡宫山如痴似呆地站在路中间，仰着脸硬生生接了这一鞭，脸上竟连个白印儿也没留下。戈什哈大惊，再扬第二鞭，竟没敢落下来，惊道："你、你是人是鬼？"

"下来吧！"胡宫山并起五指，朝马前腿下部一砍，马顿时四蹄抽筋，"扑腾"一声连人带马翻在地下。不等戈什哈翻身，胡宫山赶上一步，脚踏在他脊背上笑道："你这点本事够做什么用？讲，前头出了什么事，你骑马要到哪里去？"

戈什哈满身是土，在地上挣扎了两下，也觉踏力不甚沉重，却只挣扎不起，知道这人武功高强，只好趴着，气喘吁吁地说道："爷，您老别下脚，我说……说就是了。"

他结结巴巴说了半天，胡宫山才大体弄清，围店的有五百多人。店里的人都已被困在池心岛上，并生擒了穆里玛。讷谟差他回去给鳌拜报信儿。

胡宫山听了又愁又喜。他想：鳌拜这次大动干戈，一定要想速战速决，如不赶快援救，池心岛上的人便危在旦夕，可如今魏东亭又身陷缧绁，自己单人独骑，无法救援……幸有穆里玛落在手中，可作人质。心里正在迟疑之间，脚底下的戈什哈却来了一个青蛙跳塘，跃起身来，便向路旁树丛里蹿去。胡宫山眼疾手快，一个箭步，便擒住他的右脚，将他拖了回来，厉声问道："你是汉人是满人？"

"我……"那人不知他问话的意思，迟疑道，"我是汉人！"

"胡说！"胡宫山道，"你方才还说满语！"

"我真……真的！"戈什哈被他捏得脚踝骨疼入骨髓，"说满语……人家会怕我……"

胡宫山顿时大怒，抓起戈什哈举过头顶骂道："你不是要学青蛙跳塘吗？算你不小心撞在树上了！"便发力扔了出去，戈什哈一头撞在路旁一株大柿树根上，脑浆迸裂而死。

既然打听清楚了情况，就没必要再去冒险犯难。胡宫山拍拍身上的灰土，转身回到自己马前。却见一个蓬首垢面的人正解柳树上的马缰绳。他大喝一声："好个贼！"纵身而上，一把揪住那人。一看，却是熟人，山沽店的"伙计"，御前五等侍卫郝老四，不禁愕然："是你老弟！怎么弄成这副模样？"

"胡老爷！"老四也认出了胡宫山，"您怎么也在这里？"

胡宫山笑道："许你来便不许我来？你这是做什么？"

"唉！背透了，昨个输了钱，喝了一夜的酒……"

"还有谁比我更鬼？"胡宫山格格笑道，"我什么全知道，你去寻魏东亭搬兵，没得成功？"

对眼前这个胡宫山，平日里虽也断不了打过交道，可是此刻他出现在这里，是个什么意思？郝老四正狐疑不定，瞪着眼不知该怎么回答他这句透底儿的话。半晌才道："你怎么知道我去搬救兵呢？"

胡宫山将他肩头一拍，笑道："说了实话，这才像个兄弟呢！如此，我便帮你计较。"郝老四一听这话，扑通一声跪倒在地，泣道："胡兄如能救得我两位兄长出来，我郝某将永世不忘！""别扯淡了！"胡宫山笑道，"我知道你机灵得很，很会做戏，这里不仅有你两位兄长，还有帝师伍次友，是不是？"

郝老四起身笑道："看来，在你这真人面前，是半点假话说不得的，只是你眼下有何良策呢？"

胡宫山道："我已经探听清楚，穆里玛被史龙彪擒在岛上，他们几个暂不要紧。咱们一同去一趟鳌中堂那里，拿这穆里玛去换明珠和池心岛的安全。试一试这位鳌中堂的手足情分到底如何？"郝老四迟疑答道："这样……能成？"胡宫山听了，也只微微一笑。他解了自己的马让郝老四骑了。反身回戈什哈马前，朝马肚子轻踢一脚喝道："起来！"那马解了穴道，乖乖儿站了起来。胡宫山骑了，放马追上郝老四。二人并辔而行，默默地走了一阵，忽然，胡宫山喟然长叹一声道："老四，你的根基不坏，也合我的脾胃，随我入山学道如何？"

"什么？"郝老四以为他在和自己开玩笑，便说，"你以为我不知道，皇上瞧中了你，迟早要大用你的！"他看看胡宫山那阴沉的脸色，便不再说下去了。"痴人哪！"胡宫山道，"你知道么，你要小聪明已到了玩火的地步了——待你遇到为难的时候，我来救你就是。眼下我只告诉你，你与明珠斗法还差着火候呢！"郝老四听了想笑又笑不出来，半晌点头道："算你厉害，我这里先谢过了。"刚说完，忽然失惊叫道："坏了，你看！"

胡宫山抬眼远望，见远处一彪骑兵，百余人，踏得黄尘滚滚，顺着官道奔来。郝老四道："定是鳌拜又派援兵来了！"胡宫山不语，只是呆呆地望着。半晌，哑然失笑道："来将不是别人，是令兄魏东亭！"郝老四仔细看时，大喜道："果然不错，只是方才你说他在西华门被扣住了，如何脱得恁快！"胡宫山皱眉道："围店的有五百余人，他带这百十个人来，济得了甚事？"

说话间，这队骑兵已到近前，郝老四翻身下马，伏地大哭道："大哥，你来得好！咱们一起杀贼去！"

魏东亭见郝老四和胡宫山在一起，不免诧异，下马来搀起契弟道："有话慢慢讲，店里头的情景究竟怎样？"

听了郝老四哭诉，魏东亭才又转身对胡宫山长揖到地，说道："小可们的事，有劳胡先生如此费心，感激万分！"胡宫山也忙还礼不迭，又将方才二人计议换人的事说了一遍。魏东亭手抚下巴思忖良久，笑道："胡先生所见极是，你们自管去见鳌拜。"停了一会儿，魏东亭又和胡宫山"如此如此，这般这般"地商议了一阵才分道扬镳，各自奔忙去了。

第三十一回　胡宫山片语释兵戎
魏东亭精心谋对策

眼见天色渐渐昏暗，鳌拜真有点等急了。一席丰盛的酒菜早已放凉。桌旁坐着班布尔善，默默审视着手中玲珑剔透的玉杯，济世背着手观看墙上挂着的一副米芾手书，葛褚哈则与旁坐的泰必图窃窃私语。谁也无心去吃。

"你有些什么想法？"鳌拜耐不住，开口问班布尔善，"这一会儿，连报信的怎么也不来了？"

班布尔善正在苦苦思索，听得鳌拜发问，便沉吟道："老三今日去白云观，是老赵送出来的信，西华门的刘金标也亲眼见了，这是不致有误的，不过……这半日不见信儿，刘金标又突然不知下落，肯定事情有变了。"他站起身来，"天色将晚，不比白日，我们应该派人去探听一下。"听到这话，济世便扭转脸来，葛褚哈和泰必图也停止了说话，抬头瞧着鳌拜。

泰必图见鳌拜目光直往自己身上扫，忙道："中堂，穆兄此去白云观，是密调了西山健锐营和府上的亲兵分头去的，这些人都是身经百战极其精悍的，不妨再等等看。"济世嘘了一口气道："胜固然好，败得漂亮也无妨，反正没落把柄，最怕的是不胜不败，弄成僵局，那就须作应变的安排了。"

"着，就是这话！"班布尔善双手一合道，"泰兄，你是兵部的堂官，你就用兵部的钤印咨会顺天府，命他们派兵前往，就说那里有盗贼，叫他们前去助剿！"

"不可！"不等泰必图答言，济世大声截断道，"倘或有人认出老三来，岂不要砸锅！"

班布尔善格格一笑："只怕顺天府尹亲自去也认他不出。万一事有不谐，倒可一股脑儿推在他们头上，咱们岂不是脱得干净？"泰必图反驳道："他们手中有兵部勘合，将来对证出来，只怕还要落在兄弟头上。"鳌拜也是摇头，觉得班布尔善一向精明，这个点子却出馊了。

班布尔善并不在意，"哼"了一声，将手中玉杯轻轻地放在桌上道："你道我是傻子！你叫他去剿'贼'，可并没有说谁是贼，他剿了老三，算是代我受劳；如剿不了，将来对证出来，你说让他'剿贼救驾'，他倒'剿驾助贼'——又可代我受过。这等进退裕如、万无一失的良策你们看不中，岂不怪哉？"

鳌拜听到这里，如同拨开眼中浮翳，一迭连声道："对，就是这么着。泰必图，你就办去，成败都有我顶着！"泰必图深知此事重大，怔了一下方道："也好。"忽然灵机一动，"此时已近未末申初，若去兵部签押房寻着管事的用印，必然要延误时间，不如由中堂写一手令，由我骑着快马直接到顺天府提调人马，岂不更好？"

此中意思极为明白：你这会儿应允替我担待，可口说无凭，你写个字儿就能办的事，何必要我再去兵部惊师动众？但话又的确在理，鳌拜略一思索，便很爽快地说道："很好，咱们就这么办！"便命人将笔纸拿来。

正在这时，门官走了进来，垂手回道："外头太医院胡宫山大人求见老爷！"

"不见！"鳌拜将手一摆，那门官答声"是"回身便走。没出几步，班布尔善忽然叫道："你回来！"

"据我所知，"班布尔善转脸对鳌拜道，"此人乃是平西王的人。既与老三无甚瓜葛，也与我们交往不深，品秩虽微，却是是非之人。是非之人于是非之时造访是非之地，焉知没有别的缘故？"见鳌拜点头，便吩咐管家，"请他进来！"

胡宫山长袍飘风，步履从容昂然登堂，微笑着给鳌拜请了个安，又对济世他们团团作了一揖，泰然自若地站在厅中说道："诸位大人都在这里，这更好。在下胡宫山，从白云观而来，有要事面禀中堂大人。"

鳌拜这是第二次见到胡宫山了，上次在索府匆匆见了一面，仅知他武功深湛，却未交谈。这次来了，倒要谈谈。他坐在宴桌旁打量了一下这位丑陋的"是非之人"，没有立刻回话。但"白云观"三个字比一篇万言文章还能说明问题，它包含着他今日全部忧虑、焦急和惶惑不安。只是表面上却显得十分镇静，淡淡一笑道："久仰了——你从白云观来，找我有什么事？"

胡宫山也打量着鳌拜，只见他身着赭色湖绸袍子，也未系带，足下穿一双黑缎官靴，手里捻着一串墨玉朝珠，显露出一副潇洒自如的神态，但另一只扶在椅背的手却紧攥着，暴露了心中的严重不安。胡宫山干笑一声没有答话。鳌拜道："这几位都是国家重臣，我的好朋友，你有话尽管讲。"

"那好。"胡宫山冷冷说道，声音虽低，中气极其充沛，厅中"嗡嗡"之声不绝，"穆里玛大人已经被擒，性命只在旦夕之间！"只此一句，厅里的济世、葛褚哈、泰必图如闻惊雷，一个个面色如土。班布尔善自称每临大事从不慌乱、涵养功夫很深，但听了此话也吃一惊，身子微微一颤。

鳌拜先是一呆，接着哈哈大笑："穆里玛是御前带刀侍卫，武艺高强，今日拥重兵奉命剿几个毛贼，焉有失手之理？你小小一个太医院供奉，六品的前程，就敢在老夫面前弄鬼！"胡宫山不等他说完，扬声接口便道："此非朝廷庙堂，又无堂参的礼仪，今日你我皆便服相见，抵膝攀谈。竟然在这个时候，扯谈起一品六品的话儿，难道不怕天下有识之士讥笑么？眼见你美味佳肴无心食用，金波玉液难以下咽，满面忧疑之情，尚侈言什么'武艺高强'，岂不笑煞人也。"

"大胆！"葛褚哈见他是一个品秩低下的官员，竟敢对鳌中堂如此不逊，顿时也发作道，"谁要你来报什么信？你回去听参吧！"

"你是谁？"胡宫山挑衅地问道，"今日在下要见的是鳌中堂，你这等见识浅薄之人不配与我答言！明之弘光，清之多尔衮、吴三桂在下都曾见过几面，只少见你这副肮脏的嘴脸！"他说的这三个人除吴三桂地位与鳌拜相当之外，其余二人身世显赫，在座的无人能比，而胡宫山却淡淡说来，毫不介意，怎不叫厅中人动容失色！葛褚哈更是尴尬难堪之极。

那胡宫山眼看再无人与他对答，便径自来至桌前，操起一双筷子，捞起冷盘"孔雀开屏"的"孔雀"脑袋直往嘴里塞，并向椅子上一坐，大嚼起来，旁若无人地赞道："好，有味远客先！怎的鳌中堂也不让让我老胡？"

鳌拜与班布尔善四目对视了一会儿，鳌拜斟了一大觚"玉壶春"，递到胡宫山手中，笑道："好，有国士之风！瞧你不出，倒失敬了！"胡宫山满不在乎地接了酒一饮而尽，笑道："鳌中堂便没有这等小家子气！"说着信手将吃剩下的骨头向地下一抛，鳌拜留心看时，竟牢牢嵌进青砖地的四角缝间，挤得四块砖稍稍离位。鳌拜不禁心下骇然，笑道："先生内外功双修，实在可佩得很。"班布尔善也凑过来道："胡先生，我们是老相识了吧！"说着，也来敬他一杯，胡宫山来者不拒，端起杯来一饮而尽。

"胡先生，"鳌拜看他酒过三杯，才开口问道，"不是我信不过你，舍弟穆里玛并非等闲之辈，带兵千人围一小店，怎么就能失手被擒？"

"此一时彼一时，剿'贼'反被贼剿的事自古有多少！"胡宫山拉起台布，擦了嘴边和手上的油垢，从怀中取出从戈什哈身上搜来的那封信递了过去，仍径自夹起桌上佳肴饶有兴味地大吃特吃，嘴里不住地哼道："熊掌与鱼兼而得之，余之福也。"说着便瞧瞧葛褚哈。葛褚哈瞧不得这等模样的人，气咻咻地别转了脸。

这边鳌拜就着烛光看那封信，脸色愈来愈严峻。班布尔善也踱过来，仔细看时，的确是讷谟亲笔所书。信上说有一位武功极强的老者已被乱箭射死，三叔穆里玛身陷敌手，却不曾提到"老三"是否也被围在其中。

"胡先生，"班布尔善目光闪烁，"池心岛上据你看都围了些什么人？"

胡宫山一边吃，一边漫不经心地答道："我常到山沽店去，几个人我都熟，店主何老板，还有几个伙计，都是极本分的，你们要剿的'贼'只怕是不在网中。"

鳌拜道："那他们为何不杀我弟穆里玛？"这的确是点睛之语。说这话时，鳌拜目中凶光四射。他认为，康熙若不在岛上，众人极有可能杀掉穆里玛夺路突围。现在他们既不逃，又不杀人，就是个大大的疑点，不问清这一点，便不能下决断。

"穆大人值钱呗！"胡宫山满嘴油腻，抬头看着鳌拜道，"想拿他换大人的掌上明珠。"

又是一语惊人，周围顿时是死一般寂静。济世阴沉着脸说道："先生真是无所不知，敢问你是什么人，又是谁派你来的？"

"老三手下的小魏子请我来此帮办这件事！"胡宫山毫不踌躇，昂声答道。

"老三！"鳌拜急问，"哪个老三？"

"中堂这就明知故问了。"胡宫山悠然笑道，"'老三'就是老大老二的弟弟，大门外头还有个'老四'——他不愿进来，在那等着呢——只许中堂和诸位大人整日价叫，老胡便叫一声儿又何妨？小魏子你们都熟，就不必多说了吧？"

一听这话，几个人面面相觑，不知怎么对答。葛褚哈忍不住一个箭步蹿上来，揪住胡宫山的衣领厉声问道："你从什么地方知道这些，你是谁？"

胡宫山哪里将他放在眼里！顺手在他左腿弯的穴道上捏了一把，葛褚哈扑通一声双膝跪了下去。胡宫山忙双手搀扶道："啊哟！大人为问这么一句话行此大礼，可不敢当！不才胡宫山，太医院一个六品供奉，哪能经受得起。"便在背上轻拍一掌解了穴道。济世见葛褚哈双眼流泪，吃惊之余又觉好笑，忙装作咳痰掩饰了过去。葛褚哈满面羞惭，一跺脚便转身出去了。

班布尔善知道再问也问不出什么，遂笑道："依先生之见，这事该怎样了局？"

"您是聪明人，岂不闻'来说是非者，即是是非人'？明珠交我，还你一个穆大人。"

"明珠死了。"班布尔善脸色一变，冷冷说道。

"那穆大人也活不了。"胡宫山站起身来打一个呵欠，说道，"也好，郝老四还在外头等着，我该去了。"

"哪里哪里！"班布尔善连忙阻住，"和先生取笑嘛，拿一个明珠换回穆大人，岂有不肯之理？"

"我素知鳌中堂、班大人绝世聪明，哪能做出'明珠死了'这等笨事呢？"胡宫山又稳稳坐下，"咱们与其在这儿使心眼儿，绕圈子，让穆大人在那儿受罪，不如爽快点议个办法为是。"

"明珠交你，我却不能放心，怎么办呐？"鳌拜想了半天，终于开口了。

胡宫山呵呵大笑，其声音磔磔如枭鸟夜鸣，屋中人无不听得汗毛悚然。"久闻鳌中堂是治世能臣，乱世奸雄，果不其然！"他笑声陡止，"即请中堂选一能将押送明珠，老胡在前，他们在后。如有变故，便一刀杀去，有何难为？"班布尔善和鳌拜交换了一下眼色。鳌拜一眨眼，算是首肯了。

正在这时，花厅中门"嘭"地一响，忽然大开。葛褚哈带着十几个戈什哈，刀枪明亮，满面凶气地立在当门，双手在胸前一拱道："胡先生本领高强，请赐教几招再去，没有先生，照样能换回穆大人来！"事出意外，满厅人顿时呆住。

胡宫山也是微微一怔，随即笑道："伍员曾经吹箫乞于吴市，韩信也不免受胯下之辱，你又何必为方才一跪而耿耿于怀呢？"他双手抄于背，迈着方步悠然自得地踱着，脚下的青砖一块一块地纷纷断裂。

鳌拜知道，葛褚哈决非他的对手，就是大家一齐攻上，也未必能留得住他，不如卖个顺水人情，遂断喝一声："放肆！胡先生乃是我的客人，退下！"

班布尔善觉得葛褚哈面子上太难堪，将眼一转有了主意，忙笑道："葛兄，何必计较此一时的得失，就由你和这几个人带着明珠去办吧！"

"着！"胡宫山朝鳌拜一笑，"班大人这话中肯，君子报仇十年不晚，葛大人要三思！"鳌拜将手一挥道："就这么办吧！"

事情就这样定下来了。接着就发生了前面讲过的池心岛换人的故事儿。池心岛葛褚哈下令乱箭齐射胡宫山，也并非故意违约背信，因他不是"君子"，等不得"十年"；也实在不是韩信，咽不下在鳌拜府中受的这口窝囊气。

魏东亭一干人直到二更尽才算草草将山沽店的后事料理清楚。

穆里玛兵退之后，他们便赶忙着手打捞起史龙彪的遗骸——除了脸上，浑身已无半点好肉，双手仍紧攥着一把箭，看得出在水中他还支持过一阵……穆子煦默默地跪在地上，小心翼翼地从他身上拔出一支又一支箭，伍次友似乎周身失去了知觉，和众人呆站在一旁傻看。

史龙彪面色坦然地仰卧在池边条石上一动不动，人们这才意识到他是再也醒不过来了。穆子煦带着犟驴子和郝老四一齐跪下，行辞师之礼，何桂柱"哇"的一声号啕大哭，泪珠刷刷地滚落下来。这一声哭得犟驴子如梦初醒，哭着叫道："师傅，怨我呀！我要过来接应一步，你怎么会……"穆子煦、郝老四心里十分凄楚，也都扑身叩头痛哭。明珠重伤未愈，躺在担架上无声垂泪。魏东亭想起从西河沿初遇以来这几年相处的情景，也是泪流满面。伍次友噙着泪对死者长跪叩头道："老叔，您……您这一去就不再回来了？"说着也掩面而泣。

半晌，魏东亭方劝慰大家道："各位兄弟，丈夫有泪不轻弹，等杀了贼，我们再来奠祭他老人家……"众人才慢慢止住了悲声。

魏东亭指挥兵士刨土掩埋了史龙彪，便护送着伍次友、何桂柱，星夜赶回城里。一路上，大伙沉闷着谁也没有讲话。这一带从李自成与清兵、明廷几次大战之后，荒无人烟，星影中只见黑魆魆的丘陵和房屋一起一伏地似乎在跳动。寺院里的钟声远远传来，更加深了人们心头上的凄凉之情。铁骑踏着浓霜，默默地向前进发。伍次友手带缰绳，仰望着满天寒星，口内微吟道：

> 野客燕市悲歌愁，豪饮不问肆沽楼。
> 星汉霜严冻布衣，河洛风回暖清流。
> 方期推窗见月朗，奈何暗云罩寒洲。
> 书生祗秉挽悼曲，无马无妾何将酬？

低沉的吟声，激昂的诗句，在人们心中激起了感情的浪潮。魏东亭心中一热，想说什么，却又止住了没有开口。

回到虎坊桥魏东亭的住处，众人方透了一口气。想起今日一场恶战，如在梦寐之中。魏东亭知大家很累，便不再张罗吃饭的事，只分派了各自安息的处所。待寻胡宫山时，不知他何时已经离去。魏东亭犹恐伍次友文弱书生劫后余悸，特地请伍次友住到自己的房间里，自己在外间一条春凳上守候。忽然老门子进来，悄悄对魏东亭道："索大人、熊大人都来了，在外头客厅里候着呢！"魏东亭瞧瞧里屋门，料想伍次友已经安息，也不着袍褂，只穿一件绛色大衣裳，系了根玄色腰带，便匆匆出来。

熊赐履坐在椅上展视一幅字画，见魏东亭进来，只欠欠身子点头笑道："今日受你牵累，几乎做了阶下囚！"魏东亭也笑道："和大人一起坐坐班房，未始不是一件趣事。"索额图见魏东亭扎手窝腿地要请安，忙起身拉住手道："虎臣，这又何必呢！"说着，三人便坐下叙话。

"虎臣，你今日受惊受累，本不当再来搅你，"熊赐履将手中字画卷好，面色变得十分严肃，"但是明日圣上必要召见，若问起白云观的事，当何以答对呢？"

"白云观之事宜秘不宜宣。"魏东亭低头思忖了一会儿，说道，"皇上眼下不能与鳌拜翻脸。愚以为还是不见为佳。既不见他，当然也就不会召见二位了。"

"这个见地极是，"索额图眉头紧锁，"怕的是皇上一不自制，召见鳌拜与我们，就不好处置了。"魏东亭道："我料皇上谁也不会见的。皇上圣学大进，现在每日讲的是'慎独'二字，岂肯摘此不熟之瓜？"

熊赐履会意，点头道："话虽如此，你也不可大意。"魏东亭答道："是。不过，熊大人方才这一问，倒使我生出两解。"

"唔！"索额图饶有兴致，用碗盖拨着茶叶啜了一口问道，"哪两解呢？"

"索大人府上被搜之后，伍先生避居白云观。白云观今日又遭洗劫，足见鳌拜的篡逆之心，急不可待。"索、熊二人连连点头，魏东亭满有把握地接着道，"这两次突袭，名曰追缉、剿捕，其实都是遁词，也不尽是为了伍先生，都是对着皇上来的。鳌拜的篡逆之心虽急，却仍是力不从心。若有力量，为何舍近求远？因为在宫中下手，他还不敢。"

"好！"熊赐履听得有些兴奋，击节称赞道，"说下去！"

"这二解么，"魏东亭伸出食指和中指继续道，"鳌拜虽总统内外军事，但是外将能为他出死力的都已调进，内务府总管因是遵皇太后的懿旨所任，他一时间还拉不上手，也不敢以谋逆大事轻率试探。"这话说得过于透骨，熊赐履和索额图不禁对望一眼。魏东亭接着道："由此看来，现在皇上在紫禁城内，尚操有大部兵力。但朝廷内外的奏折，都要一一经过鳌拜的手，这就很可虑。君令不出都门，且鳌拜已实际掌握着大内中枢——乾清宫关防，京师步兵统领衙门、巡防衙门他都管着，兵部也在他手中，权力是很大的。但九门提督这一最重要的职位却为我的好友充任。因此，皇上如不轻易出宫，半年平安可保。如仍出宫，就怕再遇山沽店之事……"

"那么依你之见该如何办？"熊赐履双手按膝，俯身问道。

魏东亭道："我意皇上不能出宫太勤，但该动还是要动。必须有应变的对策，事急之时，便学汉高祖入韩信营，夺了兵部印符再说！"

"要保住九门提督不能易人，鳌拜对此也决不会放过。"索额图插进来道，"虎臣如今与这怪人私交不浅了，必要时便请他抗命不交印信。这样，鳌拜在京内调兵就大不方便了。"

"眼下交情尚不到那种火候，"魏东亭笑道，"再说如此重大之事，也不能让人家白干呐。"

"好!"索额图兴奋地说,"看你不出,竟有这份聪明——这也是跟着伍先生学的?"

魏东亭笑道:"伍先生讲这些做什么!他讲的是学问。但从学问中可以悟出机变之道,这倒是伍先生常说的。"

"讲得不错。"熊赐履笑着不住点头道。他是正宗儿的道学家,与伍次友的"杂拌"学问意趣不同。只因康熙喜欢伍次友,这几年才未上门与伍次友折辩理论。今日殊途同归,结论竟是这样的契合,所以也很高兴,想了想又道,"还有一节,未必就用得上,也要虑到。通州、丰台、密云、天津为京师门户,喜峰口是盛京要冲,也要有得力的人维持——这些事,自有我们去做,你好好做个擎天保驾的赵子龙就是了!"

满洲人视《三国志演义》为兵书,汉人却以稗史视之,索额图自幼受教,敬重的便是赵子龙。魏东亭虽觉熊赐履语中不无调侃之意,但此典用到此处,实在精当之至,遂也笑道:"敢不从命!"三人相视哈哈大笑,又议了许多细节,直到天将透晓,熊、索二人方起身辞去。

第三十二回　康熙金殿会逆臣
　　　　　婉娘魏府慰先生

出乎意料的是，康熙第二天一清早便着张万强传旨，召见鳌拜，而且是单独召见。张万强奉旨来到鳌拜府时，鳌拜正在用早点。因是"病假"在家，张万强传旨免了接旨的一套仪式，只站着缓缓道："万岁爷召您老上殿呢。"

事出意外，猝然之间鳌拜吃了一惊，旋即镇定下来，放下手中的筷子道："皇上没有讲是什么事吗？"

"禀中堂，"张万强从容答道，"小人不知。素来内臣不问外事，这可不是闹着玩的事。"

"来啊！拿五十两银子赏他！"鳌拜深知康熙与他厚密，问不出个什么，便道，"你先去，我随即就到！"直待张万强出了大门，鳌拜方又回头叫道，"来，去请班大人到前头来！"

昨夜这里也是通宵密议，到天大亮才各自去息歇，班布尔善、济世、讷谟、葛褚哈几个被安置在后头花厅耳房内。所以不到一袋烟的时候，班布尔善就来了。一进门便问："中堂，什么事？"

鳌拜笑道："昨夜你失算了，老三叫我递牌子进去呢！"

"是吗？"班布尔善满腹狐疑，愣怔了一阵，恍然道，"他这不过是稳一下阵脚，中堂只管放心，不会提起叫中堂为难的事！"看鳌拜迟疑着不动，班布尔善又补上一句："他不想与咱们破脸，咱们现时也不能与他破脸，这不是两好凑成一好吗？"

这算把话说明白了，鳌拜说声"好"，便穿袍褂补服，将一串鹘鸰香朝珠小心翼翼地挂在项上，抬脚出来站在阶前高叫一声："备轿！"

这次接见是在乾清宫。鳌拜来到丹墀下，见是葛褚哈、阿思哈站班，只看了一眼，便哈了腰掀帘进去，伏地跪下。康熙身旁只有张万强一人捧着巾帼侍候，见他进来，康熙掩起手中一份黄折子，平静地说："请起来吧，"又提高嗓音叫，"赐座！"

两个候在外头的小黄门听到话声，赶紧进来在一张太师椅上铺了黄袱面儿的龙须草垫子，躬身退下。鳌拜从容坐下，这才抬头打量康熙。

二人已将近四个月没有见面了，康熙身材显得比先前更加修长，脸上气色很好，头上戴一顶明黄罗面生丝缨冠，足蹬青缎凉里皂靴，蓝缎锦袍外罩一袭石青江绸夹金龙褂，腰间的一条铜镶宝珠三块瓦的线鞓带微露在龙褂外头，手里托着一串蜜蜡朝珠，一身装束齐齐整整，显得神采奕奕。

正打量间，康熙开口了："你近日身子可好？"

"承皇上垂问，"鳌拜在椅中欠身答道，"老臣素有头风病，近年来不时发作，眼见得是愈发不济的了。"

"你要善自珍重，现在国家大事太多，总要倚重于你。"康熙回头吩咐张万强，"前儿达赖喇嘛朝觐时，曾进上天竺国的天麻，还有那件老山参一齐拿来赏他。"

这是早已预备好了的，张万强答应一声："喳！"从几上捧下两个明黄缎面的匣子，转身双手奉上。鳌拜先谢了恩，接过来放在跟前茶几上，问道："皇上召臣，不知有何宣谕？"

"要紧的事是没有的。"康熙淡淡说道，"这是浙江巡抚的折子，昨儿黄匣子递上来，见你并无批语，想找你议一下，总要有个办理宗旨才好。"

原来为这个，鳌拜心头不禁一宽，拘谨戒备的神情也就消除了。这个折子说的是前明遗老黄宗汉、李哲、伍稚逊等人在杭州搞什么名士大会的事，并将他们写的诗歌也附在折后。这些诗虽不外风花雪月之类，但其中隐喻却颇有违碍之处。即便没有，就这些人常常聚在一起，也是颇令人担心的。鳌拜不加批语，并不是觉得不重要，而是难以措词，又不好为这事去同班布尔善商议，在手中因循几天，终于还是将原折拜了黄匣子递上来。现在既然皇帝垂询，觉得倒不如由皇帝亲自来办为好。想到此，鳌拜干咳一声道："这些人最难料理，说是要面子，其实是观风色，奴才也并无善策。我朝入关定鼎以来，前明遗臣素孚众望的，惟洪承畴一人而已。"

"还有钱谦益，但是他们的名声并不佳。洪承畴死有余臭。南京人今年过年时在他家门口贴了一副对联，上联是'一二三四五六七'，下联是'孝悌忠信礼义廉'，可见他的人望如何了。"

鳌拜始而不解，继而大悟，忘形地哈哈大笑道："这也真把他骂到家了，上联骂他'王（忘）八'、下联骂他'无耻'。"忽然又记起自己是在"病中"，遂低下头道，"此事重大，皇上谅必已有善策？"

"朕尚无善策，才想到寻你来问一问呀！"

鳌拜想了一阵子才回答："这等人原是前明遗老，受恩深重，要他平白地归顺本朝，面子上实在下不来。譬如二人龃龉，胜者要和好，请败者吃酒，败者一方总要拿一拿架子，硬拉他来席上坐下，以礼待之也就罢了。"

"怎么个拉法呢？"康熙沉思着，却听鳌拜继续说道："让他们与顺民童子一起应试，断然不可，因他们在前明时已是名士，或做过举人、进士，现在岂肯纡尊降贵从秀才重新考起？若留在山野伴风弄月，又难免会讥讽朝廷大政。"

康熙听至此，将身子向前一倾说道："朕之所虑正在于此——来的都是没骨气、不值钱的，有骨气、分量重的又不肯来，如之奈何？"

"所以要霸王请客！"鳌拜满不在乎地将马蹄袖一翻道，"——另开特恩科，专取前明秩官遗老，名士宿儒，安车蒲轮恭迎进京，皇帝亲自测试，赏他们一个大大面子。"

康熙听到这里，已完全忘掉对面坐着的是自己的宿敌，凝视着乾清门北的甬道沉思着说："只怕难以征齐。"

"权柄今日操在我手，来也要来，不来也要来！"鳌拜慨然说道，"若考取了，便是国家栋梁；若名落孙山，那就扫地出京，背后骂人的资格也就自行取消了！"

"好！"康熙兴奋得将龙案重重一击，突然脸上光彩渐消，叹道，"只是现时尚不能办。"

鳌拜盯着康熙，忽然觉得后悔自己说得太多了。却听康熙又淡淡笑道："台湾未靖，藩国不臣，外患未除，内忧俱在。这些人治世可以皈依，乱世可也就难说了。"

从理想回到现实，两个人都沉默了。半晌，康熙才道："你也乏了，且身子不适，改日从容再议吧！"

鳌拜心里冷笑一声，就在座椅中一揖道："如此，老臣告退了！"便自起身辞去。

康熙扶着椅背站起来，望着鳌拜离去的背影，忽然升起一阵莫名的怅惘："这也是个人才哩！可惜……"

康熙坐着四人软轿方到养心殿垂花门前，远远便听苏麻喇姑叫道："皇帝回驾了！"正自诧异：怎的这种叫法儿？却见孙氏笑呵呵迎出来，才知是太皇太后在里头等着。——自从苏麻喇姑奉旨来侍候康熙，康熙因怕太皇太后身边寂寞，便命孙氏侍奉太皇太后，这倒合了太皇太后脾性儿，长天老白日没事，便命孙氏搜寻一些野狐鬼怪的故事讲给她听。

康熙三步并两步进来，就要给太皇太后请安。老人忙笑道："我的儿，免了罢！我来搅你并没什么大事，听曼姐儿讲你去见他，有点放心不下，来这里听个信儿。——大冷天的，就穿这点衣裳，也不怕冻着！"

苏麻喇姑听了这一声，忙将一顶绒草面的线缨苍龙教子珍珠顶冠捧上。因上了年纪，孙氏手脚已不灵便，只在旁帮着，替康熙脱了外头袍褂，加穿一件海蓝缎绵袍，外头罩上一件套扣的巴图鲁背心。忙乱了一阵子，祖孙才坐下叙话。太皇太后见康熙稳稳重重地坐在一旁，完全是一副大人模样，心里既欣慰又感慨，转脸问孙氏："皇帝这模样，你瞧着像谁？"

孙氏眼睛已经老花，听太皇太后问自己，眯着眼瞧了半天，笑道："我瞧着倒像太宗爷的模样儿。"

太皇太后叹道："祖孙三个都像，这孩子老成些，大行皇帝在这个年纪时，怕还没有皇帝高呢！"说着，想起从前凄楚事，便忍不住拭泪。苏麻喇姑忙打岔道："万岁爷这身打扮，乍一瞧，像个进京赶考的举人！"

一句话触动了康熙心事，想起方才和鳌拜一番晤对，愣了一下方又笑道："你别以为朕不成，真做了举人，未必就考它不上！"

闲话一阵，太皇太后见康熙精神很好，不像受了惊气的模样，便起身道："如今外头不静，皇帝见人要仔细，曼姐儿说的'千金之子，坐不垂堂'这话不假，你是皇帝，身子金贵。——明儿叫小魏子把前儿贡来的那座金自鸣钟拿去赏了吴六一；还有索额图的正配过世了，你这做主子的也要打点到！"康熙一边听，一边诺诺连声地答应："已送给索额图五百两金子。"太皇太后便起身道："我们去了，早膳不用叫外头做了，曼姐儿打发几个人到我那儿去取。好好儿劝你主子多进一碗膳！"

这里太皇太后刚走，康熙便对苏麻喇姑笑骂道："什么大不了的事，你又跑去叫了太皇太后来，排场了朕一顿。"苏麻喇姑见殿内没人，便也不拘形迹，笑回道："万岁爷金口玉言，倒说话不算数，原说今儿个谁也不见，冷不丁儿一大早便出去见那丧门神，想想我能不怕？"

康熙一脸得意之色，笑道："昨儿你说的虽有道理，但我身为天子，吓得不敢见臣子，岂不越发助他的气势？""那也要告诉一声儿！"苏麻喇姑道，"也好有个防备，小魏子也不在跟前，手边一个得用的人没有……皇上也忒冒失了！"

二人正说着，小毛子捧着茶盘进来。康熙端起来呷了一口，忽然想起苏麻喇姑曾说到过这人在茶库里斗讷谟的故事儿，遂问道："你叫什么名字？原来不是在茶库里侍候么？"

小毛子正待退下，听得皇帝问着自己，忙将茶盘往腋下一夹，后退一步跪下道："奴才钱喜信，不过人家都叫我小名儿'毛子'。——原来在茶库做事，托万岁爷的福，苏大姐姐抬举我现在做了头儿。"

"你就叫小毛子好了，"康熙道，"这比你原来名字好得多！"

"喳——"小毛子忙叩头，大声道，"奴才自今儿个起叫小毛子，姓'小'，叫'毛子'！"

本来非常平淡的事，小毛子却如此回答，旁边的苏麻喇姑忍不住"噗嗤"一笑，忙又止住。听康熙又问："你母亲的病可好些了？听说你很有孝心，好好儿当差，赶明儿告诉内务府，叫他们再给你换个好差使，不长进的毛病儿也就改了。"

"万岁爷高兴了多赏小毛子几个就有了。在这儿可以天天见到万岁爷，哪有比这更好的差使！"小毛子睁着虎灵灵的眼睛说道，"靠老天神佛保佑，万岁爷大福大寿，四海兴旺，永世太平，万民称颂！"

这些话，有的是小毛子从俗家年帖子上看来的，有的是从茶馆说书先生处听来的，也有的是从臣子奏事时鸡零狗碎抓来的，将它们强捏在一起，听上去不伦不类，他却说得极为流利。康熙憋不住一口茶喷了出来，苏麻喇姑拿手帕子捂了嘴，也笑得前仰后合不能自制。

小毛子倒愣了："万岁爷，奴才没说对么？"

"不错不错！"康熙大为高兴，"你说得很是。婉娘拿五十两银子赏他！"

待小毛子谢赏出去，康熙对苏麻喇姑道："这孩子很有趣也很有用，你要多关照他!"苏麻喇姑忙躬身答道："是。"

"还有。"康熙迟疑了一下才道，"过几日抽空儿，你该去瞧瞧翠姑，问一问她的身世，和洪承畴究竟有什么过不去的事。回来奏朕。"

自白云观火烧山沽店之后，康熙与鳌拜君臣之间表面关系有了很大缓和。鳌拜依旧是称病，所以不隔三日五日，康熙必命张万强等送一些参、蓍、茸、桂之类的名贵药材赐给鳌拜；鳌拜封了送上来的黄匣子，里边批的奏章，也总要加上一句"所议当否，伏惟圣裁"，表示客气。

但暗地里，二人都已心知，君臣之缘已尽，都在加紧准备。召见鳌拜之后半个月，鳌拜送上来一份奏折，弹劾五城巡防衙门的冯明君玩忽职守，导致西海亭子失火，着降调两级，暂署九门提督府军务。九门提督吴六一另行议叙。

"来了!"康熙在乾清宫看了这个折子，心里又惊又兴奋。不动声色地袖了折子回养心殿找苏麻喇姑商议。

"先驳下去，"康熙道，"冯明君显然是他的私人，把九门禁卫的职事交给他，那还了得?"

"小魏子说过，这事儿索额图和熊赐履他们议过，何妨找他们来问问?"苏麻喇姑瞧着奏折，蹙眉答道，"或者就把这姓冯的交部议处!"因近在眼前，康熙惊异地发现苏麻喇姑额上已有细细的皱纹。

"不成!"康熙断然说道，"索、熊二人太显眼，一召进宫众目睽睽，不大妥当。交部更不成，吏部是济世在那儿，议也是这，不议也是这!"

"那就留中!"苏麻喇姑细思量也觉有理，但鳌拜出题太刁，她一时想不出什么好主意，"先压几日再说。"

"不出三日，"康熙起身绕室徘徊，"鳌拜必要追问留中何意，朕何以答对?"

"我去寻小魏子，看他们怎么议的，另外顺便瞧瞧翠姑。"苏麻喇姑说完，就到西阁里换衣裳。出来时，对康熙道："伍先生讲：'泰山崩于前而色不变，是因其心不动。'折子刚送上来，万岁爷也别着急，全都扣着，就说今日斋戒，明儿随太皇太后进香，不看折子。这又不是军报，急什么?

我先去瞧他们外头人怎么说。"说着便喊人来吩咐备车。康熙忙道："天冷得很，把那件素色狐裘拿了，叫小魏子转给伍先生！"

从西角门出了宫，绕开了繁闹的菜市，苏麻喇姑见路上行人不太拥挤。时近年关，一冬也未下雪，显得又干又冷，道旁的树枝上偶尔还挂着几片枯叶，在呼啸的北风中挣扎，更增几分肃杀气象。但因紫禁城中无树，每日见到的就是黄琉璃瓦和青砖，看得心烦。猛然间出了紫禁城，苏麻喇姑还是觉得有一种说不出的阔朗和愉悦。换了便服的小太监也兴高采烈地举鞭吆喝着，四匹马轻车熟路一溜儿小跑，人声、车马声、吆喝声交织起来，十分和谐，苏麻喇姑倒觉安然。忽然一片枯叶被一股尖厉的寒风吹进轿里来，她捡起来放在手中反复把玩，猛地想起一首《妾薄命》的长短句儿来，口内轻声念道：

秋叶落，红颜槁枯堕尘风。恰信茵席，妾身命难容！何堪雨中泥涂，沟渠转飘零？娥眉双黦，青碧何存：却是雨无情，风也无情！

她是满洲姑娘，即使是婚姻大事，也简捷爽朗得令汉人男子汉望尘莫及。几年来，她跟着康熙在伍次友那里读了不少书，增长了不少学问，也不知从何时起，自己的气质，竟发生了变化。忽然觉得自己实在憋得很……有点不像个女孩儿。现在如果再有聘师那件事，无论如何她也不会抛头露面地去和一个陌生男子"对学问"。想到此，她偷偷一笑，又像怕人偷看似的绷紧了嘴唇。——马车稳稳刹住，已经到了魏东亭家的门口。

魏东亭不在家，门上的新管家——犟驴子——因不认识赶车的小太监，硬是要拒客于门外，两个人红了脸，几乎要吵起来。苏麻喇姑在里头听得不耐烦，"刷"的一声挥去帘子，从车上探出身子道："大管家，是我！不认识了么？"

犟驴子愣了一下，打个哈哈道："他早说是婉娘来了，省多少口舌。偏是说苏什么姑的缠个不清！"苏麻喇姑一边下车，一边笑道："这也怨不了他，是我没交代清楚嘛！"说着，便随犟驴子进来。

里头何桂柱早迎出来，一边忙着让座儿倒茶，一边道："您来得不巧。今儿魏爷和几个伙计早点后就出去了，一是要送明珠到一个什么专治骨伤的郎中那儿瞧病，二是要去会一个什么吴大人。"说着自己也笑了，"小人是个糟糠脑袋，再也记不得这许多事。"

"伍先生呢？"苏麻喇姑端起茶来啜了一口，淡淡地问。

"伍先生身子不适，在后头躺着呢!"

"这儿我没来过，你带我去瞧瞧。"苏麻喇姑说着便站起身来。

第三十三回　玉壶冰心不言情
　　　　　　前崖后渊五内崩

　　何桂柱带着苏麻喇姑来到后堂，偌大三间屋子，连一张床也没有，只有一张条几，两旁排放着几张木椅，壁上挂着一幅虎啸龙泉的中堂画儿。苏麻喇姑正待发问，何桂柱已掀起中堂画，撬了一个什么机关，西厢半边北壁已轧轧地滑动出一个门来。——原来这是一堵木制的假粉白壁，里头是一条通道。何桂柱先进去，苏麻喇姑紧跟着跨了进来。

　　里边道路更是繁复，七拐八弯，到处是路。据何桂柱说除一条可通外，其余的条条不通。苏麻喇姑愈觉惊奇，一边跟着走一边问道："原先说小魏子家宅院很浅，怎么不是呢？"

　　"这是头十天才有的，"何桂柱道，"魏爷把后头这半条街都买下了，听说这路还是伍二爷照原先的弄巷改的什么'八卦迷魂阵'呢。——这就是二爷住处了！"何桂柱说着，已到一座小院前，手拍门上的衔环，轻声唤道："二爷，请开门，我是柱儿！"

　　门"呀"的一声开了。伍次友身上散穿一件古铜截衫，外头只套了一件黑缎盘蝴蝶套扣儿的皮背心，也没戴帽子便出来开了门。

　　见是苏麻喇姑，伍次友眉棱一颤，眼中兴奋的火花闪烁了一下，随即爽朗地笑道："哈！是婉娘啊！快请进来！"对站在檐下的一个十二三岁的小僮仆唤道："墨香，来客人了，扇炉烧茶！"小僮答应一声，到旁边厢房里去了。这里何桂柱笑道："二位且宽坐，柱儿前头照料去了。"

　　"魏爷回来，告诉我一声儿！"苏麻喇姑又对何桂柱叮嘱一句，这才转脸对伍次友道："听说先生清恙，吃什么药？可找郎中瞧过？"

　　"我这点小病，用不着找医生。"伍次友苦笑了一下，"我自己医道虽不高明，勉强也还能自理。"

　　说到这里，苏麻喇姑欲言又止，心里觉得还有许多话要问，却只是说不出来。伍次友也觉察出来，更感局促不安。二人相对默坐，一时寻不出新的话题。但也觉得就是这样便好，舍不得破坏这种气氛。

半晌，苏麻喇姑忽然想起，笑道："龙儿这一向着实惦记着先生呢。天冷了，让我送件衣服来。再过几时，先生灾星过了，他还要请你回去教书呢！"说着就解开一个软罗纱包裹儿。抖开看时，是件玉色狐裘，镶着紫貂的风毛边儿，伍次友踱过来看时，轻、柔、滑、密，确是十分名贵，遂笑道："我一个举子，布衣书生，穿上这件东西，不让人当贼拿了，也要被贼偷了！"苏麻喇姑忍俊不禁，也格格浅笑。恰好此时小僮端了茶进来，伍次友亲自给婉娘奉上一杯，又坐下叙话。

"婉娘，"伍次友忽然道，"现在这里只有你我二人，这'龙儿'究竟是何等身份人，你能不能直告于我？"

"这有什么不能直告的？"苏麻喇姑心下蓦地一惊，忙呷一口茶掩饰过去，笑嘻嘻地道，"索老太君的老生子儿嘛，五十多岁上得这么个儿，娇养得噙在口里怕化了，托在掌上怕破了。怎么，才三天没有来上学，当先生的就着急了？"

"不，"伍次友沉思着道，"这些日子我一直在想，像我这样的遭际，实在奇怪得很。我一介书生，蹇滞京师，索大人何以如此礼贤下士？既恭迎到府，可到府之后却又何以见面那样疏少？就算我写文章得罪了鳌拜，又何至于兴师动众，不惜与索大人破脸，抄拿于我？几次三番来害我，为什么不送我出京，又何以有这么多的人拼死相保？"

话未说完，苏麻喇姑已咳嗽着笑倒了："你呀，真真是个傻……你这都是胡想！要想公道，打个颠倒！——你自替旁人想想，哪一样不是该当的？索大人不该礼贤下士？鳌拜不该来拿你？众人不该救你？那我也不该……来瞧你了！"

"不、不，我不是这个意思！"伍次友每逢听到苏麻喇姑又刻薄、又尖厉的话语时，总有些拙于应对，"我是想，是不是哪家王爷的世子托到索大人家读书，这似乎倒合着龙儿的身份了。"

苏麻喇姑欲待分辩时，忽听得院外拍门，是何桂柱的声音："婉姑娘，魏爷他们回来了，在前头等着呢！"伍次友忙道："请他们也过来一块说话儿！"却不听柱儿答话，料是已去。苏麻喇姑忙道："不必了，天色不早，到前头打个花呼哨儿，我也该去了。"说着懒懒地起身，福了一福，低声道："先生珍重。"伍次友不觉黯然，勉强笑道："问着龙儿好……再会吧！"

柱儿说的"前面"其实还是"后面"，隔着伍次友不远的一个小院落里，魏东亭、穆子煦、郝老四三个正等着苏麻喇姑。他们刚从九门提督吴六一那里回来。

这里都是知底细的人，用不着拐弯儿，三言两语便把话说清楚了。

魏东亭从鳌府的内线得到弹劾冯明君的消息，比康熙知道的还要早。今早用过早点，魏东亭便带了穆子煦、郝老四同去会吴六一。自释放查伊璜后两人交了朋友，一向投机，有些话已经可以谈得相当透彻，只不过总隔着一张纸儿未捅破。魏东亭几次煞费苦心用话题引他，盼铁丐能先行揭破，要价就会低些。但铁丐自有他自己的章程，每逢到此处便毫无"铁"气，成了一团雾，不是一笑而止，便是顾左右而言他——魏东亭便知对他不可以草莽英雄相待，心里却也笑骂此人狡猾。

两人闲谈了一阵，魏东亭筹划再三，决定还是要正面突破，似笑不笑地用碗盖拨弄着浮在上面的茶叶道：

"铁丐兄，你到底有了出头之日。——这两位弟兄你也都认识，我不妨直说。——你要荣迁巡防衙门堂官了！"

"别开玩笑了，我半世豪强半世王臣，岂肯轻受人欺？"铁丐往椅上一靠，纵声大笑，"虎臣竟以为这是升迁！"

魏东亭道："阁下由从三品迁为正三品，怎说不是升迁呢？"

"是啊！"铁丐忽然转了口风，"到巡防衙门坐坐也不坏。再说，那也是圣上爱我，我岂肯不受抬举！"

铁丐故装糊涂，忽而说东，忽而讲西，魏东亭与他打交道，最头痛的就是这一点。现又听他又如此说，忖了忖笑道：

"可惜这并非皇上恩典。你这盖世英豪，却看不出其中奥秘，也真可惜！"

"怎样？"铁丐向前一探身子问道，额角上青筋不住抽动。

"不怎样，中堂与你修好，以国士待你，你当然要以国士报之！"魏东亭见他气呼呼的，劲气倒收敛了一些，也松弛地躺到椅背上，欣赏着手中的汝窑盖碗。

"虎臣，"铁丐忽然口气变软，"你真是个好角色。难怪查先生夸你。我也不想再兜圈子，'宁为鸡首，不为牛后'，我去做那个什么鸟堂官干么？"

魏东亭哑然而笑："铁丐兄，不调动你的职位，未必就是降你，升迁你也未必就是爱你，你聪明一世，可要想清楚了！"

"这个我懂！"吴六一将手一挥道，"将欲取之，必先与之么！我且当我的九门提督吧！"

这是一个满意的答复。苏麻喇姑听了，略一思量说道："事情有几分了，只你手中没有码子，开不出价去。——这好办，立下这份功劳，换个一品顶戴也是该当的。回头请皇上下一道密诏，到时候你们送去就是。这会子他还不妨韬晦一点，先拖着不交印。瞧这阵势，发动也就快了！"

倘若苏麻喇姑不是先去会魏东亭，而先来嘉兴楼见翠姑，也许是另一种结果。但现在迟了。她下了轿车，便觉有异，门口围了一群人，在交头接耳窃窃私议着什么，嘉兴楼女掌柜的——楼下酒店的老板在嘤嘤哭泣，嘴里念叨些什么却听不清楚。

苏麻喇姑已听出是死了人，顿时头"嗡"的一声，顾不得人多，径自排开众人挤进店内，三步并两步登楼来寻翠姑。这里赶车的小太监便连说带吓赶开众人："爷们，和硕亲王格格来瞧翠姑娘了，我们王爷待一会儿也要来，你们没事散了罢！"北京人本来就爱看个热闹，一听说王爷家来人了，又怕和王爷真的有什么渊源，挨皮鞭倒在其次，弄到狱神庙去蹲一夜就不上算了。听了一阵子，又不见有新闻儿，也就各自无趣走开。

苏麻喇姑上得楼来，见几个妇女正在东房里扎纸马、糊纸轿，摆设祭奠等物品，见她进来，一个中年妇女走了过来，福了一福，低声问道："是来瞧翠姑的么？"苏麻喇姑僵直地点点头。那妇人道："她……已经成仙了，我们都是她赎出身子的人，帮着料理料理……"便将手一让。

苏麻喇姑推开门一看，立时惊呆了，双脚好像钉在地上，动也动不得——房内素幔白幛，香烟缭绕，中间桌上供一牌位，上写着：

河间烈妇吴氏秋月之灵位

旁边两幅素练，上边斑斑点点皆是血痕，上联书：

既不忠矣，安可不孝？梦回云台奉慈严。

下联书：

已难节焉，孰堪难烈？魂归地府望长安！

旁边一行小字，书：

翠姑泣血自挽

更可惊的，那翠姑身穿盛装，黛眉、胭脂脸，双眼微闭，面带微笑，尚端坐在牌位后的椅上！苏麻喇姑战战兢兢地近前瞧时，颜色不减生时，只是已六脉无，息气断，正是"身如五鼓衔山月，命似三更油灯尽"！

好一阵，苏麻喇姑如同身在噩梦之中。她无论如何不能相信，面前这个吞了水银、香魂缥缈的宫装女尸，就是半月前拦车救驾、言语刚硬的少妇，活脱脱的人，为什么要死呢？

待在这静寂的楼上，面对这奇特的祭奠，苏麻喇姑心中陡然升起一股凛冽的恐怖感，想移步退出，又有一种奇怪的力量吸引着她不愿离开。

"大姐，"那中年妇女见她一脸肃穆敬畏之情，蹲身施礼问道，"请问你是翠姑的什么人？"

苏麻喇姑灵机一动，道："明珠是我哥哥，他病得不能来，叫我来瞧瞧，不想就出了这种事……"那妇人道："大姐既然来了，就托大姐把这封书信转给明老爷。"说完，抖索着双手，从怀中取出一封书帖道，"翠姑娘临终前，叫我把这个交给明老爷……"苏麻喇姑接过看时，是一封街市上常见的通用书简，只中间一行行书，端正写着：明珠兄亲启，下款为：翠姑椎心书。颤声问道："这事太出意外，怎么好好儿就……"

那妇人从腰间抽出一方素帕拭泪道："我也不甚明白，楼底下老婆子说，昨夜胡老爷一身道士打扮，两人吵了半夜，胡老爷赌气去了。翠姑哭了半夜，今早发请柬约我们几个原来卖唱的姊妹来，谁知就服了水银，已坐在椅子上坠得不能动了……只把这封信递给我，笑着说：'给明珠——'就再不能说一句话……"说到此处，那妇人已是泣不成声。

苏麻喇姑满心凄楚离开嘉兴楼回到大内，时候已是申牌。在血红的夕阳下，她恍恍惚惚自隆宗门进宫直入养心殿。值侍的宫女见她回来，忙迎上来道："万岁爷去慈宁宫请安去了，给姐姐留着几个拳菜小包，说是姐姐不吃油荤，特地让姐姐换换口味呢！"苏麻喇姑一怔之下，才悟到已回了紫禁城，遂勉强笑道："且搁在那儿吧，一会儿我再吃。"便掀帘回自己屋去，身上像散了架一样倒在榻上。

她小心翼翼取出书简，见未封口，显然并不怕人看，便翻身向内，在幽暗的烛光下，抽出里边素笺儿，只见上面写道：

> 明珠兄台鉴：鹃声雨梦，从此与兄为隔世游矣！归途渺冥，事在不可知间。惟萍草秋花，断魂杨柳，楼头残月，可长寄情影于足下。奴非轻于生而重于死者，盖进退维艰，已无余隙游移。心力交瘁，血泪何堪空流！既不能矢守父志，又不能与兄共仇敌忾，长夜啸叹，徘徊无计，决以自残而报先君后主，茫茫苍冥或可见怜于奴，期来世再报兄恩！附寄陋诗四首，皆奴生平心事，月下独步而得。将死之人，其声也哀。非无故呻吟，以报君眷念之情耳。
>
> 　　　　　　　　　　　　　　妹翠姑泣血于嘉兴楼

信后附了一张薛涛笺，在薄薄的纸上，以一色钟王蝇头小楷写着四首绝句，其情哀怨动人。

苏麻喇姑看完诗，正在低声啜泣，忽听背后靴声橐橐，便连忙拭泪起身。可康熙已笑着走近道："今儿累着了吧！乏了也该出去散散心，一味躺着反倒会窝出病来——你手里拿的什么，该不是伍先生写的吧？"

苏麻喇姑这才想到，翠姑的绝命书还在手里拿着，忙笑着掩饰道："也没有什么，是人家写的一个玩意儿，我碰巧见了拿来瞧瞧。"

"既然不是伍先生给你的，"康熙伸过手来道，"何妨让朕也来瞧瞧。"

苏麻喇姑无奈，只得双手将书信捧上，口内低声道："万岁爷，翠姑殁了！"

康熙脸色立时大变，急忙夺过信来，匆匆地看着，面色愈发苍白，抖索着双手将遗书还给苏麻喇姑，问道："她……她现在怎样？"

苏麻喇姑啜泣着将方才见到的一幕幕场景向康熙细述一遍。康熙默默听着，点头嗟叹道："可惜，可惜——你知道么？'先君'即前明，'后主'即朕，二者之间无法抉择，再加上恋情的困扰，弄得神魂不安，五内俱崩，只好走这条路了。"

"那也不该走这绝路！"苏麻喇姑拭干了眼泪道，"出家也成么！万岁爷指一座庙给她修持，不好么？"

康熙苦笑道："亏你是个佛门弟子！只有四大皆空，失志灰心才做得空明了净的和尚。她现今是万绪纷乱无法解脱啊！——只怕那胡宫山倒会走你说的这条道儿了，这人朕不能用，也是很可惜的事。"说到这里，他顿住了，良久才又道，"朕也略知胡宫山的底细，他和翠姑不一样，追念的是前明，依托的却是云南，在朕面前又下不了手。——这两个人均有功于朕，原想加恩来着，现在……唉！"

见康熙神色凄恻，十分伤感，苏麻喇姑只好打起精神来安慰他："这也只怪她没福，消受不得万岁爷的恩典。——咱们且不说这个，还是说自己的事吧。伍先生那里，万岁爷再不去，怕就要露馅儿了！"

"去是一定要去的。"康熙道，"你今儿见着他了么？"

"他已经起了疑心，想着万岁爷是哪家王爷的世子呢！"苏麻喇姑想着伍次友的憨相，脸上浮出一丝微笑，忙正色道，"小魏子他们说了，吴六一那头得请万岁的恩典，写一道密谕给他。"

康熙这才想到自己站乏了，就势往椅子上一坐，道："那好！那姓吴的职位是委屈他了一点。朕原想把广东总督的缺给他。——现在朝廷有事，叫吴六一少安毋躁。——这话先不讲明，心里有数罢了。去侍候笔墨吧！"

苏麻喇姑反身至养心殿，——那里现成的诏本，从封装中取出一份空白的——携了笔墨朱砂过来，两手按展了。康熙一挽袖子，提笔濡墨疾书：

吴六一所领北京九门提督一职之变更，无朕亲笔手谕概不奉诏。

想想，又加上一句：

> 责汝吴六一五城巡防司一并节制，堂官三品以下弁佐任缺，暂听
> 该员陟黜，诏令后奉。钦此！

写完，从怀中取出一方玉玺，这是他最近启用的一方随身之玉，专作密诏使用的。上面篆刻"体元主人"四个字——用了朱砂泥，重重钤上，端的十分鲜亮。苏麻喇姑忙伸出双手欲接。

"慢！"康熙语气忽然变得十分浊重。苏麻喇姑瞧着他长大，从不曾听到他有这种口气，"这道诏旨到他手里，大内之外就全是吴六一的了！朕的身家性命，太皇太后还有你的命运全系于此人，不可不慎！"

苏麻喇姑先是一怔，恍然之间已经大悟，不能不惊佩康熙用心之工，遂低声道："万岁爷所虑的极是！只是……如何办呢？"

"这样，"康熙沉吟片刻，压低嗓子道，"婉娘，这道诏旨就这样给他。朕再给小魏子一道亲诏，叫他视吴六一动势便中行事，以防变中之变。小魏子素秉忠孝，决不会有二心，况且孙阿姆……"他忽然顿住，不再往下说了。

不再往下说，苏麻喇姑也已完全明白，孙阿姆是在康熙掌握之中。这确是万无一失的了，但苏麻喇姑万万不料这个曾叽叽嘎嘎绕着自己捉迷藏的皇帝，这个情理通达、爽朗可亲的少年天子，猜疑之心竟如此之重，不由得打了个寒噤。勉强笑道："小魏子只是个三等虾，品秩怕压不住……"

"这有何难！"康熙冷冷地道，"朕明日即颁旨，晋他为一等侍卫！"

第三十四回　　伍次友纵谈天下事
　　　　　　　何志铭密献斩将策

　　铜壶漏尽，铁马摇曳，伍次友一夜不曾入睡。想起几年来自己所经历的稀奇而惊险的遭际，伍次友一会儿紧张，一会儿兴奋，一会儿悲怆，总难以入眠。龙儿这个怪学生，那种与其年龄不相符合的性子，使他很起猜疑。苏麻喇姑那闪烁不定的影子，总在眼前晃来晃去……他也曾很费一番"克己"功夫，但是仍觉不能"下修身上复礼"。不知什么时候他总算模模糊糊睡着了，直到日上三竿时，才被门外柱儿的叩环声惊醒。柱儿在门外叫道："二爷醒了吧？索大人和龙少爷来瞧您呐！"

　　伍次友急忙起身开门。龙儿一步跨进院来，笑嘻嘻作了一个长揖道："先生安！龙儿久不见先生，着实惦记着呢！"便欲拜了下去，伍次友急忙拦住，扳着双肩端详着，笑道："这多日不曾见面，你倒出挑得越发精神了！"回头看时，索额图、魏东亭也已进院，微笑着站在一旁；还有个长随打扮的人手里提着一个礼盒子，跟在魏东亭后头；婉娘则握着手帕在一旁垂手侍立。大家都见过了礼，才走进屋里。

　　"听婉娘说，先生这几日清恙在身，不知可好些了？"索额图满面堆笑，一边吩咐人打开礼盒，取出礼品放在桌上，一边继续说道，"家母听说后把我好训了一场，说是请了个这么好的先生，除了惊吓竟没给人家半点好处，还不赶快瞧瞧去。——说起来也很怪，这些天来我们家尽出事儿，竟没有顾着来看望先生，实在有愧得很哪！"

　　伍次友微笑着说道："索大人国事家事繁忙，还不断地派人送东西来，大人如此费心，倒叫学生感愧得很！"说着便起身来到桌边，瞧那些礼物：一柄镂花嵌珠的玉如意、一只用红绫桑皮纸裹着的老山参、几瓶陈酿老窖酒和一方青石砚。伍次友拿起那方青石砚仔细端详：上面斑斑点点夹着一缕缕红丝，宛然一幅朱笔山水画儿。最奇的是，砚旁竟天然生成一只白色玉筋，酷肖颜真卿体的"山高月小"四个字。玉筋直透砚背，字迹虽漫漶不清，但若仔细辨认，宛然在目。伍次友仔细看了一阵，忽然失声笑道："这石工颇不解事，糟蹋了材料！"

这是康熙从云南新近贡来的石头中精选出来的，特命玉工剖制成砚，自己没舍得用，拿了来敬献先生。不料伍次友说出这样话来，便失惊问道："怎么？"

"此物叫鸡血青玉，极为名贵难得，上边天然生成的这四个字，更是绝世奇珍。索大人，不是学生孟浪，尊府是决不会有此物的。"伍次友答道。

"此乃圣上所赐。"索额图一笑，"只是怎么就糟蹋了呢？"

伍次友叹道："将此物制成砚，看去虽是十分精美，但是殊不知此石质地坚硬无比，是磨不出墨来的，只能当做一件玩物而已，岂不可惜？"见康熙将信将疑地盯着自己，伍次友淡淡一笑，倒了一些水在里边磨墨，果然滑不受墨，磨出的黑水油珠儿一样乱滚，沾不到砚上，大家这才十分信服。康熙不禁连叫："可惜，可惜！"

"确是可惜！"伍次友道，"万物之生成，都是造化之功，非人力可为。《荀子·劝学篇》说'假舆马者，非利足也，而致千里；假舟楫者，非能水也，而绝江河。君子生非异也，善假于物也'，聪明人比糊涂人强的，就是能顺着人情物理去做。如果用非其材，违背着人情物理行事，必然会闹出笑话来。紫檀黄杨可以雕佛，如果拿来做轿杠用，岂不毁了。这块玉如果落到良工巧匠之手，饰以黄金，雕以蟠龙，可置于天子明堂之上……"

苏麻喇姑素来信佛，听了这些话觉得很不吉利，便不等伍次友说完插口问道："难道说这砚就一点好处也没有么？"

"哪里话，"伍次友笑道，"可惜的只是它不甚实用而已。"见大家默默不语若有所思，伍次友也沉默了一会儿，又哑然失笑道，"我倒有几句陋诗，不妨写出来聊作调侃。"说着便取来笔墨，走笔疾书。只见他文不加点地写道：

> 祖龙愤怒鞭顽石，石上血痕胭脂赤。
> 沧桑变幻经几秋，水冲沙蚀存盈尺。
> 飞花点点粘落红，碧野青青欲何之？

但见山高月小处，海客高擎珊瑚枝。

青玉原难充砚材，姑置案头人笑痴。

何不重归女娲炉，再炼补天青白汁？

写罢笑道："这不过讲的是物理，至于人情么，俗话说'千里鹅毛'，我再不通达，也不至于连索大人和龙儿对我的一片深情都不知道……今日扫了龙儿的兴了，我倒像个冬烘道学先生了！"

"道学也不见得就不好。"康熙听了笑道，"譬如常来府里和先生切磋学问的熊大人就是个道学先生。"伍次友道："熊大人才学是好的，人也方直，只是过分迂阔了些。譬如吴三桂这样冥顽不化的人，上年来京时，熊大人还和他大讲'德化'，这岂不是对牛弹琴？就像鳌拜这样的贼臣，秉的就是天地间的戾气，皇上若像菩萨一样每日和他说因果报应、地狱轮回，他肯听信吗？"

"话虽这样讲，"魏东亭在旁笑道，"如果先生现在跟皇上参赞朝政，说出这些话来只怕连性命都难保呢！"伍次友笑道："到哪山唱哪歌，若让我参赞朝政，我就不能听任鳌拜势压朝野，吴三桂拥兵自重。如果听任这两匹野马胡作非为下去，一旦合槽作乱，局面就不好收拾了。现在一个在云南养精蓄锐、虎视眈眈，一个在北京网罗党羽、专横暴戾，应该趁早定下拿掉他们的方略。——咳！说这些做什么，布衣论朝政，隔靴搔痒，白白地惹人耻笑！"

鳌拜和吴三桂常有书信往来，康熙是早就知道的，倒没多想他二人"合槽"的事。现在听到伍次友的一番议论，内心也不禁焦急万分。但又不能让伍次友看出，只得强装笑脸，打趣道："先生是布衣，龙儿便是布衣的学生呢！我们闲说三国，原不必替古人担忧，不过先生既说到这里，我倒想问一问，他们会不会合槽呢？依先生之见，该怎么制定对付他们的方略？"

伍次友看一眼索额图，笑道："索大人，你是朝廷重臣，你看他们会不会合槽？"

"暂时不会。"索额图想到吴三桂拥有庞大的军队并和耿精忠、尚可喜二藩声应气求，不由得倒吸一口凉气，沉吟道，"不过时间长了就难说。姓吴的翻云覆雨，不是个东西！"

"此人先叛前明，再叛李自成，脑后还会有第三块反骨。如今，当务之急，就是不能让他们合槽，采取一个一个拿掉的办法。"伍次友道。

"怎样才能叫他们合不起来呢？"魏东亭在旁忍不住问道。"人死如灯灭。"伍次友淡淡一笑，"先稳住三藩，不动他们的藩位，诛了鳌拜再说。"康熙听了，额上不禁渗出汗来，自己在两年前曾有下诏撤藩的打算。他喟然一叹，轻声说道："真险呀！"

"唔？"伍次友听他这种语气，转过脸来惊异地打量着康熙。

"我是说，"康熙从沉思中惊悟过来，忙笑道，"皇上如今仍重用鳌拜，是很危险的！"伍次友笑道："龙儿不必忧心忡忡，看来皇上至今未动三藩的藩位，便是绝顶聪明的。鳌拜的气数也不会长久了，"伍次友咬着牙道，"我倒替他算了一命。"

一语既出，座中人无不惊讶得面面相觑。半晌，魏东亭方嘻嘻笑道："鳌拜目下正是气势旺盛的时候，何以见得就长久不了呢？"

"我虽不精风角象数之术，"伍次友道，"但对《易经》却略知一二——索大人可记得他搜府的日子？"

索额图蹙眉思索了一会儿，说道："好像是八月初九。"

"不错，是八月初九。"伍次友道，"围山沽店是十一月二十九。连占了两个'九'，都是数的极位。琴瑟不调本应改弦更张，他却去狠拨乱弹，焉有不断之理！《易经》上说'上九潜龙勿用'，说白了，就是逢十便要归一，月满则向晦，水满则自溢。鳌拜做得太过分，其气数便不得不折！"

"先生推算得真好。"康熙对这些并不很懂，但心里却十分愿意听，遂倾身问道，"先前讲书时，先生为何不教我这些？"

"这些是末节。"伍次友兴致勃勃地说道，"我于此道并不精深，偶一为之罢了。家父倒是精于此道的。四书中讲的立德、立言、立功，那才是根本，有了这个根本，原本不必再懂这些个，只管顺民情循天理地去做，便没有个不大吉大利的。若是把心思只放在这上头，犹如只顾了'利'，却忘了'义'，凭谁再强霸精明，也是要钻进邪道上的。"他讲得有些口渴，端起杯来却是空的，魏东亭正要忙着去张罗，可婉娘早从随身带的银壶中倒出一杯水端了过来。

魏东亭由不得噗嗤一笑，见康熙满面正色地垂头吃茶，便掩住了。索额图见苏麻喇姑红了脸退到一旁，不禁想到，"与伍先生倒像是天生的一对儿，只可惜这一满一汉难为了月老……"

吴六一坐在九门提督府衙门的签押房里，屏退了弁从官佐，他要独自好好想想。此刻，他拿着小魏子方才送来的"圣上密旨"反复阅读，虽早已背得一字不漏，但仍舍不得收起来，还在那里一字一句地咀嚼。他佩服这个谕旨写得好——不是文字好，而是意思精深周密。他相信这必定受了能人的指点。现在自己已再无回旋的余地了，到了最后抉择的关头，不能不小心一些。因为鳌拜那边也常派班布尔善、济世一干人来此打点。顶头上司泰必图又是鳌拜一党。这是自己一生的关键一步，万万不能走错！

"来啊！"吴六一忽然唤道，一个长随毕恭毕敬地进来，干净利落地打了个千儿，后退半步垂手听差。"去，请何先生来！"

那差人去后不到一袋烟工夫，便听何先生在门外头笑道："东翁昨夜的双陆打输了，今儿还想着找回来呀？"说着便挑帘进来。吴六一忙笑着起身让座道："志铭，铁丐正要同你共下一盘大围棋，咱们可不能输了。"

"是啊，这盘棋还得你我共下才成。"何志铭狡黠地眨着双眼说道。

何志铭五短身材，两只小眼黑豆一般嵌在脸上，一说话便滴溜溜乱转，一脸的精悍之气。在吴六一邀聘的清客中，他是最得用的一位。从吴六一当参将时起就跟随着。两个人几次一起死里逃生，故虽有宾主之分，实在比家人还来得亲近。

这一"围棋"笑语，在他们二人身上还有一段掌故。何志铭下得一手好围棋，那吴六一却是屎棋。他们二人联手，曾与金陵国手王守泰师徒对弈，竟把对方杀得中盘推枰认输。原因是何志铭在下棋前作了极无赖的布置——他让吴六一坐在王守泰上头，他却在王守泰的下首。预先商定"不管对方如何严密攻防，吴六一只管杀劫"。面对着连"直四"都要点睛的傻棋手吴六一，把王守泰弄得瞠目结舌，忙于应对。一局下来，竟是何志铭与王守泰的徒弟相对。一百余着之后，王守泰只好笑着认输。

这会儿提到"双杀棋"，何志铭呵呵大笑："好，好！照上次的杀法儿，保管取胜！但不知敌手是何人？"

"辅政首席大臣鳌拜!"吴六一喑哑着嗓子,身子往前一倾道,"怎么样,不至于不过瘾吧?"

何志铭正笑得开怀,闻得此语戛然止住,摆了摆袍子坐下:"东翁,你与他下了快二十年的棋了,难道是今日才开始的么?"

"是的。但若说今日之举,于围棋言,算得上中盘胜负生死劫,于象棋则是杀将!"吴六一脸上横肉一颤一颤,眼中凶光逼射。何志铭虽与他多年相交,也觉不寒而栗。沉默了一阵子,何志铭忽然抬起头,一双黑豆眼闪烁有光:"明白了,怎么个杀法儿?"

"圣上要我做他的杀手锏,"吴六一道,"这是绝大的一盘棋,你可要帮我走好了。咱们不能输给人家!"何志铭兴奋地将身子一挺道:"怎么会呢!"

"走好了,红顶子是有你的。"吴六一在椅子上将身子向后一仰,舒展一下身子说道,"走不好,那咱们就一块儿'顶子红'了!"说完,眼睛望着棚板不言语了。何志铭一边思索一边说道:"前几日都察御史弹劾巡防衙门玩忽职守,那个缺只怕要出。这像是鳌中堂开出的盘子,我料定这边也会应对,您今日此语既出,那准是有信儿了。"

"姓鳌的这会儿把金山搬来我也不能从他!"他本来就与鳌拜不睦,魏东亭又当着查伊璜的面几次暗示:救查伊璜出狱的七个折子都是被鳌拜驳回的,万岁爷做不了主。弄得吴六一更加憎恶这位辅政大臣。

"说到金山是没有的。这里倒有一件东西请将军过目。"何志铭说着,弯腰从靴筒里抽出一张纸来递上。吴六一接过一看,却是十万两一张的龙头银票。看着吴六一怀疑的目光,何志铭忙道:"这是晚生的一个同窗,在泰必图属下,于昨晚奉命送来的。"

"用的什么名义?"吴六一上下打量着何志铭。

"名义?"何志铭大笑,"为了祝贺将军少公子百日汤饼会,他怕将军未必肯收,就叫我瞧着办。我想着他们发的黑心财也够多的了,既然取不丧廉,也就笑纳了。"

"好!有你的,拿了来使也很好!"吴六一满意地说道,又问,"他还说些什么?"

"他还说,鳌中堂要荐你做兵部侍郎!"

"兵部侍郎？哈哈哈哈……"吴六一仰天大笑，"十万两银子加上一个二品官，要换一龙百虎和一乞丐还有你何先生的头……"吴六一背起手，来回踱了两步，"何先生，我也给你瞧一件东西。——事情一发动，我立刻就能委你做兵部侍郎！"说着从怀中抽出密诏给何志铭看。

何志铭接过诏旨，反复地审视了上面的朱砂玉玺"体元主人"，一字一句啃着诏书上面的几句话，忽地击案跃起道："军门，有这个在，事情就好办了！"

"所以我请你来，"吴六一冷静了下来，"议议怎么个着手法。"

何志铭踟蹰一下，取出火煤子点着了旱烟，半躺在椅子上，眯缝了眼苦苦思索，二人足有半顿饭工夫没说话。"唉！"良久，何志铭轻叹一声，坐直了身子，从那黑豆眼里发出绿幽幽的微光，"虽然狠了一些，有伤阴骘，但也只有如此了。"

"请道其详！"吴六一坐正了，他不抽烟，手里两只硕大的钢球刷刷地转个不停。

"在军门帐下，我料鳌拜必定另做了手脚。这十万两银子，明知无用，不过用它来买大人轻慢之心而已。"

"说得透！他要做大事，如今便许个王爷也只一句话，明知道我不买账，才来这一套。"

"军门见的是！"何志铭笑道，"您就是买账，将来他做了皇帝，也要把你列在清君侧的名单里。"说着话锋一转，"可虑的，倒是将军帐下的李、黄二参将，还有张副将、刘守备，这十几个人素来……"

"你不必说了，"吴六一道，"我心里有数。我即日就把他们都打发到福建办差，叫他们作不成耗！"

"那不成！"何志铭道，"鳌拜是何等样人？班布尔善更不可欺！如今时机未到，您先就这么摆布，他们能不猜疑？倒让他们有了防备。"

"格奶奶！"吴六一咬牙道，"到时候全都扣起来！"

"不成！我们在这局棋中是杀手锏，主角是姓魏的他们。万一扣押不尽，或又被别的人救了，铁丐兄——你我可就真要'顶子红'了！"

"那，依你呢？"

"杀！"何志铭豆眼一闪，"死人是作不得乱的——自今而始，帐下军官全部到衙应差，将两廊厢房腾出来给他们住。这是一！"他伸出两个指头，"二、密布几名心腹校尉，许以高爵、酬以重金，弓上弦、刀贴身，随时应变。"吴六一听得出神，不住点头。何志铭又伸出第三个指头道，"待事一发，颁圣上密旨，下令将这十几个人一鼓擒斩！敲山震虎，余下的就不敢发难了！"

"这——"

何志铭突然扬声大笑："军门枉自称了'铁丐'！做这事岂能心软？早年杀人如麻，如今莫非回心向善了？"

"那好！"吴六一咬牙道，"就这么办！"

第三十五回　少主用谋入虎穴
　　　　　　猛将勇饮女儿茶

　　就在吴六一与何志铭在密室计议的时候，辅政大臣鳌拜府的鹤寿堂中几个人也在搜索枯肠。对面水榭中家班戏子们在台旁生了火炉，起劲地做戏，大家都无心去看。只见戏中人影儿在结了冰的池子上晃动，什么词儿一句也听不见。

　　鳌拜、班布尔善、讷谟、泰必图、葛褚哈、济世，还有穆里玛，个个熬得眼圈通红，但人人毫无倦意。鳌拜自年前称病，已又是两月有余。此刻，正舒适地半躺在榻上，闭目静听众人议论。

　　在乾清宫动手已经定下来了。穆里玛、讷谟总掌乾清宫侍卫。康熙日常朝务，几乎每日必去，确是再适当不过。班布尔善又提出封闭隆宗、景运二门，断绝宫内交通的提议，引起了大家的争论。

　　穆里玛见大伙都不说话，沉不住气便开口道："承乾殿的随值侍卫，都是咱们的人，何必多此一举，叫老三疑心？"

　　泰必图一反往日常态，非常沉着地道："毓庆宫的情况不明，万一对方预有准备，我们将怎么办？"

　　"毓庆宫？"葛褚哈道，"那里只有一条道通前面景运门，老三敢进去，合乾清宫、承乾殿侍卫包围起来，困也困死了！"

　　济世不紧不慢地插了一句："这种事只可速决，缓一步便成千古之恨。"

　　"济世兄说得对，"鳌拜忽然开口道，"所以宫门一定要封，而且要用最得力的人干这件事。"

　　"泰必图大人就很合适。"讷谟道，"你是兵部侍郎，现掌大印，调一哨兵谨守景运门，策应乾清宫，外截勤王侍卫，况且那些禁兵与你都熟，只消假传圣命说有人作乱，大家都会跟着你干起来。"

　　"我！"泰必图微微一震，瞧了班布尔善一眼，笑道，"我怎么担得了如此大任，九门禁军多是吴铁丐的人，他不肯放行，不肯相援也是枉然呐。"

"走到这一步了，还想退？"葛褚哈道，"你身后是万丈深渊！"

"我并不要退，"泰必图冷冷道，"我说的是实情！"

"好了好了！"穆里玛有些不耐烦，"葛褚哈来堵景运门，成么？""好，我来堵！"葛褚哈扬手道，"总不会连一扇大门都关不上！"

葛褚哈追问一句："那吴铁丐该由泰侍郎对付了吧！"

"中堂十万两银子，已打发了这个乞丐！"班布尔善脸上泛出一丝笑容，"但姓吴的决非十万两可买，只能买下一条缓兵之计，买他个慢兵之心还是值得。——也不求他助我，只要他无备于我，大内之外的事就全可放心了。"他用眼风扫了一下在座的人，"这怕真要偏劳泰必图侍郎了，你要率兵接管九门提督府，兵权到手，斩了铁丐，策应宫中，那就万无一失了。"

鳌拜坐直了身子道："不去掉这一隐患，办起事来便有后顾之忧。"他轻咳一声，接着道，"拔了这颗钉子，主权便操在我手，宫里一时不济也不打紧。缓急有恃，凭这份功劳便值一个郡王！"

"郡王"两个字像电流一样，击得在座的众人无不一震。泰必图不好意思地笑道："郡王是承受不了的。——到时候我以兵部堂官的身份接管了这个衙门就是！"

"凭你？"穆里玛听到"郡王"二字，也觉耳热眼红，将帽子一摘向几上一掼道，"那铁丐眼里有谁，睬你不睬你都难说呢！"泰必图却冷冷一笑顶了回来，"穆兄以为我的剑砍不断人头么？"

"世兄！"班布尔善见穆里玛有争功之心，怕他们闹起纠纷，忙岔开话，"自然不能叫泰大人空手而去，他当然是以钦差的身份哪！"说着，用手轻将短须格格地笑起来。

大事议定，众人都觉松了一口气，猛听得对岸云板高响，洞箫声起，一缕清音直送过来：

天津渡口踟蹰……何处觅得玉槎……琼浆酽轻歌……诱得碧霞落……

班布尔善侧耳细听，笑道："这阕《水调歌头》，我已第三次听了，每次都有新的领略……"

方欲往下说时，门上一个戈什哈跑得气喘吁吁，满头是汗地报道："禀、禀中堂，圣驾已经到府！"霎时空气变得像凝结了一样，满室人惊得脸色焦黄，面面相觑，不知如何是好。

"带了多少人？"班布尔善急问道。

"总共五个，不许奴才通报，说是要看看中堂的园子，一边走一边说笑。这会儿怕快到西花厅了，奴才怕主子没准备，斗胆先来告诉一声儿。"

鳌拜已完全镇静下来，笑道："好快的腿！你们且都回避一下，我去接驾！"

"歪虎呢？"班布尔善又问道。

"他……他昨儿夜里出去，还没……没回来！"那戈什哈忽然有点狼狈，结结巴巴地说道。

鳌拜和班布尔善交换了一下眼色，和颜悦色地道："你去侍候着吧！"那戈什哈方退出，班布尔善一改从容不迫的气度，失急慌忙地对大家说："咱们从这边去，各从东角门回府！"又对鳌拜耳语几句，抱起那个毒药匣子便随众人去了。

康熙这次造访鳌府，是经过周密考虑的。他觉得在大动手之前，必须探视一下这位称病不朝的大臣，制造一种君臣和睦的气氛。一是可以稳定一下外臣忐忑不安的心情，显示朝廷的政局稳定，二是可以示恩于中外，更显鳌拜谋逆之罪，同时也免了后世口舌，说他这个天子"不教而诛"。便是吴六一那边，也须叫他知道当今皇帝并不柔弱。为安全起见，事前又密令魏东亭几个打探实在，京内禁军兵勇确无异常动静。这才简从轻车，由内务府记档后，直趋鳌拜府邸，随身只带了张万强和魏东亭、穆子煦、郝老四、犟驴子几个人。魏东亭仍是老大不放心，几乎把索尼府里的亲兵全数带来，化装成老百姓，散在鳌府周围。事前，他又让人将鳌府的歪虎等家将设计灌醉，这才放心前往。

此刻，康熙兴致极好，他头上戴一顶黑色狐毛冠，身穿蓝缎面天马皮袍，外罩石青江绸面青颓褂，一色的明黄盘龙套扣，显得精神抖擞，气宇轩昂。一干人在园中走走停停，康熙不住地指手画脚，说这边假山砌得好，那边亭子造得没章法，魏东亭几个人心里却捏着一把汗，只得口里应着。

行至鹤寿堂对面水榭旁，台上的戏演得很热闹，《济公破阵》中的魔怪正在翻舞。抬眼看对岸时，几个侍候的丫环远远侍立在堂外东廊下。只鳌拜一人，穿着驼色绵袍，外套青缎马褂，足蹬皂靴，跷着二郎腿半依竹椅看得入神，竟似没有看见康熙一行。魏东亭欲招呼时，康熙一扯袖子止住了他，绕过池子径向鳌拜走去。

"相公安乐！"康熙忽然在背后说道。

鳌拜猛地一惊，回头见是康熙，一翻身起来，伏地叩头道："老臣不知圣驾光临，未及迎候，望乞恕罪！"

"卿何罪之有！"康熙笑着扶他起来，"身子好些吗？"

鳌拜挥手止住了戏台上的演奏，笑回道："用了皇上赐的药，已是大见功效。"一边伸手将康熙向鹤寿堂里让。

魏东亭见状，抢前几步先进入堂内，细细打量里头的陈设。堂内的陈设也不甚豪华，靠墙一溜儿俱是楠木书架，大厅当中只摆一张檀木长几，周围散放着几张椅子，只门后不显眼处放有一人来高的镀金自鸣钟，算是室内最气派的奢侈品。迎门放着一张大木榻，铺着大红猩猩毡，两头压着两个泥金红绣毡枕，可依可靠、可坐可躺，无论何种姿势，都可看到对面水榭的全景。魏东亭暗道："这老儿真会享福！"眼风扫处，却见西边枕下有些异样，疾步上前用手一摸，觉得有个硬硬的物件，抽出一看，却是一把冷飕飕、亮闪闪、寒气逼人的泼风长刀！

恰好鳌拜、康熙二人联袂而入，见魏东亭手握长刀站在榻前，不禁惊呆了。穆子煦三个人倒吸一口凉气，一齐将手伸向腰刀，目视鳌拜！

"中堂！"魏东亭手擎宝刀，望着令人胆寒的锋芒问道，"这……这是何意？"

鳌拜并不惊慌，只苦笑道："若是皇上预先知会，要驾幸奴才府邸，仅此一条，也就尽够治灭门之罪的了。"

康熙一愣，随即哈哈大笑："小魏子，你是个汉蛮子，哪里知道我们的规矩！我们满洲人刀不离身，身不离刀。——入关以来很少有人能像鳌中堂这样遵从祖制，朕正欲下诏切责呢——还不快收起！"

魏东亭将信将疑，取出刀鞘合上，挂在靠近自己的书架钉锦上，这才惊魂初定，笑道："我还想着中堂大人不想叫爷和我们兄弟回去了呢！"

"有你这个赵子龙，就别怕我的黄鹤楼。"鳌拜解嘲地笑笑，又道，"自患头风病以来，如有鬼神，惊悸不安，夜中苦不能眠。还是我的一个笔帖式教我这么个镇魔的方子，置刀于枕下以压邪。说也奇怪，倒是挺灵验的。"魏东亭也笑道："怕是中堂一生杀人太多之故。"众人听了一笑而罢。

康熙顺势便坐了榻的西头。凭鳌拜如何桀骜不驯，此时他尚要装出彬彬有礼，便自在下头一张椅上坐定，叫道："素秋！"

史鉴梅答应一声，姗姗而入，给鳌拜道了万福，惊异地抬头看了一眼上头坐的康熙，也蹲身施了一礼，垂手侍立待命。鳌拜吩咐："看茶来！"鉴梅忙躬身道："是！"抬脚便走。

"不用了！"坐在上首榻上的康熙开了口，"我和你主子议一件事便去。况他在病中，我也在用药，不宜吃茶。"

鉴梅看了看鳌拜，并无收回成命之意，笑着蹲了身子打个万福，仍去了。康熙望着她的背影笑道："连朕的话都不听，好厉害！"

鳌拜笑道："臣以军法治家，她岂敢违命？再说她也不知您就是皇上啊！"

康熙默谋一阵，说道："朕来你府上，一来是瞧瞧贵恙，二是与你议一下，西海湾子失火烧了御亭的事，巡防衙门的冯明君是有错的，朕以为降旨申饬一下也就够了，何必一定要降调呢？"

"西海子乃御苑重地，宫禁森严，竟然出了这等事，不但冯明君，就是老臣也难辞其咎，岂可擅自宽宥？"

"惩戒是可以的，"康熙坚持道，"罪不当重罚，重罚了，不能服其心。为此叫他出缺是过分了些，朕以为罚俸半年也就足了。"

"八十两银子，"鳌拜笑道，"那叫什么惩戒！我朝奠基未久，无论奖惩，俱要从严，方能教他于后世。对冯明君臣不让他出缺，调他做个九门提督也就足了。"

"哦……"康熙问道，"现任九门提督是……"他好似一时想不起来。

"吴六一！"鳌拜心里暗笑，将身子稍稍前倾，答道，"太宗时就是有名的虎将，只可惜有人告他在南阳时，曾与前明唐王有什么瓜葛，所以委屈至今。"

"这等捕风捉影之言，竟也有人相信！"康熙心里不由叹息一声。

"所以臣以为这个职位实在委屈了他，拟将吴六一调到兵部暂任侍郎。他出的缺由冯明君补上。"

这番话的确是无懈可击。康熙手里捻着朝珠沉吟不语，远远见鉴梅端了茶来，便起身道："这又不是什么急事，你先叫他们草一份诏书，朕再参酌吧。你今儿个也劳乏了，过几日再议。"说着便欲起身，"今儿还要随太皇太后去钟粹宫拜佛呢！"

鳌拜忙起身道："还早呢！拈香要到戌时，皇上轻易不来，今日一到，满门荣耀，哪能连茶都不用一口？"见鉴梅已经进来，便道，"素秋，这便是当今万岁爷，还不赶快奉茶！"

鉴梅见说，急忙跪下，双手将托盘举到头顶上，膝行近前说道："奴才方才不知是万岁爷驾到，这里再请金安！请用茶！"

"罢了，"康熙道，一边伸手从上面端起茶来，"不过朕这几日正在用药，忌茶。美意难却，朕观赏一番也罢了。"

"不妨事，"鳌拜道，"圣上虽极尊极贵，只怕也未曾尝过这个茶。"他似乎不在意地端起其中一杯，呷了一口道，"此茶名曰'女儿茶'——"康熙方听一句，失声笑道："女儿茶有什么稀罕的，明儿叫张万强送一担来赏你！"

"——又名'闺贞茶'。"鳌拜又补上一句，"是从杭州君山上采来的。春茶吐尖时，由闺中未聘之女，清晨冒露踏霜，选取上等尖旗数片，采得之后噙于口中。只有佳婿娇客初登岳家之门才能尝尝。余者连见也难得一见。臣先时督师江南，出重金数千两，仅得二斤有余，大内到何处寻得一担来赐臣！"

鳌拜讲得煞有介事，鹤寿堂中众人听了无不咋舌。

"真是闻所未闻！"康熙笑道，端起杯来仔细端详，疑惑道，"也不见得如你说的那样！"

鳌拜哈哈大笑："亏你做了皇上，竟不会吃茶！——此茶与常茶不同：一遍冲下味淡明洁，二遍清香色郁，三遍冲下旗开叶展、红云漫杯。再饮第四遍也就无趣了。"一边兴致勃勃地说着，一边品尝手中的茶。连穆子煦一干粗人也听得目瞪口呆。

康熙尚在犹疑，这杯茶吃还是不吃？却见魏东亭笑吟吟地上来请安道："闺茶无丈夫，奴才无妻室，求主子将这茶赏赐奴才饮了吧！"康熙笑道："也罢。"魏东亭单膝跪地，双手接杯，仰起脖子一饮而尽，笑道："也不用二遍三遍地冲了！"

"好！"鳌拜不无感慨地道，"魏大人可谓快人快性！倒不怕吃了女儿茶，五更见罗刹！"魏东亭笑道："中堂大人尚且不怕，我魏某有何惧哉！"

康熙抬头看了看天色，道："时候不早了，咱们回去吧，省得太皇太后惦记着。"

"也好！"鳌拜正色道，"圣上今日驾幸奴才府，真是蓬荜生辉，奴才的沉疴竟也痊愈了。这都是皇上恩泽所致，再过数日，奴才当入朝视事，再谢圣上的隆恩！"

康熙也欠身说道："先帝所遗四位辅政大臣，眼下只有你一人得用，且安心养病，善自珍重。"说完，康熙便带着五个人扬长而去。

第三十六回　吴六一汤饼会杀将
泰必图东厢房受缚

连着几场冬雪过后，接着又是连绵的春雨。屈指算来，康熙登极已是第八个年头了。万木萧疏的北京城随着节令更替，又悄悄地复苏了。

伍次友睡了一冬的热炕，乍换了板床，觉得冰凉，不由想起一句俗话："'南方人比北方人会吃，北方人比南方人会住'，真是一点儿不假。"他本想再睡几天热炕，却见何桂柱带了几个人来，七手八脚地要拆炕，反咽了回去没有再提，便道："你们别拆，我看这凉炕也好。"便把一张矮几放在炕上，焚了两根香，盘膝坐着，拿了一本书看，随手在上边圈点批注。忽听有人轻声唤道："大哥用功呢！"伍次友抬头看时，明珠已经进来。看上去，这一冬，他调养得很好。身体虽仍孱弱，但精神已经复原。便拍着炕沿笑道："你和柱儿一块儿来的吧，请坐！"

"'红袖添香夜读书'，大哥此刻只缺婉娘在这儿侍候了。"明珠笑道，袍子一撩，便坐在伍次友的侧面。睐觑着眼瞧时，见伍次友手里拿着一本《太公阴符》。笑道："大哥看书越发杂了，难道不准备再进场会试，要带兵打仗不成？"

伍次友笑着摇头道："我这个人信孔孟，也信庄子。心热时便信孔孟，心凉时便信庄子。三十四岁三进考场，终不能得意，反遭人害，功名二字越发淡了。如今只想教好这个学生——龙儿要学什么，我便教什么。"

"这龙儿也怪，"明珠笑道，"学这么杂做什么用？"

"我也不太明白——不做官读这些书也使不上，朝廷难道会让布衣公子领兵出征不成？所以只在书上拣些有益的陶冶情性的批点一下，讲书时多说说罢了。"

"大哥的学问那是没说的了，"明珠心里道，"只做了帝师这几年，竟连一些儿蛛丝马迹也未察觉到，也够憨的了。"见明珠微笑着沉吟不语，伍次友便收了书，很认真地说道："明珠兄弟，你在想什么？想翠姑么？你们的事也就该办的了，不凉不热的也不成事。"明珠脸色一沉，摇头道："大哥，你不知道，翠姑已经过世了！"

"真的！"伍次友大吃一惊，身子一跳，几乎要从炕上站起来，"你怎么不早告诉我一声？"

明珠叹道："一来，人死不能复生，二来也怕大哥病中听了吃惊。柱儿从这里取了三百两银子作赙仪，只瞒着大哥。——她一个烟花女子，我也算对得起她了。"

"这是什么话？"伍次友对明珠后边那句话听得很不受用，勃然变色道，"你不也曾是个冻毙的乞丐么？你读了圣贤书，对人的身份怎能这样看待？"

"大哥教训得是，"见伍次友动了气，明珠忙认错道。他虽厌听那一段乞丐历史，但是在伍次友面前，也不好说什么，只心里暗想：倘若你知道自己的身份，许就不发脾气了。口里却道："其实我心里何尝不难过，说来她还是为我……"

听了明珠细谈翠姑的死，伍次友久久没有说话，只凝神望着眼前缕缕香烟。半响，方深深舒了一口长气："她倒不是为你一个人，你也不必过于不安。从她的诗信看来，其中似有更大的缘故，我也不甚明白。"

"缘故"自是有的，明珠心里清清楚楚，只是不能详加解释，只好默然不语。外面不知何时起了风，挟着微雨，打得窗棂沙沙作响。二人静静听着，都觉身上一阵阵发寒。

忽然，门"吱"地一响，魏东亭一步跨了进来，一边褪掉鹿皮靴外面套的油皮泥履，一边笑道："兄弟两个怎的了？泥菩萨似的对坐参禅。"

"没什么，"伍次友勉强笑道，"请上来坐吧。"

魏东亭道："这里坐就好。"一欠身也坐在炕沿边，压抑着内心的激动道："告诉你们个信儿，今儿圣上明谕，晋封鳌拜为太师，一等公。方才从那儿过，鳌府大摆筵席，张灯结彩照得白天一样……贺喜的轿子轿车摆得满街都是。"

"非刘不能为王，也只差一步儿了。"明珠说道，"伍大哥心里正烦，不能拣着好事说几件？"

伍次友淡淡说道："也没有什么烦的。上回我说鳌拜盛极难继，这个算盘珠儿添上，大约也就要逢十归一了。据我冷眼瞧，要么当今是绝顶聪明，要么便有极高明的人指点。"

"怎么？这话怎么讲呢？"魏东亭瞪大了眼睛盯着伍次友，明珠也道："大哥这话难懂。"伍次友笑道："这有什么难懂的，鳌拜近来养病在家，无尺寸之功，朝廷为何加封极品？按他的本心，如能吞掉皇上，早就动手了。此等无功之禄，他居然受之不疑，真叫做当局者迷了！"

魏东亭和明珠二人疑惑地对望一眼。伍次友的这些话未免太玄，太巧合了！伍次友看出二人的诧异，笑了笑道："二君何必认真！我不过据理而断。你们天天回来都讲朝中的局势，就不许我也议上几句？"

九门提督吴六一这几日正紧张筹备他公子的汤饼大会。吴六一婚媾甚晚，夫人庆氏头二胎生的皆是女孩子，直到四十三岁上，才产下这个麟儿，高兴自不待言。宴客三日，仅请帖就发出二百多份。可怪的是，所请的一个外客也没有，都是他的故旧，或新任将佐。但他一向行事乖张，人们也就见邪不邪了。

下午未牌时分，客人陆续都来拜贺，东西廊下五光十色地摆满各家的礼盒子。吴六一概纳不辞，家下人等无不诧异：老爷平素以廉洁自许，平生除查伊璜之外，并不受任何私礼，今儿怎的一反常态？

客人们也有不少是他昔日的部下，现在都在京华各衙，有的在禁军当差，有的品秩早就超过他了，但仍对他十分礼敬。他们来了，只寒暄几句，多是将礼单一呈，便说"有要务在身，晚间不能与席，务请海涵"之类的话告辞而去。吴六一心知他们还要到鳌拜府去应酬，只是也不揭破，笑容满面地与他们应付，然后一一送走。临到入夜时分，除了魏东亭算是外来客人，其余的全是属下的一群副将、参将、游击、千总，这些人因为未获钧令不敢擅离。

"诸位！"吴六一见大家已安席坐好，便从主席上站立起来举一大觥酒，操一口不南不北的口音，抑扬顿挫地说道，"今日为小儿做汤饼会，承蒙各位赏脸！我瞧着多是十几年来跟着我一起滚爬出来的兄弟，真是不胜欢欣！"

坐在第一桌的刘参将起身将手一拱道："军门！今日的汤饼大会承蒙魏

大人光临。这是魏大人瞧得起咱们提台，没去攀高枝儿。来来来，兄弟先敬你一杯！"说完斟满了一大杯酒双手递了过来。满庭将佐也齐声敦促："魏大人乃天子近臣，难得光临，就请魏大人先为少公子纳福！"

"好！"魏东亭见吴六一手下将军个个英姿豪爽，甚对自己脾胃，举杯一吸而干，亮了杯底道，"兄弟勉占先杯，各位请！"

于是觥筹交错，吆五喝六。一厅之中惟上首铁丐左一杯右一杯，神气自若地吃酒。何志铭陪着魏东亭坐在席侧，不住地劝酒夹菜。

酒至半酣，吴六一脸上微带酡颜，说声"方便"，便辞了众人。除魏东亭外，谁也不曾留意他的这一举动。何先生见魏东亭发怔，一边起身斟酒，一边低声耳语道："魏大人，我们军门要先发动了，迟了怕来不及。"魏东亭的心猛地往下一沉，酒涌了上来，心头突突乱跳，强自镇静，点头笑道："果然是名不虚传，'铁'得很！"

说话间，吴六一已经返回客厅，只见他头戴红顶簪缨，身穿江牙海水袍子，腰间系一柄长剑，脚蹬一双簇新的黑缎官靴，一摇三摆地走进来。最显眼的是罩在补服外头的黄马褂，在灯光照射下金黄耀眼，吃酒的众将预感到要出什么大事，都停住了杯，呆愣着看他们的主将，不知他葫芦里卖的什么药。

大厅上四五十个将佐呆若木鸡，看着铁丐旁若无人地走至中间。他一言不发，脸上肌肉一抽一颤，目中凶光四射，将手一挥，早有三十多名全副戎装的校尉，"刷"地散布开了，封住大厅所有通道。

"请王命！"

铁丐一声令下，将军们立刻起身退出席位，鹄立两旁。后头护持王命旗牌的几名校尉"喳——"的一声吼叫，慢慢抬出一座用紫檀木雕镂的玲珑龙亭。中间供一面明镶黄边的宝蓝色令旗，上面用满汉两种文字写着一个黄色"令"字，这便是世祖大行皇帝特赐吴六一的王命旗牌了。龙亭一落，刘参军领衔，高唱一声："万岁！"喳的一声跪了下去，下余人等也都跟着高呼，行三跪九叩之礼，伏地静听号令。

"李一平、黄克胜、张一非、刘仓四人曲奉奸佞，结党营私，乱军乱政，图谋不轨——左右拿下了！"

"喳——"

　　四个人未及弄明白是怎么回事，几个如狼似虎的校尉恶狠狠地走上来，两个擒一个，熟练地将胳膊向后一拧，一眨眼工夫就被捆得结结实实。

　　李一平是实缺副将，与吴六一一样的品秩。此时他被吴六一的威势吓住了，等清醒过来，忽地一跃而起，拧着脖子问道："你说我们曲奉奸佞，图谋不轨，有何凭证？这是在京都，不奉诏你就想杀人，没那么容易！"

　　"搜他们！"吴六一听而不闻，指着几个被擒的人命令戈什哈。

　　一搜就明白了。李一平身上除了一柄锋利的匕首外，还有一包散药。魏东亭跟着史龙彪几年，耳濡目染，搭眼一瞧就知是毒，笑了笑坐下，深深舒了一口气。再看张一非和刘仓，也都穿着内甲护身，各窝着一柄短小利刃。不问自明，他们赴宴前已商定好了。惟黄克胜身上没有搜出什么来，呆呆地站着不语。

　　吴六一顿时勃然大怒，嘿嘿冷笑道："何先生，拿出名单来念，念一个拿一个！""是！"何志铭当庭忽地站起，黑豆似的双眼闪着灼灼亮光，从袖中取出名单朗声宣读。一共十一个人，都被校尉们绑得像米粽一般。一搜身，竟有八人带着凶器！

　　"好！"吴六一狞笑一声问道，"怀里揣着这等东西来赴宴，也算独具贼眼！你们还有何话讲？"

　　"匕首乃防身之物，毒是用来药兔子的！"李一平大声呼道，"就算是来杀你，难道就是图谋不轨？"

　　"哼哼！"吴六一冷笑一声，气自丹田而出，更显得凶横无比。他仗剑走至李一平身边道："本欲取了你的首级，可你死了连个兔子也不如，若留下你的舌头还多少有点用处——来啊！"

　　"喳！"廊下校尉雷鸣般地应道。

　　吴六一忽地挺剑，横斜一刺，长剑直贯张一非、刘仓腰胯。二人惨叫一声，噗地翻倒——然后猛地拔出血淋淋的剑来，轻松自如地在靴底上正反一揩，从容插入鞘内，"将尸体收了，明儿给他们的家属送去赙仪三千两。"

　　厅中众将见他凶横无比，又是王命斩将，无一人敢出来相劝。

　　"黄将军！"吴六一阴笑着转过脸说道，"你的事体不明，暂回后堂厢房歇着，真的冤了你，铁丐自能负荆请罪！——几位带暗器的游击千总兄弟，请到西边厢房里，我给你们另备一席。没带凶器的都跟着黄将军去！"说着一挥手，拖尸的拖尸，带人的带人，一时收拾干净。

"公事了了，咱们再接着饮酒！"吴六一伸了个懒腰，呵呵笑道，"诸位，来呀来呀，不关你们的事，咱们吃酒么！"

尽管他帐下众将都是些杀人不眨眼的将军，几时见过这种阵仗？一时如同吃了吕太后的筵宴，肉跳心惊，软着腿各自归座。何志铭这个幕后谋士方才也和魏东亭一样，看得目眩神摇，此时镇定下来，忙举杯把盏道："诸位将军！为少公子长寿，干杯么！"

方说到一句，忽然外头一声递一声传进来："圣旨到！"吴六一笑对众人道："我倒不防来得恁快！你们且坐着安心吃酒，我去接旨！"便命："放炮迎旨！"

这边"咚咚咚"三声号炮响过，泰必图满面笑容捧旨进来，道："铁公，我今日成了报讯的喜鹊，上午给鳌太师颁发恩诏，晚间又给你来送圣旨，一会儿喜酒是要讨吃一杯的！"

吴六一哈哈大笑道："这个自然！"说着便吩咐铺摆香案。里头众将军哪里还吃得下酒，一个个停箸住杯，侧耳细听。

泰必图见吴六一和颜悦色，毫无紧张戒备的神色，心早放下一半。只等香案摆停当，便踱至上首，面南而立，缓缓展开诏书读道：

奉上谕：着吴六一实领兵部侍郎缺，并加尚书衔，给双眼花翎。所遗九门提督一缺，暂由李一平署领。钦此！

厅内众将听到此旨无不大惊失色。只东厢房里被捆着的李一平心中暗喜，无奈口中塞满了麻胡桃，出声不得。

吴六一叩首接旨在手，也不捧读，嘻嘻笑着对泰必图道："公事了，吃喜酒。来，给泰大人洗尘！"

一个校尉双手捧盘端了酒出来。泰必图立饮一杯，笑道："请李大人出来，大家共贺一杯。"话犹未完，忽地戛然而止，原来吴六一正在捧读诏旨，脸色愈来愈阴沉。

"泰公！"吴六一单手掂了掂诏书问道，"怎的不是皇上亲笔所书？"

"除了特旨，哪有亲写的？都是翰林拟了，再交上书房皇上过目用印。"泰必图愕然道，"我有几个脑袋，敢用假诏欺君？"

"不对了！"吴六一突然脸色一变，怪目圆睁，连声音也显得格外刺耳，回头招呼厅里吃酒的将官们，"都出来！"

将军们被今晚的事弄得糊里糊涂，听到叫声，便都挨次而出，躬身垂首立于廊下。

"我有一言，诸将静听！"吴六一朗声说道，便从怀中取出密诏说，"放炮接旨！"须臾便听石破天惊般三声巨响。火光浓烟起处，西厢房已被炸为一片平地，怀揣凶器前来吃酒的八名游击千总已被崩为灰烬！廊下众将个个吓得面无人色，俯伏在地高声山呼："万岁！"

吴六一当众宣读了密诏，大喝一声道："皇上亲笔密旨与我，九门提督一职，不奉亲笔手谕概不奉诏！今日泰必图侍郎前来降旨，却是上书房所草，这就蹊跷了！"说着将两份诏书传给诸将，"你们都瞧瞧！"

泰必图早吓得两腿簌簌发抖，忙堆起笑来道："下官并不知皇上有此密诏，想必是上书房弄错了。回头查一查就清楚了。吴公今晚便不奉诏也罢。"

"泰公，你难道不知我吴某诨名叫铁丐么？"吴六一笑道，"'铁'者，其心如铁，'丐'者，索取无已也。既来了，走就不那么容易了！"

"我是兵部堂官，你再厉害不过是我的属下，待要怎的？"泰必图知不能善了，态度也变得强硬起来。

"也不怎么样，"吴六一笑道，"你与李将军一路，且在敝府东厢房忍耐一时，明儿事体弄清楚了，我自与你赔情好了！"说着手一挥道，"擒下！"

"大胆！"泰必图到底是兵部侍郎，一声大喝，几个校尉面面相觑，僵住了不敢动手。铁丐怒极，刷的一声取下剑横挺在手，大喝道："擒下！"校尉们再不敢怠慢，上前推着便走。

"慢！"魏东亭格格笑着从厅里走了出来，"请泰侍郎给鳌中堂写张条子。"

"写什么？"泰必图见魏东亭也在此，知大势已去，颤声问道。

"你写，"魏东亭一抬手，厅里一个小厮捧出笔砚就着台阶铺好，"写下'丐事已谐，按计行事'八个字即可。"泰必图无奈，只好抖着手写了几遍。

魏东亭才满意地笑对众将道："几位兄弟太斯文了，泰侍郎这样进去，岂不叫李将军眼红，也请安置了的好。"

铁丐只一点头，校尉们便也照李一平的榜样，将他捆送到东厢房。

处置完毕，天色将亮，正是五鼓漏尽时分。时间已相当紧迫，魏东亭笑谓吴六一："将军办事真爽快，不过还有一事，要请将军鼎力相助。"

"什么事？"

"除照咱们前夜议定的办，还要偏劳何先生出一趟险差。"

"我？"何志铭见点到自己，有点莫名其妙，见魏东亭晃了晃手中纸条，立时明白过来。踌躇之下，嗫嚅道："我怕力不胜任吧？"

"你的心计十分周密，这件事非你不可。"魏东亭笑道，"诏书一下，你就是兵部主事，赏侍郎衔的了，能空着手儿见主子么？"

何志铭道："我倒不是不敢去，鳌拜这人疑心最重，只怕三盘两问，误了主上的大事。"

"志铭！"吴六一慨然道，"我已'点睛'，该你'杀劫'了。不可心疑，不可手软，大丈夫成败与否在此一举！"

何志铭听了这话，双手高高一拱道："那兄弟就勉从其命了！"说完，便去换了一身青衣，袖了纸条长揖而别。

第三十七回　何志铭不辱信使
康熙帝痛陈大志

　　为庆贺鳌拜被加封为一等公，鳌拜府张灯结彩，大摆筵席。觥筹交错地闹腾了大半夜，二更时分鳌拜推说身体不适，独自折回鹤寿堂。班布尔善、讷谟、穆里玛、济世、葛褚哈几个人都聚在这里议事，静候泰必图的佳音。

　　"真急煞人！"葛褚哈道，"派去的探马一点消息也送不回来，九门提督封了一条街，谁也进不去，也不见一个人出来。"

　　"泰必图必定得手了。"济世道。

　　"那吴六一封街是什么意思？"鳌拜沉思道，"吴铁丐一向与我不睦，就怕这十万两银子买不下他的心！"

　　济世听了笑道："太师放心，十万两银子，外加个兵部侍郎，足够了。莫忘了他是个乞丐出身！这封街正说明他双方都不介入。"

　　"也未见得，"坐在一旁久不做声的班布尔善开了口，"不见泰必图回话，咱们的事一定要另作安排。"

　　葛褚哈涨红着脸，将手一挥道："将午门封了，神武门锁死，让他九门提督变成七门提督，咱们在里头干事，他能碍着什么？"

　　班布尔善拊掌笑道："此计甚好，真是士别三日，便当刮目相看！"他兴奋地站起身来，"只消在大内得手，莫说铁丐，就是钢丐也得掂量掂量！"

　　正说着，门官急匆匆地走了进来，也不行礼，径直走到鳌拜身边耳语几句。鳌拜面露喜色，吩咐道："叫他进来！"一边转脸对众人道："好了，泰必图那边有人送信儿来了！"大家立时安静下来。

　　须臾，何志铭身着青衣长衫，飘然而入，见了鳌拜忙躬身一揖道："何志铭受人之托，来给公爷叩喜。"又从容对大家团团一揖道，"众位大人安好！"

鳌拜双眼盯他足有半个时辰，方才问道："是泰侍郎差你来的?"

"是。"何志铭道，说着将泰必图的亲笔条子双手递上。鳌拜拿在手上只略过一眼便递给班布尔善，又问道："你知道这条子是什么意思么?"何志铭黑豆眼眨了眨，狡黠地微笑道："条子上意思极明，太师自己也懂得，何必叫我何某明说呢!"

"放肆!"讷谟见这个奴仆模样的人竟敢如此无礼，"啪"地将案一拍，喝道，"不许你如此张狂!"

"呵呵呵呵……"何志铭仰天大笑，"这位大人，好无见识，大凡欲得天下的人，莫不礼贤下士，岂不闻士贵而诸侯王贱么? 何况在座的诸公都将有求于我!"

"眼生得很!"班布尔善站起身来，觑着眼瞧了瞧何志铭道，"足下怕不是泰必图府上的吧?"

"再说一遍，在下何志铭，铁丐将军帐下的幕僚。"说罢，复笑道，"怎么，我便不能来送信么?"

"何志铭?"班布尔善翻着眼故作沉思。

"你不是班布尔善大人么?"何志铭道，"你好大的忘性! 你派人送去的十万两银子交给谁了?"

"哦，是交给你的! ——"

"你以为那十万两银子就可以打发一个讨饭的么?"

"唔?"班布尔善打量一下何志铭，道，"打发不住又怎么样?"

"我将那十万两银子，如果向小皇上那里一送，那么鳌太师再带上你班大人，还有在座的诸公，一股脑儿就要上菜市口去赴宴了!"何志铭的黑豆眼睛滴溜溜一转，用手比划了一下脖子，"一声破鼓响，两片碎锣敲……'喳'的一刀!"

"也未见得!"鳌拜忽然冷冷说道，"这会儿我倒能先叫你试试刀!"说来斜睨了一眼众人，穆里玛、讷谟、葛褚哈"嗖"地拔出刀来! 恶狠狠盯着何志铭。班布尔善压低着嗓子问道："你来此何意，难道是专为耍笑我们吗?"

何志铭直盯着班布尔善的眼睛，半晌方道："你们既然这等不肯取信于我，我说了，又有何用! 如若相信，当以礼相待；如不相信，杀了就是!"

"不能信你，推出去！"班布尔善脸色一变说道。葛褚哈猛扑过来，架起何志铭便走。何志铭骂道："竖子！我自己走！"站起身来，转身便去。

"回来！"班布尔善忽然叫住，干笑一声，"没那么便宜，快说，你来干什么？"

"讨封！"

"讨封？讨什么封？"

何志铭忽然松弛下来，嘻嘻一笑："你的十万两银子，我分送给吴大人帐下几位得力的将军。我现在倒一文莫名，你的泰必图侍郎如今坐镇提督府，吴六一成了阶下囚。我何志铭内负叛主之情，外负背义之名，谁料你等竟是如此狗窃鼠偷的小人，成不了什么大事！"

这番话说得众人瞠目结舌。何志铭那笔银子这样使法，连鳌拜也没有想到。来人可算得上是位胆识俱全的谋士。班布尔善也不禁暗想："当初倒不如将九门提督一职许了这人呢！"

鳌拜显得异常激动，将班布尔善手中的纸条取过来，又仔细地审视一遍，确认是泰必图手迹无疑，口中赞道："好样的，倒看不出你真有两下子！"他踌躇满志地背手在地上踱了两步道，"如今我只能许愿，事成之后，赐你做个吏部尚书，如何？"

"何某不过顺天行事。"何志铭躬身施礼道，"志铭夜观天象，荧惑星冲犯紫微星，帝星更位。这是天意所在，违之不祥——太师公当应在此兆。愿事成后体恤百姓。我何某披发入山，得以终老也就足了。"

"为什么呢？"鳌拜惊问。

"吴铁丐是我旧主，如今义断情绝，天下人将视我为何物？有何面颜再见故友？"何志铭说着，眼圈儿早已红红的了，"事至今日，我亦追悔莫及。但求事成之后，祈求鳌公宽免吴大人一死，我的心愿也就足了！"他说得情真意切，十分动人，连穆里玛、葛褚哈也被打动。

"铁丐这人，用之一方不失为好官。"鳌拜也叹道，"我岂肯置他于死地？先生尽可放心。"

"如此，告辞了！"何志铭大功告成，眉见喜色，长揖到地说道，"那边衙门并不安定，下头兵士还不知衙中事变，上头将佐们也难免有人不服。泰大人、李大人正全力防范，所以特命志铭只身送信——我还得赶回去帮助料理。"

"有劳先生了!"鳌拜满心狂喜,强自按捺着道,"告诉泰、李二位将午门、神武门封闭,叫他们一定要沿途戒严,千万不能走漏消息。"

何志铭微微一怔,问道:"九门提督一职到手,满北京都是太师的人,何必要封午门、神武门呢?岂不自断策应之路。"

"午门内之事,余自能料理。"鳌拜笑道,"何必兴师动众,弄得满城风雨?"

"不然!"何志铭道,"泰、李等将军,还有在下的身家性命均系于此,我们哪能坐视不管?一旦有变,也可援救。万全之外再加万全,方是上策!"班布尔善也忙道:"何先生说得对,万全之外再加万全!还是让他们进入大内策应一下的好。"

屋内人的情绪顿时活跃起来。有的说应把兵带进文华、武英二殿,有的说最好在上书房一带作埋伏,有的则干脆提议埋伏在乾清宫两侧的厢房里。七嘴八舌莫衷一是。最后还是鳌拜说,应设在中、保和二殿,有居高临下之势,同时两侧朝房中也可藏伏一部分,议了小半个时辰才定了下来。

这一夜通宵不眠的人实在多。康熙半躺在养心殿的御榻上,目光炯炯地盯着上头的藻井。苏麻喇姑和太监张万强二人挨次坐在下首脚踏子上,也是沉思不语。殿内数十盏烛火照得通亮,殿外廊下侍立的宫女太监也都一声不响。康熙、苏麻喇姑和张万强都十分清楚,一场急风暴雨即将在这数百年浮沉不定的宫廷里爆发。

"儿皇不能做阿斗,儿皇不能做汉献帝,儿皇不能做后周柴宗训!儿皇要自己主宰天下,做一代令主!"这是在慈宁宫,康熙屏退了所有的太监宫女之后,跪下对太皇太后说的话,"我要诛奸除凶擒拿鳌拜,已定在明日行事。"

"皇帝都准备好了?"太皇太后镇定地说,"这事只在早晚,是一定要办的!"

"祖母,"康熙侃侃而言,"自我列祖列宗开创大清基业以来,从未听说过有这么胆大妄为的臣子。

"鳌拜身受先帝不次之恩,身为托孤重臣,近八年来欺凌同僚,杀害辅臣，践踏朝纲，屡次咆哮金殿，中外臣工无不侧目而视，若容这等乱臣贼子立于朝堂，我大清江山，迟早要落入鳌拜之手！"

见太皇太后频频点头，康熙鼓足勇气又道："圈地一事，蠹国害民，原是先朝弊政，先帝粗定天下后，就曾有意废止。儿皇秉承遗训，多次下诏停禁。鳌拜胆敢依仗权势，肆行无忌，竟将皇庄土地一并圈入镶黄旗下。上三旗内常常因此屡生事端，下民百姓背井离乡，四处流浪或为盗为贼，或为南明余孽所诱，与我大清为敌。"

这番话说得痛心疾首，义正词严，连太皇太后这样久历政治风险的人也听得心摇神动。

陪跪在一旁的苏麻喇姑也开口说道："还有，鳌拜公然矫诏，搜查大臣府邸，围剿民家宅院，意在弑君自立！"

"且不说他项庄舞剑，意在沛公。"康熙又接口说道，"单就他不经诏命、擅搜大臣府邸来说，已是罪无可逭！"

说到这里，康熙抬头看看太皇太后，太皇太后此时十分激动，满头白发都在微微颤动，扫了一眼康熙，坚定地说道："善有善报，恶有恶报！不过兹事至大至重，皇帝要谨慎从事，周密安排。"

"是！"康熙道，"儿皇已作安排，没有敢惊动老佛爷。今日事不得已，特预先告知。但胜负未决，恐遭不测。儿皇想请老佛爷暂时起驾奉天，回避几日，待大局稍稳，儿皇再亲迎銮驾归京！"

太皇太后摇了摇头道："皇帝，这是你的孝意，我很受用。但是我哪里也不去！我已下了懿旨，密令驻热河八旗，星夜入京勤王，两三日内就可到京！"

康熙没想到这位不动声色的老祖母竟已密调军队来京，顿时精神大振："儿皇谢太皇太后恩！"

太皇太后满眼是泪，激动地说："我十四岁进宫，服侍你祖父这些年，什么大风大险都经过。"

康熙见老人如此决绝，想到明日一场背水之战，不禁打了个寒战："老佛爷尊意如此，儿皇也不敢违拗，万一事有不谐，请老人家尽往儿皇身上推便了……"说罢嘤嘤啜泣，苏麻喇姑也五内俱裂，只是不敢哭出声来。

……回想到这里，康熙从榻上一跃而起，吩咐道："起驾奉先殿！"

于是苏麻喇姑和张万强二人执灯前导，康熙也换了一身太监服，混在里边跟着，自月华门穿日精门进慈宁宫。乾清宫后的禁军还以为是守夜的太监，并未盘问就放他们过来。从慈宁宫到毓庆宫的北墙的一个角落，苏麻喇姑捺了一下消息儿，半堵墙竟无声无息地开了个缝，只容一个人通过，等康熙几个人进去，复又缓缓合住。

进入毓庆宫，康熙便命吹熄了灯。三人顺着殿东墙悄悄向南，只要跨出了南门，便可神不知鬼不觉来到奉先殿了。正走间忽然从殿角大铜鼎后头闪出一个人来，苏麻喇姑吓得倒退一步，几乎叫出声来，张万强身子一挺，向前跨出一步护在前头。

"孙殿臣么？"康熙低沉有力地问道。

"奴才孙殿臣在此迎驾！"

"这儿都准备好了吗？"

"奴才不敢怠慢！"

"这可是机密大事！"

"是！谨遵圣谕。三名工匠各赏银一千两。现将他们关在大内酒窖内，并服了药，三日内是醒不了的！"

"好！"康熙道，"你就守在这里，朕去去就来！"黑地里虽瞧不见面容，但听声气，便知他极其镇静。三个人穿过静悄悄的毓庆宫，趑向东，这里便是奉先殿了。

这奉先殿原是清室祭主用的，除非大祭大奠，平时只有几个老内侍守候，倒是一个冷清去处。刚走到门口，里头穆子煦早已迎了出来。康熙就在殿门口换了吉服，头上端端正正戴了一顶天鹅绒纱台冠，上身穿石青江绸夹褂，外套一身簇新的明黄缂丝夹金龙袍，单金龙褂下悬着一柄嵌金蟠龙宝剑，足蹬青缎凉里皂靴，项挂菩提朝珠——一副御朝大典的装束。苏麻喇姑和张万强二人忙了好一阵子，才打扮停当，退后一步，请康熙进去。张万强和几个老内侍在殿角房内，苏麻喇姑放心不下，径自到奉先殿外望风去了。

康熙昂然按剑，大踏步上前推开殿门，一脚跨入，不禁愣住了。殿外看着鸦雀无声，殿内竟是灯烛辉煌，凡窗棂透光之处均用夹被严密遮盖。——更令人惊讶的是，太祖太宗的画像下面，放了一张椅子，高高坐着盛装服饰、神色肃穆的太皇太后。——底下以魏东亭为首，并排跪着穆子煦、騞驴子、郝老四。狼曈等十六个毓庆宫侍卫跪在第二排，连同后来陆续选进宫里的小侍卫共有六十余人，整整齐齐跪了半个殿。

第三十八回　众侍卫刺血盟誓
　　　　　　班大人沐猴坐堂

康熙正了正衣冠，先向列祖列宗神位敬香礼拜，然后向老人叩头请安。礼毕，康熙回身厉声叫道："魏东亭！"

"奴才在！"魏东亭一跃而起，向前跨了一步俯伏在地。

"朕委你的差事可做好了？"

"奴才启奏万岁：九门提督吴六一将于卯时率部进宫，把守太、中、保和三殿要津，静待我主号令！"

"好！"康熙大为兴奋，一双眸子在烛光下熠熠生辉，又大声道："狼曈，晋你为毓庆宫总领侍卫，身份与魏东亭等一样。跪上前来！"

"喳！"狼曈高声应道，跪着向前膝行一步。

"诸位壮士！"康熙朗声说道，"'天听自我民听，天视自我民视'，贼臣鳌拜专权欺主，擅杀大臣，圈换民地，涂炭生灵，其心奸险，其罪难赦！"

说到这里，康熙的脸涨得通红，回头看了看太皇太后，接着又道："当今社稷垂危，有被鳌贼篡夺之虞。朕每念及此，五内如焚，食不甘味，寝不安席，中夜推枕，绕室煎虑。朕决意托祖宗在天之灵，擒拿鳌贼。列位壮士皆我大清忠贞之臣，望能奋发用命，卫我朝纲，靖我社稷！"

下面跪的侍卫听到这里，早已热血沸腾，群情激昂，齐声答道："臣，谨遵圣谕！"

"圣主！"魏东亭膝行数步奏道，"鳌拜欺君罔上，早存谋逆之心！自古忠臣烈士，主忧臣辱，主辱臣死。臣等岂敢惜身而与国贼共戴一天！主上请降圣谕，臣等虽赴汤蹈火，也决无反顾！"

一番慷慨陈词，几十个人激动得泪光满面，庄严肃穆的大殿上气氛立时显得悲壮而又紧张。康熙回身向太皇太后恭施一礼道："请太皇太后慈训！"

"热河勤王之师三十万,旦夕可至。众位放心去做!"太皇太后心平气和地道。她一下子将兵力夸大了十倍,众人听得十分振奋。忽然她提高了语调,"我老婆子就坐在先人灵前,瞧着鳌拜老贼头悬国门!"

"鳌拜力大狡诈,"太皇太后接着说道,"众位要全力应敌。"

"众位壮士放心,"康熙按剑而立,满面肃杀之气,"若有不测,吾敬尔母如朕母,待尔妻如朕妹!"

"谢万岁!"众侍卫一齐叩首低声言道,"臣愿死力向前!"

"拿酒来!"康熙大喝一声。

话音方落,奉先殿一个老太监双手高擎着一只巨碗,盛酒二十多斤。康熙"噌"地拔出宝剑,向自己左手轻轻一抹,鲜血如注流进碗内。魏东亭和众侍卫叩了头,也各自啮破中指,将血滴进碗中。

康熙接过大碗,先向地下轻酹少许,举起碗来猛饮一口,然后递给魏东亭,其他各人也挨次捧饮。饮毕,将空碗捧还给康熙。

康熙正待发话,忽见索额图戎装佩剑匆匆上殿,躬身奏道:"万岁!吴六一已打着泰必图的旗号亲率大兵进宫。"

"好!"康熙将手中大碗狠狠地向地上摔去,把碗摔得粉碎。他单脚踏椅,左手护膝,右手按剑,瞋目大呼道:"朕下特旨:着御前一等侍卫魏东亭全权领命,擒拿权奸鳌拜。乱臣贼子人人得而诛之,有抗旨者,格杀勿论!"

"喳!"众侍卫"嗯"的一声跪下,高声复诵: "有抗旨者,格杀勿论!"

乾清宫依然是一派平静气氛。自顺治初年起,这里就是皇帝召见大臣议事处理朝政的地方。这时,鳌拜正坐在殿内中间一张椅子上,看着顺治皇帝御笔题额"正大光明"四字,颇有点忐忑不安。他想象着自己如果坐在上面的御榻上该会是怎么个模样,又是何种心情……"五台山上的顺治爷知道了这事,又该如何呢?"班布尔善站在一旁,脸上青一阵,红一阵,看得出内心也极不平静。

鳌拜抬头看了看殿角的鎏金大钟,正是寅时正刻,离朝会时候还早,便踱至丹墀旁,问穆里玛:"没什么异常之处吧?"

"没有。"穆里玛紧张得有些发呆，见鳌拜和自己说话，才松弛了一点，"值夜的侍卫一来就告诉说，遏必隆公爷已从芜湖归京，昨夜已吩咐下来，圣上今儿先在这儿召见您，然后起驾文华殿见遏必隆，要问他有关芜湖调粮的事。"

"你也该派人去文华殿，瞧着遏必隆在做什么。"

"是。"穆里玛躬身答应，立即转身去派人。

"回来，"鳌拜又道，"毓庆宫也该去看看。"

"我亲自去过了。"穆里玛道，"只有一个当值的和孙殿臣，别的侍卫不奉诏是不来的。"

得了这一消息，鳌拜、班布尔善和济世三人顿觉宽慰，相互看了一眼，各自暗暗透了一口气。忽见去文华殿的侍卫已经返回，禀道："那里只有遏太师和熊赐履大人在等候朝命。"

"他们在做什么？"

"两个人闲着没事，闭着眼你一句我一句在下盲棋。"

"这二老倒很自在。"鳌拜不禁一笑。

时辰在焦灼不安而又恐怖的等待中缓慢地行进着。殿角大座钟的"嗒嗒"声不紧不慢地响着，使人听了烦躁不安。忽然，"沙啦啦"了一阵之后，大座钟"叮当""叮当"敲响了七下。此时正是卯牌时分，已经到了皇帝临朝的时候。永巷口垂花门的门闩"哐"地一摘，鳌拜绷得紧紧的心又是一跳。

康熙的八人銮舆从月华门房缓缓而出，舆前太监高叫一声："万岁爷起驾了！"听这一声儿，除了侍卫，鳌拜等三人立刻走下丹墀，撩袍跪接。

但奇怪的是銮舆并未在乾清门前停下，一直抬往景运门而去。鳌拜惊疑陡起，忙起身一把扯住走在后头的一个太监，急急问道："皇上不在乾清宫临殿么？"

"在。"那太监很爽快地答道，"太师少待片刻，皇上还要先到毓庆宫练一趟布库才来，这是多少天以来的老规矩了。"说着去了。

讷谟也赶来解释道："太师，这几个月他常是如此，那边安静一点，而且离乾清宫也近……"

这就只好等了。鳌拜憋得紧紧的神经又稍松弛了一点，于是踱至班布尔善跟前问道："是不是有点异样？"

"看不出来。"班布尔善面色苍白。他的神经也已紧张到了一触即溃的边沿，只得安慰鳌拜道："实在不行，等泰必图的兵到了，就硬动手！"

见鳌拜面色犹豫，班布尔善忙又道："就说宫内魏东亭挟君作乱……"言犹未毕，只见张万强自景运门大踏步地走了过来，便掩住了。张万强直至乾清门前立定，躬身笑道："万岁爷请鳌拜公爷毓庆宫说话。"

"不是说在乾清宫召见的么？"鳌拜急急地问道，"怎么又改到毓庆宫呢？"

"召见仍在乾清宫，只是，几位贝勒、贝子都还未到，万岁爷的意思是请公爷到毓庆宫随喜，尔后一同过来。"

"知道了，我随后就到。"鳌拜满腹狐疑，强自对张万强道，"请万岁稍待片刻。"张万强答应一声"是"，便躬身而退。

班布尔善咬着嘴唇没有立刻回答，心里也是七上八下地把握不定，良久才说道："咱们都去。"

"不成！"穆里玛凑过来道，"乾清宫无人照应那还了得！再说，若是都去，走到宫门口就会把你挡回来！"

济世也道："都去了，他若又到这里来，怎么办？"

"他在不在毓庆宫，谁能肯定？"穆里玛冷冷道，"方才乘舆过去，谁也不曾揭开帘子来看！"

这确是个问题，偌大的紫禁城，万余间房子，随便躲在一个地方，是很难寻找的。吃不准地方胡乱动手。一旦扑空，自己的阵脚先就要乱。——鳌拜咬着牙思忖半晌，道："也只好如此，穆弟、葛褚哈随我到毓庆宫。乾清宫的数十名侍卫都是我的人，这里班大人、济世兄和讷谟也还理料得开。"

"那就这样办吧！"班布尔善道，"你三人不要一路，鳌公在前头，你两个断后，有什么事也不用去救，随即回来报信儿就成！"

鳌拜一甩袖子昂然离开了乾清门。穆里玛和葛褚哈两人待他稍去远一点，按剑跟了过去，把守景运门的禁军都是葛褚哈的属下，见他们过来，一个个恭送出门。

见鳌拜去远，班布尔善和济世交换了一下眼色。班布尔善忽然精神大振，健步踏上丹墀，大喝一声："来！"

乾清宫几十名侍卫听了这一声，便"喳"地单膝跪下，雷鸣般地应声把一个讷谟震得眼花神乱，不知这斯文书生要做什么，又何以有如此大的号召力，连在保和殿偷窥的铁丐也是一惊。

正诧异间，听班布尔善厉声喝道："将乱臣侍卫讷谟与我拿下！"几个侍卫"喳"的一声，毫不犹豫地猛扑过来。讷谟已糊里糊涂被绑了起来。

"这……这是……"

"你也是读过书的。"班布尔善笑道，"秦失其鹿，高才捷足者先得！凭鳌拜那点本事，可以君临天下么？"

"原来你……"讷谟惊得张口结舌，面如死灰。他怎么也想不到，班布尔善还有计中之计，掏空了鳌拜的实力，自己另有打算！但此时什么也来不及说了。济世嘴一努，几个禁军向他口中塞进一把麻胡桃，将他牵送到上书房去了。

这里班、济二人相视一笑。济世忽然若有所悟，大声道："我们几乎失于计较！"

"怎么？"

"应该立刻封掉隆宗、景运、日精、月华四门，禁绝一切宫人往来，你我才可在此安安稳稳地坐山观虎斗！"

"说得是！"班布尔善立刻吩咐，"照济世大人的话行事，如有擅自出宫的，立刻拿下，待事毕之后再行发落！"说着又补上一句，"不许惊动太皇太后！"数十名侍卫躬身领命即刻分头行事。

乾清门那边出了事，鳌拜一点儿也不知道。出了景运门向北就是毓庆宫，他刚跨进垂花门，早见孙殿臣满面笑容迎了出来，说道："太师爷来了！皇上等得有点急了，叫标下再来瞧瞧呢！"

"我这不是来了嘛！"鳌拜一边说，一边径自朝里走。后头穆里玛和葛褚哈赶到，远远见鳌拜已经进宫，两人对视一眼，挺身便也要进去，却被孙殿臣笑嘻嘻地拦住。

"二位哪里去？"

"进宫请见圣上。"

"成！拿牌子来。"

一句话说得二人大瞪眼，此时要哪门子的牌子，也从没听说值日侍卫见皇上还有要牌子的规矩！孙殿臣见他二人发愣，扬着脸道："皇上今儿单独召见鳌拜公爷，没说见你们二位，请候一候罢！"说完也不等回答，回身便"哐"地将前宫门关上，一阵门钉锦儿响，接着就听孙殿臣冷笑着"咔"地上了闩，踢踏踢踏竟自去了。

"上当！"二人惊呼一声，扑上去用力撼门，可怜恰如蜻蜓摇树一般，哪里动得分毫！

葛褚哈气得发疯，张皇四顾，远远见苏麻喇姑在奉先殿外站着张望，不禁恶向胆边生，大喝一声："先拿了这贼妮子再说！"抢步直奔过去。穆里玛也忙拔出剑来紧紧跟着。

苏麻喇姑原留在奉先殿守护太皇太后，时间等得久了，心里急得按捺不住。太皇太后也甚焦躁，便命她出来望风报信儿。此时见他二人红着眼、仗着剑直逼过来，顿时慌了手脚，若退回殿中，又怕危及太皇太后。苏麻喇姑只好慌不择路向东南方向逃。刚跨出几十步，早被葛褚哈一把擒住，胳膊被反拧过来，一动也不得动。一时三个人都是心头乱跳，谁也不说一句话。

葛褚哈狞笑一声，挥剑就要杀人。穆里玛忙伸手止住，示意他把人带到个僻静去处动手。葛褚哈点头会意，提了苏麻喇姑往御茶房上来。那边穆里玛急着要回乾清宫报信儿，说了句"完事后到乾清宫"，便飞奔景运门而来。

离景运门只有百十步，穆里玛闷着头跑得飞快。刚到门口便惊声怪叫："班大人，快快增援毓庆宫！"话音未落，景运门也被"砰"的一声死死地关住！穆里玛又惊又急又气又奇怪，双手猛搐景运门上的铺首环，狂叫"开门"，结果，没半点反响，却听到守门的禁军吃吃笑声，他心知大事不妙，便返回身来寻葛褚哈。

葛褚哈是找到了，可脑袋迸裂死在门洞里，头上身上到处被开水烫过，热气熏着，血腥臭扑鼻呛人！穆里玛顿时僵立在地，两眼呆滞，如置身在噩梦之中！他怎么也弄不明白：苏麻喇姑一个柔弱女子，怎么会打得过葛褚哈这样骁勇的战将？

在毓庆宫大殿里的鳌拜，已陷在二十名大内高手的重围之中，殿外还有四十多名小侍卫张弓搭箭、腰悬宝刀等候着，怕他突然施计逃跑。

对康熙的这一招，鳌拜并非毫无准备，袍褂里边贴身穿着暹罗国进贡的金丝软甲，柔钢腰带上束着六把飞刀，袖中还藏着两把铁尺，算得上是全副武装了。

刚进宫时，鳌拜虽然惊悸不安，倒还不觉有什么异样，等听到宫门口"哐"的一声将穆、葛二人堵在门外，才晓得事情不妙。但又一想，穆里玛早已在这里踏过盘子，并无伏兵在内。既然到此，懊悔退缩也没用，凭你一个孙殿臣，有什么能力？他挺了挺腰向前走去。鳌拜站在殿外高声道："老臣鳌拜，奉旨觐见万岁！"便一步跨进，跪伏在地。

鳌拜偷眼一瞧，上头似乎只有康熙一人坐着，心便放下一半。

康熙见他一反常态，跪着不动，心里冷笑一声，稍停一下方开口道："鳌拜，你知罪么？"

殿内极静，这一声正如晴空霹雳，震得鳌拜耳鼓嗡嗡作响。他忽地抬头，见康熙高高坐在御椅上，手按宝剑，双目灼灼地盯着自己。稍一迟疑，他立刻抗声回道："臣有何罪？"说着双手轻轻一拍，从容站了起来，用挑衅的眼光扬着脸看康熙。

"尔有欺君之罪！"康熙高声说道，"尔结党营私，妒功害能，欺蒙君主，乱施政令，图谋不轨，十恶不赦！"

"有何证据？"

"哼哼！"康熙从鼻孔里发出一声冷笑，"少不得还你证据——来！与我拿下！"

话音刚落，殿角帷幕后闪出魏东亭、穆子煦、犟驴子、郝老四、狼曈五个人，拔剑怒目逼近鳌拜。

"哈哈哈！"鳌拜仰天狂笑，"老夫自幼从军出入于百万军之中，身经七十余战，凭你几个黄毛孺子想要拿我？"

笑声刚落，便听殿角帷幕"哗"地一响，又有十几个侍卫仗剑怒目跃了出来，他正惊疑间回头一看，殿外几十人已列成阵势站好。鳌拜惊愕了一下，忽地将袖子一挥，扬眉大呼道："这宫外已都是老夫天下，你们哪个敢来拿我?"

"我敢拿你!"犟驴子大叫一声,一个箭步跃上,反手便抓鳌拜的袖子。鳌拜伸过掌来一抵,立时觉得这个愣家伙确比先前在月华门内比试时大有长进。那犟驴子掌上受力,一个侧身旋一圈方才站定,红着眼又扑了上来。

狼瞫说:"虎臣兄,护住圣上!"便跃身而上,穆子煦和郝老四也都各自挺剑逼上。鳌拜见上的人多了,便也不敢轻慢,双手一叉,眨眼之间从袖中抽出两把明晃晃的铁尺,在四个人的包围中舞得浑圆,左冲右撞如入无人之境。

第三十九回　老太师落入法网
　　　　　　小毛子杀贼立功

班布尔善大咧咧地坐在御榻上，笑对济世道："这一场龙虎斗，大约也差不多了。"

"鳌拜一向瞧我不起，道我没有武略，只会做文章！"济世呵呵笑道，"这会儿他该认识咱们了。"

"泰必图怎么还不来？"

济世道："方才有人来报信，泰必图正押着铁丐，带着人马，在太和殿候命。"说着向班布尔善一拱手，二人便一起下了丹墀。齐集乾清宫外的侍卫，大大小小也有六十余名。济世拔剑在手，大声喝道："有人乱宫，我们前去救驾！"

"救驾？"忽听远处有人哈哈大笑，"你们只怕是去害驾的吧？"

二人大惊，回头看时，从保和殿后的台阶上，吴六一布袍青巾，手持长剑，威风凛凛地赶来。

班布尔善惊叫道："铁丐！"话音方落，又一个人素巾儒服，撩起袍角走下台阶。——不是何志铭是谁？

"拿下！"铁丐单臂一挥，厉声喝道。

只这一声，太、中、保和三殿突然涌出数百人来，一支荷枪执弓、旗甲鲜明的队伍，奔下了台阶——却不立即进击，而是沉着坚定地向惊呆了的班布尔善一干人开过来。

见这势头，乾清宫侍卫顿时乱了营，有的弃刀而逃，有的干脆跪下请降。班布尔善面色惨白，挺剑向项中一横，正待猛力拉剑，"日"的一声，不知是谁放过来一支鸣镝，正打中右腕，宝剑"当"的一声，落在地上。

毓庆宫中的争斗愈打愈烈。

　　除魏东亭紧紧护住康熙，十九名侍卫加上索额图共二十个人，将鳌拜团团围住。鳌拜虽不见输，眼见得身手不那么灵便了，一个不留神，一把铁尺被犟驴子夺去，一怔之下，狼疃又用刀挑飞了另一把铁尺。

　　那鳌拜一阵焦躁，"嗤——"的一声将袍服撕去，两手各攥一大把带响哨的飞刀，晃了晃"刷"的一声全甩了出去。只听"叮叮"两声响，几个人忙不迭躲闪，郝老四和另一侍卫腿上还是中了刀，"扑通"两声倒地。还有一把带着尖啸声的飞刀直刺康熙，魏东亭将臂一举，稳稳接在手中，笑道："谅你三头六臂，今日也难逃法网！闪开了，我来接这老匹夫的太极掌！"

　　真是仇人相见，分外眼红。说时众侍卫已闪开一个缺口，魏东亭一个箭步跳进圈子。此时，鳌拜也正好一个转身面对着魏东亭，两人的眼中都射出了愤怒的火焰。

　　魏东亭双手一错，用柔云八卦掌轻叩。鳌拜用太极掌轻轻一触，只觉虚若无物，顿起警觉，只好打起精神应付面前这个青年。他心想，只要拖一拖时间，待到穆里玛、葛褚哈搬来班布尔善援兵就成，所以他并不急于取胜。魏东亭知他厉害，便也不敢轻易下手。只在平缓相斗之中，消耗他的体力。魏东亭不知不觉被鳌拜迫得步步后退。他突然大叫一声："啊呀！"立时口吐鲜血，向后便倒，殿内顿时大乱。

　　鳌拜见魏东亭突然倒地，先是一怔，忽然精神大振，狂笑一声道："你吃了我的女儿茶，落个好报应！"两个侍卫见他无备，抢了上来，被鳌拜双臂一张，当胸一掌，"哇"地口吐鲜血，扑地翻倒。鳌拜不动声色"噌"地从腰间抽出柔钢腰带，轻松地舞了两下，便满殿里呼呼生风。他冷笑着逼近康熙。穆子熙、狼疃见势，一齐上前阻挡。康熙只好持剑跟着他们在柱间穿行，情势十分危急！

　　正在千钧一发之际，倒在地下佯死的魏东亭一个鲤鱼打挺，扑向鳌拜，乘鳌拜全无防备，在他的后背上运足力气连击三掌，口里说道："不吃女儿茶，何能击鳌头！"原来他口吐鲜血，是他咬破舌尖，故意做出来的。

　　鳌拜但觉胸中一阵酸热，口里一咸，吐出一口鲜血来。他突然像发了疯似的，口里哇啦哇啦大叫，将手里一根腰带舞成一团黑，左冲右闯，逼得众侍卫让开了一片空场。斗了这么长时间，鳌拜仍能如此拼搏，穆子熙着实从心里佩服他的武功。他一边应战，一边大叫："老贼这叫回光返照，没后劲了，打呀！"众侍卫正要拼搏上前，魏东亭忽然呼哨一声，围斗鳌拜的六七名侍卫"刷"的一声散了开来。

鳌拜见众侍卫散开，正觉奇怪，忽地感觉头顶上有异物，待抬头看时，一张大网正"哗"地落下，恰恰将他网在中间。鳌拜在用金丝、人发和苎麻三合一精工制成的网中，任凭有天大的本领，也施展不开。他左挣右扯，只落得愈缩愈紧。十多名侍卫一拥而上，拳打足踢，早就把他打得晕了过去。

那鳌拜面色惨白，浑身是汗，气息微弱，由着侍卫们作践，毫不反抗。持剑立在上首的康熙看着他的惨相，竟生了一点恻隐之心，又怕侍卫们瞧出来，慢慢将剑还回鞘中，冷冷地道："你等着瞧，朕这就给你证据看！"

正说间，听得毓庆宫的大门"砰砰砰"被擂得山响。康熙仗剑走下台阶，道："果真是班布尔善来了！"

魏东亭等十几名侍卫顿时紧张起来，环立康熙身后，一个个满脸杀气。索额图上前大叫道："是铁丐兄的兵么？皇上在此，鳌拜已经被擒！你们稍退，不要惊了圣驾！"外边的人听了，果然不再敲门，看样子是退了下去。

"小魏子，"康熙指着宫墙吩咐道，"上去看看！"

"喳！"魏东亭答应一声，从一个亲兵手中接过一支长枪，一头点地，轻轻一撑，在空中来了一个翻飞，早上了墙头，回头对康熙道："万岁，是吴六一的兵到了！"康熙大喜道："快开门！"早有人上去"哗"的一声将宫门打开。

外边由吴六一领头，黑鸦鸦地跪了一片，见康熙从宫中气宇轩昂地走出，地动山摇般地齐声高呼："万岁！"

康熙站着没动，扫了大家一眼，脸激动得通红。

定了定神，康熙快步上前，亲手搀起跪在前头的吴六一，笑道："难为你了！"一边挥手道："众卿甲胄在身，平身吧！"

"万万岁！"

"万岁爷起驾乾清宫啰！"张万强挺胸凹肚，神气地高叫一声。一顶明黄软乘舆早抬了过来。康熙忽然想起，问道："苏麻喇姑呢？"

"回主子的话，"人丛中小毛子答话道，"她受了惊吓，又有点轻伤，现在奴才那里歇着，一会儿就能上来侍候！"

"小毛子么？你过来！"

"喳！"小毛子赶着上前道，"奴才小毛子侍候主子爷！"

"起来，苏麻喇姑怎么受伤的？"

跪在一旁的穆里玛一直奇怪葛褚哈的死因，听康熙问起，也竖起耳朵来听。不料康熙屏退众人，并命人把穆里玛带至乾清门两侧侍卫房里押了起来。

原来葛褚哈将苏麻喇姑挟持到御茶房后面的僻静处，本想一刀劈掉了事，可苏麻喇姑拼命挣扎，脸涨得通红，见她虽是钗横鬓乱，却是十分妩媚。"事情眼见未必成功，怀中有此尤物，我何不先受用一时？"便拖着苏麻喇姑来到茶房大炉子后头，将她按在地上，用手去解她的小衣。苏麻喇姑深恐自己呼叫出声，惊动了太皇太后，也不言语，只是竭力抵抗。

小毛子自当上了养心殿的供茶太监，仍经常来茶房提水。正好这日回来，在自己原来住的房里打点东西，听得后头有两个人厮打、呻吟，不觉奇怪，转过来一看，是个侍卫按着一个宫女欲行无礼。他蹑脚儿向前一瞧，下头竟是自己的恩人苏麻喇姑，顿时大怒。

他屏了气，急忙折身回来，向一个斗大钧瓷茶壶里添满了凉水。返回去时，见苏麻喇姑衣服已被撕得稀烂，眼见没得了气力。葛褚哈也累得汗流满面气喘吁吁。小毛子遂双手高举茶壶，拼尽全力照准葛褚哈的后脑勺猛地就势一砸。

只听"噗"的一声，恰如砸在熟透了的西瓜上，那葛褚哈头上黑的、紫的、红的、白的迸了一地……身子一仰，翻白了眼，腿蹬了两下便不动了。小毛子因在气头上，也不害怕，又不知他死了没有，回去又拎来两铁壶滚开的沸水，朝葛褚哈头脚淋了个够。这才过去扶起半昏迷的苏麻喇姑，将她安置在自己床上歇息。

"回头朕给你记功！"康熙听说苏麻喇姑没事，心中大觉宽慰，一脚踏上大轿，大声吩咐道，"起驾乾清宫！"

乾清宫、毓庆宫出了惊天动地的大事，整个皇宫差点翻了个个儿，但离着毓庆宫不远的文华殿里，遏必隆和熊赐履还在优哉游哉地下盲棋。

"马二进三!"

"将五平四。"

"炮五平四!"

"车七平四。"

"士五进四!"

"熊公!"遏必隆笑道,"二月卖新丝,五月粜新谷。医得眼前疮,剜却心头肉——你有几乘战车往里头填?今儿总要赢你一局了!"

"一首诗为什么不将它背完?"熊赐履淡淡说道,"还有——我愿君王心,化作光明烛。不照绮罗筵,只照逃亡屋!"

"下大棋为什么要扯到这上边来?"遏必隆笑道,"我只取有用的拿来。"

"世事亦如棋局。"熊赐履笑道,"遏公,你要想清楚了!"

"唔,你话中似有题外之意,还请明讲。"

"是啊!"熊赐履缓缓起身,叹道,"我主今日在宫中捉拿奸贼鳌拜,此时只怕大计已经成功!君身为辅政大臣,位列鳌拜之上,可七年多来,你对鳌拜的胡作非为,熟视无睹,心知其非,而不敢言。今日即将'烛照破亡之屋',敢望不求'君王心'么?"说罢便欲起身离去。

遏必隆全身早已大汗淋漓,见他要走,连忙扯住袍角,"熊公,你是知道我的,对主上并无异心,总求你替我说句公道的话儿!"

见他这样,熊赐履想起同僚之谊,叹了口气道:"岂不闻求人不如求自己?"

"谢谢指教!"遏必隆深深一躬,走出文华殿,奔向乾清宫。果见景运门附近刀枪林立,急忙递上牌子道:"罪臣遏必隆请见皇上!"

没过多久,便听乾清门那边传呼之声:"宣遏必隆上殿!"遏必隆来到乾清宫殿内跪伏地下,偷眼一瞧,还有一人也跪伏在身边,却是康亲王杰书。

见他二人俱已到殿,康熙先命:"杰书,你先起来!"又问道,"遏必隆,你知罪么?"

"奴才……知罪!"

"尔罪有几条,说与朕听!"见他认罪,且又病体瘦弱,康熙倒觉得他很可怜。

遏必隆回道："奴才身为辅政大臣，受先帝托孤重任，奉职不力，致使贼臣鳌拜肆无忌惮，欺君乱国。今天子圣躬独断，庙谟运筹，剪除元凶，实天下苍生之福也。奴才既惭且愧，伏乞圣裁。"

"巧言令色！"不等遏必隆说完，康熙便截断他的话道，"遏必隆，尔既知鳌拜奸佞，为何缄默不语？鳌贼圈地换田屡犯禁令，你为何又一言不发？苏克萨哈为维护朝纲，弹劾鳌贼，你又为何与鳌拜朋比为奸，杀害忠良？"听到此处，不仅遏必隆连连叩头请罪，旁边侍立的杰书也是面无血色。

"康亲王杰书！"

"奴才在！"杰书吓得一跳，连忙跪下。因过于慌张，袍角未及撩起，几乎绊了一跤。也不等康熙发问，他便颤声说道："奴才自己知罪，罪重如山，奴才之罪较之遏必隆尤重，总求皇上严加惩治！"

他到底是本支皇亲，自幼康熙便常见他，有时他还把康熙抱到膝上玩耍，康熙见他如此战栗惊恐，又触动了怜悯之心，便说道："革掉杰书的王爵，革去遏必隆的顶戴花翎！你们去吧！"

"喳！"两个内侍立刻过来，摘掉了二人的翎顶。二人又叩头谢恩，黯然下殿。

望着二人的背影，康熙忽然想起自己将要选遏必隆的孙女为妃，又念他去芜湖办粮有功，便叫道："回来！"

已经下阶的杰书和遏必隆听见有旨，连忙转身回来，哈着腰跪下，颤声回道："奴才在。"

康熙长叹一声，缓缓道："依你二人之罪，革职已是轻罚，姑念尔等或系皇室宗亲，或系先朝老臣，都曾为朝廷立过汗马功劳，特给尔等一个赎罪的机会——命你二人往刑部监审鳌拜。如再有徇情之处，将加罪不饶。"说到这里，他扫了一眼脚下的二人。杰书、遏必隆二人已是泪涕俱下，伏下奏道："皇上待臣如此宽厚，定当勉力报效。"

康熙见他二人退下，又叫道："魏东亭！"

魏东亭见唤，赶忙闪出班次，一个千儿扎下，高应一声："奴才在！"

"尔佐命有功，"康熙沉吟着道，"加封为北安伯，御前带刀行走，赏穿黄马褂。"他顿了一下又道，"传旨：晋封明珠为头等侍卫，御前行走。其余有功人员概由魏东亭议叙奏上。"

"吴六一!"待魏东亭退下，康熙又叫道。

"臣在!"吴六一也忙出班跪倒。

"朕将重用于你，现且赏你兵部尚书衔统摄部事，待朕后命。"康熙顿了一下又道，"可与杰书王、遏必隆共同会审鳌拜一案!"

"臣领旨!"吴六一叩首答道，"臣还有下情，幕僚何志铭诛除反贼献策有功，前遵诏命，已委其为兵部主事，加侍郎衔，请主上裁定明诏宣谕!"

"知道了，着吏部来办。"康熙说着便站了起来。现在大功已成，他急着要去见太皇太后了。

第四十回　史姑娘披头散发出鳌府
　　　　　伍先生迷迷瞪瞪上金殿

　　鳌拜府突然被抄，震动了京华。内务府、巡防衙门的人也不知出了什么事，要闯进府内查看情况，差点被铁丐的人扣了起来。

　　抄来的东西在大厅前堆得小山一般，由铁丐亲自派人分门别类登记在册。

　　鳌拜夫人荣氏被拘在东厢房里，跟前只剩了橘绣、苹桂、素秋、墨菊和彩屏五个大丫头，鳌府的仆役听得一声"抄家"，便似没了王的蜂一样乱了窝。有的请了长假，有的辞了各房主子另谋差事。那铁丐只将鳌拜本支人监禁起来，其余的人倒也不去约束。一大家子三四百口人，竟去了二百多，只有一些家生子的奴才还守着窝儿飞不了、离不去。

　　家中虽然遭到了如此不测的大祸，荣氏却仍能镇定自若。一连数日，里里外外如同乱麻一般，从不同渠道传来的耳报一会一个样，她都能处之泰然。

　　"橘绣，你们几个都过来！"荣氏坐在过去橘绣住的下房炕上，忽然发话道。几个丫头都低着个头站在一旁，听她侃侃言道，"老爷遭了事儿，这个家不成个样儿了。你们有亲的投亲，有家的回家去吧！"说到这里，她觉得双眼发涩，拭了泪又道，"那边府里的班老爷，我早就瞧着他不是个正经东西，咱家老爷不听人劝，一味亲近着他。——他们的那些事，我虽不清楚，想来也一定小不了！"

　　鉴梅听了这些话，心中有一种说不出的滋味。她原来进京为的是复仇，怀着一腔怒气要与满洲人为敌，却不料遇到少年时期的密友魏东亭竟铁了心要跟随康熙，义父史龙彪也归顺了清室，不知不觉之间自己也卷入到康熙夺宫这一政治漩涡里。但这几年来，与鳌拜夫人荣氏相处，倒日渐亲密起来。这荣氏内阃虽然极严，可对待寒贱之人却很是厚道。鉴梅亏得这位夫人大力救助，在鳌府里才没有吃什么亏。如今眼见得连荣氏也要完了，倒使史鉴梅进退维谷，不知如何处置方好。鉴梅听荣氏说得伤心，自觉有愧于心。于是她缓缓开口劝道："太太不必伤心，如今的事走到哪里说到哪里，罪不及孥么，奴才是要陪着您的！"

"不要这么说，"荣氏勉强笑道，"难为你们几个跟着我，不但没得好处，反落到这般下场，我这心里就已很难受的了！"她叹息一声接着道，"不瞒你们几个，我还有点体己——"

说着，荣氏朝外望望，见没人，便从怀中取出一张银票，"你们几个拿去分了吧，我要它也没得用处了！"说着，便抖抖索索将银票递给鉴梅，"这是一万两银子，你虽来得迟，我瞧你行事，比她们几个心里有主张，倒多偏爱了你一些——你拿去给她们分了吧，别辜负了我的心！"

几个丫头早已哭得像泪人儿一样，鉴梅脸上青红不定，接了银票看一眼，转手递给橘绣道："你拿去给姊妹们分了罢，太太这儿总得有人，我是哪里也不去的！"

"不成！"荣氏脸上微微变色，"从昨儿起，我已断了饮食。与其抛头露面受人羞辱，倒不如死了干净。"

众人这才明白，她原来立意自尽！几个人顿时跪下放声大哭。鉴梅五内俱崩，只是干噎，见荣氏只是微笑不答，知她死志已决，劝也无益，便起身道："太太，你无非为老爷的事要尽节，这原是好的，奴才也不敢阻拦。但老爷倘有一线生的希望，太太岂不白死了？奴才要告个假，出去探个明白。"说罢，也不等荣氏答话，双膝跪下，磕了个头便起身出去了。

几天会审下来，才知案情的复杂远远超出想象之外。康熙在养心殿，每日都要召见杰书、遏必隆、吴六一他们几个。魏东亭对会审的情况也了如指掌，想起康熙去年对班布尔善的判断，魏东亭对这位十五岁的少年皇帝更加折服。

"螳螂捕蝉，不知黄雀在后。"康熙笑道，"朕早料这班布尔善不是屈就人下的料。这鳌、班二人，此刻也弄不清谁是主逆了。"

"万岁爷圣明！"杰书赔笑道，"主逆还是鳌拜，只班布尔善身为皇室近支，鼓动逆谋，其罪之重不在鳌拜之下。"

"这话有道理，"康熙点头道，"此人巨奸大猾，倒是鳌拜上了他一个大当。"

遏必隆听康熙的意思，似有回护鳌拜之意，便想作进一步试探，眨了眨眼，也凑上来道："依《大清律》定谳，这等罪名，不分首从，都是要凌迟处死的。至于如何发落，以圣裁为是。"这几天他的心情宽松，大病若失，说起话来也显得挺有精神。

"你仍改不了这个老毛病。"康熙没有听出他话中的意思，以为他推诿，"一个主意不出，能叫忠臣？你倒说说看，鳌拜之罪有无可逭之处？"

遏必隆忙道："死是死定了的，只是也有几等死法。奴才以为，鳌拜到底是托孤重臣，以从龙入关有功论之，似可从轻，处以大辟也就够了。这也是我圣主仁慈之心。"

最后这句话说得康熙心里很受用，又正合太皇太后的意思。正要褒扬几句，忽想起熊赐履站在旁边一直没说话，便问道："你怎么不说话？"

熊赐履这会儿正全副心思在想这一问题，见康熙点到自己，忙躬身答道："皇上圣明，鳌拜的罪是不必去说它了，无论怎样处置都不过分。但臣以为，如今至要之点不在于鳌拜本人如何，而在于是否有益于君主图治之大计，所以如何处置实在非同寻常——奴才昨日与索额图议至三更，终无定见。不敢有欺饰之心，容奴才再想想。"

"这才是老成谋国之见！"康熙大加赞扬，"杰书，遏必隆，只能武，不能文，这是不成的啊！你们再会议一下，不必胆怯，有什么说什么，就以此为宗旨罢了。"

魏东亭退下来后，换了便服，至索府去寻伍次友——自鳌拜被擒，索额图当日就派轿车将他请了回去——他不明白，怎样一个处置法，才算得"有益于君主图治之大计"，想听听伍次友怎样看待这个问题。

伍次友和明珠二人正说得热闹，见魏东亭进来，忙让座道："快请坐，桌上茶现成的，请自用吧！"

"什么事说得这么高兴？"魏东亭一边坐下，一边问道。

"鳌拜的事。"明珠笑道，"大哥竟以为朝廷未必肯杀鳌拜呢，你道可笑不可笑？"

魏东亭立时大感兴趣，身子向前一倾道："我方才从顺德茶馆里听来，都说怕要剐了鳌拜呢！"明珠一拍掌道："如何？我说么！"

"剐了便是一大失策！"伍次友冷冷道，见魏、明二人凝神静听，便接着道，"鳌拜如今已成案上的肉，杀不杀能有多大关系，然而四位顾命大臣，当初立业时，出了很大的力。索尼老死，下余的人戮的戮，剐的剐，败坏的败坏，竟没个好下场，朝廷能不虑到百官寒心？"他端起茶，呷了一口，"这是一层。更要紧的，现在南方不靖，战事将起，可有好多统兵将领都是鳌拜故旧。杀了鳌拜，谁能保他们不起疑惧之心？"

说到此，魏东亭和明珠恍然大悟，原来康熙举棋不定的缘由在此。

"伍大哥，"明珠原想问，鳌拜曾两次企图谋杀康熙，这罪难道可恕？忽又想到伍次友并不知内情，康熙又屡次严旨不许泄漏露，话到口边又改口问道，"听说鳌拜几次图谋弑君自立，此等罪不杀，哪里还有可杀之罪呢？"

"从他平时的为人看，想必有这等图谋之心。"伍次友沉吟道，"圣命至今不下，怕就在这些事上夹住手了。"说罢笑道，"你二位有功名在身，我可管这些闲事做什么！"

正说着，索额图也来了，魏东亭和明珠便都站起身来。伍次友忙躬身让座道："东翁，恭喜，不日便要高升了！"

"我喜，先生更喜！"索额图呵呵笑着坐下，模棱两可地道，"如今天下升平，以先生大才，必得朝廷重用！"

"龙儿呢？"伍次友道，"我已回来多日了，他去进香还没有来么？"

索额图微笑答道："他么？昨儿有信儿回来，三日大醮完后，随太夫人一起回京。到时你就可见着他了。"

魏东亭见没事，便起身告辞道："明珠兄弟陪着大人、先生说话儿，我回去处置点事务再来。"

他刚回到虎坊桥自己的住宅里，老门子便来回话："大爷，外头一个女子要见你哩！"

"女子！"魏东亭一时怔住，再也想不起是谁，忙赶出来瞧时，在门洞里正遇上史鉴梅！

两个人都愣住了。在北京，他们这是第三次见面。头一次在西河沿庙会上，与史鉴梅、史龙彪义父女邂逅，旋又遇险失散；第二次史鉴梅夜半报警，救了康熙。二人从此通过刘华、小齐等传递消息。如今一别已有一年多，一年里经历了不少险风恶浪。今日猛一见，史鉴梅竟披头散发，脸色苍白，气喘吁吁，一副丧魂落魄的样子，怎不叫人感怀伤情！

好半天，魏东亭方开口说话："梅妹，想不到你竟如此受苦了！这几日公务太忙，竟没顾上照应你！不过我已关照过铁丐，叫他不必与下人为难，怎么……"

"你且不必说这些个！"鉴梅一边向里走，一边说，"我还有要紧事问你。"魏东亭忙把她让进自己卧室里。

这里一切都还是一年前的老样子，桌上放着当夜魏东亭读的书。鉴梅坐的绣墩也还在原地摆放，连那夜鉴梅理妆用过的镜台、木梳都还静静地放在原处，只是像有几日不曾打扫了，上面薄薄地落了一层灰尘。鉴梅用手理着乱发问道："我们这边的事怎么办？"

"你出息得越发像个旗下女子了！"魏东亭笑道，"这值什么！你今儿来，就算来了。我母亲想念得紧呢！"

"人家和你说正经事，"鉴梅顿时脸红到耳根，低头道，"可你只拣这些说！"

"这难道不是正经事？"魏东亭惊讶地问，"还有什么事呢？"史鉴梅便将自己入府之后荣氏夫人如何对待自己，自己又如何蒙骗荣氏的事从头到尾说了一遍。如今荣氏已经绝食，如不设法，将有生命危险。说到委屈伤心处，竟自滚下泪来。

听完鉴梅这一席话，魏东亭又是感慨又是为难：大千世界，有多少千奇百怪的事，人的感情又多么复杂呀！眼前这个女郎，原打算与鳌拜府一同灰飞烟灭，只因荣氏待她深厚，又倒过来为他乞命！的确这近乎匪夷所思，却又全是真情实理。

"你呀……你这个人哪，叫我怎么说好呢？"踌躇良久，魏东亭上前，轻抚鉴梅的肩头，语气沉重地说道，"你知道，现在做主的是皇上啊！"

"我知道。"鉴梅冷淡地说道，"我不过来告诉你一声儿。人活着总要按良心办事。荣太君如果活不成，我就当个一品夫人，也觉无味！"说着便起身，惨然笑道："我这就去了，——你别瞪我，我也死不了，寻个深山老庵，也可了此一生——唉，终是我一世作孽太多！"

魏东亭知她此去，将永无再见之期，便跃上一步横身挡住，双手抓住鉴梅的肩膀："不要去！我和你在一起！"说罢已是泪光闪闪，忙一把拭掉："鳌拜的事尚未定谳，我再打听一下再说！"说着抽身便走，又复回身道："好梅妹，你只管在这里等着信儿！"

次日，伍次友坐上一顶青轿，旁边索额图骑着高头大马，直奔紫禁城而来。此时索额图已是名震京华的大人物。见他一路上亲自护轿，路边的人无不投去惊讶的眼光，不知轿中的人物有何来头。

原说"龙儿"今日回城，二人一同出游，顺便迎接老太太，伍次友倒也不甚在意。待到正阳门外，轿子竟向北去，伍次友才觉很奇怪，忙用脚蹬轿叫道："停下！"

轿夫们互相望了一眼，见索额图微笑着一直走，便也没敢停下。伍次友惊异之下，又坐回去，不住张望窗外景致，心里七上八下，摸不透要把自己带往何处。

抬至午门外，便听到有人喝道："此处文官下轿，武官下马！"索额图犹未及答，便见从午门里头飞跑出一个人来，大声问道："是伍先生的轿么？"伍次友只觉得眼前一亮：来人是明珠！

索额图慢慢下了马，把缰绳递给从人，笑道："是伍先生的轿。"明珠便转脸吩咐拦轿那人："奉皇上圣谕，在紫禁城内，伍先生可以乘轿！"

"进去吧！"那人手一摆，校尉们闪出一条路来，小轿又复缓缓而进。这几个轿夫也是头一回进大内，见里头三步一岗五步一哨，气象威严，一个个战战兢兢地拿捏着走路。轿里的伍次友哪里还说得出话，呆愣愣地坐着。

高大宽阔的太和殿前，跪着大大小小的带翎的官员，他们吃惊地看着这乘市井常用的青布小轿，弄不清怎么会有资格抬到这里来。更使他们惊异的是，当今天子第一宠臣索额图，竟在轿前毕恭毕敬地引导，这是怎么一回事呢？

小轿抬至太和殿阶下，终于停了。索额图掀起轿帘，轻声呼道："伍先生！"便伸手将如醉如迷、晕头转向的伍次友扶了出来。早见大内侍卫穆子煦穿着黄马褂，气宇轩昂地沿着汉白玉护栏，从阶上走下，站在伍次友对面朗声宣道：“着伍次友进保和殿觐见，钦此!”说完，满面笑容请安道，“伍先生好，您大喜了!”

“这……这是怎么回事?”伍次友看看索额图，又瞧瞧穆子煦。待寻明珠时，不知什么时候已经离去。眼前这二人又是熟识，又是面生，又像是真，又似是梦——“你们说明白点!”

穆子煦笑道：“上去您就知道了。”说着，便与索额图一边一个扯了伍次友的胳臂拾级而上。伍次友只觉得耳鸣腿软，一步一跌，边走边讷讷而语：“我不明白，不明白……”

但他很快就明白了。他傻乎乎地跟着二人进了保和殿。由索额图领着，亦步亦趋地行了三跪九叩首大礼。待他微微抬头一看，不禁全身僵住，那金碧辉煌的保和殿中间，雕龙涂金的御座上巍然高坐的，正是他数年来朝夕教诲、相敬相亲的学生。如今他已“变”成了当今的皇上，正笑眯眯地看着自己。两旁雁行有序地排着贝勒贝子和部院九卿，满殿中肃然侍立的总有数十人，一点声响也没有。挨康熙身边侍立的明珠、穆子煦、犟驴子、郝老四自然都是熟人。杰书和熊赐履也都依稀面熟，刹那间，伍次友清醒过来。他刚要叫道：“龙——”马上改口为：“龙主万岁!”他深深叩下头去。

看着平日挥洒自如、倜傥风流的伍次友，如今像个痴人一样由人摆布，康熙先是一种骄傲的满足，待伍次友一个“龙儿”改口为“龙主万岁”时，他又突生一种孤漠悲凉之感：“师友之缘尽矣!”又微叹一口气说道：“伍先生。”

跪在一旁的索额图忙暗推伍次友叫他答应，伍次友糊里糊涂将头在地下一碰，算是答礼。

“数年教习，朕受益匪浅。”康熙自疚道，“数年来先生不知其中情由，盖因朕欲求真学，须经磨炼之故。朕不得已而为之，万望先生体谅。”

“欲求真学，须经磨炼”，是伍次友讲《孟子》时说的话。此时由康熙亲口再点出来，真有醍醐灌顶的功效。伍次友至此大悟，许多不明之事，一下子豁然洞开，忙连连叩头道：“臣以布衣亵渎君主，妄言时政，谬解经义，罪不容诳!”

"卿有功于朕，何罪之有！"康熙笑道，"若让先生知道其中缘由，朕将不能听聆先生金石之言。"

伍次友听到这里，只是叩头不答。

"伍先生，朕与汝君臣之义虽定，但师生之谊永存，朕特许先生呼朕为'龙儿'！"说到这里，康熙忽然显得激动起来，"来！将先生当年那份策卷取来！"

明珠听得这一声，忙向太监手中取过一卷文书呈上。康熙将卷纸展开，微笑着又看一眼，然后交与杰书，说道："这是三年前伍先生应试的策卷《论圈地乱国》。文笔雄劲，气势磅礴，陈述治国要略，精深之至，实为不可多得之佳作。可传阅。"

杰书把策卷虽拿在手里，耳里听着康熙大篇的赞许之词，哪有心思去细看，只略略浏览一遍，便递与旁边的科尔沁王。科尔沁王阅后，依次传给硕恭王、懿王、泰王和一群贝勒、贝子。待传到遏必隆手中时，卷子的边缘已被一只只汗手捏湿了。

遏必隆跪着接过卷子。这份卷子他久闻其名，对由此而引起的故事也是清清楚楚的。但是对这篇文章却一度无缘拜读。今日到手，他倒想仔细阅读一遍。一边看，一边感到惭愧，额上渗出了一层细密的汗珠。他将卷子再向下首传去时，便俯伏在地，叹息一声，高声道："文章直陈时弊、论述乱政之根由的确是精辟得很！伍先生真不愧为国家栋梁之材！"

听到诸臣的一片赞扬声，康熙不免得意，竟起身在御座前一边踱步，一边笑着："伍先生，记得悦朋店首次相聚，先生煮酒论功名，使朕得益匪浅，如今想起来仍觉得十分有趣。"

伍次友想到自己那次大谈功名的事，顿时汗流浃背，只是叩头，一声儿不吭。

"明珠，"康熙看时辰不早，便道，"伍先生不宜再住索额图府。你还陪伍先生回原先悦朋店候旨。诸卿可以跪安了。"

随着一阵震耳欲聋的山呼，康熙退朝了。

第四十一回　康熙暗示减大刑
明珠巧语拆姻缘

康熙方回养心殿，将朝珠、金龙褂除下，舒舒服服伸了个懒腰，一下子跌坐在软榻之上。苏麻喇姑忙走上前来递了一条热毛巾，说道："才交五月，天就热成这样。"说着又捧来一小碟子冰放在桌上。"万岁爷要是能克化得了，就请用吧。"康熙一边擦汗，一边笑道："瞧你这身打扮，是急着做新娘了罢？"苏麻喇姑红着脸娇嗔道："万岁爷是天下之主，怎好拿奴才打趣哩！"说完，便脚不点地地去倒脸盆中的水。此时康熙真觉得天高地阔，几年来在朝政的挤轧之下，他虽也时有说笑，但他自己也知道，那都是政务的需要，现在鳌拜一旦被擒，数年来的积郁都泄掉了。

此时，康熙心中也并非没有令他担心的事，最使他放心不下的还是平西王吴三桂。为了稳住吴三桂，不至于在擒鳌拜时横生枝节，康熙当时接受了伍次友的建议，晋升吴三桂的儿子吴应熊为太子太保。那么，现在该怎么办？吴三桂拥有十几万重兵，虎踞云贵，开矿、煮盐、铸钱、制造兵器、囤积粮食、储藏军火，并向各省擅自选派官吏，这安的是什么心呢？还有平南王尚可喜、靖南王耿精忠分别坐镇广东、福建，这两人也有图谋不轨的迹象。西北准噶尔的蠢动和东南台湾的骚扰，虽也可虑，但是目前还影响不了全局。这三王若联手作乱，实为心腹之患，他们一顿足便会天下震动……想到这里，康熙心里一寒。他又忽然想起胡宫山的出走和翠姑的死。顿觉空悠悠的殿中阴森得令人可怕，便急坐起来收拢神思，恰在这时殿外传来一个极熟悉的声音："奴才给主子请安！"

"小魏子么？"康熙猛醒过来，不觉有些好笑：好好的太平天下，为什么要自烦自扰？魏东亭的到来，拉回了康熙愈来愈深的忧思，忙笑道："还不快进来！"苏麻喇姑端茶进来，见魏东亭穿着黄马褂，一脸庄重严肃的气色，笑道："也真像个大臣的模样了，不是主子调教，你能有今天？"一扭头见康熙有正经事要同他谈，便垂手退下，坐在东阁纱屉里去。

"见着伍先生了？"康熙问道，"你该和他细谈一番，暂委屈他在翰林院上行走。且不必急着到差，朕还有机密公事要他来办。再说一遍，这人朕是要大用的，但目下不成，一是怕众人不服，二是他的本性太傲——外头人怎么说？"

"伍先生我还没见到。"魏东亭忙道，"承万岁旨意，奴才回去便去看望他，告诉他皇上的圣意。外头人听到伍先生的事儿，都高兴得了不得，说伍先生有才有福，说万岁爷功德才力比天都高！三街六市都轰动了。"

"鳌拜呢？"康熙道，"人们对他怎么说？"

"人人皆曰可杀！"魏东亭一路上早想好了，应该先定下基调，作为立足之本，然后再慢慢进言。遂说道："以此人之罪，实无可恕之理，只是奴才另有些想头，不知怎样讲才好。"

康熙一边心不在焉地玩着怀里的斋戒牌，一边说道："但说无妨。"

"奴才斗胆进言，以为还是不杀为好！"

这一句话儿破口而出，不但魏东亭自己觉得突兀，在纱屉子里的苏麻喇姑也听得吓了一跳，忙又静心细听。

"唔？"康熙只把斋戒牌放下，起身兜了两圈，又坐下道，"你说下去！"

"鳌拜毕竟是有功之臣，虽犯不赦之罪，却是可杀可不杀之人，晓示天下圣上的仁慈之心——他现在已是废物，杀与不杀都是一样。"

"嗯。"

"鳌拜把持朝政数年，投靠他的人不少，现在不少人担心皇上会兴大狱。奴才以为不杀鳌拜，倒可令这些人疑虑自消。"

"嗯，好！"

"现在内未安外未靖，鳌拜故旧部属又遍布内外，杀了鳌拜如果生出不虞，那就不上算了！"魏东亭侃侃而言。

康熙听着虽然表面不动声色，但内心里是同意的：是啊，对鳌拜的处置，要考虑到下一步！他拍拍发烫的脑门，不置可否地道："你叫他们先拟旨来，朕看过再说吧。"

话虽没明说，但康熙的脸就是一篇文章。魏东亭觉得一阵轻松，忙叩头道："圣上躬断远虑，非臣下所及，奴才等先拟旨来，由圣上决裁。"说罢便欲起身退下。

"别忙,"康熙忙叫住他,"伍先生和苏麻喇姑的事你看应如何办?"躲在纱屉子后头的苏麻喇姑听他们议到这事,脸一红心头突突乱跳。她既怕人家瞧见自己在偷听,可又着实想听个明白,她终于一字不漏地听了下去。

听康熙问到这件事,魏东亭一笑回道:"主子圣明,奴才瞧着他们是天生的一对!"

"是啊,朕也这样想。"康熙道,"伍先生虽略大几岁,可苏麻喇姑早就倾心于他。"

"那皇上就帮他们玉成其事!"

"你急什么?"康熙笑道,"满汉不通婚!知道么?"

魏东亭沉默良久,苏麻喇姑屏住了气,深恐自己的呼吸惊扰了他们的谈话。终于听到魏东亭说道:"奴才斗胆进言,情之所钟,无分满汉,实在不成,请主子给先生抬入旗籍!"

"抬了旗籍依旧不成。"康熙沉吟道,"这事儿还得斟酌。"

魏东亭素日与伍次友极相融洽,此时的焦急并不亚于苏麻喇姑,忙顿首道:"奴才愚鲁,不及圣虑周密。"

康熙突然哈哈大笑,说着转身向纱屉子里苏麻喇姑叫道:"婉娘,你出来吧!还不谢谢小魏子?"

苏麻喇姑只得磨磨蹭蹭地走了出来。她身着一件淡绿色宫袍,汉装的发式未改,再加上酡颜如醉,恰似美玉生晕,更显得娇艳动人。她讷讷了半天,也不知嘴中说些什么,只朝着康熙和魏东亭福了两福,便捂着脸逃回西暖阁自己房里,伏在榻上竟自抽泣起来。

经过一个多月的会审,鳌拜的案子终于定了谳。杰书、遏必隆两人明面上是全权审讯的钦差,其实事无巨细都要征询魏东亭和吴六一的意见。这一天康熙正在养心殿批阅杰书、遏必隆送来的为鳌拜定谳的奏章。鳌拜的罪状总共列了三十条,康熙逐条仔细读过,便知魏东亭已将他的意旨婉转转达了这二人。奏章的主旨是指责鳌拜的结党营私,欺下罔上,恣意妄为,擅自更改先帝成章,乱圈民地,而对谋逆弑君的大事,只简略地点了点。

奏章的最后结尾又有"鳌拜为勋旧大臣，正法与否，出自皇上圣裁"等语，这样便给鳌拜开了一线生路。康熙足足看了一个时辰，才把奏章放下，叫道："张万强！"听康熙传唤，张万强答应道："奴才在！"

"弄点吃的来！"康熙头也不抬，援笔在手，抹了朱砂，他要亲自起草这份诏书，"不必传膳，弄点果子就成。"

"喳！"张万强答应一声走了出去。不一会儿捧来一只小银盘，上面盛着梨、鲜荔枝、桂圆和玫瑰金橘四样干鲜果子，紫红黄白十分好看。康熙瞧着好，便道："且放着，你下去吧。"他沉思一会儿，写道：

> 鳌拜系勋旧大臣，受国厚恩，奉皇考遗诏，辅佐政务，理宜精白乃心，尽忠报国。不意鳌拜结党专权，紊乱国政，纷更成宪，罔上行私，凡用人行政，鳌拜皆欺蔑朕躬，恣意妄为。文武官员，欲令尽出其门，内外要路，俱伊之奸党，班布尔善、穆里玛、塞本得、阿思哈、葛褚哈、讷谟、泰必图等结为党羽，凡事先于私家商定乃行；与伊交好者，多方引用，不合者即行排陷，种种奸恶，难以枚举！朕久已悉知，但以鳌拜身系大臣，受累朝宠眷甚厚，犹望其改恶从善，克保功名以全始终。乃近观其罪恶日多，上负皇考付托之重，暴虐肆行，致失天下之望！

这一段罪名下得很得体，几乎到了目中"无朕"的境地。对图谋弑君的事，只用"欺蔑朕躬"一笔带过，主要说鳌拜的罪行在于上对不住列祖列宗及皇考，对下辜负了"天下之望"！写到这里，康熙觉得对遏必隆一笔不点，怕是说不过去的，便接着写道：

> 遏必隆知其恶而缄默不言，意在容身，亦负委任。朕以鳌拜罪状昭著，将其事款命诸王大臣公同究审，俱已得实，以其情罪重大，皆拟正法，本当依议处分，但念鳌拜效力多年，且皇考曾经倚任，朕不忍诛，姑从宽免死，着革职籍没，仍行拘禁。遏必隆无结党事，免其重罪，削去太师职衔及后加公爵。

下余的就好办了，康熙提了一口气，咬着牙写道：

> 班布尔善、穆里玛、阿思哈、葛褚哈、塞本得、泰必图、讷谟，
> 或系部院大臣，或系左右侍卫，乃皆阿附权势，结党行私，表里
> 为奸，擅作威福，罪在不赦，概令正法。其余皆系微末之人，一
> 时苟图侥幸，朕不忍加诛戮，宽宥免死，从轻治罪。

康熙疾书至此，大大写了"钦此！"两个字。写完，又细读一遍，觉得文采虽不足，意思却至为明白，也就无心细改了，便拈起一枚荔枝来剥了，一边品着，一边思索。

伍次友仍住在悦朋店。"掌柜的"依旧是何桂柱。何桂柱此时已升任户部主事，正正经经的五品官。只是这店已不再接纳客人，只住伍次友、明珠和穆子煦三人。巡防衙门每日派十二名校尉在这门口站班，俨然是个不伦不类的衙门了。一天明珠送走了朋友，笑嘻嘻地对伍次友说道："大哥，这位黄老兄倒有雅趣，送了这么一件东西来。我想大哥对这物件必是很喜欢的。"说着便递过来一个轴卷。

伍次友接过来展开瞧时，却是一幅水墨画儿，上面盖得密密麻麻的朱砂印章。何桂柱拿手摸摸，大为扫兴，道："我当什么稀罕物呢，哪里寻不出这么张破画儿来送礼呢！"

"此画价值在万金之上。"伍次友审视良久，眼睛突然放出光来，笑着对何桂柱说，"亏你每日说，'陈子昂的马，宋徽宗的鹰，都是好话（画）儿！'这正是宋徽宗的鹰！"

众人都吃一惊，细看图章时，真有一方篆文，上头依稀有"道君……"几字，其余漶漫不清。下头用墨笔缀上"崇宁四年御……"半行细字却相当真切，后头缀书的名字就不详了。伍次友笑道："你们看，这张纸上真是忠奸俱有：岳少保、秦桧、危素、王阳明、严嵩都收存过这张画儿！"明珠不大懂这些，看着黑乎乎的，并不出奇，便道："先生既然喜欢，那就收下吧！"

伍次友展玩良久，将画慢慢卷起，笑道："我可承受不起，也没钱来买

这些东西。明珠兄弟何不送呈皇上？"

"姓黄的先头献皇上已讨了个没趣，说是'玩物丧志'，我岂敢再送！"明珠答道，"大哥收起就是了。"

"我也是不敢收的。"伍次友摇手道，"受人家这么重的礼，我拿什么报答人家！"

明珠正不知如何是好，突然门官进来道，"明大人，索大人回请您呢！并专请伍先生、魏大人和众位大人赏光小酌。"明珠便问："大哥，咱们同去罢？"

"这是不能辞的。"伍次友只得笑道，"明兄弟先走一步，稍候片刻，我们一同去扰他！"

索额图备了酒，名是邀明珠，实际上真正是要与伍次友套交情。但他从熊赐履那里得知，伍次友奉了康熙密诏，正在起草极其机密的撤藩方略，不能随便与百官往来。正等得发急，见明珠兴冲冲走来，高兴地问："都来了吧？"

"他们随后就到！"明珠熟不拘礼，向索额图一躬身便坐下了，"我先来打前站！"

"我说伍先生必不肯扫我的面子。"索额图高兴地道，"一大清早忙到这会儿，事情太多，朋友太多，乱哄哄的腻味人，只想寻伍先生这样清贵的人来聊聊。"言毕不无得意之色。

明珠忙问："什么事就忙得这样？"

"有喜有忧啊！"索额图叹口气，先说忧，"今儿正逢拙荆断七。想想她仙逝那阵子，正是皇上诛除奸凶之时，哪里顾得上给她好好儿料理。今儿一早到崇福寺给她安置了水陆道场，总要尽一尽夫妻情分呐。"

明珠默谋一阵，忽然喜动于颜，又问道："那么喜呢？"那索额图却不回答，嗳嗫一阵才道："你还记得赫舍里吧？"

"那有什么记得不记得，这才几天不见——大人且别说，这喜事待我一猜！"明珠拧眉思索片刻，忽然大为兴奋，鼓掌笑道："这喜比天还大！在下若猜不中，愿罚一大觥，若猜得中，愿浮一大白！"

索额图自然高兴，站起身来给他倒了一大觥酒道："反正足下已喝定了这杯酒，请吧！"

"恕我冒昧，明珠的眼力再不会错，必是贵倨女公子要选进宫了！"见索额图含笑点头，明珠取酒来一吸而尽，又道，"那就有当皇后的份儿！"

索额图按捺不住高兴，笑道："这个却还难说，太皇太后今天一大早儿就降下懿旨传见——还有遏必隆的孙女儿——这会儿太夫人正给她梳妆，陪着一块儿进宫呢！"索额图说着，情不自禁自己也斟一杯饮了起来，又复叹息道，"亡妻若在，看到今日，该有多高兴！说来也惨，她一半是病，一半竟是惊吓死的……"

"索大人，"明珠突然道，"我有办法叫您双喜临门！"见索额图面现诧异之色，便把他刚才默谋的事，对索额图说道："您瞧瞧婉娘这人怎样？"

索额图一听话音便知其意，忙道："你不必再说下去了，好是好，只是哪里能够！太皇太后把她指了皇上，我瞧着皇上的意思，要把苏麻喇姑指给伍先生呢！"

"君只知其一，不知其二。"明珠此时酒色上泛，兴致正高，将嘴微微一撇笑道，"伍、苏二人的心事我是知道的，皇上的意思我也是知道的，但满汉不通婚，国有明典，伍、苏二人终是鹊桥难架。大人是当今第一名臣，又是满籍，深得太皇太后器重。只需老封君入宫一语，焉有不允之理？"说到这里，明珠顿了一下，又说道："伍先生必将受到重用，大丈夫何患无妻，怎会拘泥于此？"

"足下明见，此事容当再议！"明珠未曾说完，索额图已如梦初醒，却不好当面改口，便起身道："他们就该来了，足下先应酬一下，我要他们再去整治一坛茅台来！"一边说，一边向后头寻太夫人去了。

第四十二回　　婉娘削发入空门
　　　　　　　康熙戏语惊儒生

　　康熙半躺在御榻上养了一会儿神，忽然想起苏麻喇姑昨夜坐值，这会儿怕已起身了，便吩咐人："把这盘果子给苏麻喇姑送去。午膳朕到太皇太后那边去进餐。"说罢站起身来，就要出门，只见太皇太后扶着宫女满面笑容地进来，一边坐一边大声嚷道："曼姐儿呢！叫她来！"

　　康熙忙笑着请安："祖母今儿个高兴！正要过去请安，顺便饶一餐午膳，不想您就来了。"

　　"我来瞧瞧，两件喜事窝在心里，哪里还坐得住！"见苏麻喇姑笑嘻嘻地进来请安，太皇太后点头示意她起来，又道，"索家、遏家两个秀女方才同她们祖母都来了，我看了很喜欢。这两个孩子长得都俊秀，又很聪明，人品也极好。我来问问你的意思如何，是不是见过了？性格儿、模样儿可都投缘？"

　　康熙瞧了一眼苏麻喇姑，见她正抿着嘴儿朝自己笑，倒觉得怪不好意思的，红着脸笑道："祖母瞧着好，自然就是好的。"苏麻喇姑原是在太皇太后跟前说笑惯了，便在旁笑道："万岁爷是十分满意的，两位皇贵妃像龙女似的，侍候老佛爷也是相称的！"

　　"你先别说嘴，"太皇太后满面慈祥地瞧着苏麻喇姑道，"这就要说到你了！"

　　"奴才左右是奴才，"苏麻喇姑笑道，"遏公爷孙女儿见得不多，索家赫舍里小姐我侍候得来。"

　　太皇太后呵呵笑道："不是这个——论理，你也老大不小的了，打六岁上这么高就跟我，后来跟你主子，侍候了这些年，和一个公主也不差什么！若是指一个包衣家的人，似乎也太委屈了你；指一个虾（侍卫），又怕得熬炼几年才得出头；如今倒有个称心的——"说到这里便停住不语，细盯着苏麻喇姑。

康熙早听到话风有些不对，见苏麻喇姑也是满脸的不自在，便趁空儿抢先笑道："祖母见地极是！婉娘的事我也替她想过，须得寻一个文才好的方般配得来。留神这几年，竟是伍先生就好！"

太皇太后起先还满面笑容地听，到后来竟自敛了笑容，缓缓道："伍先生自也是好，我也不是没想过。但是他是汉人，咱们满人里头有多少女人，都拿去配了汉人，那还成什么体统？"苏麻喇姑听到这里，已知无望，横了心，呆呆地望着太皇太后不语。

"曼姑和别的人不同，下不为例也罢了。"康熙仍不甘心赔笑道，"平西王吴三桂的儿子吴应熊还不是做了额驸？"

"那不成，也不能这样比！"太皇太后道，"时候儿不一样，分寸也就不一样。——再说，我已答应了索额图母亲了。皇帝难道还叫我改口吗？"

康熙深恨自己没有早些把这件事禀知太皇太后，此时悔之莫及。方欲再说，只听苏麻喇姑"咕咚"一声跪了下去，两眼直瞪瞪地望着太皇太后道："奴才自幼儿进宫服侍您老人家，从未违命，今日此事，奴才倒要斗胆驳回老佛爷了！"说着，两行热泪无声地簌簌而落。

"你起来！"太皇太后见她容颜惨淡，声音异常凄楚，不禁动了恻隐之心，"有话尽管讲么。——我们这也是为你好！"

"奴才正要这样说。"苏麻喇姑泣道，"老佛爷和万岁爷待奴才实实恩重于山！奴才一个女子又有什么回报的？什么伍先生，什么索大人，奴才统统不！情愿回去服侍老佛爷一辈子！"

"你这蹄子要作死了！"太皇太后断喝一声。养心殿内外人等见她发怒，吓得大气儿也不敢出。半晌，又听太皇太后叹道："傻孩子，女人哪有个不嫁人的！难道做姑子不成？"

一语提醒了苏麻喇姑，忙道："就是做姑子也没什么不好！老佛爷最信仰我佛，曾发愿剃度一个出家人，奴才难道不合适？老佛爷常说一人得道，七祖升天！就是老佛爷百年之后做了菩萨，身边也得有一个龙女服侍么！"

"我也乏了，"太皇太后被堵得无言可对，半晌说道，"这事就这么定了吧。回头皇帝叫人给她预备一下。这是一辈子的事，马虎了我是不依的！"说着竟起驾去了。

康熙默默地将祖母一直送出养心殿宫外，回来见院中人各各惊疑，不住朝里头窥视，没好气地说道："都给我退下！"他心里很是懊丧。太皇太后带来赫舍里的信儿，本有一天喜气，可全被扫了个干净。

见苏麻喇姑不在正殿，康熙知道她心里不好过，一定躲起来了。他便独自在天井里散步，愈想愈是生气。在深悔自己的同时，又迁怒于索额图：伍先生和婉娘情意相投，这你也是知道的。你三四个小妾，续一个断弦就敢如此胡搅。朕就偏不能叫你如意！想到此，康熙厉声吩咐道："来人！叫熊赐履递牌子，来看旨稿！"说着进了殿，自坐在几案旁生闷气。忽然又觉得口渴，端起几上的茶喝了一口，却早已凉了，气得拿起青玉杯子"当啷"一声掼得粉碎。

宫女们方收拾完，熊赐履已来到殿外，高声说道："奴才熊赐履，恭见吾主万岁！"

"进来吧！"看着熊赐履俯伏告进，康熙忽觉自己有些失态，忙改换了一下姿势，身子微微一倾，神色庄重地说道，"你起来，坐到那边脚凳上。——这份诏旨朕已拟好。你瞧瞧，如无不妥，今日就叫杰书明发出去。"

熊赐履双手接过朱批谕旨，欠着身子坐了，慢慢细读。他也觉得文辞欠雅，不过平心而论，一个十五岁的人能写出这样诏书，也实在难得。赶忙说："万岁圣学又大进了！这样处置，不但朝臣宾服，就是先帝爷在天之灵也是欢喜的！"

"朕无意听这些个。"康熙冷冷说道，"你再斟酌，可有什么添减的没有了？"

熊赐履沉吟片刻，说道："若论处置这事，话也就说尽了，如能再加几句抚慰百官的话就更好了。"

"好！"康熙觉得确应如此，心绪稍微好了一点，"你写来朕看！"

熊赐履领了旨，退至殿角一个案前，现成的笔墨，略一思索，便顺着康熙的口气在后边加了几句。康熙接过看时，上面写的是：

> 至于内外文武官员，或有畏其权势而依附者，或有身图幸进而依附者，本当察处，姑从宽免。自后务须洗心涤虑，痛改前非，遵

守法度，恪共职业，以期副朕整饬纪纲、爱养百姓之至意！

看过之后甚觉满意，笑着点头道："就如此，叫上书房誊清明发吧！"

熊赐履方欲退下，康熙忽然叫住了他："你下去见索额图，就说朕已决意纳苏麻喇姑为妃，叫他早些自寻太皇太后辞婚，休生妄想！"

听康熙说要"纳姑为妃"，熊赐履吓了一跳，以为自己没听清楚，忙跪下道："恕奴才耳背，请将圣谕再宣一遍，奴才好遵旨承办！"

瞧他吃惊的模样，康熙不觉好笑，大声道："朕已决意纳苏姑为妃，你告诉索额图就成了！"

"万岁爷！"熊赐履顿时急了。他是程朱门生，侄儿"纳姑为妃"不要说听见，连想一想都是罪过！熊赐履"嗵通"一声跪下叩头砰砰有声，"姑乃尊长，伦理有序，万不可乱，此举有碍圣德，奴才冒死进谏，请皇上收回成命！"

康熙见他误会很深，又搬出了圣人的言语，忽然想开他一个玩笑，便板了脸道："伍先生和你学问也不低什么！朕就没见他整日摆道学面孔。普天之下格不透的事物多着呢！她既非生朕之人，又非朕生之人，为什么便不能纳为妃子？这个是朕的家事，你免议吧！"

熊赐履与伍次友学术虽相抵，平时私交却不坏，听得康熙说了这个话，又见康熙动了无名之火，便生出疑忌之心，此时又不好说什么，只叩着头讷讷而语："奴才不敢奉诏！"

"谁要你奉什么诏？"康熙装作发怒道，"朕要索额图奉诏！你去传一句话就是，也不必沸沸扬扬地闹得都知道了！"说罢一挥手道："跪安吧！"熊赐履只好叩头谢出。

经过这一场闹剧，康熙心情松快了一点儿，便转向厢阁来寻苏麻喇姑。虽说是打趣索额图，此时他倒有一个新的想法——苏麻喇姑给不了伍次友，更不给索额图，朕便自要了，又有什么不好？

一脚跨进西阁，康熙不禁大吃一惊，简直不敢相信自己的眼睛。——苏麻喇姑已经剪去一头青丝。她沐浴方出，赤条条一丝不挂地正在换一身缁衣！

"你——"

"我……"苏麻喇姑此时见他进来，并无羞臊之色，一边徐徐着衣，一边惨然笑道，"奴才自今已是方外之人，何惧之有！"

"曼姑，婉娘！"康熙痛叫一声，"你不能这样。做朕的妃子不好么？朕也……也是喜欢你的！"

苏麻喇姑穿好释装，眼睛呆望着墙上的条幅"霞乃云魂魄，蜂是花精神"——这还是当年在索府苏麻喇姑以婢女身份出来考较伍次友后，伍次友赠写的对联。如今事过境迁，真正只留下魂魄精神而已。想想人生有何意趣？苏麻喇姑见康熙伤心，背过脸去一字一句地说道："奴才前生有罪，本世又复造下重孽，愿长伴于青灯古佛之前，祈祷主子和一切人平安，了此余生，以修来世。——求主子得便将这个话传给那个痴情人吧！"

康熙见她如此，知道劝也无益，拭泪道："婉娘出世之志已坚，朕便成全你。我这就去见老佛爷，你就在宫中修行吧！"

隔了三天，熊赐履只带了个小仆僮，穿了一件布袍，来到索府"传旨"。他对这一差使觉得很为难，索额图现今十分尊贵，马上便要成为皇贵妃的叔叔，传这样的圣旨，等于是前来种祸，将来能收获什么呢？可是道学家有道学家的狡猾，他以布衣简从和私交的身份来访，只要委婉地将康熙的意思透露给他，就行了。

其时正是六月天，炎暑蒸人，知了唧唧，一丝儿风没得。索府门上几个家丁坐在长条凳上喝茶打扇、摆龙门阵消夏。见熊赐履走来，都忙起身施礼请安，道，"老爷来得正是时候儿，魏爷、吴爷都在里头呢！"熊赐履笑着点头道："我这便去搅他们一场！"一边阻止门上人通报，将小奚僮留在门上玩耍，一边摇着扇子走了进去。

他转过后堂，折向西院花园。在水亭上，索额图、魏东亭和铁丐三个人正坐着吃瓜喝冰水，谈得高兴，都没有瞧见熊赐履来。熊赐履见柳树下的石凳干净凉爽，池中金鱼如游足下，便在石凳上坐下观鱼。微风从水面上送来，三人在亭上说话的声音听得清清楚楚。

"虎臣弟，"这是铁丐的声音，"听说贤弟要弃武经文了，尊夫人是武的，你们夫妻要算是文武全才的了。"

"这哪能由兄弟自己！"魏东亭道，"圣上日前见我，说南京是六朝金粉之地，文士荟萃，风光引人，甚是向往，要带着兄弟前往游历一番。兄弟当时便请圣上，得便将臣留在南京，也不求官做，但能多习学一点南土风情。"

"万岁怎么说？"这是索额图在问，他正在吃哈密瓜，说话稍微有些不清。

魏东亭呵呵一笑道："万岁爷倒也没说什么，只点了点头，意思倒像蛮赞同的。"

听到这里，熊赐履微微一笑，起身来便要上亭去阔叙。却听索额图道："说起皇上圣明，真是三天三夜也说不完，大前日家母去后宫觐见太皇太后，老佛爷对家母说皇上自鳌拜进狱之后，反比先前更忙了——"

吴六一忙问："眼下还有什么大事吗？"

索额图放低了声音，熊赐履听不真切，半晌又听吴六一大声道："他算什么东西！皇上给我十万兵，我便能殄此丑类！"熊赐履不禁呆了。

却听魏东亭"嘘"的一声道："噤声！这事现在绝密不传。铁丐兄只怕也就要外放督抚了，还有范承谟，皇上也有意起用为闽抚。——皇上的第二局大棋就要开局了！"他喝了一口冰水，又道，"上次遏必隆在谢恩折上说皇上功过三皇、德超五帝，被皇上训斥了一顿，说他有奉谀之意。据兄弟看，皇上的志向只怕比唐太宗要高得多呢！"

亭上三个人至此都不言语了，熊赐履心里一凛，想来魏东亭讲过康熙在殿柱上书"三藩"二字的事。此时他倒不急于上亭相见了，索性坐了下来，他要好生想想。

"你们都去吧！大丈夫处世立功名，慰平生嘛！"这又是索额图的声音。

铁丐哈哈一笑道："上回伍先生见我，曾送我一幅字，上头写的是蔡石公的《罗江怨》，端的是好。"说着他便吟诵起来：

> 功名念，风月情，两般事，日营营。几番搅扰心难定，欲待要倚翠偎红，舍不得黄卷青灯，玉堂金马人钦敬；欲待要附凤攀龙，舍不得玉貌花容，芙蓉帐里恩情重！怎能两事都成？遂功名又遂恩情，三杯御酒嫦娥共！

吟罢又道，"索公可不只是两遂，大学士的任命即将颁下，又将成为国丈，这岂不是两遂吗？昨儿孙殿臣又告诉我，太皇太后要将苏麻喇姑许你，这才真是'三杯御酒嫦娥共'呢！我们这些赳赳武夫，在你面前总失便宜呀！"言毕大笑，索额图谦逊称谢不迭。

却听"当啷"一声，熊赐履忙瞧时，却是魏东亭失手打翻了杯子。索、吴二人见他神色失常，忙问："虎臣，你这是怎么了？"

"苏麻喇姑许给足下了？"魏东亭问道。熊赐履本欲出来说话，听得魏东亭微带颤音，心知有异，又站住了脚步。

"尚未定聘，不过太皇太后已经面许了家母。"索额图道，"怎么，这其中有不妥之处么？"

"岂止不妥而已！"熊赐履听到这里，见说话时机已到，大声言道，"无论伍次友，还是你索额图，谁娶苏麻喇姑，必有一日大祸临头！"

三人在亭上喁喁而谈，压根没想到"岸边说话，水中有鱼"，都吓了一跳，抬头一看，熊赐履青布长袍，手摇折扇站在对岸，颇有一副道骨仙风的架势——索额图忙隔水一揖道："快请过来叙话！"熊赐履连忙还礼，然后沿着曲桥一步步踱了过来。

叙座毕，索额图忙问道："东园公方才所言，愿闻其详！"熊赐履笑道："不以危言，何能耸听！但在下所言，确为实语。"便把日前康熙召见自己的详细经过向几个人讲述了一遍，最后对索额图说："你现娶了苏麻喇姑，皇上碍着太皇太后情面，自然不来说什么，到了对景那一日，只怕救也没人敢救你呢！"

一席话说得索额图万分惊恐，心里只埋怨明珠不该出这样的坏主意，又怕魏东亭和明珠相近，传过话去，只好暗认晦气。说道："这也怪我昏了头，只是事已至此，怎生处置才好呢？"魏东亭也觉心惊，但更多的是奇怪。因为康熙、苏麻喇姑和伍次友三人之间的关系，他是知道的。可没想康熙的态度变得这么快，变得太出格了！

"昏了头就该多饮几杯冰水，"熊赐履端起一杯冰水托在手上，冷冷说道，"解铃还须系铃人，你自己去见太皇太后和皇上，引过自咎，就说亡妻新丧不久，不忍续娶，也不打算再续弦了，如此，连太皇太后便也好下台阶了。"

"那伍先生那边呢？"魏东亭忍不住问道，"他与苏麻喇姑情重，只怕不好讲呢！"

"这就瞧你虎臣弟的了。"熊赐履道。他与伍次友所学不合，加上皇上曾多次拿伍次友发作他，他越发不悦，但伍次友又正蒙圣宠，又无可奈何。他便信口说道："大丈夫何患无妻，若耿耿于此，学问再好，也便入了下流。"

熊赐履说伍次友这样的话，魏东亭听来自不受用。但也确实没有其他办法，也只能从此入手去劝，遂起身一揖道："多承关照了！"

第四十三回　　**伍次友意气还山**
　　　　　　　　魏东亭深宫访尼

　　一天高兴化为乌有，魏东亭怏怏来至悦朋店，见穆子煦等几个人都不在，只伍次友在整理书籍。此时真是口欲言而嗫嚅，足欲行而趔趄。见伍次友面色苍白，如患大病，他还以为是天热所致，正欲开口慰问，却听伍次友道："虎臣，婉娘出家的事我已知晓，你不必安慰我，我……想得开的。"

　　这事连魏东亭也不知道。他听了十分惊讶，忙问："她为何要出家？你是听明珠说的吧？"

　　伍次友不答，半晌方道："你也不必问谁说的。皇上极其圣明，待我恩深义重。婉娘对我的情意，我心中也极其明白。这等事只要两情如一心，又何必在乎朝朝暮暮？虎臣，我对此能想开，你放心！"

　　这倒像是在安慰魏东亭了。魏东亭顿时瞠目结舌不知如何对答。伍次友面色苍白，缓缓说道："婉娘一世才女，身份贵重，我伍次友本配不上她，但她情重如山，我岂可为负义之人！"说至此，便不言语。

　　"先生打算怎么办呢？"魏东亭憋不住，终于问道。

　　"退居泉林，浪迹天下，泛舟随水而去，舞鹤于升平之世。"

　　"呀！"魏东亭不禁大惊，"我知皇上器重先生之心，决不亚于熊、索诸公。先生情场失意，岂可从此潦倒？"

　　"你说的是实话，"伍次友点头道，"几年来我们相处情深义重。但君与明珠都不如当今了解我，我料皇上必定准许我的所请。"

　　"已经拜过折子了？"魏东亭惊讶地问道。

　　"嗯，"伍次友镇静地说道，"我性本疏懒，不耐这京师人事纷扰，更厌宦海浮沉，勾心斗角，相互倾轧。虎臣，数年来与圣上相处，君臣之义日重，师生之情日深，我本不应为一女子作此庸人之态。但是这些年来，我已经历了一些人情世故，领略了一些政治风波，我以为此时超然退身，可以全身、全名、全节；一入宦海，熏心日久，怕就不能自拔了。"

他仍然娓娓而谈："虎臣，近年来，你也读过不少书，像我这样秉性的，自古以来有辅佐帝业至终的有没有？你摇头了，足证我的所见不谬。有些颇有才能的人只知进而不知退，终致陷君于不义！这是一层；再一层，皇上如今要办两件大事：削割据，无需用我文弱书生；倡圣道，又无需我在朝领权。游于江湖之上，为圣朝盛世讴而歌之，不胜于在朝么？"

后头这些话，都是伍次友在奏折中写了的，老庄气味极浓，魏东亭却是闻所未闻。联想到自家他也叹息道："先生欲学李青莲赐金还山，高风亮节可赞可叹，只是以先生之才如此，我总觉可惜了的。"

"我料皇上也会这么想，"伍次友似笑非笑地道，"但皇上雄才远虑，非常人能及，必能去此俗见。"

"我也要学先生了！"魏东亭凄楚地笑道，"泛舟五湖，浪迹天下，亦不失豪杰本来面目。"

伍次友笑道："这又何必呢？你与我不同，细想就明白了。听明珠说，皇上有意放你去金陵办差。据我看，你就终老在金陵也算不坏。"说到这里，他迟疑了一下，"我这话只对知心好友言进，如果不如你意，只当我没说罢了！"

魏东亭满怀凄楚地回到虎坊桥下处，换了朝服欲进宫请见康熙。他很想在皇上面前痛哭一场发泄一下自己心中的郁气。方欲出门，见一个三十来岁的陌生人进来，打个千儿道："奴才从此将与将军分别了！"魏东亭不禁惊讶道："我并不认识足下，你是谁？"

那人笑道："跟了你大爷五年，如今竟不认识奴才了？"

魏东亭一时怔住，仔细端详才猛醒道："你不是老门子……你怎么……"

"奴才原是十三衙门的。"那人笑道，"熊大人见小人贫寒，荐了来侍候大爷，又怕你嫌年少，不老成，扮了这个样子，竟骗了大爷五年！小人如今这边差使已完，这就告长假了，并请恕罪！"

魏东亭只觉一阵眩晕，几乎瘫坐椅上，勉强定住了，笑道："都是皇上差使，倒委屈了你。今日相别无以为赠，这二百两银子聊表我心意吧！"

送走"老门子"，魏东亭觉得浑身无力，腿都是软的，但还是打起精神骑上马往紫禁城觐见康熙。至隆宗门内，恰遇索额图伴着吴六一和熊赐履过来，四个人默默对视片刻，都没有说什么，便神色庄重地拱手相别。

方走几步，铁丐忽然转回身来叫住了魏东亭。

"虎臣弟，"铁丐脸上肌肉抽搐一下道，"大约你还不知道，郝老四出事了！"

魏东亭惊恐地问道："什么事？"

"事情不大。"铁丐道，"大约是和班布尔善谋逆，已经交大理寺关押了！"

"怎么会呢？"魏东亭身上惊出了冷汗，支撑着别了吴六一，直到进了养心殿，还觉得心头怦怦乱跳。

康熙此时却显得若无其事，听见魏东亭报名，一连声说道："进来，朕正要差人寻你呢！"看来对魏东亭的礼遇恩宠一如平日，似乎连苏麻喇姑的事也不甚放在心上。

明珠和狼瞫二人俱在殿中侍立。魏东亭仍按照侍卫朝见皇帝的礼仪，打个千儿请个安，起身赔笑道："皇上又熬夜了，眼圈儿有些发黑，圣躬还该节劳珍重才是！"

"小魏子！"康熙笑道，"你瞧瞧这殿柱帖子上写的，这三件大事办不下来，朕还要几年食不甘味、寝不安席呢！"

魏东亭抬头一看，原来廷柱上重新挂起了一张条幅，上面写着"三藩、漕运、河务"。他曾听苏麻喇姑说过，皇上曾亲笔写下这六个字，写后又将它收起了，谁知此时又挂了出来，显得格外醒目。魏东亭沉思了一会儿，遂笑道："皇上雄才大略，令人敬佩！只是这里的大事刚刚处置完毕，元气尚未恢复，怕不宜大动干戈吧？"

康熙爽朗地哈哈一笑："宋太祖当日有言，卧榻之侧，岂容他人酣睡？倒是你这'元气未复'四个字说得甚合朕意。撤藩的事是要从缓的，这后边二事也就是要恢复元气嘛！"

魏东亭不得不佩服康熙心计深远，忙躬身笑道："皇上明鉴，庙谟深远，臣等望尘莫及。"

“朕已经下诏，”康熙道，“苏克萨哈死得太冤，复他的世职，还有他侄子白尔图，立了那么大功，也给鳌拜糟蹋了……就让他的儿子承袭。明珠已经寻着他的遗孤，这事即刻就能办。”说罢，口风一转又道，“圈地的事闹了这么久，现在该结局了。朕听说有的地方还在圈地，非严办不可！朕已下诏永远禁止，占了人家的要还，不然世间百姓谁还有心过太平日子！”

“万岁爷！”明珠听到这里，禁不住插话道，“奴才以为对原大学士苏纳海、总督朱昌祚、巡抚王登联也都应着手办理善后事宜。”

“当然！”康熙斩钉截铁地道，“这事朕已交礼部去议，不但要昭雪，还要赐谥。——只是一事恐你们尚未虑及，山陕总督莫洛、陕西巡抚白清额，攀附鳌拜，别人可以不问，这两个人非处置不可，不然南方有事，西方策应那还了得！你们谁去办这个差？”

魏东亭刚要答应，却被明珠抢前一步道：“奴才愿往！”说罢，笑吟吟地望着魏东亭。

康熙也道：“小魏子，这几年来你跟着朕历经大险，这会儿刚刚安定一点儿，朕不忍你再受鞍马劳顿。这趟差使你就让了明珠吧！”魏东亭心知这是康熙有意起用明珠，但话说得如此体贴，也就驱掉了入宫前心中的一团寒气，禁不住落下泪来。康熙反觉诧异，忙问：“你这是怎么了？”

魏东亭忙跪下回奏道：“万岁爷待臣恩高情重，不由乐极生悲。”

“怕不是的吧！”康熙沉思片刻，说道，“是不是为郝春城的事呢？”

“郝某之事奴才是方才听说的，不知因犯何罪致触天怒。”

“他自称敬天地、尊皇帝，是‘老四’，其实大谬不然！”康熙慢慢说道，从几上一本书里抽出一张纸条递给魏东亭，“朕知你们结义情重，你自瞧瞧，他的罪可逭不可逭？”

魏东亭双手接过纸条，捧读之下唬得心惊肉跳！原来纸条上只写了五个小字：“帝不在白云”——细细一看，又确是郝老四拙劣不堪的字迹，不禁心中“轰”然一声，几乎晕厥过去。

刹那间，白云观山沽店被围的情景又重现在魏东亭的眼前。原来郝老四根本就没有回来请救兵，而是给鳌拜和班布尔善报信去了。魏东亭现在才明白鳌拜之所以肯用明珠换回穆里玛的缘由。他又转念一想，鳌拜何以不当即撤围，一直弄到天黑才换人呢？正想提出这个问题，明珠似乎已经看出他心中的疑窦，从旁插口道："他像是临急投靠，鳌拜、班布尔善也没有信他！"魏东亭但觉心中空落落的，一时也想不出个头绪，忙连连叩首奏道："奴才实在不知郝某有此等情事！奴才既总领皇上侍卫，失察之罪难辞其咎，求皇上重重治罪！"忽想到老门子的事，心里猛地一寒，竟打起战来。

"起来吧！"康熙见他如此，也觉不忍，叹道，"人心难测，你怎能洞悉他的隐私？此事现在已经坐实，他投靠的不是鳌拜，而是班布尔善。"

"万岁！"侍立在旁的明珠躬身问道，"郝某虽犯弥天大罪，奴才也不便为他求情，但求皇上允许奴才等赴法场致祭，以尽昔日旧情。"

"这也罢了。"康熙沉吟道，"大理寺尚未会审，他应怎样定罪，要待部议。"说到此，康熙忽有所思，抬目看着魏东亭和明珠道，"朕瞧着你们分上，赐他一个全尸。"说着便起身至御案旁，提起朱笔批了一行字递给狼瞫道，"你速去大理寺把人提出来，仍送回悦朋店去吧！"

魏东亭泣道："皇上仁慈之心，奴才等铭记肺腑，就是郝老四也当感恩于地下！"

少顷，康熙又点头对魏东亭叹道："朕和你相聚也不容易，你母子二人在朕身边多年了，论你的才品，朕很想重用你，但朕思你数年来心力交瘁，实在不忍让你再冒险犯难。你就在朕身边好好儿再干几年，将来放你个好差，带上你母亲一起赴任，你看可好？"

这番话更是情挚意真、温馨入心。漫说魏东亭感动得涕泪俱下，明珠和狼瞫二人也深感康熙圣心仁厚，各自沉默不语。但听康熙继续侃侃言道："朕经此非常之变，愈信天有定数。我大清江山得天佑，得民助，方才转危为安。自今而后，无论再经历什么风险朕都不再惧怕了！"说到此处，他长长地叹了一口气道，"人力毕竟有限，天命不可违。就以伍先生和苏麻喇姑的事来说，朕贵为天子，竟也勉强不得，岂不可叹！"

"婉娘之事虽不能挽回，"明珠忙道，"伍次友归隐与否仍由皇上圣裁。伍先生资质，奴才以为是人间少有的，求圣上多加留意！"狼瞫也道："奴才人微言轻，本不该多口，但据奴才朝夕侍君，听大臣们所言，无不对伍先生交口赞誉，不知圣上为何允他挂冠还山？"

"你们哪里知道伍先生！"康熙将手在几上轻按一下，显然是掩饰内心的激动不安，"他与满朝文武所学皆不相合。木秀于林，风必摧之；行高于世，众必非之。眼下众人说他好，是打朕的顺风旗，其实早已有人忌他才高，恨得牙痒痒的了！以伍先生的耿介，如不历练世情，将来落进猾臣圈套，是料得定的事，到彼时朕将何以处之，又何以自处？这是一。其二，伍先生乃当代才子，名扬大江南北，若将他放置于江湖之上，交游于汉人儒士之中，这身份、这作为，谁也顶替不了！此所谓天子可得而为友、不可得而为臣之理！与朕做个布衣之交也甚有意趣。东亭，你可将朕这番话转告与他，望他念我多年的师生情谊，身归心不归。凡有奏请弹劾之事可一如既往，各有司衙门不得借故擅自阻拦！"

"喳！"魏东亭赶忙应道，心里也琢磨不出是涩是苦还是甜，只囫囵吞枣儿咽下，"主子爷对伍先生这番深情，奴才等亦感佩终生！"

康熙长篇大论谈到此时，也觉疲累，便道："你们跪安吧！小魏子还可至钟粹宫去瞧瞧苏麻喇姑，你们一起相处七年，与明珠他们不同。"明珠原本最怕见苏麻喇姑；听得康熙如此一说，他自然也就不必去了，反正合他的心意。

魏东亭领旨出来，冒着烈日来到钟粹宫见苏麻喇姑。冷宫里几个白发苍苍的宫女告诉他："慧真大师去和太皇太后参禅了。魏爷要么先回去，如有话可留给我们传；要么就在这儿等一会儿，用过午餐是必定回来的。"

魏东亭这才知道，苏麻喇姑剃度后，改用法名"慧真"。他还联想到《会真记》中莺莺的结局，她取此法名，极可能取此谐音，心下愈觉凄楚，当下便道："我奉圣旨而来，岂可不遇而归？你们只管方便，我只在这里坐等。"说罢，便在殿前青石阶上坐下。

魏东亭坐在小佛殿前，但闻御花园那边风动竹木，蝉鸣幽幽，不禁心驰神移。他默思着康熙方才的话，想起与伍次友在西河沿初次见面的情景以及悦朋店扶乩煮酒论功名的往事，又忽忆到与郝老四当日的情分。想到此，愈觉万念俱灰，他下定决心请求皇上允许他弃武从文。如能像伍先生那样伴清风，对明月，挥狼毫，长啸吟诵，他也就心满意足了。

正神思恍惚间，听得宫女报说："慧真大师法驾回来了！"

魏东亭忙抬头看时，只见苏麻喇姑一身释装；缁衣皓腕，面如严霜，缓缓走了进来，不禁一怔。那苏麻喇姑见是魏东亭，只双手合十，冷冷问道："居士，你从何而来？"

魏东亭方欲笑答，忽又想到自己心事，忙收敛笑容，合十回礼道："方从圣上跟前来，奉谕探望大师。"

苏麻喇姑也不答话，径自走了进去。魏东亭不得要领，只好跟着进来。见苏麻喇姑已经打坐在佛前的蒲团上，便也随便坐下，说道："在下代伍先生向大师致候，伍先生不日即将南归，他日能否入京，事在两可之间。大师有何不了心愿，在下尽可代转。"

"他也算是一位识时务的人，对世事比居士看得透彻。"苏麻喇姑面色微微一红，"居士是名利场中人，自不晓人应是'从来处来，向去处去'。"片刻，苏麻喇姑又道，"依贫尼看来，你们这一群人中，要算明珠聪明过人，望你们好自为之吧！"说罢，轻敲木鱼，瞑目喃喃吟诵。

"从来处来，向去处去"是一句佛家禅语。听了苏麻喇姑这番话，魏东亭暗自惭愧：自己怎就没想到呢？他原有很多话要告诉苏麻喇姑，也很想问一问苏麻喇姑有什么心事，能直直白白地讲出来，也好转告伍先生，谁知苏麻喇姑竟似要一刀斩尽尘缘，不再理会他。他便笑道："大隐于朝，已由大师选择去了；小隐于野，由伍先生占了；我只好中隐于市吧。过几日我再来搅扰大师！"说着便稽首而退。苏麻喇姑也不起身相送，那木鱼声仍"嘟嘟"不停，只是忽地变得又高又急。

第四十四回　死宴收徒武功赫赫
　　　　　　长亭送别离情依依

出了午门，魏东亭骑上马加了一鞭，急着奔向悦朋店，候在天安门前的明珠见他快马奔来，跺脚埋怨道："我以为你去去就来的，竟耽误了这许久！咱们快回去瞧瞧老四罢，嗐，这是从何说起哟！"魏东亭也不多说，只说："你怎么还在这里，快走吧！"二人便放辔并肩疾驰。

悦朋店守门的又加了刑部的人，戒备森严，这原是料想得到的。附近老百姓不知这家特殊的客栈出了什么事，探头探脑地向里张望，却因猜不透来头，不敢过来围观。魏东亭和明珠来到门前将马缰一勒，滚鞍下马。那守门人早经狼瞫吩咐，一个个垂手而立。

何桂柱正立在廊下张罗人布置酒宴。见他们两个回来，忙走上前来，按下司见堂官礼节行参，道："都在里头等着二位呢！"

"你也一同来吧！"魏东亭绷着脸道，"筵宴弄得丰盛些！"说着，携了明珠的手进了后堂。明珠表面上虽是沉着，但魏东亭摸着他的手竟是冰冷湿黏，尽是汗。

还在伍次友当年高谈阔论的地方，只是主座换了如痴如醉的郝老四。两旁坐着的是穆子煦和犟驴子，阴沉着面孔不言语。倒是伍次友还洒脱一点，见他们进来，起身让道："郝老四兄弟等你们有一阵子了，咱们坐着谈吧。"说着，便见何桂柱进来，指挥着厨子一样一样上菜，却是一桌水陆全席，大盆小碗摆了满桌，足有四十多碟冷盘。众人只是呆着，谁也不愿动箸。

"四哥！"明珠举杯首先开言，"事情兄弟们都知道了！大丈夫敢做敢当，视生死如儿戏，我看四哥就是一条好汉。来，兄弟先敬你一杯！"

郝老四举起杯来看了看四周的人，忽然笑道："还是明珠兄弟痛快！先死者为尊，这杯酒我先僭了！"说着一伸脖子喝了下去道，"请！"

大家一齐饮了。何桂柱却泪眼模糊，滴酒难下，呜呜咽咽道："好好儿的，怎么就生出这样事，真让人寻思不来！"说着泪水夺眶而出。

"柱儿！"魏东亭知道，他一哭开，大家都控制不住，就搅坏了这场席，忙制止道："今天是老四升天的喜日子，你不能这样！"伍次友听得这话，暗自伤神，强忍泪道："虎臣弟说得是。郝贤弟今日长别话辞，我们尽可打发他一醉。四弟犯了王法，我们救他不出，难道连个心也尽不到么？来！兄弟，我也敬你一杯！"

郝老四抖抖索索接过这杯酒喝了，笑道："我确与班布尔善有事，对不起皇上，就死了也不屈！将死之人不打诳语，我敢对天盟誓，决无坑害诸位兄弟之心！"

"这是意中之事，"伍次友道，"你只是没估透大势而已，倒怕是想为兄弟们多辟一条路哩。既如此，我们也无需指责，今日一别再无会期，你可多饮几杯。"说着又奉上一杯，郝老四毫不推辞饮了。

明珠从容站起道："我还有半瓶玉壶春，当年与伍先生在此围炉聚谈，我留了一点，原想——"他说不下去了。他原想将这半瓶酒留作自己金榜题名时与翠姑共饮的，此时只好改口道："原想大事过后，我们兄弟分杯共饮，今日只好偏了四哥了！"说罢便折身到后头去了。

郝老四酒入闷肠，此时已有些醉意，转脸问穆子煦："二哥，你和三哥怎么没有话？你怨兄弟么？"

穆子煦面白如纸，苦笑道："兄弟，魏大哥事忙，顾不过来，总是我照料不周，叫你落了这下场！"魏东亭听着但觉一阵阵晕眩，却又无话可说。那犟驴子带了酒意，"砰"地将案一击，站起身道："四弟有过可也有功，凭什么就恕不得！难道比鳌拜的罪还大么？我寻皇上说去！"扭身便走，魏东亭忙一把拉住了。外头监席军士听得响动，不知出了什么事，探进头来瞧着没事，又退了下去。

伍次友见状，劝阻道："天心难回，天威难测，自古……"他本想说"伴君如伴虎"，却咽了回去，将一杯酒捧给郝老四，"兄弟，饮了这杯，兄长为你作挽辞！"见郝老四饮了，他便起身来语音颤抖地吟道："古今无完人，堪悲上士怀刑，九原之下有斯人……"

"慢着。"魏东亭此时真是五内俱焚，昂然说道，"伍先生休吟下联，我们兄弟几人明日上朝，拼了官不做，换回四弟一条命，或许可以挽转天心。"恰在这时，明珠捧着半瓶酒进来。他听得这话，不免心里诧异。今日在万岁爷面前已将此事定实了，如何又要转圜呢？他一边斟酒一边寻思，口里却道："对，求皇上恩准戴罪立功，也许能行。"

正说至此，便听到门外军士们一片呵斥声："哪来的丑道士，化缘也不看看地方，快去快去！"魏东亭听得喧哗，出外张望，一眼见胡宫山身着道装，蓬头垢面，疯疯癫癫地道："皇帝还有穷本家呢，这里头的好酒好菜难道贫道就不能吃得？"说着便向里闯。守门的军士忙拦时，哪里挡得住他！屋里吃酒的人一时都呆了，魏东亭便示意守门军士退下，当庭稽首问道："鹤驾自哪里来？"

"来寻找徒儿！"胡宫山笑道，"什么鹤驾不鹤驾，这一桌的好酒菜又叫贫道遇上了。"

"师父！"郝老四猛然忆起，在白云观遇到胡宫山的事，失口大叫道："师父来了，哈哈！师父来了！"满屋里人都被惊愣住了，不知这到底是发生了什么事，郝老四已是伏地跪接。

胡宫山大模大样进来，只对何桂柱一揖道："何施主，贫道要扰你了，可肯么？"何桂柱满头是汗，忙应道："当然当然……"魏东亭灵机一动道："昔日胡供奉，今日狗道士。这里有一条豚肩，还吃得下么？"胡宫山一屁股坐下，笑道："你还算有故人之情，一条熟猪腿啃起来自然痛快！"何桂柱忙不迭到厨房，将一只新焖出来的金华火腿用一个大条盘端了出来。

"好好！"胡宫山只瞧了一眼跪伏在地的郝老四，对别的人竟视有如无，一把抓起火腿便手撕口咬地大嚼起来，口里唔唔着问道："魏施主，这个小厮几时归天？"胡宫山说时，外头狼瞫已经得报，按剑走了进来。听得问，便接口道："皇上命他自尽，时在今夜子时。"

"何必要到子时？"胡宫山手里的火腿已快吃完，便问："徒儿，我曾答应过你，代你了却此事，你可肯么？"

郝老四聪慧不亚明珠，早已知他用意，忙叩头如捣蒜道："徒儿愿意！"

"你起来，吃这一杯酒，师父送你上路！"胡宫山端起酒来，对着众人道："请，请么，大家都是我徒儿郝春城的朋友，都不是外人，来呀！"

众人不知他变的什么戏法，迟迟疑疑地对视着端起酒碗。惟明珠看着自己倒的那碗玉壶春发呆。

"明珠施主，"胡宫山笑道，"也请饮了嘛，汉光武手下大臣宋弘说过：'贫贱之交不可忘，糟糠之妻不下堂。'你总不能一句也兑现不了啊！"

"胡兄太会说笑了，"明珠脸上一红一白，"酒还能不喝吗？"便端起觥来，却只是不肯饮。

"毒酒！"犟驴子虽笨也有聪明时，见明珠如此狼狈，顿时醒悟过来，"啪"地把桌子一拍，猛身蹿了过来，一把提住明珠的前胸，骂道："你这畜生，他与你何仇，就下此毒手？"明珠被拽得透不过气来，只苦笑着摇头，断断续续道："三哥错……错怪兄弟……了！"

"是嘛！"胡宫山将酒觥一把取过，笑道，"放开明老爷，贫道方外之人有慈悲之心，这点毒酒贫道用了吧！"张开口，晃一晃，一觥酒已被喝得干干净净。又将自己一碗酒推给明珠，"你饮了这一碗，给你的老四送行么！"见胡宫山如此，明珠哪敢反口，只得端起饮了下去。

"好，好！"胡宫山一边说笑，一边朝郝老四背上轻叩两掌，郝老四哼也没哼一声便倒在地下人事不省。狼瞫立时大惊，叫过随带的验尸官，上前摸鼻息，叩脉，翻眼瞧时，瞳仁已经散了，便起身回道："禀大人，这人已经死了！"

众人立时大哗，犟驴子双眼通红地扑上来揪住胡宫山："你这妖人，使什么法害死我兄弟？还说明珠使坏心，我看就你是个王八蛋！"这句话触痛了明珠，他捶胸顿足号啕大哭，扑在郝老四的身上又抓又挠："四哥呀，你别……别怨兄弟！你苦……兄弟受不了啊！"伍次友本来有些疑他，见他如此伤心，方才胡宫山又自饮了那玉壶春酒，此时心里也就释然，不禁跌坐在椅中落泪。魏东亭却知胡宫山有一种了不起的武功，可致人假死，但此时他也只得装糊涂，便扯出手绢来拭眼泪。

"死了么？"狼瞫又问验尸官。

"回大人话，六脉俱无，气息已绝！"

"我问的是死了没有！"

"喳——是，死了！"

"那我就缴旨了！"狼瞫转脸朝胡宫山一揖，"久闻老道武艺高明，这样无痛无苦地送你徒儿归去，也算一大善事。我们和老四兄弟素日极好，我这里也就谢过了。"说罢，便带着刑部的人告辞缴旨去了。

"明大人！"胡宫山道，"这郝老四原是史龙彪的弟子，现是我的徒弟，就想请你赏个脸，让我带他的尸身回峨嵋山去，照我们道家的规矩焚化了吧。"

"这……魏大哥你看呢？"

"不用问姓魏的，你答应了就成，别人谁还拦得住我？"胡宫山说着，甩了甩袖子，竟甩出几滴酒在地下。明珠见了忙道："那自然应按你们的规矩办，不过这只是我说，还要看诸位兄弟们的意思。"

"谁敢阻我？"胡宫山忽然彪眼怒睁，大喝一声道，"我徒儿死在你们手里，难道还不许收尸！"说着抱起郝老四大踏步走了出来。犟驴子欲冲上去拦阻，被魏东亭从旁轻扯一把，看了看魏东亭的眼色，也就不再纠缠了。胡宫山走出堂屋，所踏的阶石一块一块都已从中断开。见这丑陋道士有这等本事，众人无不骇然。

不谈这几个人自身命运如何，朝纲却日趋整肃。十三衙门撤掉了，康熙又下令组建了善扑营。穆子煦、犟驴子各晋升为三等侍卫，统善扑营四千人马，专职守护紫禁城，仍由魏东亭总领。遏必隆降为协办大学士，合着索额图、熊赐履在懋勤殿上书房行走。养心殿停止接见外臣，康熙自此改为每日在乾清门听政。上下相通，再无滞止之处。自五月下诏严禁圈地、占房后，接着又蠲免了直隶、江南、河南、山西、陕西、湖广等地四十五州的灾赋。到了八月，康熙忽又下诏，任明珠为左都御史，钦差西安，锁拿山陕总督莫洛和巡抚白清额入京治罪，顺便采访民风。恰伍次友也要回南，明珠便约他一路同行。魏东亭邀了索额图、熊赐履、穆氏兄弟二人，挑了酒食，为他二人饯行。

其时正是金秋九月。黄花地，碧云天，永定河一湾锦带潺潺东去，衬着燕山淡染，云薄浮动。秋风一过，垂杨柳上的黄叶，片片飘落，落在枯黄的衰草上，蜷缩着索索发抖，更显得天地肃杀，离情别绪悠长。

宴饮移时，伍次友起身道："不佞自顺治十七年入京，妄求功名，已八年有余。必不欲自矜风流，标高离俗，但人生起落的况味，既已尝尽，又逢圣主遭际拔识，此一生已不为虚度了！我本湖海人，还向湖海去，何憾之有?"说着,目视熊赐履道,"君之道德文章,令人敬仰,必能去虚务实,佐圣君治国安民,奠我华夏万世之基业。此乃我等读书人希冀于君者!"

熊赐履是理学名家,对伍次友这样的"杂揽"向来头疼,但今日送别,见伍次友神色如此庄重,情挚意切,虽是语中有所规戒,却也是正论,平日所存的那点芥蒂,也不禁扫除净尽。见伍次友冲着自己说话,忙躬身答道:"伍先生的雄才大略,深得圣主赞赏,今日还山,正为来日大展宏图,君不必自弃,一路要多多保重!"

"我哪来的宏图?"伍次友笑道,"他日或与诸位车笠相逢,如不见弃,心愿足矣。足下或驾临江南,我与你更酌论道,再作几番切磋!"这是说康熙在索府读书时,有时带了熊赐履布衣相从,见面时常作辩论,还未有结局的意思。熊赐履不禁微笑道:"好,一言为定!"

索额图到河边折了一条柳枝,返回身道:"话虽如此,明珠不用多久便能回来,不知何日才能重见先生!"伍次友笑道:"索大人终不能脱儿女情长!"说着接了柳枝,沉思道,"我想杨柳虽好,总归要随风飘泊,倒不如竹。君赠我柳,我还君竹诗一首。这是关圣帝所写,云:

> 下谢东君意,
> 丹青独立名。
> 莫嫌孤叶淡,
> 终久不凋零!

魏东亭在旁听着,更觉心里万般凄楚,忙笑道:"我们这是暂别,这些话和这些诗都太凄凉了些。先生遇有便人,可常捎信来,如有急需,也可由驿道传送,鱼雁往来还是方便的。"说着,又捧上酒来献给二人。穆子煦、犟驴子也都上前执手互道珍重。众人这才拱手洒泪而别。明珠便令:"牵马来!"

两边三十余名随从听得钦差大臣下令起程,雷轰般"喳"的一声排开卤簿仪仗。明珠扶伍次友上了马,自己也翻身上了坐骑,三声炮响大队人马开始�行。魏东亭等人一直等到望不见他们背影,才各自回城。

明珠在马上回首,望了一眼愈去愈远的东直门,在荒郊外远眺危楼高耸，也勾引起自己的心事。自己当初就是从这里进北京的，孤身一人畸零飘落，举目无亲，衣食无着，那是怎样的惨景！今日又从这门里出来，已是代天子出巡的煌煌钦差。青鬃马配着九蟒五爪的獬豸神羊补服，蓝宝石起花珊瑚的顶子后面，挺直地拖着一条翠森森的孔雀花翎，真有"冠飘孔翠天风细"的气概！"大丈夫活在世上就该如此，我还要扎扎实实替百姓做几件好事，流芳百世也不是什么难事！"明珠想着回过头来，将鞭一扬，刚想说"未必春风才得意，乘着秋景走路也会令人豪兴勃发"，却见伍次友面色沉郁，便咽了回去。

伍次友已有些察觉。他微微一笑道："麦收八十三场雨，京畿退了圈田，老百姓有心种地，前几日的雨倒是好得很。"

明珠皱眉道："大哥说得是。只是百姓似还有疑惧之心。咱们已走过有三十几里了吧？一路上秋耕的人并不很多。"

"有可耕之田而无耕田之人，不独直隶如此，就连我们家乡也是一样。"伍次友略顿一下又叹道，"打了多少年的仗，再加圈地又夹缠不清，如今已是哀鸿遍野，极目荒凉，民生待苏啊！"

一个是"秋风得意"，一个是"极目荒凉"。一样景物，二人心境不同，感受也就各异。明珠是个极聪明的人，立刻意识到这一点，觉得自己应该适应伍次友的情绪，忙笑道："大哥总以民生为念，小弟钦佩之至。小弟此行，当效法大哥为人，做一些于民有益的事。"

"我算什么以民生为念？"伍次友笑道，"那是龙儿的事。不过你这点愿心倒是有益于百姓的，愚兄便瞧着你的！据我看，如不打仗，五年便可恢复元气，再打起来就难说了。"

"仗是再打不得了。"明珠接着道，"再打，百姓、朝廷都受不了。"

"这由不得你我，也由不得皇上，要看吴三桂怎么想。"伍次友道，"不过老百姓不愿再开战，这确是实情。天听自我民听，天视自我民视。吴三桂敢冒这个大不韪，似是死路一条。他这人狂而无能。去年初游白云观，见到他的题字，我就说他'不度德，不量力'，下场不会比鳌拜好。"明珠听了点头不语。

第四十五回　乌龙镇明珠济贫女
　　　　　　关帝庙大令诛恶官

伍次友和明珠二人每日边说边行，倒也不觉疲倦。约十数日光景，已过彰德府，到了郑州地面。这一日走了一天，眼见一轮红日落下苍山。伍次友在马上笑道："下头除了校尉、弁将，还有几十个步行的，饱汉不知饿汉饥，骑马不觉行人累，该到投宿时分了。"明珠将马鞭朝前一指，说道："前头黑沉沉一个大镇子，就进去打尖如何？"

伍次友道："你是钦差，这一进镇子，乱哄哄的人都来供奉你，我是受不了！你自去你的，给我留两个人侍候，我就歇在镇外这座破庙里。"

"大哥怎么说生分话！"明珠忙笑道，"兄弟依你就是。"说着便先下马，扶了伍次友也下来，安置随从军士驻跸关防。二人住了正殿，令校尉军士们就在两厢碑廊里安歇。随行的王参将便在大殿前檐下安置，一时停当，进来禀明珠："只是没什么好吃的，请大人示下，可否进镇筹一点菜蔬？"

明珠道："不用了，都带得有干粮，随便吃点就算了，你们要扰民，我是不依的！"

伍次友对明珠这一处置十分满意。待人们都退下去后，脱了靴子，将脚搭在供桌上，让血脉倒流解乏，一边笑道："兄弟，你事事不肯扰民，这么做很好，我便不吃饭也是欢喜的。"明珠嘻嘻笑道："吃还是要吃，只不扰民罢了！"一边说，一边从马褡子上取出一个包袱，展开来一看，里面除了一应细巧宫点，竟还有花生米、炸虾子、干蒸蟹和一包卤得鲜红的牛肉条！伍次友一下子笑起来道："贤弟，你用心之巧密，确有过人之处。"

两个人吃罢晚饭，天已黑定，寂寥的寒星在湛蓝无垠的天穹上隐隐闪烁。伍次友笑道："明兄弟，前头咱们就该分手了，你硬要再行一程，明日到了黄河边，我便向东去了，难道你还跟着不成？"

明珠听了半晌不语，伍次友知他不舍，便笑道："千里送君，终须一别。这又何必难过，倒不如趁此良宵，我们出去散散步吧！"明珠道："成，咱们就出去走走。"便也不叫从人，二人换了便衣，联袂进了镇子。

这个镇子相当大，虽已入夜，一街两行叫卖烧饼、馄饨、油炸豆腐、烧鸡卤蛋的也还不少。明珠买了两包五香瓜子儿，递给伍次友一包，道："大哥，咱们到里头瞧瞧。"伍次友问那卖瓜子的老汉道："老人家，这个镇子叫什么名字？"

"乌龙镇。"老汉热情地答道，"说来这里比县城还要大些，从这头到那头走起来得半个时辰！"

"日子可过得？"明珠问道。

"松活不了什么，"老汉叹道，"有钱就过得，没钱便过不得。"

这话等于没说。二人相视一笑，拿了瓜子儿边吃边走，想着到镇南头遛一趟再反身回来，也就到安歇的时刻了。

走过最热闹的十字街口，再往南黑沉沉的一片，没什么看头了。伍次友便道："天寒上来了，咱们往回折吧。"明珠点头正要答话，忽然听得西街一阵筝声，切切嘈嘈传入耳中，这声音，在这深秋昏月的夜色里悠然地荡漾在苍穹中，倒显得格外清幽。明珠道："像是在唱河南坠儿书，一向闻得坠子以南阳、邓州为最，不想这里也竟有抓筝的好手！"便一把扯了伍次友，从街心向西来寻弹曲儿的所在。

行了约莫半箭之地，果然见前头一座茶肆，门面只有两间，里头打通了做书场，齐整放着六七张八仙桌，坐着三十几个人在喝茶听书。书台上一老一少，老汉是个瞎子，拨弄三弦伴奏。这少的是个年轻女子，素衣淡妆，手抚长筝边奏边唱道：

> 三国以来战事不停，曹阿瞒势倾天下，要争朝廷。有一个皇叔，字称玄德，下南阳三请诸葛起卧龙……

明珠一听便知，书帽刚过，这才开始正篇，便悄悄在后边拣了两个位子坐了。伙计上前沏了两盅茶来，又将一把瓷壶放在他们面前道："每位制钱十文，你们只管喝，我给你们续水。"

明珠笑道："好！"便从怀里掏出一枚银角子丢给伙计，"赏给你！"那伙计点头哈腰连连谢赏，不一会儿又递上两条拧干了的热毛巾，"请你二位爷用巾！"

明珠却不答言，两眼直瞅着书台。伍次友摆手道："不用侍候，你忙你的，我们还要听书呢！"又转脸对听得发愣的明珠笑道，"这词儿也还不俗，你倒一进场就入了神。"明珠用手轻轻拉伍次友道："大哥，你瞧这妮子像谁？"

"唔？"伍次友留神瞧道，"看不出来。"

"像不像死了的翠姑？"

伍次友再细看，虽与翠姑一样眉黛春山，目传秋波，眉宇间却无翠姑的英煞之气，断断乎不像翠姑。他叹一口气道："兄弟这叫结想成幻，我瞧着倒像——"话犹未终，明珠一笑道："大哥这一说，我又瞧着不像了。"

下头的书是《三国志演义》里头的《群英会》《祭东风》二折。虽然套子极熟，无奈这一老一少时紧时慢，说一阵唱一阵，时而歌如裂石，时而叹似长咏，确有摄魄勾魂之力，直到散场都无一人先退。伍次友叹道："这么个小地方，竟也有如此妙音，今夜可算不虚此行！"

说话间，老人手里反拿了小铜锣上来收钱，不少人便拥着往外走。只前头几个人随便赏了些铜子儿，有几十文的样子。老汉方正在叹息，明珠上去，将五两一锭的银子轻轻放了进去道："这银子给姑娘换一身行头吧，单唱得好是不成的。"

此时客人已将走尽，那老人拉了姑娘，深深道了两个万福，千恩万谢说了一车好话，才过去收拾场子。明珠兴致已尽，拖了伍次友正待要走，忽然从外面闯进一个大汉，胡子长得像刺猬一般，袍角撩起扎在腰间，瞧也不瞧伍次友和明珠径自走至书台前，狞笑道："今晚捉了个大鳖，发财呀！"便拿银子，斜眼瞧瞧明珠，扔起半尺来高又接在手里，掂了掂揣进怀里。

老人已听出了是谁，忙作揖，低声下气地赔笑道："二爷！这点银子是二位客官赏小女做行头的，挣了钱来，还不是你老的？这一次……这一次……"他结巴了半天，不知说什么好。那女子却一把拉回老人道："爹！甭说啦，有口气还暖暖身子呢！"

伍次友听到这里，不禁怒火上涌。明珠见伍次友要上前理论，忙一把拉住，示意听听再说。

"好啊！"那人笑道，"翅膀子硬起来了，有撑腰的了？我告诉你，那十五亩地，五百两银子也买不来，倒是你嘛……"他走到姑娘身边，猥亵地笑笑，伸手拧了一把脸蛋："陪二爷玩三年，嗯？地就归你……"

一语未终，只听"啪"的一声，那汉子左脸早着了姑娘一掌，"你是什么好门头？当年比我们还贱十倍！你哥拿你妈的卖笑钱买了个官，你就张风乍翅、横行霸道欺负人！"说完拉起父亲便走，却被大汉伸手拦住。伍次友和明珠便忙上前分解。那汉子将眼一瞪道："与你屎的相干，滚！"

明珠气得面色煞白。当年在喜峰口落魄之时他也曾遇到这么一个人，吃了大亏。一看这东西便知是个恶霸，今日若要叫他逃了，还有个天理？想到这里，明珠血脉奔涌，将外头大氅"嗤"的一声连扣子撕开，右手在桌上"啪"地一拍，横目说道："你仗谁的势，这么欺侮人？"

"说出来吓死你！"那大汉吼道，"巡抚管不了，吏部摸不着，这郑州东西五百、南北三百里都归他管！"说着一声呼哨，从外头又拥进几个军汉模样的人，横眉立目盯着明珠跃跃欲试。老人见双方就要动手，抖抖索索地走过来劝架，姑娘见他们二人要吃亏，也从旁劝道："客官犯不着和他们生气，赶紧去吧！"

明珠此时勃然大怒，待要发作，又忍了下去，道："你势力大，不讲公道，我惹你不起！"拉起伍次友便要去，却被大汉伸臂挡住道："怎么，怕啦？方才要打架的劲哪里去了？"

"难道走也不许我们走了？"伍次友扬眉问道。一边说，一边用手拨那汉子臂膀。不料对方膂力很大，竟一点儿也没动。

"你们有钱买笑，就无钱买气？"那大汉冷笑道，"既惹了二爷生气，就不能白去，你们得摆酒为二爷消气！"

"这可有些不巧了！"明珠将身上一拍，突然换了笑脸道，"恰好就带五两银子，都赏出去了。我们回去取钱来，再为你消气如何？"

"嗯，"那大汉得意地笑道，"这还像个人话！"说完指着伍次友道，"这位留着陪酒，你回去取钱来吧。不用多，二十两就够用的了！"

明珠听了长叹一声，朝伍次友丢个眼色便拂袖而去。

出了十字街已是星移斗转，过了午夜。长街上黑魆魆、静悄悄不见一人，明珠不禁有些发毛。刚向北转过弯儿，便见王参将带着十几名校尉打着火把过来——他们本已解装就寝，听得明珠二人出去，只道在庙外路旁散步，谁知到半夜还不见回来。王参将发了急，忙带人进镇来寻。此时见明珠孤身一人回来，不禁失惊道："总宪大人，伍先生呢？"

"碰到几个小贼。"明珠一见来人，顿时精神大振，厉声吩咐道，"去将那边茶馆里所有的人一体擒拿听我发落！"说完，只带了两个从人，头也不回向北而去。

这边茶肆里伍次友已知明珠去搬救兵，心里托底儿，跷着二郎腿沉着地品茶，一边用目光扫视旁边横坐的五个汉子。老人和姑娘瑟缩在书台下面，脸色煞白，一语不发，不知将要出什么事。店老板和小二垂手站在一旁，想劝又不敢，只管赔笑添茶，又命小二："拿点瓜子儿来给几位爷嗑！"

"要那劳什子做什么？"那二爷铁青着脸道，"叫他们出钱，到德胜楼弄一桌菜来，老子在这喝酒听曲儿！"

话刚说完，便听一阵桌翻椅子倒的声音，王参将带着人已蜂拥而入，"刷"的一声拔剑在手，大喝一声："通通绑起！"校尉亲兵们听得这声命令，"哗"地散了开来，两个对一个就要下手。伍次友见他们愣头愣脑的连卖唱的父女也要绑，忙喝止道："不可鲁莽！店主、小二和这两个卖艺的无罪！"

"你们是什么人？"大汉已被寒鸦凫水般地捆个结实，还梗着脖子问道，"敢来太岁头上动土！少时叫你后悔不及！"

王参将不管他如何暴跳，一边将剑还鞘，一边道："我是什么人和你这样的肮脏畜生说不上！带走！"

明珠已经在关帝庙外站了，身着绛红截衫，辫子盘在脖子上，手里按一柄宽面大刀，踱来踱去地等人。煞像个山大王派头！几个军校也都是便衣，执着明晃晃的火把随便站在阶上。伍次友差点没笑出来。

"你捉我两个鳖，我捉你五个王八蛋！"明珠一见大汉，就着火光走下阶来，用手点着他的鼻子骂道，"你叫什么名字，敢这么欺人？"

大汉见拿他的人中有军官，又见这个阵仗儿，顿时毛了，期期艾艾地说道："大王不必动怒，有话好讲！在下冯应龙，仅有几分田产，如要盘缠，放了这位兄弟，让他回去取……"

"好啊!"明珠格格一笑，上前用刀割开一个厮仆的绳子道，"去吧，你要弄鬼，瞧他的模样!"一边笑嘻嘻地来到被绑的那人跟前，手起刀落，"嚓嚓"割下两只耳朵来，掼在地下。"你回去拿三千两银子来!"伍次友不料明珠下手如此之狠，不禁吸了一口凉气。

那大汉见状，越发信实了是强盗绑票，便递了个眼色说道："你回去告诉老太爷，就说有朋友急需三千两银子，快点拿来。要是不够，去找大哥拆兑几个，听见没有?"那人只回一声"喳!"一溜烟儿去了。

"你拿我做强盗!"明珠见厮仆已去，哈哈大笑，对伍次友道，"他倒以为兄弟是强盗!"又扭过脸对冯应龙道，"我却是个官呢!"便吩咐人扛出肃静回避的牌来，对瞧热闹的人大声说道："我已访知，这冯应龙是乌龙镇一霸。你们且回去，明日在这里放牌告状，有冤的诉冤，有苦的诉苦!"

不料百姓们一听这是官，倒面面相觑，窃窃私议一阵，便一齐跪下道："这位冯老爷并非坏人，求大人开恩放了他吧!"说着，便叩头。

这一求情，不但校尉们吃惊，明珠与伍次友也是大出意外。冯应龙此时将头昂起，得意洋洋。明珠见他这副样子，冷冷一笑道："好一个'老爷'，原来还是个官!你是个什么功名，把这一方百姓欺压成这个样子?"

"郑州守御所千总，"冯应龙将眼一翻道，"怎么样?"

"既为千总，为什么不在郑州，到这小镇上来做什么?"

"我请假回来养病。怎么，不准?"

"哼哼!你养的好病!"明珠见他刁顽，咬牙笑道，"你为何抢夺这女子的五两银子?"

"他家买我十五亩更名地，应交五百两银子，拿了五两你就大惊小怪了!"

守御所千总是从五品，明珠倒有些犯踌躇。此时听他话中有隙，疾声问道："更名田是前明遗地，统归了朝廷，卖钱应归朝廷，你怎敢擅入私囊?你什么时候到的差?"

"前年到差。"冯应龙拣着容易回答的说道，他有些烦躁，"你是个什么官儿?"

"忙着问我做什么?"明珠冷冷道，又问那父女二人，"这地你们几时种的?"

老汉畏缩着未敢回答，那女子早瞧出明珠极有来头，忙跪下答道："顺治十年我们家逃荒到这里，种了十五亩田……原来是前明福王爷的地。这个瘼子前年仗他哥哥的势保了千总，硬说这地要缴五百两银子……朝廷的正项钱粮都难得完起，到哪里寻这些钱来填这无底债？……交不出利钱，他就拉我哥哥做了营兵，我爹出来拦阻，两只眼都叫他们打瞎……"那姑娘说至此，已是泣不成声。

"明珠兄弟，"伍次友在旁低声道，"这人着实是个民贼，决不能放他过去！"明珠点点头，又道，"姑娘，你大胆讲来，都由我来做主！"

"何用我讲！"那姑娘指着跪在地下的老百姓道，"他们都是见证人，叫他们说说。前头县里何大老爷是怎么死的！"见没人敢搭腔，姑娘哽咽道，"都怕他，我说！何老爷康熙六年当郑州知县，出告示叫百姓缓交更名地钱——我们等了多少年，碰到了这么一个好官。他冯应龙和做郑州知府的本家哥子冯睽龙沟通了，就在乌龙镇摆宴请客，何老爷当夜就暴死在路上！何老爷灵柩返乡没钱，还是乌龙镇穷人悄悄兑钱交给何公子的——你们都哑巴了？怎么不敢讲真话？"

此事至关重大，无人敢搭腔，寒夜里关帝庙前死一般寂静，只远远听得夜猫子凄厉的叫声，人人心里打冷战。明珠心知，如不显示身份，终难问明此案，便吩咐道："天倒冷上来了，取圣上赐我的黄马褂来！"这一句话在旷野中显得极其清亮，惊得冯应龙浑身一抖，老百姓更是目瞪口呆。

少时，鼓乐齐鸣。明珠上穿黄马褂，下露江海袍，头戴红顶翠翎帽。随从们从庙中抬出两块石礅来，让伍次友分厢坐了。镇上百姓听得外头半夜里乐声阵阵，来的人越发多了。穷乡僻壤的平民，没有见过这等势派，一齐叩下头去齐呼："青天大老爷！"

一语叫得明珠心里暖烘烘的，他徐步下阶双手齐挽道："父老们都请起来！"又转脸对冯应龙道，"你不是问我身份么？本宪乃当今天子驾前一等侍卫，左都御史明珠，奉圣上钦差去西路公干，今夜路过此地，访得你的劣迹，要为民除害！"

几句话一说，下头百姓们一阵欢呼，雷鸣般齐吼："皇上万岁！万万岁！"冯应龙面如死灰，早瘫软在地。

明珠越发精神抖擞，指着冯应龙道："我诛尔如同猪狗一般。"又对百姓道，"你们有何冤情，尽可告他，本宪为你们做主！"百姓们至此雀跃鼓噪，纷纷向前诉说冯应龙的罪恶：单是为吃更名田的昧心钱，就曾逼死十三条人命，更不用说他抢占民女、擅房男丁、圈地霸产的劣迹了。直到天明，才将主要罪行搞了个水落石出。

"请天子剑！"明珠一声高叫，伍次友忙起身回避。只见两个校尉一头抬着一个木架出来，上边端端正正插着一把金龙蟠鞘、牙玉嵌柄的宝剑。将宝剑放在阶前供奉，明珠不慌不忙倒身行了三跪九叩首大礼，起来对冯应龙道："单凭你这十三条人命，就死有余辜！"转身吩咐校尉："我奉圣命，代天巡行，今日要在此清除民贼，尔等侍候好了！"

校尉们听得命令，齐声高呼："喳！"随着呜嘟嘟一阵号角响，咚咚咚三声炮鸣，明珠将手一挥，两个校尉走过去，将冯应龙夹起拖前几步，手起刀落，"嚓"的一声，早已人头落地。至此，明珠方觉恶气去了一半，指着冯应龙的几个帮凶道："你们怎么说？"

那三个人早已吓得魂不附体，顾不得两手反缚，只是磕头如捣蒜地叫："只求老爷剑下超生！"明珠发狠，还要再下狠心，伍次友在旁悄悄道："这几个人罪不该死，开导他们几板子就够了。"

"好！"明珠大声道，"拖下去，一人四十大棍，叫他们永世记住今日！"

老百姓几年来冤怨之气一日得伸，一个个举目望天称谢。有的念佛不绝，有的围过来打听明珠官衔，有的围着瞧热闹，还有穷极无赖的，便去翻冯应龙尸体寻银子。一直乱到早饭时才各自散去。伍次友又拿出三十两银子，打发那卖唱的父女。

"痛快！"明珠返回大殿，在神桌旁一坐，摘掉大帽子，仰头将一杯凉茶饮下，"不想昨夜我们兄弟合演了一出《乌龙镇》！"说罢哈哈大笑。

"兄弟，你有失于计较之处！"伍次友忽然道，见明珠诧异，便道，"没有口供，也没得画押，"沉吟一刻又道，"他的哥哥又是知府，今日必来为难，你要处置得当才是。"

"就凭他兄弟合谋毒杀何某职官，还敢来向我追问有无口供？"明珠笑道，"这不妨事，冯睖龙今日不来明日必来，您就瞧兄弟的。——我放那个人去，就是叫他报信儿。只怕他不来，打起笔墨官司，倒麻烦了！"

"这我知道，便打官司也是你准赢无疑。"伍次友慢慢说道，"我是说，兄弟宦程正远，今后遇事要更有静气才好。"

这确是金玉良言，明珠心中十分感佩，忙道："兄弟记下了。"

这时日上三竿，吃过早点，明珠索性放出牌示，说要在此逗留三日察访民情。昨夜杀人的事已轰动了全镇，百姓们扶老携幼拥到镇北来看，一座破关帝庙前，赛似逢会一般。明珠派了人提着大锣，一边喤喤敲着一边叫道："钦差大人在此落轿三日，百姓有冤状申诉，到关帝庙直呈啰！"

正嚷着，前头人流忽然让开一条甬道。一乘四人蓝呢轿颤悠悠地抬过来了，前头仪仗牌示一律不用，只几个衙役用手推着人群为轿子开路。原来是郑州知府冯睽龙到了。

他原是昨夜得报，自己兄弟冯应龙在乌龙镇被土匪绑票，便去营里火速点了二百名士兵，亲自领队前来剿杀。到了镇里他才打听到竟是钦差驾到，这才忙不迭将兵丁从人等打发回去，自乘轿子来见明珠。百姓们本来摩拳擦掌，三五成群商议着要推举士绅叩见钦差，见他来了，便都停住，呆呆地望着他径往关帝庙而去。

明珠正与伍次友在大殿上高谈阔论，忽见一校尉进来，递上手本履历道："郑州知府冯睽龙请见总宪大人！"

"叫他进来！"明珠收了笑脸吩咐道。伍次友说道："你们官员公事拜会，我是百姓，回避了吧。"明珠忙道："这又何必？他是个什么物儿，要大哥回避！"

正说间，冯睽龙已进殿内。伍次友留神看时，此人五短身材，方正面孔，一脸精悍之气。那冯睽龙一边报说姓名、职务，仰着脸将两只马蹄袖"叭"地一甩，按府厅见督抚的仪节行了庭参礼。照规矩明珠是该亲扶免礼的，但他却端坐不动。冯睽龙便不肯再行拜礼，两个人心中早已存下芥蒂。

"请坐献茶！"明珠冷冷吩咐道，故意又问，"足下便是郑州知府？"

"不敢，"冯睽龙躬身答道，"廷寄早已接到，却未料到钦差大人来得如此之速，未及迎候，乞望恕罪！"说着话锋一转问道："大人昨夜请天子剑诛杀敝府冯应龙，但不知他身犯何罪？"

明珠不料他竟胆敢先发制人，怔了一下答道："兄弟杀他，自有可杀之理。怎么，我斩他不得？"

"不是这等说。"冯睽龙挺起腰来，"冯应龙现是五品职官，又值奉命催科缴纳更名地银两，并非不法之徒。大人就是杀了他，也须有个交代，不然卑职无法回上头的话。"

"百姓饥苦已甚，哪来的银两缴纳更名地钱？本大臣已拜折奏明圣上，请旨一概蠲免！"

"请旨归请旨，蠲免归蠲免，"冯睽龙昂声应道，"现今既无旨意，足下便有擅杀职官之罪，卑职不能不具折严参！"

伍次友忽然哈哈大笑道："毒杀前县令何某，逼死十三条人命，也是奉命而行的么？"

"什么何某，什么十三条人命？"冯睽龙毫不示弱，"我自与大人回话，你是什么人？"

"他问就问了，是什么人也不劳你相问！"明珠大怒，"来，撤座！"便有两名校尉上前，将冯睽龙一推一个跟跄，抽去了条凳。又听明珠接着吩咐："革去他的顶戴！"

"慢！"冯睽龙十分刁顽，两手一张大喝一声，"哪个敢？我是西选的官！"

"西选"是指平西王吴三桂选派的文武官员，这些人并不受朝廷吏兵二部的节制。吴三桂拥有五十三佐领大军和一万余名绿旗兵虎踞云南，一举足则朝野震动，便是康熙也要让他三分。明珠不禁蹙额为难。但事到其间，实无转圜余地，面子上也真是下不来。心一横又复大喝："狂奴！平西王难道大过朝廷？擒下！"校尉们一拥而上。冯睽龙犹自挣扎大骂，气势汹汹地向前扑来。明珠就势从架上抽出宝剑向他心窝里猛地一戳，直刺出后心半尺有余！伍次友不禁闭上了眼睛。

冯睽龙兀自后仰前合地不肯倒下，双手捧着胸前剑柄，口中出血，吃力地道："你……你……好毒哇！"

"无毒不丈夫！"明珠笑道，"杀你不冤，百姓欢喜！也省得你我再打笔墨官司。"说着将剑猛地一拉，顿时血流如注。冯睽龙惨叫一声倒在地上，连腿也没蹬一下就咽了气。冯睽龙带的从人见此惨状，个个面色如土。王参将瞧着这一风流文雅的书生，竟如此手狠，也是暗自心惊。

明珠若无其事地从怀中抽出一方丝绢，揩拭了宝剑上的血迹，说道："痛快痛快！一日一夜为民连除两害，圣上于我必有褒扬！"

众人退下之后，伍次友惊魂方定，对明珠道："贤弟，我倒不知你竟具如此才略胆气，相形之下，愚兄只算得腐儒一个！"明珠笑道："我哪来的什么才略胆气！这点神气还是跟着圣上听大哥讲授经史而来的。大哥是圣贤之人，述而不作，小弟手屠此獠，便入了下流了。"言毕微笑，伍次友却默默不语，半晌方道："只是下手也太狠了些儿，君子不近庖厨么。"

"手不狠，何来的天下？"明珠笑道，"这都是读书心得。此次擒鳌拜，若非小弟献策，于毓庆宫顶布下金丝网，饶是虎臣兄才艺绝伦，只怕还要多费周折呢！"

伍次友和明珠在乌龙镇盘桓了三天，又细细将二冯的罪状依律补了文书，才拜发奏折，六百里加急递京，请旨处分。一切办理完毕，伍次友便要沿黄河故道东去。明珠挽留道："也许朝廷降旨处分我呢，大哥便忍心要去，再等几日何妨呢？"伍次友心里也悬着这件事，不得清静，索性便再住几日。

第六天头上，诏令下来了，一份明发，一份廷寄。

伍次友看了明发诏谕后笑道："这一道恩旨，蠲免了更名田的钱，真是功德无量！圣明如鉴，天下从此可以昌盛归化了！"

明珠道："大哥先别高兴，我们再看看这廷寄，这是对小弟的处分了！"拆开看时，更是喜不自禁。原来是康熙亲笔朱批，前面复述了明珠自请处分的话，后面的朱批写道：

> 据该御史不经请旨诛戮职官，本应酌情惩处以伸国家明令。念其剪暴于俄顷，诛逆于初萌，其初志可佳！着令仍以原旨西行，一路查询吏情，细细具折奏朕。所请处分免议。

看到这里，明珠惊喜叫道："大哥，圣上还问及你呢！"伍次友忙看时，只见后面还有几行小字：

> 伍先生东行否？甚念。如未行，可致朕意。天已寒冷，望他一路上多加保重，汝可委派两名得力人伴送至皖，朕已下诏安徽巡抚接待，切切。

明珠十分感动，道："圣上还是念念不忘兄长！"伍次友也不答话，两眼泪汪汪地拜了诏书，立起身时，袍袖尽湿。

第二天，兄弟二人终于分手了。黄河大堤上寒风凛冽，沙尘漫天，二人长辫在脑后飘动，沙浪如流在风中荡来荡去，缕缕茅草和细细的柳丛在风中摇摆舞蹈，嘤嘤而泣，似为离人倾诉离情。两个人执手对望，久久没有言语，伍次友忽引吭高歌：

> 君将行，我将住，西望烟锁长安路。
> 沙径徘徊古黄河，飘萍今夕是何处？
> 流风回袂叹苍茫，直欲奋剑向天舞。
> 嗟乎，君不见古之燕赵悲歌士，仗剑西行不反顾！
> 努力明德有会期，长酹江月莫终古！

吟罢含泪笑道："兄弟，咱们就此分别了！"

明珠放声大哭，拜倒在地。伍次友也怕再看他一眼，翻身上马，一行三人四骑头也不回地去了。明珠登堤瞭望，直到不见他们身影，方命起程西行。